시간 속으로

This Time Tomorrow

시간 속으로

엠마 스트라우브 지음
정미정 옮김

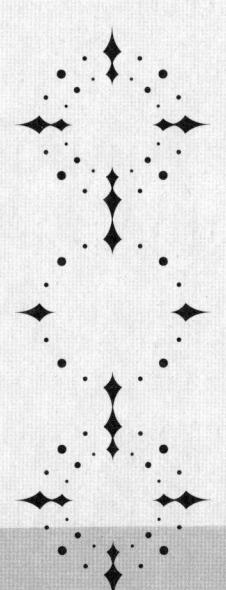

글

작품이 마무리되면, 모든 운명의 실타래가 풀리고
모든 문제가 해결되어 적어도 세상에 존재하는
다른 완성된 작품들과 비슷해졌다는 생각이 들어야지만
비로소 안정감을 느낄 수 있었다.
그제야 원고의 가장자리에 구멍을 뚫고 실로 한데 엮은 뒤
표지를 그리고 칠해 넣었다. 그런 다음 완성본을
어머니와 일을 마치고 돌아온 아버지에게 보여주었다.

- 이언 매큐언 『속죄』

♦♦♦

내일 이 시간에
우리는 어디에 있을까?

- 킨크스

♦♦♦

미래를 기약하며!

- 레너드 스턴 『타임 브라더스』

목차

1
부

1

병원 안에는 시간이 존재하지 않았다. 라스베이거스의 카지노처럼 어디에도 시계가 걸려 있지 않았다. 밝은 형광등 불빛이 면회 시간 내내 쨍하게 내리쬐었다. 앨리스는 밤에는 불을 끄는지 궁금해서 간호사에게 한번 물어본 적이 있었다. 하지만 앨리스의 질문을 듣지 못했는지, 아니면 농담인 줄 알았는지 간호사는 아무런 말이 없었다. 결국 아무런 대답도 듣지 못했다. 병실 한가운데에 놓인 침대 위에는 앨리스의 아버지인 레너드 스턴이 누워 있었다. 셀 수 없을 만큼 많은 수액 주머니와 줄, 기계와 전선을 주렁주렁 단 채로 지난 일주일 동안 아무 말 없이 누워 있기만 했다. 그러니 만에하나 아버지가 다시 깨어난다 해도 앨리스의 질문에 답을 해주지는 못할 것이다. 그런 아버지가 밤새 형광등을 켜둔다고 한들 과연 느낄 수는 있을까? 앨리스는 10대 시절 어느 여름, 센트럴 파크의 잔디밭에 누워 있었던 때를 떠올렸다. JFK 주니어가 원반을 던지다 실수로 자신들을 맞추기를 기다리며, 친구들과 함께 주름진 담요 위에 몸을 쭉 뻗고 누워 있고는 했었다. 그럴 때면 꼭 감은 두 눈꺼풀 위로 햇볕이 따뜻하게 쏟아져 내렸다. 형광등 불빛은 햇빛의 온기와는 달랐다. 지나치게 밝고 차가웠다.

앨리스는 화요일과 목요일 그리고 주말에 아버지를 보러 갔다. 화요일과 목요일은 일찍 퇴근하는 날이라 지하철을 타고 바로 가면 면회 시간이 끝나기 전에 병원에 도착할 수 있었다. 브루클린에 있는 아파트에서 아버지의 병실까지는 지하철로 꼬박 한 시간이 걸렸다. 버러 홀 역에서 2호선이나 3호선을 타고 96번가에서 내려 로컬 열차로 갈아탄 뒤 168번가까지 가야 했다. 하지만 일을 마치고 센트럴 파크 웨스트와 86번가 사거리에 있는 지하철역에서 C호선을 타고 가면 30분밖에 걸리지 않았다.

여름 동안 앨리스는 거의 매일같이 아버지를 보러 갔었다. 하지만 방학이 끝난 지금은 고작 일주일에 몇 번이 최선이었다. 앨리스의 기억 속 아버지는 아직 새하얗게 세지 않은 갈색 수염을 기른 채 늘 익살스러운 미소를 짓는 얼굴을 하고 있었다. 그 모습을 마지막으로 보았던 때가 아주 오래전처럼 느껴졌다. 하지만 실제로는 고작 한 달밖에 지나지 않았다. 한 달 전, 아버지는 이 병원의 다른 층에 입원해 있었다. 수술실 같은 지금 병실과 달리 예전 병실은 수수한 호텔 방에 더 가까운 분위기였다. 아버지는 벽에 《뉴욕타임스》신문에서 찢어낸 화성 사진과 아버지가 오래도록 키워 온 튼실한 고양이 어설라의 사진을 붙여 두었다. 앨리스는 문득 그 사진들이 지금 어디에 있을지 궁금해졌다. 누군가가 사진들을 떼어내 아버지의 지갑과 핸드폰, 책 여러 권 따위의 소지품들과 입원 당시 입고 왔던 옷가지와 함께 잘 보관해 두었을까. 아니면 살균 처리한 복도에 쭉 늘어선 커다란 쓰레기통의 뚜껑을 밀어 안에다 버려버렸을까.

고등학교 동창이자 절친한 친구인 샘은 종종 아버지의 안부를 묻고는 했다. 샘은 남편과 세 자녀와 함께 몽클레어에 살았다. 그녀의 집 옷장에는 일이 고된 법률사무소에 출근할 때 신고갈 하이힐이 가득했다. 학교 입학처에서 한 책상을 나눠 쓰는 동료 에밀리와 남자친구 맷도 아버지의 안부를 물어왔다. 그럴 때마다 앨리스는 간결하게 대답하고 싶어 했다. 대화가 오래 이어질수록 질문들은 공허한 문구들로 변해갔다. 길거리를 지나다 마주친 지인에게 인사치레로 건네는 "잘 지내시죠?"라는 말처럼. 레너드의 몸에는 제거해야 할 종양 덩어리도, 싸워 이겨야 할 세균도 없었다. 단지 심장과 신장, 간을 비롯한 여러 장기가 한꺼번에 제 기능을 상실해 가고 있을 뿐이었다.

앨리스는 이제야 이해할 수 있었다. 사람의 몸은 루브 골드버그의 기계와도 같아서 도미노나 레버 하나가 옆으로 쓰러질 때마다 모든 것이 일제히 멈춰버렸다. 의사들은 중환자실에 들를 때마다 **장기 부전**이라는 말만 반복하며 아버지가 죽을 날을 기다리기만 했다. 며칠이 될지, 몇 주가 될지, 몇 달이 될지 예측할 수 있는 사람은 아무도 없었다. 이 모든 상황에서 가장 끔찍한 일은 의사들이 한결같이 추측만 하고 있다는 사실이었다. 의사들은 분명 똑똑한 사람들이고, 추측 역시 여러 테스트와 실험 결과와 수년간의 경험을 바탕에 기반한 것이었다. 그렇다고 해도 어쨌든 추측은 추측일 뿐이다.

앨리스는 지금껏 죽음이란 심장이 멈추고 마지막 숨을 거두는 찰나의 순간을 의미한다고 생각해왔었다. 하지만 죽음이란 9개월이라는 긴 준비 과정을 거쳐야 하는, 어쩌면 출산에 훨씬 더 가깝다는 사실을 비로소 깨달았다. 죽음이라는 아이를 밴 아버지는 출산이 임박해 있었고, 기다리는 것 이외에 달리 할 수 있는 일이 없었다. 의사와 간호사는 물론 캘리포니아에 있는 어머니, 아버지의 친구들과 이웃들, 그리고 무엇보다도 앨리스와 아버지까지도 모두 기다리기만 할 뿐이었다. 기다림은 단 하나의 방법으로만 끝낼 수 있고, 이는 단 한 번만 일어날 터였다. 난기류에 흔들리는 비행기를 타거나 교통사고를 당해도, 아슬아슬하게 사고를 피해도, 넘어졌지만 목이 부러지지 않고 살아남았더라도 사람들 대부분은 시간이 흐름에 따라 서서히 죽음을 맞이했다. 그 기다림 속에서 유일하게 예측할 수 없는 것 하나는 실제 죽음이 도래하는 날짜뿐이었다. 그날 이후에는 아버지가 무덤 위로 손을 내밀어 비석을 밀쳐내고 살아 돌아오는 일은 절대 일어나지 않을 것이다. 이 모든 사실을 앨리스는 잘 알고 있었다. 때로는 세상의 이치이니 괜찮다고 생각하다가도 때로는 슬픔에 잠겨 눈을 뜰 수조차 없었다. 아버지는 이제 겨우 일흔세 살이었다. 앨리스는 일주일 후면 마흔이 되지만, 아버지가 죽는다면 훌쩍 늙어버린 느낌이 들 것 같았다.

앨리스는 5층과 7층에서 근무하는 간호사들 몇몇을 알고 있었다. 에스메랄다는 자신의 아버지 이름이 앨리스의 아버지와 똑같이 레너드라고 했다. 이피는 병원 점심으로 사과가 딱 세 가지 방법으로만 나온다며, 사과 주스나 사과 소스 아니면 아예 통째로 준다는 레너드의 말이 재미있다고 했다. 조지는 아버지를 제일 가뿐하게 들어 올렸다. 아버지를 보살펴 주던 간호사들을 마주칠 때면 앨리스는 마치 전생에서 만났던 사람을 회상하는 듯한 느낌이 들었다. 안내데스크에서 근무하는 세 남자는 그녀에게 가장 든든한 지원군이었다. 그들은 모두 매우 친절했다. 게다가 앨리스처럼 꾸준히 면회를 오는 사람들의 심정을 깊이 헤아리고 있었기에 보호자들의 이름까지 다 기억했다. 그중에서도 리더인 흑인 중년 남성 런던은 기억력이 코끼리만큼 좋았다. 앞니 사이가 벌어진 그는 앨리스의 이름은 물론 아버지의 이름과 직업까지 모조리 기억했다. 얼핏 보기에 런던이 하는 일은 매우 쉬워 보였지만, 풍선 다발을 손에 들고 갓 태어난 아기를 보러 온 사람들을 미소로 맞이하는 일만 하는 것은 아니었다. 앨리스와 같이 끊임없이 병원을 찾아오는 방문객들도 응대해야 했다. 그들에게 끝내 병원에 와야 할 이유가 사라지는 날이 찾아와 지인들에게 부고를 보내고 장례를 준비하는 일만 남게 될 그 날까지.

앨리스는 가방에서 핸드폰을 꺼내 시간을 확인했다. 면회 시간이 거의 끝나가고 있었다.

"아빠."

아버지는 눈꺼풀만 살짝 움직댈 뿐 아무런 미동도 없었다. 앨리스는 몸을 일으켜 제 손을 아버지의 손 위에 포개 얹었다. 아버지의 가느다란 손은 멍투성이였다. 뇌졸중이 생기지 않도록 항응고제를 맞고 있었기에 의사와 간호사가 손등에 바늘을 찔러댈 때마다 시퍼런 멍이 작은 꽃처럼 피어올랐다. 아버지의 눈은 꼭 감겨 있었다. 이따금 눈을 뜨고 방안을 이리저리 살피는 모습을 보이기도 했지만, 두 눈은 초점 없이 배회할 뿐 앨리스를 쳐다보지 않았다. 어쨌든 앨리스는 아버지가 자신을 보고 있지 않다고 생각했다. 어머니 세레나는 전화 통화를 할 때면 청각이 제일 마지막까지 남아있는 감각이라고 말하고는 했다. 그래서 앨리스는 아버지에게 계속 말을 걸었다. 자신이 내뱉은 말이 어디로 가닿는지 확신할 수 없었지만, 적어도 자신의 귀에는 와 닿았으니까. 세레나는 레너드 스스로가 자신의 에고Ego에서 벗어나야 한다는 말도 덧붙였다. 그러면서 에고에서 벗어나지 못해 그의 영혼이 육신에 영원히 얽매여있지 않게 하려면 치유 효과가 있는 수정이 도움이 될 거라고 했다. 앨리스는 어머니가 하는 말을 다 따를 수는 없었다.

"화요일에 다시 올게요. 사랑해요."

앨리스가 아버지의 팔을 어루만지며 말했다. 이제는 이런 애정 표현에 익숙해졌다. 아버지가 입원하기 전까지는 아버지에게 사랑한다는 말을 직접 한 적이 없었다. 아마도 우울

했던 고등학교 시절 통금 시간을 어긴 일로 말다툼하던 날, 딱 한 번 말한 것 같기도 했다. 하지만 그때는 침실 문 사이로 고성과 험한 말들과 함께 퉁명스레 내뱉은 말이었다면, 지금은 면회를 올 때마다 아버지의 얼굴을 바라보며 사랑한다고 말했다. 그럴 때마다 그의 뒤에 놓인 기계 하나가 삐, 하고 아버지 대신 대꾸했다. 병실을 나오는 앨리스에게 스누피가 그려진 하얀 모자 안으로 레게머리를 단정하게 밀어 넣은 당직 간호사가 아무 염려 말라는 듯 고개를 끄덕였다.

"알겠습니다."

이 말을 할 때면 앨리스는 마치 아버지와 전화를 끊거나 텔레비전의 채널을 바꾸는 듯한 느낌이 들었다.

2

앨리스는 여느 때처럼 병원을 나오는 길에 어머니에게 문자 메시지를 보냈다.

아버지는 괜찮으시대요. 별다른 이상 없으시다니 좋은 의미겠죠?

세레나는 답장으로 빨간 하트와 무지개 이모티콘을 보내왔다. 앨리스가 보낸 메시지를 읽었으며 덧붙일 말이나 질문이 없다는 뜻이었다. 더는 부부가 아니라는 이유로 어머니가 이 모든 책임을 회피하는 게 불공평하게 느껴졌다. 하지만 이혼이 의미하는 바가 응당 그러하지 않은가. 두 사람은 부부로 지냈던 세월보다 이혼 후 떨어져 지낸 기간이 훨씬 길었다. 세 배도 넘겠네, 머릿속으로 계산을 마친 앨리스는 생각했다. 어머니는 앨리스가 여섯 살 때 누군가 꿈속에 나타나 자신의 잠재력을 일깨워주었다고 말했다. 꿈속에 찾아온 사람이 미래에서 온 자의식인지 대지의 여신인 가이아인지 정확하게 알 수 없었지만, 사막으로 가 데메트리우스라는 사람이 이끄는 치유 공동체의 일원이 되어야 한다는 것만은 확신했다.

판사는 부친이 단독 양육권을 갖는 일이 드문 일이라고 말하면서도 레너드에게 양육권을 줄 수밖에 없다고 인정했다. 연락이 닿을 때는 세레나도 앨리스에게 다정했다. 하지만 앨리스는 부모님이 다시 합치기를 바란 적은 결코 없었다. 아버지가 재혼을 했더라면 지금 다른 누군가가 그의 손을 꼭 잡은 채 간호사에게 질문하고 있을 테지만 그러지 않았기에 그의 곁에는 앨리스 하나뿐이었다. 앨리스에게 형제자매가 있거나 일부다처제 같은 제도가 허락되었다면 더할 나위 없이 좋았겠지만, 아내와 딸이 하나씩뿐인 레너드에게는 앨리스가 전부였다. 앨리스는 지하철역으로 들어가 계단을 따라 내려갔다. 1호선 열차에 몸을 싣자마자 책을 꺼내 읽는 척을 할 새도 없이 여기저기 긁히고 더러운 유리창에 이마를 맞댄 채 스르르 잠에 빠져들었다.

3

앨리스와 맷은 한집에 함께 살지 않았다. 언젠가 뉴욕타임스의 연애 칼럼인 '모던 러브Modern Love'에서 한 커플의 이야기를 소개한 적이 있는데, 그들은 커플인데도 같은 동에 있는 아파트 두 채에 따로 살고 있다고 했다. 그야말로 환상적인 연인 관계라는 생각이 들었다. 금전적 여유만 있다면 아파트 두 채에 따로 사는 것이 연인 관계를 유지하는 기발한 방법이자 묘책처럼 보였다. 대학교 때부터 줄곧 혼자 살아온 앨리스에게 집 안의 모든 공간을 타인과 함께 쓰는 일이란 그녀가 지향하는 수준 이상의 헌신이었다. 앨리스는 스물다섯 살 때 미술 대학을 힘겹게 졸업한 이후 지금까지 쭉 같은 원룸에 살고 있었다. 코블 힐의 좁다란 거리인 치버 플레이스에 솟아 있는 적갈색 사암 건물이었는데, 앨리스의 집은 1층에 있었다. 브루클린과 퀸스를 연결하는 고속도로를 오가는 자동차들의 굉음이 밤낮없이 울려 퍼졌다. 밤이 되면 밤바다의 파도 소리처럼 앨리스를 잠으로 이끌었다. 한집에 오래 산 덕분에 앨리스는 부시윅에 사는 스물다섯 살 지인들보다도 월세를 적게 냈다.

반면, 맷은 어퍼 웨스트 사이드에 자리한 맨해튼에 살았

다. 앨리스가 어렸을 때 살았던 곳이자 일터가 있는 곳이었
다. 두 사람이 처음 만났던 날, 저녁 식사 자리에서 맷이 사
는 동네 이름을 말했을 때 앨리스는 농담이라고 생각했었다.
그녀 또래의 누군가가, 아니 다섯 살이나 어린 사람이 맨해
튼에 산다니 터무니없는 소리처럼 들렸다. 물론 월세가 높은
집에 산다고 해서 돈을 많이 번다는 뜻이 아니라는 것쯤이
야 잘 알고 있었다. 특히나 사는 곳이 맨해튼이라면 더더욱.
맷은 콜럼버스 서클 근처에 새로 지은 아파트에 살았다. 번
쩍거리는 아파트의 입구에는 도어맨이 항시 상주해 있었고,
택배 보관실에는 특별 냉장고가 마련되어 있어 거주민들이
'프레시 다이렉트'에서 배달받은 식료품을 보관해 둘 수 있
었다. 18층에 자리한 맷의 아파트에서는 저 멀리 뉴저지까지
한눈에 다 내려다보였다. 그와는 반대로 1층에 자리한 앨리
스의 집 창밖에서는 기껏해야 길거리를 오가는 사람들의 하
반신과 소화전만 보일 뿐이었다.

앨리스는 맷의 집 열쇠를 가지고 있었다. 그런데도 맷의
집에 올 때마다 여느 방문객들처럼 엘리베이터를 타기 전
경비실 앞에 멈춰 섰다. 병원을 방문할 때마다 입구에 멈춰
서서 신분증을 보여주는 것과 크게 다르지 않았다. 오늘은
박박 민 머리에 나이가 지긋한 도어맨이 근무를 서고 있었
는데, 경비실 앞으로 다가오는 앨리스를 보자 여느 때처럼
눈을 찡긋해 보이며 안으로 들어가라고 손짓했다. 앨리스의
얼굴이 신분증인 셈이었다. 앨리스는 고개를 까딱해 답례하

고는 엘리베이터를 향해 걸어 들어갔다.

윤이 흐르는 대리석 벽면의 구석에서 여자 하나와 어린아이 둘이 엘리베이터를 기다리고 있었다. 앨리스는 여자가 누군지 대번에 알아보았지만 입을 꾹 다문 채 인기척을 내지 않으려 애썼다. 아이들은 밝은 금발을 가졌고 네 살과 여덟 살쯤 되어 보였는데, 손에 든 테니스 라켓으로 서로를 때리려고 엄마 다리 주위를 빙빙 돌며 뛰어다녔다. 땅, 엘리베이터의 문이 열리자마자 아이들은 냅다 안으로 뛰어 들어갔다. 그 뒤로 엄마가 터덜터덜 따라 탔다. 로퍼를 신은 맨발 위로 그녀의 가느다란 발목이 훤히 드러났다. 여자는 문 쪽으로 돌아서며 고개를 든 후에야 버튼 바로 옆 구석진 곳에 몸을 구겨 넣고 서 있는 앨리스를 발견했다.

"어머, 안녕하세요!"

여자는 금발에 얼굴이 예쁘장했고, 피부는 테니스장이나 골프장에 자주 가서 햇볕에 그을린 듯 까무잡잡했다. 예전에 벨베디어 학교 입학처에 큰아들을 데려왔을 때 한 번 만난 적이 있는 여자였다. 이름이 캐서린이었던가?

"안녕하세요. 잘 지내시죠? 안녕, 애들아."

앨리스도 인사를 건넸다. 아이들은 어느새 손에 칼처럼 들고 있던 테니스 라켓을 내려놓고 서로의 정강이를 걸어차는 새 게임에 열중하고 있었다.

그 모습을 가만 지켜보다가 번뜩 기억이 되살아났다. 여자의 이름은 캐서린 밀러였고 아이들은 헨드릭과 제인이었다.

여자가 머리를 뒤로 넘기며 앨리스에게 대꾸했다.

"아, 저희야 잘 지내죠. 개학해서 얼마나 기쁜지 몰라요. 여름 방학 내내 코네티컷에 있었더니 아이들이 친구들을 많이 보고 싶어 했거든요."

"학교 싫어."

첫째 헨드릭의 말이었다. 캐서린이 얼른 아이의 어깨를 움켜쥐고 자신의 다리 쪽으로 바짝 끌어당기며 말했다.

"얘가 진심으로 한 말은 아닐 거예요."

"진짜거든! 학교 싫어!"

"학교 싫어!"

둘째 제인이 앵무새처럼 헨드릭을 따라 외쳐댔다. 엘리베이터 안에서 허용되는 수준보다 세 배는 더 큰 아들의 목소리에 민망했는지 캐서린의 뺨이 금세 자줏빛으로 물들었다. 띵, 엘리베이터 소리가 나자마자 캐서린은 황급히 아이들을 문밖으로 밀어냈다. 작은아들은 올가을 유치원에 입학할 나이였다. 이는 캐서린이 머지않아 앨리스의 사무실에 다시 찾아올 거라는 뜻이었다. 캐서린의 얼굴에는 여러 감정이 어려 있었다. 앨리스는 아무것도 못 본 체하려 부단히 노력했다.

"좋은 하루 보내세요!"

캐서린이 노래하듯 말했다. 굳게 닫힌 엘리베이터 문 뒤로 캐서린이 복도를 걸어가며 아이들에게 소리 낮춰 다그치는 소리가 들려왔다.

뉴욕에는 다양한 부류의 부자들이 살고 있었다. 그리고 앨리스는 전문가처럼 그들을 구분해냈다. 하지만 그녀가 원해서 전문가가 된 것은 아니었다. 그저 자라면서 자연스레 두 개의 언어를 습득했는데, 그중 하나의 언어가 '돈'이었을 뿐이었다. 앨리스가 경험한 바로는 그토록 많은 돈이 어디서 나오는지 도통 알 수 없는 사람들일수록 더 많은 돈을 소유하고 있었다. 예술가나 작가, 또는 뚜렷한 직업이 없는 부모가 아이의 등하교를 함께 한다면 필시 써도 써도 마르지 않는 거대한 샘에서 대대로 돈이 흘러넘친다는 뜻이었다. 반대로 투명 인간 같은 부모들도 많았다. 엄마와 아빠 모두 쉴 새 없이 일만 하는 부류들이었다. 그들이 어쩌다 학교나 운동장에 모습을 드러낼 때면 한쪽 귓구멍에 손가락을 푹 찔러 넣고 주변 소음을 차단한 채 전화통만 계속 붙잡고 있었다. 이 부류들은 대체로 가사도우미를 두고 있었다. 그들 중에서도 자신이 많은 부를 소유한 것에 대해 일말의 죄책감을 느끼는 이들은 도우미들을 '오페어'라고 칭했지만, 그렇지 않은 이들은 대놓고 '가정부'라고 불렀다. 아이들은 모든 상황을 이해하지는 못했다. 하지만 눈과 귀가 있었기에 부모와 함께 친구들의 집에 놀러 갈 때면 어른들이 나누는 대화를 관찰하고 엿듣기도 했다.

한편, 앨리스 가족이 부를 축적한 방법은 꽤 간단했다. 앨리스가 어렸을 적 레너드는 『타임 브라더스Time Brothers』라는 소설을 썼다. 시간 여행을 하는 두 형제에 관한 이야기를 담은 이 소설책은 수백만 부가 팔렸고, 드라마 시리즈로도 제작되었다. 1989년부터 1995년까지 일주일에 최소 두 번은 TV에 방영되면서 일부러 챙겨본 사람들과 채널을 바꾸기가 귀찮아 얼떨결에 본 사람들까지 합하면 드라마를 보지 않은 사람이 없을 정도였다. 덕분에 앨리스는 초등학교 5학년 때 부터 뉴욕 명문 사립학교인 벨베디어에 다녔다. 벨베디어는 금발 머리 학생들이 교복을 입고 등교하는 학교도 아니었고, 선생님을 이름으로 부르며 학년 구분을 두지 않는 학교도 아니었다. 전통적인 교육 방식과 진보적인 교육 방식의 정중 앙을 지향하는 벨베디어 학교에는 앵글로 색슨계 개신교인 만큼 유대인도 많았으며, 급진적인 마르크스 사상만큼 보수 적인 전통도 많이 따랐다.

학교 홍보물을 곧이곧대로 믿는 사람들에게는 뉴욕의 사립 학교 대부분이 똑같아 보일 것이다. 물론, 도전 의식을 북돋고 풍요로운 경험을 제공하며 모든 면에서 최고만을 제공한다는 문구가 사실이기는 했지만, 앨리스의 눈에는 학교마다 존재 하는 차이점이 뚜렷하게 보였다. 섭식 장애가 있는 과잉 성취 자들이 득실득실한 학교, 부유한 부모를 둔 마약쟁이 멍청이 들을 받아주는 학교, 운동선수를 양성하는 학교, 브룩스 브라 더스의 꼬마 마네킹처럼 차려입고 차세대 CEO가 될 아이들 을 키워내는 학교, 장차 변호사가 될 다재다능한 일반 학생 들을 위한 학교, 예술적 재능을 겸비한 괴짜들이 가는 학교, 자식을 괴짜 예술가로 키우려는 부모들이 찾는 학교 등 그 종 류도 매우 다양했다. 1970년 어퍼 웨스트 사이드에 처음 설립되었을 당시에만 해도 벨베디어 사립학교는 사회주의자와 히피족들로 가득했었다. 하지만 50년이 지난 지금 학생들은 하나같이 ADHD약을 복용했고, 하굣길이면 엄마들이 테슬라의 시동을 켜둔 채 차에서 내려 아이들을 기다리는 곳으로 변모해버렸다. 벨베디어는 황금기가 지나간 지 오래였지만, 앨리스에게는 여전히 소중한 곳이었으며 학교를 사랑했다.

성인이 되고 보니 세상에는 실로 다양한 종류의 가족들이 존재했다. 근육질 팔뚝을 자랑하며 주류 냉장고에 고급술을 다양하게 구비해 둔 금발 가족, TV 드라마에 출연하며 운이 트일 때를 대비해 로스앤젤레스에 여분의 집 한 채를 마련해 둔 배우 가족, 불분명한 신탁 자금을 보유한 덕분에 자신의 능력보다 더 큰 집에 사는 지식인이나 소설가 가족, 주방 조리대가 티끌 하나 없이 깨끗하고 붙박이 책장은 텅텅 빈 금융 업계 종사자의 가족, 역사책에 등장할 정도로 유명한 조상의 후손이라 딱히 일할 필요가 없는데도 인테리어 디자인이나 자선모금 따위의 일을 하는 가족 등이다. 이러한 부자 가족 중에는 무언가에 능숙한 이들이 있었다. 마티니를 잘 만들거나, 남 이야기를 잘하거나, 문제점을 꼬집어 불평하기를 잘했다. 그런다고 그들에게 화를 낼 사람은 아무도 없었으니까. 모두가 일개 위원회나 문화 기관에 소속되어 있었다. 부자들은 대개 서로 다른 부류에 속한 또 다른 부자들과 결혼했다. 그러면서 어떻게든 자신이 속한 계층이 아닌 사람과 결혼한 척 포장하려 했다. 부유층들이 넘쳐흐르는 특권을 조금이라도 덜 누리는 것처럼 보이려고 행하는 이러한 왜곡된 행동은 실로 코미디나 다름없었고, 앨리스 또한 매한가지였다.

앨리스는 벨베디어 학교의 입학처에서 근무하면서 모든 부류의 부자들을 만나봤다. 부자들이 사무실로 찾아오면, 회화 전공에 인형극을 부전공했으며 미혼에 자녀도 없는 앨리스가 그들이 애지중지하는 자녀들의 학교 입학 여부를 결정했다. 세상에는 수많은 부류의 부자들이 있었지만, 모두가 한마음으로 자녀들을 자신들이 원하는 학교에 입학시키고 싶어 했다. 부유층 부모들은 제 자식들의 인생을 정해진 선로를 달리는 기차처럼 여겼다. 기차가 한 정거장에서 곧장 다음 정거장으로 내달리듯 아이들은 벨베디어 사립학교를 거쳐 예일대와 하버드 로스쿨을 졸업한 뒤 결혼해서 애를 낳고 롱아일랜드에 있는 별장에서 허클베리라고 불리는 대형견을 키웠다. 그런 그들에게 앨리스는 하나의 정거장에 불과했지만, 매우 중요한 사람이었다. 분명 오늘 내로 캐서린에게서 앨리스와 우연히 마주쳐서 **너무 반가웠다**는 내용의 이메일이 도착할 것이다. 학교 밖 현실 세계와 그녀 자신의 삶에서 앨리스는 아무런 힘이 없었지만, 벨베디어 왕국에서만큼은 시스 군주 혹은 제다이만큼 막강한 힘을 지니고 있었다. 어느 쪽인지는 자녀의 입학 여부에 따라 나뉘게 되겠지.

4

맷의 아파트는 언제나 깨끗했다. 맷은 이곳에 사는 1년 내
내 집에서 하루 한 끼밖에 먹지 않았다. 게다가 가능한 많은
것들을 핸드폰 앱으로 해결했다. 도시에서 자란 앨리스 역시
음식을 자주 배달시켜 먹었지만 적어도 식당으로 직접 전화
를 걸어 사람에게 주문했다. 맷은 전 세계 작은 도시에서 이
주해온 다른 사람들처럼 뉴욕이라는 도시를 마치 자유롭게
누빌 수 있는 영화 세트장 보듯 했다. 그러면서 도시의 역사
따위엔 별 관심을 두지 않았다. 앨리스는 하얗고 기다란 주
방 조리대 위에 가방을 내려놓고 냉장고 문을 열었다. 그 안
에는 세 가지 종류의 에너지 음료와 한 달 전 그녀가 반쯤 마
시다 넣어둔 콤부차, 살라미 소시지, 포장지가 벗겨진 채 가
장자리가 딱딱하게 굳어버린 체더 치즈 한 덩이, 버터 반쪽,
피클 한 병, 배달 용기 몇 개, 샴페인 한 병, 코로나 맥주 네
병이 들어 있었다. 앨리스는 고개를 설레설레 흔들며 냉장고
문을 다시 닫았다.

"자기야, 나 왔어. 집에 있어?"

맷의 침실 쪽을 향해 외쳐보아도 아무런 대답이 돌아오지
않았다. 맷에게 문자를 보내려다 말고 앨리스는 병원에 가기

전에 토트백 안에 아무렇게나 쑤셔둔 더러운 옷들부터 빨기로 했다. 맷의 아파트에는 식기세척기와 건조 기능이 있는 세탁기가 있어서 참 좋았다. 배달을 주로 시켜 먹는 맷에게 식기세척기는 그다지 쓸모가 없었지만, 세탁기는 앨리스가 가장 사랑하는 물건이었다. 평소에는 빨래를 하려면 세탁소에 맡겨야 했다. 집 근처 모퉁이에 세탁소가 있어서 길을 건너지는 않아도 됐지만 더러운 옷가지를 한데 모아서 질질 끌고 가야만 했다. 그러면 세탁소에서 빨래를 마친 뒤 깨끗해진 옷들을 개서 커다란 빨래 가방에 담아 돌려주었다. 하지만 지금은 그녀가 가장 아끼는 청바지와 속옷 세 벌, 내일 출근할 때 입고 싶은 셔츠만 손쉽게 빨 수 있었다. 그야말로 대단한 일이었다. 세탁기 앞에 서서 문을 닫으려다가 문득 지금 입고 있는 옷도 빨아야겠다는 생각에 청바지와 티셔츠까지 벗어 세탁기 안에 모조리 던져넣었다. 이내 세탁기가 빙글빙글 돌아가는 소리가 났다. 앨리스는 양말을 신은 두 발로 미끄러운 바닥을 지나쳐 침실로 갔다. 걸칠만한 옷을 뒤적거리는 와중에 현관문이 열리고 주방 조리대 위에 열쇠를 놓는 소리가 연이어 들려왔다.

"자기 왔어? 나 여기 있어!"

앨리스가 크게 외쳤다. 소리를 듣고 맷이 금세 방문 앞에 나타났다. 티셔츠의 목덜미와 겨드랑이에 말발굽 모양으로 커다랗게 땀자국이 난 채로 그가 헤드폰을 벗으며 말했다.

"우와, 자기야 나 오늘 진짜 죽을 뻔했어. '매시 어택'하는 날이었거든. 데드리프트에 추가 버피까지 더해서 세 세트를 하는 거야. 어젯밤에 맥주를 네 병이나 마셨더니 진짜 토할 뻔했다니까."

"잘했네."

앨리스가 심드렁하게 대꾸했다. 맷은 크로스핏을 했다. 덕분에 맥주로 인한 술배가 많이 나오지는 않았다. 하지만 구역감 없이 수업을 소화해낼 정도로 열심히 하지는 않았기에 운동을 갔다 오면 매번 똑같은 소리를 반복해댔다.

"나 씻고 올게."

그러다 맷이 앨리스를 쳐다보며 불쑥 물었다.

"근데 옷은 왜 홀딱 벗고 있어?"

"홀딱 안 벗었어. 빨래 돌리는 중이야."

"으, 아직도 토할 것 같아."

맷이 입을 벌린 채 숨을 헐떡이며 말했다. 그런 다음 앨리스를 피해 걸어가 화장실 문을 밀어젖혔다. 앨리스는 침대 위에 앉아 샤워기에서 물이 흘러 내리는 소리를 들었다.

두 사람은 그리 좋은 연인 사이가 아니었다. 앨리스도 잘 알고 있었다. 앨리스의 친구나 지인들은 생일이나 기념일마다 인스타그램에 거창한 찬가를 올려댔지만, 두 사람은 그러지 않았다. 좋아하는 음악이나 관심사도 달랐고 꿈과 희망이 똑같지도 않았다. 요즘 커플들이 으레 그렇듯 두 사람 역시 데이팅 앱에서 만났다. 술 한 잔이 저녁 식사로, 또다시 술자리로 이어졌고 결국 섹스까지 했다. 어느새 1년이 지나 도어맨은 앨리스의 이름을 묻지도 않고 들여보내 주었다. 1년은 꽤 긴 시간이었다. 유부녀라 결혼에 대해 잘 알고 있는 샘은 맷이 곧 청혼할 것 같다고 말했다. 맷이 결혼하자고 하면 무슨 말을 해야 할까. 선뜻 확신이 서질 않았다. 앨리스는 괜히 발톱을 쳐다보았다. 매니큐어를 다시 바를 때가 한참 지난 탓에 끝에만 빨간 물방울을 떨어뜨린 것처럼 매니큐어가 동그랗게 남아 있었다. 일주일 후면 마흔 번째 생일이었다. 두 사람은 그날 무얼 할지 아직 아무런 계획을 세우지 않았지만 무슨 일이 일어난다면 아마도 그날일성 싶었다. 그 생각만으로도 뱃속이 살짝 뒤집히는 느낌이 들었다. 위장마저도 반대쪽으로 등을 돌리려는 듯한 기분이었다.

결혼은 대체로 좋은 거래 같았다. 누군가 항상 내 곁에 있어 줄 뿐만 아니라 죽음을 맞이하는 순간에 옹기종기 둘러모여 손을 잡아줄 사람들이 생기지 않는가. 물론 이혼하고 갈라섰거나 서로 손을 잡아본 기억이 까마득할 정도로 불행한 부부는 포함되지 않는다. 교통사고를 당하거나 책상 앞에 앉아 있다가 심각한 심장 마비로 사망한 사람들 역시 제외된다. 그렇다면 배우자에게 보살핌과 사랑을 받으며 죽음을 맞이하는 사람은 과연 몇 퍼센트나 될까? 10퍼센트? 물론 결혼이라는 제도가 매력적인 이유가 죽음 하나 때문만은 아닐 테지만 죽음 또한 그 일부에 속했다. 문득 아버지에게는 자신 하나뿐이라는 생각에 앨리스는 안타까운 마음이 들었다. 동시에 아버지와 똑같은 처지인 자신 또한 지금보다 더 많은 걸 바랄 수 없을 거라는 생각에 불현듯 두려워졌다. 아니, 되레 아버지보다 더 나빴다. 레너드에겐 자식이 있지 않은가. 그것도 딸자식이. 만약 앨리스가 사회적으로 성실하고 책임감 있는 간병인의 역할을 수행하도록 길러지는 딸이 아니라 아들이었다면, 아마도 상황은 달랐을 것이다. 앨리스의 30대는 쏜살같이 지나갔고, 20대는 기억이 가뭇했다. 10년 전쯤부터 친구들은 하나둘 결혼을 하고 아이를 가지기 시작했다. 하지만 대부분이 서른셋이나 서른네다섯이 되어서야 아이를 낳았기에 앨리스는 그리 뒤처졌다고 생각하지는 않았다. 하지만 며칠 후면 마흔 아닌가. 마흔이면 너무 늦어버린 건 아닐까? 주변에는 이미 이혼을 하거나 더 나아가 재혼까지 한 친구들도 있었다. 두 번째 결혼은 항상 일사천리로 진행되었다. 그래서 주변 사람들은 첫 번째 결혼이 왜 실패했는지 쉽게 알아챌 수 있었다. 한 부부가 이혼을 했을 때, 그중 한 쪽이 2년도 채 안 되어 재혼에 임신까지 한 상태라면 이혼 사유는 불을 보듯 뻔했다. 앨리스는 아이를 낳고 싶은지 아닌지 아직 잘 알지 못했다. 하지만 그녀가 직접 결정을 내리지 않는다고 해도 머지않아 알아서 결정이 나게 될 터였다. 왜 항상 시간은 이리도 부족한 걸까?

바로 그때, 맷이 샤워를 마치고 나왔다. 그의 시선이 앨리스에게 향했다. 등을 잔뜩 구부린 채 쪼그리고 앉아 있는 그녀의 모습이 마치 고민에 빠진 골렘 같았다.

"뭐 먹을 것 좀 시킬까? 배달 오기 전에 섹스 한 판 어때?"

그의 허리를 감싸고 있던 수건이 툭, 바닥으로 떨어졌다. 맷은 떨어진 수건 따위는 아랑곳하지 않은 채 허리를 꼿꼿이 펴고 당당하게 서 있었다. 그의 발기된 성기가 앨리스를 향해 손짓했다.

"피자 먹을까? 매일 시키던 데서?"

앨리스가 고개를 끄덕이며 되물었다. 맷은 핸드폰을 들고 화면을 몇 번 두드렸다. 그러고는 킹사이즈 침대에 앉아 있는 앨리스의 뒤편으로 핸드폰을 휙 집어 던졌다.

"32분에서 40분 정도 후에 온대."

맷은 요리나 다른 것들엔 젬병일지 몰라도 섹스만큼은 끝내줬다. 앨리스로서는 실로 무시하지 못할 능력이었다.

5

뉴욕의 사립학교들은 세월이 흐름에 따라 바이러스가 퍼지듯 주변으로 야금야금 확장해갔다. 벨베디어 사립학교 역시 건물 두 채를 사용했다. 본관은 센트럴 파크 웨스트와 콜럼버스대로 사이의 85번가 남쪽에 있었는데, 저학년 교실과 입학처가 그곳에 자리했다. 다소 흉물스러운 6층짜리 현대식 건물은 아담했지만, 큼지막한 창문에 성능이 뛰어난 에어컨과 프로젝터 스크린이 설치되어 있었다. 게다가 카펫 바닥에 밝은색의 편안한 의자가 놓인 도서관도 갖춰져 있었다. 한편, 고학년인 7학년부터 12학년까지는 86번가 근처에 새로 지은 건물에서 수업을 들었다. 앨리스는 10대 청소년들을 매일 상대하지 않아도 되어서 좋았다. 매년 가을이 되면 졸업반 학생들이 옆방에 마련된 대입 준비 사무실을 들락거렸는데, 앨리스는 10대 아이들의 모공 하나 없이 매끈한 피부와 큰 키에 흐느적거리는 마른 몸을 3미터 떨어진 거리에서 멀찍이 보는 것만으로 충분했다. 앨리스가 일하는 입학처 사무실은 본관의 2층에 자리하고 있었다. 덕분에 창문 밖으로 목을 쭉 빼면 센트럴 파크로 이어지는 언덕이 훤히 내다보였다.

입학처 사무실에는 통풍이 잘되는 대기실이 마련되어 있었다. 안에는 어린이용 낮은 탁자들이 놓여 있었고, 그 위에는 값은 비싸도 인기가 많은 나무 퍼즐이 구비되어 있었다. 아이들이 앨리스나 에밀리 또는 두 사람의 상사인 멜린다와 이야기를 나누는 동안 초조한 부모들이 가지고 놀 수 있도록 마련해 둔 것이었다. 멜린다는 커다란 골반에 강한 인상을 풍기는 여자였다. 그녀는 매일 목걸이를 다양하게 바꿔가며 메고 왔는데, 아이들은 그녀에 목에 매달린 두툼한 목걸이를 만지고 싶어 했다. 엄마들이 목걸이를 칭찬할 때마다 멜린다는 운동복 차림으로 그레이하운드처럼 몸을 떨며 "아이들의 시선을 끄는 저만의 요령이랍니다!"라고 대꾸했다. 앨리스와 에밀리는 '요령'이라는 단어를 근무 중에 몰래 담배를 피우러 가자는 신호로 사용했다. 두 사람의 책상 사이에 세워진 낮은 벽 위로 에밀리가 고개를 빼꼼 내밀며 "요령 좀 피우러 가볼까요?"라고 말하면 두 사람은 학교 뒤편의 비상구 문을 열고 나가 쓰레기통이 놓인 작은 시멘트 바닥 위에서 담배를 피웠다.

"오늘 그 '오토바이 아빠' 봤어요? 저 진짜 그 아저씨 좋아 죽겠어요."

에밀리가 말했다. 에밀리는 올해 스물여덟이었고, 주변에서 결혼식을 한창 많이 올릴 나이였다. 결혼식에 참석하는 일은 입고 갈 옷과 선물 살 돈을 스스로 마련해야 한다는 점만 빼면 성인식과 비슷했다. 에밀리는 지난여름에만 결혼식을 여덟 번이나 다녀왔고, 그때마다 매번 앨리스에게 문자를 보내 알렸다. 술에 취하면 문자를 보내는 에밀리의 버릇은 슬플 때면 더욱 심해졌다.

"분명 사자자리일 거예요. 안 그래요? 사자 에너지가 마구 뿜어져 나오잖아요. 오토바이를 가볍게 들어 올려서 인도 위에 딱 내려놓는 모습이 얼마나 멋지던지. 오토바이 위에 아이가 둘이나 타고 있었으니 못해도 90킬로그램은 나갈 텐데 아주 가뿐하게 들어 올렸다고요. 사자처럼 힘이 넘쳐나잖아요. **어흥.**"

에밀리가 무시무시한 손톱을 내밀며 말했다.

"아니야."

앨리스가 담배 한 모금을 들이마시며 대답했다. 에밀리가 피우라고 준 팔리아멘트 담배는 물에 젖은 신문지 맛이 났다. 젖은 신문지에 불을 붙일 수만 있다면 딱 이런 맛일 거다. 앨리스는 지난 10년간 담배를 거의 끊을 뻔했던 적이 몇 번 있었지만 무슨 영문인지 완전히 끊지는 못했다. 책을 읽거나 껌을 씹어보기도 하고 낯선 사람들과 친구들에게 못마땅한 눈초리를 한 몸에 받았는데도 어째선지 담배를 끊는 데는 아무런 소용이 없었다. 에밀리가 있어서 참 다행이다, 하고 앨리스는 생각했다. 요즘 젊은 직원들 대부분은 담배는커녕 전자 담배조차 피우지 않았다. 그러면서도 대마초는 피웠다. 하지만 직접 말아 피우지는 않았다. 그리고 담배처럼 피우는 대신 대마초를 음식에 넣어 먹었다. 애송이들 같으니라고. 물론 식용 대마초가 건강에 더 좋다는 사실은 앨리스도 잘 알고 있었다. 폐 건강을 염려할 일도 없을뿐더러 환경에도 더 이로울 테지만 앨리스에게 외톨이가 된 기분이 들게 했다.

"피카소처럼 줄무늬 티셔츠를 입고 왔는데, 기이하기는커녕 엄청 섹시했다고요. 진짜 좋아 죽겠어요."

에밀리가 콘크리트 바닥에 신발 밑창을 벅벅 문대며 말했다.

"애들 픽업은 그 남자 부인이 하더라. 참, 레이는 잘 지내? 오늘 출근했던데. 둘이 아무 일도 없어?"

레이 영은 유치원 보조교사였고 우쿨렐레를 연주했다. 에밀리는 어림잡아 한 달에 한 번꼴로 레이와 잠자리를 가졌다. 그럴 때마다 에밀리는 이번이 마지막이라고 장담하듯 말했다. 다만 레이가 개를 산책시키면서 에밀리네 집 현관 앞을 지나간다는 점이 문제였다. 앨리스는 두 사람의 상황이 〈멜로즈 플레이스 Melrose Place〉에나 나올 법한 이야기라고 생각했다. 하지만 1990년대 드라마를 에밀리가 봤을 리가 없을 테니 입 밖으로 내지는 않았다. 스물다섯인 레이는 에밀리가 부르면 언제든지 곧장 달려왔다. 에밀리는 그런 그에게서 지루함을 느꼈다.

"아, 레이 말이에요. 섹스할 때 꼭 자기 부모님이 쳐다보고 있는 것처럼 해요."

에밀리가 눈알을 굴리며 말했다.

"너 진짜 못됐다."

앨리스가 담배 연기를 내뿜으며 대답했다. 그러자 에밀리가 앨리스를 향해 눈을 찡긋했다.

"한 소리 듣기 전에 얼른 들어가요."

그런 다음 에밀리는 담배를 바닥에 던진 뒤 비벼 껐다.

"참, 아버지는 좀 어떠세요?"

"좋지는 않으셔."

앨리스는 불씨가 아직 남아 있는 담배를 바닥에 휙 던져버
렸다.

6

앨리스와 에밀리가 사무실로 돌아오자 멜린다가 파일 뭉치를 내밀었다. 각각의 파일 앞면에는 매직펜으로 아이의 이름이 쓰여 있었다. 유치원생 35명을 모집하는데 지원자가 200명이나 됐다. 앨리스와 에밀리, 멜린다는 각자의 사무실에서 지원자를 한 명씩 인터뷰한 다음 세 사람이 공유하는 스프레드시트의 입학란에 메모를 남겼다. 모든 지원자는 형제자매가 있는지, 가족 중 벨베디어 졸업생이 있는지, 부모님이 유명인인지, 장학금을 신청했는지, 유색인종이거나 다문화 가정인지, 기타 주목할 만한 사항이 있는지 등을 따져 순위를 매겼다. 꼬마 아이가 자신이 해당하는 곳에 그려온 동그라미들을 볼 때면 앨리스는 이따금 마음이 불편해졌다. 마치 자신이 미스아메리카를 뽑는 심사위원이 된 기분이 들었다. 이 아이는 피아노를 칠 줄 아는군! 이 아이는 두 개 언어를 읽을 수 있군! 이 아이는 레가타라는 보트 경주에서 우승했군! 물론 아이들은 모두 대체로 훌륭했고, 아이들이 으레 그러하듯 엉뚱하고 귀여웠으며 어설프고 재미있었다. 이 직업에서 앨리스가 가장 좋아하는 부분 역시 아이들이었다. 앨리스는 종종 아동 심리 치료사가 되고 싶다고 생각했지만,

그러기엔 이미 너무 늦어버렸다. 그래도 아이들을 만나 단둘이 이야기를 나눌 때면 행복했다. 아이들의 부끄러움이 사르르 녹아내리고 이내 높은 목소리로 별난 생각들을 토해내는 모습을 보는 것이 너무나도 좋았다.

하지만 처음부터 모교에서 평생 일하려고 계획했던 것은 아니었다.

앨리스는 화가가 되고 싶었다. 꼭 화가는 아니더라도 예술을 업으로 삼으며 살고 싶었다. 학생들의 사랑을 듬뿍 받는 미술 선생님이 되어 아이들이 만든 멋진 작품들을 벽면 가득 채워두고 혼자만의 시간에는 자신의 작품활동을 하고 싶었다. 현재로서는 유명 예술가로 성공할 가능성이 희박한데도 10대 때부터 앨리스를 봐왔던 사람들은 그녀를 여전히 미술학도로 여겼다. 하지만 정작 앨리스는 1년이 훌쩍 넘도록 캔버스나 붓은 만져보지도 않았다. 벨베디어를 졸업한 후 실제 예술가가 된 친구들은 뉴욕의 비싼 생활비를 감당하지 못해 다른 도시로 떠난 지 오래였다. 5년 전, 10년 전, 15년 전, 언제 떠났는지 세기도 힘들 정도였다. 앨리스가 제일 좋아했던 친구들은 소셜 미디어도 그만두었고, 아주 가끔 식료품점에서 찍은 웃긴 사진들이나 흐릿한 풍경 사진들만 올릴 뿐이었다. 앨리스는 옛 친구들 모두가 그리웠다.

"앨리스, 정신 차려."

멜린다가 다소 친절한 어조로 말했다. 세 사람은 바퀴가 달린 사무용 의자를 안쪽으로 향하게 해서 삐뚤빼뚤하게 원을 그리고 앉아 있었다.

"죄송해요. 딴생각을 했나 봐요. 이제 정신 차렸습니다."

앨리스가 말했다. 에밀리가 앨리스를 보며 눈을 찡긋했다.

"앞으로 2주 안에 지원자들 인터뷰를 모두 마쳤으면 해. 각자 리스트에 있는 가족들에게 연락해서 시간 약속부터 잡도록. 지원자들 이름은 에밀리가 스프레드시트에 미리 등록해뒀을 거야. 이상."

멜린다가 말했다. 그런 다음 두 사람을 향해 그만 가보라며 고갯짓했다.

서류철 더미는 무게가 상당했다. 각각의 서류철 겉면에는 아이의 사진이 스테이플러로 고정되어 붙어 있었고, 안에는 지원 서류들이 가득 들어 있었다. 앨리스의 부모님이 이 학교에 입학 지원서를 냈을 때는 이 정도는 아니었을 것이다. 기껏해야 종이 한 장이 전부였겠지. 앨리스는 서류철 더미를 제 무릎 위에 올려 둔 채로 혹시 아는 이름이 있는지 훑어보았다. 매년 익숙한 이름이 몇 명씩은 꼭 있었다. 뉴욕에 사는 동창들은 놀라운 속도로 애를 낳았다. 심지어는 벌써 셋째까지 입학시키는 친구들도 있었으니 벨베디어는 효율이 뛰어난 재활용 공장처럼 돌아가는 셈이었다. 자신이 유년 시절을 보낸 곳과 우편 번호가 똑같은 지역에 계속 사는 사람이 이렇게나 많다는 사실이 이상하다는 생각이 들 때도 있었다. 하지만 전국 곳곳의 작은 마을이나 소도시에도 수많은 사람이 살고 있지 않은가. 다만 뉴욕이라는 도시는 이주자나 전입자가 새로 유입되면서 몇 년을 주기로 새롭게 태어나는 곳이었기에 이상하게 보였을 뿐이었다. 앨리스는 서류를 뒤적이다 아는 이름을 발견하면 내심 반가웠다. 대부분 앨리스가 잘 알지 못하는 여자들이었지만 모두가 굉장히 친절했고 안정적인 삶을 영위하고 있는 듯 보였다. 적어도 앨리스보다는 안정적이었다. 그러다 가끔 아주 드물긴 해도 앨리스가 아주 잘 아는 사람의 이름을 발견할 때도 있었다.

라파엘 조피라는 이름을 가진 꼬마가 그랬다. 이 세상에 조피라는 성을 가진 사람이 과연 몇 명이나 될까? 사진 속 아이는 올리브색 피부에 짙은 갈색 머리칼, 진한 눈썹을 가지고 있었다. 이가 하나 빠진 채 웃고 있는 아이의 얼굴은 아빠와 너무 닮아 있었다. 앨리스는 아이의 사진만 보고도 아이의 아빠가 누군지 이미 짐작할 수 있었다. 서류철을 열자 지원서의 두 번째 줄에 아이 아빠의 이름이 적혀 있었다. 토마스 조피. 주소지가 센트럴 파크 웨스트에 있는 산 리모 아파트였다. 토미가 어렸을 때 살던 곳이었다. 그의 생일이 앨리스보다 24개월가량 빨랐는데도 학년은 한 학년 위였었다. 아파트 호수는 기억나지 않아 참 다행이었지만, 그의 집 전화번호는 아직도 똑똑히 기억했다. 지원 서류에 적힌 정보가 사실이라면 토미는 두 사람이 어릴 적 살던 동네에 지금까지 살고 있었다. 학교에서 고작 몇 블록밖에 떨어져 있지 않은 곳인데도 길거리를 오가며 여태껏 토미와 단 한 번도 마주친 적이 없다니, 참으로 이상한 일이었다. 하지만 세상의 이치가 그러하지 않은가. 어떤 사람들은 다른 건물에 살거나 심지어 자치구의 반대편 끝에 사는데도 무슨 연유에선지 동선이 똑같아서 자꾸만 마주쳤다. 그런가 하면 바로 옆집에 사는데도 서로 동선이나 지하철 노선이 겹치지 않거니와 일정도 달라서 절대 마주치지 않는 사람들도 있었다. 앨리스는 불현듯 궁금증이 일었다. 직업이 뭘까. 아직도 그를 토미라고 부르는 사람들이 있을까. 엎어지면 코 닿을 그곳에서 지금껏 쭉 살았던 걸까. 아니면 다시 이사를 들어온 걸까. 어렸을 때 살던 집에서 가족들과 함께 사는 걸까. 아니면 다른 층에 살면서 어린 라파엘이 엘리베이터를 타고 자기 집과 할머니와 할아버지가 사는 집을 오르내리는 걸까. 토미의 얼굴은 과연 어떻게 변했을까. 머리카락이 희끗희끗 세기 시작했을까. 키가 크고 호리호리해서 바람 한 점 없는 날에도 옷이 살랑살랑 나부끼던 그의 예쁜 몸은 아직도 그대로일까. 앨리스가 토미의 이름을 마지막으로 들은 적은 재작년 봄에 열렸던 제20회 고등학교 동창회에서였다. 동창회에 참석하지 않았는데도 친구들 여럿이 토미가 동창회에 오는지를 물어댔다. 자신의 부재를 사람들이 알아채게 만드는 것, 그것이야말로 진정한 권력이리라.

앨리스는 라파엘의 서류철을 덮고는 서류 더미 맨 위에 올려놓았다. 문득 토미 부부가 아들을 부를 때 뭐라고 부를지 궁금해졌다. 이름 그대로 라파엘이라고 부를까, 아니면 줄여서 레이프나 라피, 라프라고 부를까. 앨리스는 먼저 아이 부모에게 이메일을 쓰기 시작했다. 그녀가 담당하는 지원자의 부모가 동창생일 때와 똑같이 써 내려갔다. **안녕하십니까! 98년 졸업생 앨리스 스턴입니다!** 그런 다음 인터뷰와 학교 투어 예약 시간을 잡아야 한다는 내용을 복사해 붙여넣고 맨 마지막에 등록 홈페이지로 연결되는 링크를 넣었다. 끝으로 추신을 덧붙여 쓰면서 썼다가 지우기를 반복했다. **안녕하십니까?** 라고 썼다가 **안녕하세요!** 라고 썼다가 몽땅 지워버리고는 **안녕하세요. 라파엘과 함께 만나 뵙기를 기대하고 있겠습니다.** 라고 적었다. 항상 아이에게 초점을 맞추는 편이 가장 좋았다. 앨리스가 입학처에서 막 근무를 시작했을 때 멜린다가 해준 말이 있었다. 자주는 아니어도 매디슨 스퀘어 가든에서 공연하는 가수나 영화배우를 예비 학부모로서 인터뷰해야 경우가 있다고 했다. 하지만 부모의 직업은 중요하지 않다고 했다. 입학처 직원이 자신들에게 알랑거리거나 말을 더듬기보다는 자기 자녀의 눈을 똑바로 바라보며 감탄해주길 바란다고 했다. 그들 역시 여느 부모들처럼 자신들이 키운 특별한 꽃을 알아봐 주길 원하는 것이다. 앨리스는 유명 인사를 인터뷰할 때도 그다지 당황하지 않았다. 그저 길거리를 활보하다 우연히 마주친 듯 덤덤하게 대했다. 하지만 그녀가 10대 시절부터 알던 사람 중에는 그 이름만 들어도 여전히 심장이 조여오는 듯한 느낌을 주는 이들이 있었다. 어두컴컴하고 혼잡한 술집의 구석진 곳이나 길거리에서 토미를 마주쳤다면 앨리스는 과연 무슨 말을 했을까. 아마 아무 말도 하지 못했을 것이다. 하지만 그녀의 사무실에서 토미를 마주할 때 그에게 무슨 말을 해야 할지는 정확하게 알고 있었다. 밝고 자신감 있게 사무실 문을 열고 미소 띤 얼굴로 그를 맞이할 터였다. 그러면 토미 역시 미소로 화답하겠지.

7

　　레너드의 병실은 항상 추웠다. 모든 병실은 감염 예방을 위해 항상 온도를 낮게 유지했다. 병실이 따뜻하면 온기를 좋아하는 세균이 병약한 숙주를 찾아 이리저리 옮겨 다녔다. 오직 강한 면역력으로 무장한 의사와 간호사들만이 세균과의 싸움에서 승리해 질병을 무찔러낼 수 있었다. 한기를 느낀 앨리스는 방문객용 의자에 앉아 손을 스웨터의 소매 안으로 집어넣었다. 청소하기 편하도록 인조 가죽으로 덧씌워진 소파는 푹신해서 오래 앉아 있어도 편했다. 앨리스는 아버지와 나눴던 대화들을 기억하려고 무던히 애쓰고 있었다. 몇 년 전 어머니를 여읜 동성 친구 하나가 내용은 중요치 않으니 아버지와 나눈 대화를 녹음해 두면 나중에 도움이 될 거라고 말했다. 아버지에게 질문하려니 왠지 쑥스러웠지만, 지난달 병실 의자와 침대 사이에 있는 작은 탁자 위에 핸드폰 화면을 아래로 향하게 놔둔 채로 아버지와 나눈 대화를 녹음한 적이 있었다.

레너드　…아씨께서 납셨구먼. 여왕님이 납시었어…. (무슨
　　　　뜻인지 이해하지 못한 간호사)

레너드　데니스. 데니스.

데니스　레너드 님, 여기 약 두 알 가져왔어요. 오후 약이에
　　　　　요. 제가 드리는 선물입니다. (약 흔드는 소리)

앨리스　고마워요. 간호사님.

데니스　아버님은 제가 제일 좋아하는 환자셔요. 다른 환자
　　　　　분들껜 비밀이에요. 아버님이 최고세요.

레너드　난 데니스가 참 좋아.

앨리스　간호사님도 아빠가 좋으시대요.

레너드　우리 딸이랑 필리핀 얘기를 하던 참이었어. 이멜다
　　　　　마르코스에 대해서 말이야. 그리고 보니 필리핀에서
　　　　　온 간호사가 참 많아.

앨리스　그건 인종차별적 발언인데요?

레너드　넌 무슨 말만 하면 죄다 인종차별이래냐. 그저 필리
　　　　　핀 출신 간호사가 많다고 말한 것뿐이야. (기계에서
　　　　　삐 소리가 난다.)

앨리스　혹시 요즘 작업 중인 책 있으세요?

레너드　너 정말 그러기냐.

　그러게 대체 왜 그딴 질문을 했던 걸까? 아버지와 대화를
나눌 시간이 그리 많이 남아 있지도 않은 때에 굳이 그런 질
문을 해야 했을까? 지난 20년간 일개 기자들이 수없이 물어
봤을 법한 진부한 질문이나 할 줄 누가 알았으랴. 하지만 앨
리스로서는 아버지에게 지극히 사적인 무언가를 물어보거나

자신에 관해 말하기보다는 그런 진부한 질문을 하는 편이 훨씬 쉬웠다. 더군다나 그 질문에 대한 대답이 궁금하기도 했다.

◆◆◆

앨리스에게는 눈을 꼭 감고 마음속으로 아버지를 그려볼 때면 기억 속에 박제된 듯 남아 있는 형상이 하나 있었다. 바로 레너드가 포맨더 워크의 원형 식탁에 앉아 있는 모습이었다. 뉴욕에는 포맨더 워크와 비슷한 거리가 몇 군데 있다. 웨스트 빌리지에 있는 밀리건 플레이스나 패친 플레이스와 더불어 앨리스의 집 근처인 브루클린에도 몇 개 더 있지만, 포맨더 워크에는 무언가 색다른 매력이 있었다. 포맨더 워크와 비슷한 거리들 대부분은 마구간을 개조한 작은 집들이 좁다란 길 양쪽으로 늘어서 있거나 과거 인근에 지어진 웅장한 건물에 필요한 말과 마차를 보관할 목적으로 지어져있었다. 인형집처럼 작디작은 집들은 요즘 가격이 매우 비쌌기에 수납공간보다는 고급스러움과 예스러움을 원하는 부자들이 그곳에 많이 살았다. 포맨더 워크는 브로드웨이와 웨스트엔드 대로 사이의 94번가와 95번가를 잇는 구역 한가운데를 가로지르는 거리였다. 1921년 한 호텔 개발업자가 영국의 작은 마을을 배경으로 한 소설을 원작으로 한 연극을 보고 영감을 받아 조성했다. 그 덕분에 실제 영국 거리와 매우 흡사했고, 레너드는 그 점을 가장 마음에 들어 했다. 소설

속 장소를 현실 세계로 재현해 놓은 복제본의 복제본인 이 거리에는 굳게 잠긴 대문 너머로 「헨젤과 그레텔Hansel and Gretel」에서 튀어나온 듯한 자그마한 집들이 두 줄로 늘어서 있었다.

포맨더 워크의 집들은 모두 아담한 2층짜리 주택이었다. 건물들 대부분은 1층과 2층 전체를 사용하는 아파트 2채로 나누어져 있었고, 현관문 앞에는 잘 가꾸어진 작은 정원이 딸려 있었다. 저 멀리 95번가와 맞닿은 쪽에는 공중전화 부스 정도 크기의 경비 초소가 자리하고 있었다. 거주민이 함께 사용하는 눈삽 등의 장비들을 보관하는 장소였는데, 안에는 거미줄이 가득했으며 간간이 바퀴벌레가 배를 까뒤집고 헤엄을 쳐댔다. 앨리스가 어렸을 적 레지라는 이름의 관리인에게 들은 바로는 험프리 보거트가 포맨더에 살았을 때 그의 개인 경호원이 그 경비 초소를 근무지로 사용했었다고 했다. 그 말의 진위 여부는 확인할 길이 없었지만, 포맨더 워크가 특별한 장소라는 것만큼은 확실했다. 포맨더 워크의 집들은 앞쪽 창문이 건너편 이웃집과 고작 3미터 정도밖에 떨어져 있지 않은 데다가 뒤쪽 창문 역시 거대한 아파트 건물을 마주하고 있었다. 그래서 마치 그들만의 세계에 있는 것만 같은 느낌을 안겨 주었다.

앨리스가 아버지를 떠올리는 장면은 늘 판에 찍은 듯 똑같았다. 레너드는 식탁 앞에 앉아 있었고 그 뒤로 플로어 램프가 켜져 있었다. 식탁 위에는 적을 땐 한 권, 많을 땐 세 권

정도의 책과 리걸 패드, 펜, 물 한 잔이 놓여 있었다. 그 옆으로 다른 음료가 담긴 또 다른 컵 하나가 있었고 그 컵에서 얼음이 녹은 물이 흘러내렸다. 레너드는 낮에는 연속극을 보거나 센트럴 파크와 리버사이드 파크로 산책을 갔다. 때로는 우체국과 페어웨이 마트에 들르기도 하고 브로드웨이와 90번가에 있는 '시티 다이너'라는 식당에 가 밥을 먹고 친구들과 통화를 했다. 하지만 밤이 되면 변함없이 식탁에 앉아서 일했다. 앨리스는 그 장면 속에 자신을 끼워 넣어보려 노력했다. 현관문을 열고 들어와 가방을 바닥에 툭 던져놓고 아빠 맞은편 의자에 앉는 제 모습을 그려보았다. 학교에서 돌아와 아버지에게 어떤 말을 했었을까? 숙제 이야기? 아니면 영화나 TV 프로그램 이야기를 했을까? 〈제퍼디!Jeopardy!〉라는 퀴즈쇼에서 나왔던 정답에 관한 이야기를 했을까? 분명 어떠한 대화가 오갔었는데, 어째선지 앨리스가 떠올린 장면들은 무성영화처럼 소리가 없었다.

앨리스가 녹음한 파일에서 목소리로 등장했던 간호사인 데니스가 병실로 들어왔다. 앨리스는 서둘러 의자로 다시 가 앉았다. 허리를 곧추세우고 앉은 그녀에게 데니스가 손사래를 치며 말했다.

"편하게 앉으세요."

앨리스는 고개를 끄덕였다. 그러고는 데니스가 각종 기계들을 확인하고 레너드의 침대 옆 수액 걸이에 매달린 주머니를 불투명한 액체가 가득한 새 걸로 갈아 끼우는 모습을 지켜보았다.

"따님분이 참 착하세요."

데니스가 병실을 나가는 길에 앨리스의 무릎을 두드리며 말했다.

"전에 아버지께 한번 말씀드렸었는데, 저『타임 브라더스』 왕팬이에요. 예전에 간호대학 다닐 적에 룸메이트랑 같이 스콧이랑 제프로 핼러윈 분장을 했었어요. 저는 콧수염을 기른 제프로 분장을 했었는데, 분장을 잘했는지 만나는 사람마다 누군지 대번에 알아보고는 저한테 '미래를 기약하며!'라고 외쳐댔어요."

'미래를 기약하며!'라는 말은 두 형제의 단골 멘트였다. 레너드는 이 문구가 창피하다고 생각했지만, 사람들은 레너드가 길을 걸어갈 때 외쳐대거나 식당에서 영수증에 적어 주기도 했다.

"잘 어울리셨을 것 같아요."

앨리스가 간호사에게 말했다.

『타임 브라더스』 주인공들은 핼러윈 분장으로 안성맞춤이었다. 〈스타트렉Star Trek〉 유니폼처럼 스판덱스 재질이 아니라서 몸에 심하게 달라붙지도 않았고, 〈해리포터Harry Potter〉에 나오는 그리핀도르 망토처럼 학생 분위기도 풍기지 않았다. 평범한 옷만으로도 충분히 만들 수 있는 의상이었다. 제프는 딱 붙는 청바지에 노란 비옷을 입었고 나이가 들면서 금발 콧수염을 길렀다. 동생인 스콧은 긴 머리에 격자무늬 치마를 입고 워커 부츠를 신었는데, 그의 옷차림은 레즈비언 패션의 아이콘이 된 지 오래였다. 소설을 출간했을 때만 해도 이런 일이 벌어질 줄은 레너드도 전혀 예상하지 못했을 것이다. 앞날을 내다보기란 불가능했을 테니까. 아버지의 책은 지금도 꾸준히 팔렸고 앞으로도 그럴 것이다. 더는 베스트셀러는 아니었으나 여전히 모든 서점의 책꽂이에 아버지의 책이 꽂혀 있었고, 10대 아이들의 방에는 문고본이 하나씩 놓여 있었다. 게다가 성인 괴짜들은 데니스처럼 비옷과 가짜 콧수염을 찾아 헤맨 경험이 한 번쯤은 다 있었을 정도로 여전히 인기가 많았다. 레너드는 TV 드라마에는 전혀 관여하지 않았는데도 드라마가 방영될 때마다 돈을 받았고, 《뉴욕 타임스》의 십자 퍼즐 정답으로도 셀 수 없이 등장했다. 차기작을 출간하지는 않았어도 레너드는 항상 글을 썼다.

어렸을 적 앨리스는 『타임 브라더스』에 나오는 형제들을 친형제라고 상상하고는 했었다. 작은 침실에 외로이 앉아서 혼자 하던 게임 중 하나였다. 당시 스콧과 제프를 연기한 배우 둘 다 인물이 훤칠하고 나이가 어렸었다. 두 배우 모두 드라마가 방영을 시작했을 때 나이가 10대 후반밖에 되지 않았었다. 어린 앨리스는 아버지의 책을 읽지는 않았어도 두 형제가 시공간을 넘나들며 미스터리를 풀어나가는 내용이라는 큰 뼈대는 대충 이해할 수 있었다. 그 외에 더 알았어야 할 게 있었을까? 제프 역을 맡았던 배우는 요즘 노인용 비타민 광고에 나와서 하얗게 센 콧수염을 뽐내며 카메라를 향해 윙크를 던져댔다. 스콧 역을 맡았던 배우는 매년 보내는 크리스마스카드를 통해 테네시주 내슈빌 외곽의 말 농장에 살고 있다고 전해왔다. 스콧을 연기했던 배우에게 아버지의 상태를 알려야 할까? 제프를 연기했던 배우에게도 어떻게든 전할 방법을 알아봐야 할까? 하지만 제프를 연기했던 배우는 앨리스가 어렸을 때부터 막돼먹은 놈이었다. 지난 수년 동안 찾아온 적도 없었거니와 선물을 보내도 매번 사치스럽고 쓸모없는 물건들만 보내오고는 했다. 한번은 방 하나를 가득 채우고도 남을 정도로 거대한 꽃다발을 보낸 적이 있었는데, 자신이 직접 고르지도 않은 꽃다발에 자신이 직접 쓰지도 않은 쪽지를 꽂아 보낸 것이었다. 앨리스는 자신이 두 배우를 어떻게 생각하는지 아버지에게 속 시원히 말해주고 싶었다. 하나는 조금 다정하고 하나는 어릿광대 같을 뿐 두 놈 모두 바보 천지인 건 매한가지라고 말이다.

병원 문을 나설 때마다 앨리스는 아버지가 살아 있는 모습을 보는 것이 이번이 마지막이 될까 봐 두려웠다. 사랑하는 사람들이 병실을 나갈 때까지 기다렸다가 세상을 떠난 사람들의 얘기를 들은 적이 있어서였다. 앨리스는 면회 시간이 끝날 때까지 기다렸다가 아버지에게 사랑한다고 말한 후 병실을 나왔다.

8

앨리스는 레스토랑을 미리 골라 예약해 두었다는 맷의 문자를 받고 놀랐다. 두 사람이 함께 가본 적도 없고, 적어도 앨리스는 처음 가보는 레스토랑이었다. 그녀는 립스틱을 바르며 샘에게 문자 메시지를 보냈다.

맷이 저녁 예약을 해놨대. 미드타운에 있는 고급 레스토랑인데 〈탑 셰프 Top Chef〉에 출연했던 셰프가 운영하는 곳이래.

앨리스가 문자를 보내자마자 샘이 곧바로 답장을 보내왔다.

핫한 당뇨병 셰프? 아니면 섹시한 일본 여자 셰프? 둘 다 너무 좋아.

앨리스는 샘이 볼 수 있기라도 하듯 어깨를 한 번 으쓱했다. 그러고는 페이스타임으로 샘에게 영상 전화를 걸었다.
"여보세요."
"안녕, 앨리스."
샘은 운전 중에 전화를 받은 듯했다.

"사만다 로스먼 우드. 설마 지금 운전하면서 영상 통화하는 중이야? 너 그러다 사고 난다."

"진정해. 이비가 다니는 발레 학원 주차장이야."

그러더니 샘이 대뜸 두 눈을 감고 말을 이었다.

"난 가끔 이러고 앉은 채로 낮잠도 자는걸."

올해 일곱 살인 이비는 샘의 세 자녀 중 첫째 딸이었다. 순간 화면에 보이지 않는 누군가의 입에서 울음소리가 커다랗게 울려 퍼졌다.

"젠장. 애 깼네."

샘은 곧장 뒷좌석으로 재빠르게 타 넘어가 리로이가 앉아 있는 카시트의 버클을 풀었다. 그러고는 수유용 브래지어를 내려 아기를 가슴께에 안혔다. 앨리스는 이 모습을 가만히 지켜보았다.

"어쨌든 무슨 일인데 그래?"

"이따 저녁에 맷이랑 만나기로 했거든. 근데 엄청 고급진 레스토랑에 예약을 해뒀더라고. 내 생일까지 아직 며칠 남았는데 혹시 깜짝 생일 축하를 해주려는 건가. 잘 모르겠어."

앨리스가 손톱을 잘근잘근 씹으며 말했다. 핸드폰 화면 속에서 리로이가 다리를 뻥뻥 걸어차며 작디작은 손으로 샘의 가슴팍을 때려대고 있었다.

"그렇구나. 드디어 올 게 왔나 본데? 내 생각에는 맷이 오늘 너한테 프러포즈할 것 같아. 마리아치 밴드를 불러서 노래를 부르거나 플래시 몹처럼 요란스레 하지 않고 공개적인 장소에서 조용하게 하려나 봐. 너 몰래 웨이터한테 미리 말해서 디저트 안에 반지를 쏙 숨겨놓거나 하는 식으로 말이야."

샘이 말했다. 앨리스는 휘파람 소리를 내며 숨을 한껏 들이마셨다.

"그래. 맞아. 그럴지도 모르지."

"지금 숨은 쉬고 있지?"

샘이 앨리스를 쳐다보며 물었다. 앨리스는 고개를 절레절레 흔들었다.

"이따가 맷이랑 저녁 먹고 나서 다시 전화할게. 알겠지? 사랑해."

앨리스의 말에 샘이 손 키스를 날리고는 리로이의 작은 손을 잡고 흔들었다. 두 사람은 샘의 SUV 뒷좌석에 앉아 있어서 화면에는 조그맣게 비쳤다. 커다란 차 안에는 어린이용 카시트 하나가 정면을 향해 붙어 있었고 유아용 카시트 하나가 반대편을 향해 붙어 있었다. 바닥에 깔린 매트 위에는 아이들이 먹다 흘린 치리오 과자 부스러기가 흩뿌려져 있었다. 앨리스가 통화 종료 버튼을 누르자 두 사람은 화면에서 사라져 버렸다.

20대부터 30대 초반까지 몇 해 동안 앨리스는 주변 친구들을 부러워했었다. 그중에서도 샘이 제일 부러웠다. 샘과 조시의 결혼식에 참석했을 때 샘은 반짝이는 하얀색 실크 드레스를 입고 양가 친척들과 춤을 추었다. 신부 측 흑인 여성들과 신랑 측 유대인 여성들이 한데 어우러져 휘트니 휴

스턴의 노래에 맞춰 춤추는 모습을 보며 앨리스는 생각했다. '진정한 행복이란 바로 저런 모습이 아닐까. 나는 결코 누릴 수 없을 거야.' 샘이 첫 아이를 임신했다는 소식을 들었을 때는 부러움에 눈물이 왈칵 쏟아졌고 둘째 아이를 임신했을 때도 마찬가지였다. 그런 자신이 부끄러워 앨리스는 심리 상담을 받으며 자신의 감정을 모두 털어놓았다. 하지만 수년이 흐른 지금 주변을 둘러보며 새로이 깨달은 사실이 하나 있었다. 이제 대학 친구들 모두가 아이 때문에 늦게까지 외출하거나 늦잠을 자지 못했다. 게다가 한 번 얼굴을 보려고 해도 아이가 낮잠을 자는 시간에 맞춘 오전 10시 30분에서 11시 30분 사이가 아니면 불가능했다. 반면, 앨리스는 여전히 자신이 하고 싶은 것을 원하는 시간에 마음껏 할 수 있었다. 마침내 질투라는 감정에서 벗어난 것이었다. 친구들과 달리 앨리스는 자유로웠다. 아무 때나 여행을 가든 낯선 이들을 집으로 초대하든 마음만 먹으면 무엇이든 할 수 있었다.

결혼에 부정적이었던 아버지 역시 앨리스에게 별 도움이 되지 않았다. 앨리스의 아버지는 결혼을 자신이 극복해야 할 끔찍한 질병처럼 여겼다. 이혼 후 홀로 아이를 키우는 편이 아버지에게는 더 잘 맞았다. 아버지는 앨리스와 앨리스의 친구들을 무척 예뻐했고, 아이와 함께 놀이터에 가고 TV를 보며 밥을 먹기를 좋아했다. 그런데 결혼을 하면 응당 뒤따르는 모든 것들을 싫어했다. 연락을 거의 끊고 사는 친척에게 왜 크리스마스 선물을 사 줘야 하는지 이해하지 못했고, 저녁 식사 모임에 참석하거나 지루한 부모들과 한담을 나누는 일도 견디지 못했다. 사립학교 학부모들은 레너드의 괴짜다운 면모를 낯설어했다. 이는 레너드가 보통 사람들과는 다르다는 의미이기도 했다. 그렇다고 아버지가 여자들을 아예 만나지 못했던 것은 아니었다. 앨리스는 어릴 적 이따금 아버지의 여자친구로 보이는 여자들을 만난 적이 있었다. 하지만 집에서 하룻밤 자고 가거나 앨리스가 보는 앞에서 아버지의 뺨에 입을 맞추는 모습을 본 적은 단 한 번도 없었다. 아버지와 어머니가 한 방에 다정하게 있는 모습 역시 앨리스로서는 상상조차 하기도 힘든 일이었다. 애정 표현은커녕 어깨에 손을 올리거나 팔짱을 끼는 등의 신체 접촉조차 목격한 적이 없었다. 두 사람은 결혼하고 4년 후에 앨리스를 얻었고, 앨리스가 여섯 살 때 10년간의 결혼 생활에 종지부를 찍었다. 그리고 앨리스가 학교에 입학하던 해 세레나가 캘리포니아로 떠나면서 두 사람은 미국의 동쪽 끝과 서쪽 끝으로 갈라섰다.

물론 결혼 후에 행복하게 사는 부부들을 본 적도 있었다. 어릴 적 친구네 집에 하룻밤 자러 가거나 휴일 주말에 놀러가서 친구네 부모님이 행복하게 지내는 모습을 봤었다. 그럴 때면 마치 자연 다큐멘터리를 시청하는 기분이 들었다.

자, 여기 1989년 미국에 살던 이성애자 커플이 있습니다. 저녁으로 먹을 토마토소스를 함께 만들며 수시로 서로의 등에 장난스레 손을 얹고 있는 모습을 보시죠.

다정한 부부의 모습을 바로 눈앞에서 보고 있는데도 현실이 아닌 것 같았다. 앨리스는 그때 처음으로 아버지가 다른 지루한 아빠들 같았으면 좋겠다는 생각이 들었다. 자동차 트렁크에 골프채나 싣고 다녔으면 좋겠다고 생각했다. 아니, 그냥 자동차가 있었으면 했다. 그리고 아버지의 옆자리에 친절한 누군가가 앉아 있길 바랐다. 아버지가 작가가 아니라 치과의사나 회계사, 수의사였다면 어땠을까. 아니면 할아버지처럼 배관공이었더라면 아버지의 인생이 다르게 흘러가지 않았을까. 이혼하지 않았더라면 실로 비참한 인생을 살았을 터였다. 이혼을 결심할 당시에는 부모님 역시 이에 대해 생각해 보았을 것이다. 어떤 불행이 가장 견디기 힘들고 어떤 슬픔이 가장 깊은지를 두고 고심했을 터였다. 미래에 존재할지도 모르는 행복이 영원히 없을 거라는 사실이 가장 고통스러웠던 걸까? 아니면 앨리스가 상처를 받을까 걱정되었을까? 아니다. 부모님이 그렇게 멀리까지 내다봤을 리가 없었다.

저녁이 되니 날씨가 제법 쌀쌀했다. 옷을 한 겹 더 껴입고 올 걸, 하고 후회하며 앨리스는 몸을 파르르 떨었다. 레스토랑은 센트럴 파크 사우스에 있는 호텔 로비에 자리하고 있었다. 앨리스는 센트럴 파크를 따라 걸었다. 이륜마차를 달고 있는 말들 옆에서 마차꾼이 씀씀이가 헤픈 관광객들을 향해 손을 팔랑팔랑 흔들어 대고 있었다. 앨리스는 개똥을 간신히 피한 다음 말똥 더미를 피해 계속 걸었다. 저 멀리서

해가 뉘엿뉘엿 지고 있었다. 센트럴 파크를 비추는 햇살에 나뭇잎들이 반짝거렸다. 뉴욕이 마음에 들지 않는 사람들은 그냥 꺼져버리라지. 이 아름다운 공원을 좀 봐! 벤치며 자갈 바닥은 어떻고! 택시와 말이 나란히 서 있는 저 모습을 보라고! 어떤 일이 닥쳐도 앨리스에겐 아름다운 이 공원이 있었다. 앨리스는 숨을 푹 내쉬며 보도블록을 내려와 도롯가로 들어섰다. 쌩쌩 달리던 차들이 잠시 끊기기를 기다렸다가 길 반대편으로 황급히 뛰어갔다.

9

레스토랑 안은 굉장히 어두웠다. 앨리스는 손으로 벽을 짚은 채 계단 두 개를 힘겹게 내려가 안내 데스크로 향했다. 데스크 앞에는 여자 세 명이 똑같이 생긴 까만 드레스를 입고 무표정한 얼굴로 서 있었다. 실내가 너무 깜깜해서 자기가 들어오는 걸 보지 못했을 수도 있겠다는 생각이 잠시 스쳤다. 하지만 이내 중간에 서 있던 여자가 앨리스를 향해 물었다.

"무엇을 도와드릴까요?"

앨리스는 목을 가다듬고 맷의 이름을 댔다. 그러자 옆에 서 있던 다른 여자 하나가 보이지 않는 칵테일이 올려진 쟁반을 떠받들 듯 손바닥을 쫙 펼쳐 보였다. 그러더니 모퉁이를 돌아 식사 공간으로 안내했다. 앨리스는 앞장선 그녀의 뒤를 쫓아 걸어갔다.

새까만 바닥은 대리석처럼 광택이 흘렀다. 앨리스는 미끄러지지 않으려고 조심스레 발걸음을 옮겼다. 의자는 죄다 식탁보 같은 천으로 덮여 있어서 시대극에나 나올 법한 가구들처럼 보였다. 금방이라도 부유한 가족이 도착해 하인들 여럿이 달려 나와 가구들에 씌워둔 천을 모조리 벗겨낼 것만 같았다. 저 멀리 맷이 정장을 멋지게 차려입고 벽 쪽 끝 테이블에 앉아 있었다.

"안녕."

앨리스는 맷의 볼에 입을 맞춘 다음 의자에 앉았다. 아무렇게나 대충 접어 끼워둔 침대 시트 위에 앉은 것처럼 엉덩이가 배기는 느낌이 들었다.

맷이 유리잔을 집어 들고 안에 든 액체를 한 모금 홀짝였다.

"왔어? 여기 멋지지 않아?"

앨리스는 주위를 휘 둘러보았다. 종업원들 모두가 실크 파자마를 입고 있었다. 얼룩이 금방 지고 드라이클리닝이 비싼 점을 고려하면 유니폼으로서는 최악의 선택 같았다. 얼핏 봐도 레스토랑은 새로 개업한 곳이 분명했다. 요식업에 종사한 적은 없었어도 뉴욕 토박이인 앨리스는 얼마나 많은 식당이 폐업에 이르는지 잘 알고 있었다. 이 레스토랑의 미래도 그다지 희망차 보이진 않았다. 하지만 망한다 해도 요즘엔 멋진 스타 셰프들이 언제든 TV쇼로 돌아갈 수 있는 시대 아니던가.

실크 파자마 차림의 종업원 하나가 다가와 테이블 위에 메뉴판 두 개를 올려놓았다. 뒷면이 가죽으로 되어 있는 60센티미터 정도 크기의 태블릿이었다. 모든 메뉴는 완성된 음식이 아니라 음식에 들어가는 재료로만 설명되어 있었다. **완두 새싹, 단호박, 수제 리코타 치즈, 세이지 허브, 달걀, 브라운 버터, 느타리버섯, 소시지.**

"와인 한 잔 가득 따라서 부탁드려요. 달지 않은 화이트 와인으로요."

메뉴판을 가져다준 여자가 자리를 뜨려는 찰나 앨리스가
서둘러 말했다.

맷이 다리를 덜덜 떠는 탓에 테이블 표면이 약하게 지진
이라도 난 듯 흔들렸다. 그는 정장을 멋지게 차려입은 채 땀
을 뻘뻘 흘리고 있었다. 그 모습을 보자 앞으로 벌어질 일이
눈에 훤히 펼쳐졌다. 주문한 음식들이 그림처럼 예쁘게 접시
에 담아 나오기 시작하면 맷은 점점 더 불안해 할 것이다. 두
사람이 적은 양의 음식들을 맛있게 다 먹고 나면 디저트가 나
오기를 잠시 기다려야 할 것이다. 바로 그때, 맷은 간장 얼룩이
진 테이블보 위로 조그만 벨벳 상자를 그녀 앞으로 쏙 내밀 것
이다. 이 모든 장면이 빨리 감기를 하듯 앨리스의 눈앞에 빠르
게 지나갔다.

"생각해 봤는데, 우리 집으로 아예 이사를 오는 게 어때?"

맷이 물었다. 마침맞게 종업원이 앨리스가 주문한 와인을
가져왔다. 앨리스는 기다렸다는 듯 와인을 크게 한 모금 들
이켰다. 차가운 액체가 혀를 타고 미끄러져 내려갔다.

"왜? 혼자 사니까 좋지 않아? 혼자만의 시간도 가질 수 있
고?"

앨리스가 되물었다. 앨리스는 맷을 아버지에게 소개한 적
이 없었다. 샘은 그런 그녀가 이상하다고 말했지만 임신한
게 좋다고 말하는 샘이 이상하기는 앨리스도 매한가지였다.
레너드와 맷은 서로를 탐탁지 않아할 게 불을 보듯 뻔했다.
그래서 굳이 만남을 주선해야 할 가치가 없다고 생각했다.

이혼한 뒤 혼자인 아버지와 살아서 좋은 점을 하나 꼽자면 다른 사람들처럼 결혼을 서두를 필요가 없다는 것이었다. 앨리스의 주변에는 결혼해야 비로소 어른이 된다는 이유로 결혼을 하는 사람들이 많았다. 돌이켜보면 인생에서 중요한 결정들을 그저 사회가 미리 정해둔 모범 답변에 따라 내렸던 적이 얼마나 많았던가. 시간을 충분히 갖고 천천히 생각해 보면 당황스럽기 그지없었다.

"잘 모르겠어. 생각해 봤는데, 음, 네가 이사해 들어오고 난 다음에 강아지 한 마리 데려와서 같이 키우면 어때? 대학 동창 하나가 얼마 전에 시베리안 허스키를 입양했는데 엄청 멋있더라. 진짜 늑대처럼 생겼어."

"그러니까 지금 같이 살자는 이유가 단지 개를 키우고 싶어서라는 말이야?"

앨리스가 살짝 비꼬듯 말했다. 맷이 노력하고 있다는 걸 알면서도 앨리스는 확신이 서지를 않았다. 그녀를 향해 쌩쌩 달려오는 차들을 피해야 할까, 아니면 그녀를 밟고 지나가게 가만히 있어야 할까. 맷에게 프러포즈를 받으면 기분이 어떨지는 실제로 그 순간이 닥쳐야 알 수 있지 않을까? 어쩌면 앨리스가 생각했던 것과 다를지도 몰랐다. 누군가 그녀에게 프러포즈했다는 사실에 기분이 좋아질지도 몰랐다. 앞으로 영영 프러포즈 따위는 받지 못할지도 모르는 일 아닌가.

그때, 맷이 냅킨의 가장자리로 이마를 톡톡 두드렸다. 그의 얼굴은 이제 슬슬 아파 보이기까지 했다.

종업원이 다시 다가와 어떤 음식을 주문하겠냐고 물었다. 그러더니 대뜸 메뉴 설명을 늘어놓기 시작했다. 장장 10분 동안 고개를 연신 끄덕이며 듣던 앨리스는 설명이 끝나자마자 화장실이 어디 있냐고 물었다. 칠흑같이 어두운 복도를 따라가자 아무런 표식도 붙어 있지 않은 문 하나가 눈앞에 나타났다. 문을 열고 안으로 들어가자 커다란 공용 세면대가 하나 나왔고 그 주변으로 여러 칸의 화장실이 빙 둘러 있었다. 마치 지하 깊숙이 파놓은 벙커에 들어선 느낌이 들었다. 앨리스는 세면대로 성큼 다가가 얼굴에 물을 끼얹었다. 바로 그때 어디선가 여자 하나가 나타나 수건을 불쑥 내밀었다.

"사람 죽이기 딱 좋은 곳이네요."

앨리스의 말을 들은 여자가 순간 움찔했다.

"죄송해요. 다 좋은데 화장실 안이 조금 어두워서요. 죄송해요. 겁주려고 한 말은 아니었어요. 아무래도 제 남자친구가 저한테 프러포즈할 건 가봐요."

여자는 미소를 옅게 지어 보였다. 하지만 사뭇 불안해진 표정을 보아하니 앨리스가 실제 살인자일 확률이 얼마나 될지 저울질하고 있는 모양이었다.

"어쨌든 고마워요."

앨리스가 말했다. 그러고는 지갑에서 2달러를 꺼내 팁을 넣는 병 안에 넣었다.

다시 테이블로 돌아간 그녀는 음식을 주문한 뒤 식사를 했다. 모든 요리는 하나같이 굉장히 오랜 시간 공들여 만든 듯한 맛이 났다. 다만 음식을 다 먹은 후에도 앨리스는 여전히 배가 고팠다. 테이블을 싹 치우고 나자 맷이 고개를 들어 앨리스를 가만히 쳐다보았다. 먼저 입을 연 사람은 의자에 등을 기대고 앉아 있던 앨리스였다.

"괜찮았어. 음식들 전부 다 정말 맛있었어."

"그래."

이윽고 기차가 역을 출발하듯 맷이 몸을 움직이기 시작했다. 의자를 뒤로 밀며 자리에서 벌떡 일어나 아래쪽으로 몸을 숙였다. 그러더니 양손을 바닥에 짚고 양쪽 무릎 역시 한쪽씩 바닥에 댔다. 그렇게 엎드린 채로 엉금엉금 기어 오더니 갑자기 허리를 곧추세우고 한쪽 무릎을 꿇고 앉았다. 이 모든 광경을 앨리스는 경악하며 지켜보았다. 마침내 맷이 몸을 앞으로 살짝 숙인 채 그녀를 향해 손을 내밀었다. 앨리스는 그의 손을 맞잡았다.

"앨리스 스턴, 평생 나랑 같이 배달음식 시켜 먹으면서 넷플릭스 함께 보지 않을래?"

이 말이 맷의 귀에는 정말 멋지게 들리는 걸까? 맷이 말을 계속 이어갔다.

"자기는 정말 똑똑하고 재미있고, 음, 진짜 웃긴 사람이야. 그래서 자기랑 결혼하고 싶어. 나랑 결혼해줄래?"

사랑한다는 말은 대체 어디로 간 걸까? 그녀가 재미있는 사람이었나? 배달음식을 시켜 먹으면서 같이 넷플릭스 보는 일 말고 다른 게 하고 싶어지면 어쩌지? 프러포즈를 거절하기란 앨리스가 생각했던 것만큼 어렵지 않았다. 그의 손에 들린 반지는 가히 아름다웠다. 하지만 어째선지 그 반지를 손가락에 끼고 싶은 마음이 전혀 들지 않았다.

"맷."

앨리스가 운을 떼웠다. 그러고는 맷의 얼굴과 거의 맞닿을 정도로 몸을 숙였다. 레스토랑 내부가 시끄럽고 깜깜해서 참 다행이었다. 방금 벌어진 일을 본 사람은 근처 테이블에 앉은 사람들뿐이었다. 앨리스는 불현듯 화장실로 되돌아가 그곳에 있던 여자에게 "아, 사람을 죽여도 모를 정도로 깜깜해서 얼마나 다행인지 몰라요."라고 외치고 싶었다.

"난 자기랑 결혼할 수 없어. 미안하지만 내 대답은 '노'야."

앨리스의 대답을 들은 맷은 눈을 몇 번 끔뻑거렸다. 그러더니 몸을 튕기듯 일으켜 어기적대며 자기 의자로 돌아가 앉았다.

"이런. 진심이야?"

맷이 물었다. 말과는 달리 그의 얼굴은 한결 편안해 보였다. 맷 역시 그녀 못지않게 결혼에 미온적이었다. 맷의 어머니와 누나는 하루가 멀다고 그에게 전화를 걸어 결혼하라고 닦달해댔다. 젊고 성공한 이 남자가 그간 받았을 압박감이 얼마나 컸을지 그 크기를 앨리스는 가늠할 수 있었다. 성공한 젊은이가 신부를 맞이하는 내용이야말로 수많은 소설의 단골 소재 아니던가. 소설 속에서만 나오는 이야기가 아니라 앨리스가 속한 사회경제적 계층에 속한 사람들 모두가 겪는 일이었다. 마치 정해진 순서처럼 모두가 대학을 졸업하고 취업을 하면 결혼을 했다. 맷은 늦은 편이긴 했어도 아직 뒤처진 나이는 아니었다. 늘 그렇듯 남자들에겐 더 많은 시간이 허락되었으니까.

"진심이야."

앨리스가 대꾸했다. 어느새 테이블 위에는 정체를 알 수 없는 디저트가 놓여 있었다. 동그란 모양의 녹색 디저트는 케이크보다 촉촉해 보였다. 아마도 플랑이나 푸딩 같았다. 앨리스는 얼른 한입 맛을 보았다. 풀을 크림에 찍어 먹는 맛이 났다. 곧바로 한입 더 떠먹었다.

"너에게 맞는 짝을 찾을 수 있을 거야. 네가 결혼을 하고 싶어 한다니 참 잘된 일이라고 생각해. 난 그저 네 짝이 아닐 뿐이야."

"안 그래도 페이스북으로 나한테 계속 연락해오는 애가 하나 있거든. 고등학교 때 알던 여자애인데, 프롬 파티에도 같이 갔었어. 최근에 이혼했나 보더라고."

맷이 숟가락을 집어 들고 푸딩의 가장자리를 둥그렇게 훑으며 말했다.

"이 디저트 뭔가 좀 이상해."

"내가 보기에는 그 여자가 딱 좋은 것 같아."

앨리스는 마지막 한입을 맛볼 참으로 풀 맛이 응집된 디저트의 한가운데에 숟가락을 쿡 찔러 넣었다. 그녀는 평생 무언가 잘못하고 있는 건 아닌지, 혹시 자신에게 어떤 문제가 있는 건 아닌지, 혼자만 너무 뒤처진 건 아닌지 늘 궁금해하며 살아왔다. 하지만 아버지를 꼭 빼닮은 그녀 역시 아버지처럼 혼자가 더 나을지도 몰랐다. 앨리스는 어느 순간이 되면 모든 것이 제자리를 찾아갈 줄로만 알았다. 그녀의 삶 역시 다른 이들과 똑같은 궤적을 그릴 거라고 믿었었다. 하지만 그 모든 게 혼자만의 착각이었던 건지도 몰랐다. 푸딩의 정중앙에는 크림 한 덩이가 숨어 있었다.

"우와. 이것 좀 봐. 내가 먼저 찾았지롱!"

10

오늘도 여느 때처럼 하루 종일 인터뷰 약속이 줄줄이 잡혀 있었다. 딱히 다른 방도가 없었다. 앨리스가 인터뷰해야 할 가족들이 너무 많아서 띄엄띄엄 약속을 잡았다가는 몇 달이 걸릴 터였다. 라파엘 조피의 인터뷰는 제일 마지막으로 잡아 두었다. 시간이 지연되어도 불평하거나 무시당한다고 느끼는 사람이 생기지 않게 하기 위해서였다. 지난 수년간 앨리스가 겪어본 바에 따르면 한낮에 약속을 잡으면 아버지가 불참할 확률이 상당히 높았다. 반면, 아침이나 오후 늦게 약속을 잡으면 양쪽 부모가 모두 참석할 공산이 컸다.

앨리스는 매번 부부 모두에게 메일을 보냈지만, 회신을 보내오는 사람은 항상 어머니였다. 라파엘의 부모 역시 토미가 아니라 그의 아내인 해나 조피가 답장을 보내왔다. 메일에는 앨리스와 남편의 개인적인 친분에 대한 언급은 일절 없었다. 앨리스는 그녀의 남편인 토미가 한때 서로 알고 지내던 사람이었다. 그것도 바로 이 학교 안에서 말이다. 하지만 둘에 대한 내용은 그 어디에도 쓰여 있지 않았다. 요즘은 많은 것들이 자동화 되어 있으니 토미의 아내 역시 일종의 가상 비서와 메일을 주고받고 있다고 생각했으려나. 하지만 해나가

'우리'라는 단어를 사용한 점을 미루어 볼 때 가족 세 명이 다 함께 올 거라 짐작이 갔다. 앨리스의 사무실은 대개 깨끗하게 정돈되어 있는 편이었다. 아이와 부모가 인터뷰를 마치고 나가면 몇 분간 메모를 작성하고 퍼즐과 게임, 종이와 크레파스 등을 정리했다.

그때 똑똑, 사무실의 문을 두드리는 소리가 났다. 이내 에밀리가 복도 밖에서 사무실 안으로 고개를 빼꼼 들이밀었다. 앨리스는 에밀리에게 토미에 대해 간단하게 말해주었다. 토미는 앨리스가 고등학교 때 짝사랑했던 남자였다. 서로 어설프게 키스를 나누는 사이로 발전했지만 얼마 못 가 가슴 아픈 실연의 아픔을 겪고 말았다. 그런데 지금 보니 아무것도 말해주지 말았어야 했다. 에밀리가 흥분을 주체하지 못하고 있었다.

"조피 부부가 막 도착했어요. 제가 모시고 올까요? 아니면 직접 마중 가시겠어요? 참고로 그 남자분이요. 좀 나이 들긴 했는데 엄청 섹시해요. 아, 제 말은 늙은 게 아니라 저보다 나이가 많다고요. 그러니까 선배님 나이쯤요. 어쨌든 20대인 저도 혹할 만큼 진짜 섹시해요. 이상 보고 끝. 그럼 제가 가서 모시고 올까요?"

에밀리가 눈을 커다랗게 뜨며 재차 물었다.

"어휴, 내가 갔다 올 테니 넌 그냥 저기 구석에 가서 조용히 앉아 있어."

앨리스가 한숨을 푹 내쉬면서 말했다. 그러자 에밀리가

고개를 끄덕였다.

　평소에는 원피스를 잘 입지 않는 그녀였지만, 오늘은 디스코 여왕이나 입을 법한 와인색 빈티지 원피스를 차려입고 왔다. 벨베디어 학교 엄마들은 절대 입지 않을 스타일의 옷이었다. 그들은 전부 똑같이 입고 다녔다. 똑같은 브랜드의 청바지와 신발, 똑같은 운동복 차림에 겨울에는 똑같은 다운 코트를 걸쳤다. 모두 앨리스의 취향과는 거리가 먼 옷들이었다. 앨리스는 토미가 자신을 보고 '젠장, 내가 저런 사람을 놓쳤단 말이야?'라며 아쉬워하기를 바랐다. 토미가 무척 보고 싶은 만큼 이런 생각을 하는 쪽이 자신이 아니기를 바라는 마음 역시 컸다. 내심 토미가 진부한 정장 차림에 얼굴 살이 축 늘어진 대머리였으면 좋겠다고 생각했다. 인터넷을 뒤져보아도 그에 대한 정보는 어디에서도 찾을 수가 없었다. 토마스 조피는 앨리스가 손에 들고 있는 이 파일 안에서만 존재하는 인물 같았다. 앨리스는 원피스의 치맛자락을 다듬고 대기실을 향해 발걸음을 옮겼다. 그녀의 입가에는 어느새 미소가 번져 있었다.

　저 멀리 낮은 탁자 하나에서 놀고 있는 아이의 얼굴이 보였다. 자동차 장난감을 몰고 퍼즐 둘레를 빙빙 돌면서 입으로는 폭발음을 내고 있었다. 아이의 엄마와 아빠는 테이블

앞에 무릎을 꿇고 앉아 있었다. 두 사람의 뒷모습이 마치 꼬마 신을 모시는 제단에서 기도하는 신자 같았다. 그 순간 아이가 고개를 홱 쳐들었다. 길게 자라난 검은 앞머리 사이로 앨리스와 눈이 마주치자 그대로 얼어붙어 버렸다.

"안녕, 라파엘. 난 앨리스라고 해. 네 자동차 구경 좀 해도 될까?"

아이는 여전히 꼼짝도 하지 않았다. 대신 앨리스의 목소리를 들은 아이의 부모가 몸을 움직였다. 조피 부부가 고개를 돌리는 모습이 마치 슬로우 모션처럼 느리게 앨리스의 눈에 들어왔다.

해나는 역시나 아름다웠다. 앨리스는 해나의 인스타그램 계정을 찾아내 다양한 각도에서 찍은 그녀의 예쁜 사진들을 이미 훑어보았다. 하지만 해나의 실물은 그녀가 기대했던 사진 속 모습과는 다소 거리가 있었다. 이에 앨리스는 기분이 더 나빠졌다. 해나의 얼굴은 여러모로 흥미로웠다. 커다란 코는 과거에 한 번 부러졌었는지 한쪽으로 살짝 쏠려 있었고, 두 눈은 어렸을 적 친구들에게 놀림을 받았을 성싶게 넓게 벌어져 있었다. 짙은 갈색 머리카락은 부드럽게 웨이브를 그리며 허리께까지 길게 늘어져 있었다. 그녀의 얼굴은 웃고 있지 않았다.

"해나 씨 맞으시죠?"

앨리스가 해나를 향해 다가가 손을 내밀며 말했다. 토미 역시 인사를 건네려고 바닥에서 몸을 일으켰다. 하지만 어째선지 앨리스는 토미의 얼굴을 마주할 수가 없었다. 곁눈으로 그의 형체와 그림자만 보아도 심장이 빠르게 요동쳤다. 앨리스는 해나의 깡마른 손을 맞잡고 악수를 했다. 그녀의 작은 뼈 하나하나가 고스란히 느껴졌다. 그런 다음, 옆으로 돌아섰다.

여기저기를 헤집고 다니던 라파엘은 어느새 아빠의 다리 뒤에 숨어 있었다. 토미는 한쪽 손을 라파엘의 머리 위에 얹은 채 다른 손은 배에 대고 서 있었다. 앨리스가 손을 내밀었지만, 토미는 악수 대신 포옹으로 인사를 청했다. 고개를 한쪽으로 기울이며 한쪽 팔을 들어 올렸다. 앨리스는 눈을 지그시 감은 채 그의 품 안에 안겼다. 얼굴이 그의 어깨를 스치며 그녀의 입술이 그의 뺨 가까이 가 닿았다. 너무 가까워서 그의 뺨에 입을 맞출 수도 있을 정도였다. 하지만 그렇게 하지는 않았다.

"만나서 반가워."

토미가 인사를 건넸다. 앨리스는 그제서야 토미를 똑바로 바라보았다.

늘어진 볼살도, 축 처진 뱃살도 없었다. 새카만 곱슬머리 역시 예전 그대로였다. 그저 관자놀이 쪽에 새치 몇 가닥이 삐쭉 자라나 있을 뿐이었다. 그녀의 마음 한구석에 토미를 사랑하는 마음이 아직도 남아 있어서인지 아니면 단지 토미에 대한 과거 기억 때문인지 잘 몰랐지만, 지금 이 순간만은 그 두 감정이 똑같게 느껴졌다. 순간 가슴 속 깊은 곳에서 강하게 감정이 일었다. 토미의 얼굴에는 환한 미소가 어려 있었다.

"자, 라파엘, 선생님이랑 같이 놀 준비 됐니? 아니면 선생님이 엄마랑 아빠랑 먼저 얘기하고 난 다음에 같이 놀까?"

앨리스는 오늘 아이들에게 가장 인기있는 목걸이를 차고 왔다. 멜린다가 선물로 준 이 목걸이에는 성냥갑만 한 아주 작은 자동차와 장난감 비행기가 팔찌의 참 장식처럼 대롱대롱 매달려 있었다. 앨리스는 아이가 잘 볼 수 있도록 몸을 숙여주었다. 라파엘은 한 손을 앨리스의 팔뚝에 조심스레 올려놓은 채 다른 한 손을 목걸이를 향해 뻗었다. 그녀는 고개를 들어 토미를 올려다보며 눈을 찡긋해 보였다. 아이가 합격하는 순간 힘의 균형점은 바뀌게 될 것이다. 그 순간 앨리스는 토미와 벨베디어 고등학교를 함께 다녔는데 무슨 연유에선지 학교를 벗어나지 못한 채 그 안에 영원히 갇혀 사는 사람으로 전락하고 말겠지. 하지만 지금 주도권을 쥐고 있는 사람은 앨리스였다. 그것만으로 기분이 좋았다.

11

에밀리에게 레스토랑에서 있었던 이야기를 들려주자 무척이나 좋아했다. 그중에서도 프러포즈를 받은 후에 앨리스가 '노'라고 거절했던 부분을 제일 좋아했다. 에밀리는 아직도 모든 사람에게 좋은 사람으로 남고 싶어 했다. 그래서 누군가와 이별을 할 때면 늘 질질 끌었다. 그녀에게 이별이란 눈물범벅으로 고통스러운 경험이었다. 때때로 그 고통 위에 길거리에서 벌이는 말다툼까지 더해지고는 했다.

"제가 지금껏 들은 이야기 중에 제일 통쾌해요. 그런데 선배랑 같이 학교 다녔던 그 남자분 진짜 너무 섹시하던데요. 그 남자 사연이 뭐래요?"

에밀리가 밖에서 함께 담배를 피우다 앨리스에게 물었다.

조피 가족에 대한 자세한 이야기는 다섯 살짜리 아이에 관한 대화를 나누는 동안 단편적으로 들을 수 있었다. 조피 부부는 아이를 레이프라고 불렀다. 원래는 해나의 고향인 로스앤젤레스에 살다가 라파엘의 알레르기가 심해져서 그 분야의 명의를 찾아 얼마 전에 뉴욕으로 다시 이사를 왔다고 했다. 토미의 부모님과 가까이 있고 싶어서 뉴욕으로 이사를 온 건 아니었지만, 부부는 토미의 부모님이 사는 건물에 작은 아파트 한 채를 소유하고 있었기에 그곳에서 살게 되었다고 했다. 해나는 장신구와 단편 영화를 제작하는 일을 한다고 했다. 그리고 토미는 자신을 독지가라고 소개했다. 그러는 동안 해나는 자신의 손으로 토미의 허벅지를 부드럽게 쓰다듬었다.

"독지가가 대체 무슨 뜻이죠?"

에밀리가 담배꽁초를 튕기며 물었다.

"그야 나도 모르지. 내가 들은 소식은 토미가 로스쿨에 다닌다는 얘기가 마지막이었어."

앨리스와 에밀리가 사무실로 돌아오자 멜린다가 두 사람을 기다리고 있었다.

"저희 이제 근무 중 담배 금지인가요?"

에밀리가 멜린다에게 물었다. 그러고는 박하사탕 하나를 입에 톡 던져 넣었다. 시간은 이미 다섯 시가 거의 다 되어가고 있었다. 지금쯤이면 경비원과 중학교 배구팀을 제외하고 모든 사람이 이미 집으로 돌아가고 없을 시간이었다.

멜린다가 고개를 가로저으며 사뭇 진지하게 말했다.

"둘 다 앉아 봐."

에밀리와 앨리스는 지휘자의 지휘봉이 움직이길 고대하는 연주자처럼 멜린다를 빤히 쳐다보았다.

"나 이번 학기까지만 하고 은퇴하기로 했어."

멜린다는 지난 수년간 은퇴한다는 소리를 밥 먹듯이 해왔다. 특히 명절 직전이나 벨베디어에 지원했던 부모들이 완벽하고 특별한 우리 아이가 왜 떨어졌는지 모르겠다며 불평하는 봄이 오면 실없는 협박처럼 툭툭 내뱉고는 했었다.

"드디어 때가 됐어."

"멜린다 처장님!"

앨리스가 크게 외쳤다. 그런 다음 사무실 안을 휘 훑어보며 아무도 없는지 확인한 후 말을 이었다.

"설마 해고당하신 거예요? 나쁜 놈들! 나이 많다고 차별하는 거예요. 여성 차별인가? 아니, 둘 다인 것 같은데요!"

멜린다가 혀를 쯧쯧 차며 대꾸했다.

"그런 거 아니야. 내가 은퇴하겠다고 했어. 작년에도, 재작년에도, 재재작년에도 은퇴할 시기를 계속 엿보고 있었는데 타이밍이 맞지 않아서 못했었던 것뿐이야."

멜린다에게는 사람들의 마음을 편안하게 해주는 힘이 있었다. 학생들은 그저 멜린다를 꼭 안고 인사를 건네고 싶어 사무실로 찾아왔다. 멜린다는 에밀리와 앨리스의 생일 때마다 모퉁이에 있는 빵집에서 지나치다 싶을 정도로 근사한 케이크와 함께 정성스레 쓴 손편지를 준비해 두 사람을 울컥하게 했다.

"그만두지 않으셨으면 좋겠어요."

앨리스가 말했다.

"내 나이가 벌써 일흔이야. 두 사람 모두 나 없이도 잘 해 낼 거야."

"음, 먼저 너무 슬프고요. 그다음으로 질문 있어요. 그럼, 이제 앨리스 선배님이 대빵으로 승진하는 건가요?"

에밀리가 엄지손가락을 추켜세우며 물었다.

"아, 난 생각해 보지도 못했던 질문이네."

앨리스가 깜짝 놀라 얼굴을 붉히며 말했다. 맷과의 이별 후에 승진이라니, 썩 괜찮은 보상 같았다. 그러다 문득 병원에 더는 가지 않아도 될 때가 오면 좀 더 많은 시간을 일에 할애할 수 있을 거라는 생각이 불쑥 들었다. 그러자 온몸이 오싹해져 왔다. 자고로 상실의 아픔이란 일에 몰두함으로써 이겨내는 것 아니던가? 앨리스는 뜨개질을 배우거나 명상 앱을 받아 꾸준히 실행할 바에는 일에 더 많은 시간과 에너지를 쏟는 편이 자신에게 더 어울린다고 생각했다.

이윽고 멜린다가 목청을 가다듬고 입을 열었다.

"그랬다면 좋았겠지만, 아니야. 스펜서 사립학교에 입학처장으로 있던 사람을 데려오기로 했대."

어디까지 말해도 좋을지를 가늠하듯 멜린다가 잠시 말을 멈추었다가 다시 입을 열었다.

"아무래도 목표 달성을 위해 다른 방식을 시도해 볼 모양인가 봐."

에밀리는 추켜들고 있던 엄지손가락을 반대로 돌려 바닥 쪽으로 향해 보였다. 멜린다가 에밀리의 무릎을 쓰다듬었다.

"아, 물론 그러시겠죠."

앨리스가 말했다.

"정말 머저리 같은 짓이네요. 욕해서 죄송해요, 처장님."

"아이고, 둘 다 그만해. 너무 심각하게 생각하지 마. 내 후임으로 올 사람을 이미 만나 봤는데 굉장히 영리하고 예리한 여자더라."

두 사람을 안심시키기에는 전혀 도움이 되지 않는 말이었다. 멜린다 역시 그 사실을 잘 알고 있었다.

누군가 미래에 멜린다의 후임 자리를 맡고 싶냐고 물어봤다면 앨리스는 아니라고 대답했을 것이다. 멜린다는 대체할 수 없는 독보적인 사람이었다. 그에 반해 앨리스는 어떤 자격을 갖추었단 말인가? 학교에서 배려해준 덕분에 행정학 강의를 듣기는 했어도 석사 학위를 따지는 않았다. 앨리스는 벨베디어가 아닌 다른 학교 입학처에서 일할 생각을 해본 적은 단 한 번도 없었다. 다른 학교에 근무하는 직원들이나 학생들에 대해 아는 게 하나도 없지 않은가? 스펜서 사립 학교에서 일하던 전문 인력이 우리 학교로 온다는 발상 자체가 부적절하다는 생각이 들었다. 아이들을 선발하고 수업을 구성하고 커뮤니티를 형성하는 일이 사업상의 결정처럼 취급받는 느낌이었다. 더군다나 앨리스는 멜린다와 지금의 업무처리 방식에 너무 익숙해져 있었다. 그래서 다른 상관과 같은 사무실에 앉아 일하는 자신의 모습을 상상할 수가 없었다. 물론 에밀리는 아직 젊으니 아무런 문제가 없을 터였다. 조만간 대학원에 무언가를 공부하러 간다며 일을 그만둘 테니까. 대부분이 그런 연유로 이곳을 떠나갔다.

미술 대학을 갓 졸업했을 때만 해도 벨베디어는 엘리스에게 색다르고 재미있는 일자리로 다가왔다. 벨베디어는 모교 출신의 젊은 졸업생들을 직급이 낮은 일자리에 자주 채용했다. 어차피 금세 다른 일자리를 찾아 떠나갔기에 모교 출신 직원을 몇 명 뽑는다고 해서 문제가 될 것도 없었다. 하지만 엘리스는 학교를 떠나지 못했다. 같은 도시, 같은 아파트에 계속 살면서 벨베디어 사립학교에 계속 머물렀다.

엘리스는 늘 '꾸준함'과 '믿음직함'이 자신의 최대 장점이라고 여겨왔다. 엘리스가 마지막으로 승진했던 건 4년 전 에밀리가 고용되었을 때였다. 그전에는 엘리스 혼자서 멜린다 밑에서 일을 했었다. 그리고 그전에는 학교 내 급하게 일손을 메꿔야 할 곳으로 이리저리 옮겨 다녔었다. 그러는 사이 시간은 쏜살같이 흘러갔다. 5년, 10년이 지난 후에도 계속 흘러갔다. 이제는 이 학교에서 공부했던 기간보다 근무한 기간이 더 길었다. 한때 그녀의 선생님이었던 사람들은 이제 그녀가 좋아하는 동료가 되어 있었다. 이곳에서 일하는 10년 동안 엘리스는 인간 반창고 역할을 톡톡히 했다. 출산 휴가를 가거나 다리가 부러져서 지하철로 출퇴근을 못 하는 직원이 생기면 믿음직스럽고 친숙한 그녀가 달려가 땜빵을 했다. 엘리스는 벨베디어에서 늘 행복했다. 때로는 내다 버리기엔 너무나 많은 추억이 깃들어 있어서 그냥 방치해 둔 인형처럼 느껴질 때도 있었다. 하지만 대부분 경우에 앨리스는 행복했다.

"새로 올 사람이 마음에 들 거야, 앨리스. 너에게 좋은 멘토가 되어 줄 거야. 나보다 훨씬 더."

멜린다는 하던 말을 멈추고 재빨리 고개를 옆으로 돌렸다. 앨리스가 힐끗 쳐다보자 멜린다의 눈에 눈물이 가득 고여 있었다.

"난 항상 임기응변으로 대처하곤 했었거든."

멜린다의 말에 결국 앨리스와 에밀리도 눈물을 왈칵 터트렸다. 항상 준비된 사람이라는 것을 증명하기라도 하듯 멜린다가 얼른 휴지 곽을 들어 두 사람 앞에 들이밀었다.

12

성인이 된 이후 생일을 토요일에 맞으면 어렸을 때 생일이 여름 방학 기간에 끼어 있을 때와 똑같은 기분이 들었다. 물론 20대 때야 숙취에 시달리며 출근하지 않아도 된다는 게 기뻤다. 하지만 그 기쁨도 나이가 들면서 점점 무뎌져 갔다. 생일이 주중이면 사무실에서 즉흥적으로 파티를 열었다. 그러다 분위기가 좋으면 병에 먼지가 뿌옇게 앉은 샴페인을 따 점심과 함께 곁들이고는 했다. 반면 생일이 주말에 끼어 있으면 회사 사람들이 굳이 따로 연락해 생일 축하 인사를 건네는 경우는 드물었다. 아무리 친한 동료 사이라 해도 기껏해야 짧은 문자 메시지를 보내거나 소셜 미디어 게시물에 간단하게 댓글만 남겼다. 앨리스는 올해 생일이 토요일과 겹쳐서 내심 속이 상했다. 그러다 문득 이까짓 일에 속상해하는 자신이 비참하다는 생각이 치밀었다. 그녀는 커피 테이블을 밀어 벽에 붙인 다음 유튜브에서 10분 요가를 찾아 틀었다. 영상이 반쯤 지났을 무렵, 갑자기 요가 강사가 콧구멍으로 가쁜 숨을 내쉬며 헤어볼을 토해내려는 고양이처럼 배를 꿀렁대기 시작했다. 그 모습에 앨리스는 영상을 확 꺼버렸다.

순간, 초인종 소리가 울리더니 택배 하나가 도착했다. 반송 주소에는 어머니의 우편사서함 번호가 적혀 있었다. 세레나는 지난 10년간 브루클린에는 한 번도 오지 않았다. 앨리스의 집에 찾아온 적도 치버 플레이스에서 살았던 기간을 통틀어 고작 한두 번이 전부였다. 매년 생일 선물을 꼬박꼬박 챙겨 보내지는 않았지만, 올해는 앨리스에게 특별한 의미가 있는 해이지 않은가. 상자를 열자 커다란 수정 몇 개와 금속 재질의 명상 종이 하나 들어 있었다. 앨리스는 그리 놀라지도 않았다. 어머니는 치유법이라면 뭐든 가리지 않고 사족을 못 쓰는 사람이었으니까. 앨리스는 어머니가 보낸 선물이 어떤 의미인지 잘 이해했다. 지금껏 자신이 받았던 다른 선물들처럼 이 또한 어머니가 건네는 무언의 사과였다. 어머니에게 이 이상의 사과를 기대하기란 힘들었다.

여느 사람들처럼 앨리스는 자신의 마흔 번째 생일이 어떨지 상상해 보고는 했다. 하지만 앨리스가 상상했던 생일은 지금과는 사뭇 다른 모습이었다. 앨리스는 호화로운 마흔 번째 생일 파티에 몇 번 참석한 적이 있었다. 그런 파티에 가면 출장 연회 업체에서 나온 웨이터들이 돌아다니며 조그만 핑거푸드를 나누어 주었다. 하지만 앨리스는 잘 알고 있었다. 그녀가 마흔 번째 생일 파티를 브루클린 하이츠의 타운하우스에서 성대하게 치를 가망은 없었다. 외려 피터 루거처

럼 굉장히 오래된 식당에서 할 공산이 더 크지 않을까. 배우
나 모델 지망생 대신 심술 맞은 노인이 양복 조끼 차림으로
서빙을 하고, 진부한 매력이 고풍스럽게 잘 보존된 식당에서
마흔 번째 생일을 맞이하리라 생각했었다. 몇 달 전 생일을
맞았던 샘은 남편이 구해준 호텔 방에서 혼자 조용히 생일
을 보냈다. 앨리스의 어머니는 마흔이 채 되기도 전에 아버
지와 이혼하기로 합의하고 집을 떠나 새로운 삶을 향해 나
아갔다. 아버지를 진료하는 의사들 역시 앨리스보다 나이가
더 어린데도 고급 학위와 전문 지식으로 무장한 채 병실로
들어와 자신감 있게 앨리스와 소통했다. 그중에는 앨리스보
다 열 살은 더 어려 보이는 의사들도 있었다. 그들이 시체를
해부하고 사람의 뼈 이름을 외울 동안 대체 앨리스는 뭘 했
던 걸까? 아버지는 매주 책을 세 권 이상씩 읽으면서도 편지
를 보내준 팬들에게 일일이 손수 답장까지 썼다. 앨리스 역
시 한때 달리기를 시도한 적이 있었다. 그리고 2년 동안 멘
토링 프로그램에 참여한 적도 있었지만, 배정받은 여학생은
대학에 입학하자마자 연락이 뚝 끊겨버리고 말았다.

♦♦♦

샘과 저녁 약속을 잡기란 늘 힘들었다. 아이들이 있는 데
다 뉴저지에 살고 있는지라 넘어야 할 산이 두 개나 되는 셈
이었다. 오늘은 웨스트 빌리지에 있는 한 레스토랑에서 만나

기로 했다. 샘과 앨리스 모두 찾아가기 불편한 위치였지만 한 사람만 먼 거리를 이동하는 편보다는 공평했다. 하지만 약속시간 1시간 전, 앨리스가 F호선 지하철역으로 발걸음을 옮기려는 찰나 샘에게서 전화가 왔다. 막내 리로이가 갑자기 열이 난다고 했다. 약속에 나올 수는 있지만 오래 머물기는 힘들 것 같다며 링컨 터널 근처에서 만나면 안 되겠냐고 물어왔다. 링컨 터널은 재비츠 컨벤션 센터 바로 위 39번가로 쭉 이어져 있었다. 아마도 맨해튼에서 제일 매력적이지 않은 지역일 것이다. 앨리스는 "물론이지."라고 대답했다. 장소야 어디가 됐든 그리 중요치 않았다. 그저 생일을 축하하고 싶었다.

두 사람은 터널 바로 남쪽에 있는 쇼핑몰 저층에서 만나자고 합의를 봤다. 이왕 악명높은 쇼핑몰에서 만나기로 한 김에 갈 데까지 가보기로 했다. 그래서 메뉴에 핫도그가 있는 것도 모자라 핫도그 하나를 20달러에 파는 식당을 골랐다. 약속 장소로 가는 길에 앨리스는 데이트 앱 두어 개를 다시 받아서 조금 훑어보았다. 데이트 앱은 축복이자 저주였다. 남자 또는 여자, 30세 미만 또는 40세 이상 등등 자신의 희망 사항을 정확하게 입력할 수 있어 좋았지만, 딱 그 조건에 부합하는 사람만 볼 수 있으니 아쉽기도 했다. 데이트 앱에 뜨는 사진 속 남녀들은 모두 준수했다. 다들 헬스장에 가거나 고양이를 키웠다. 혹은 음식이나 음악 취향이 지나치게 까다로웠다. 앨리스는 앱을 확 꺼버리고는 핸드폰을 주머니에 넣어버렸다. 외모가 출중한 사람들마저도 어째선지 그다지 끌리지 않았다.

지하철에서 내리자 샘에게서 문자 메시지가 와 있었다. 역시나 오늘도 늦는다는 내용이었다. 고등학교 때 샘은 왕왕 약속시간에 1시간씩 늦게 나왔다. 그러는 동안 앨리스는 브로드웨이와 82번가 교차로에 있는 '반스 앤 노블' 바깥 공중전화 옆이나 식당에서 자리를 잡고 달랑 커피 한 잔만 주문한 채 기다렸다. 하지만 커피를 다 비워낼 때까지도 샘은 여전히 부모님이 근무하는 콜롬비아 대학의 교직원 숙소가 있는 모닝사이드 하이츠 주변에서 늦장을 부리고는 했다. 두 사람이 만나기로 한 레스토랑은 허드슨 야드 대형 쇼핑몰 안에 있었다. 쇼핑몰 내 매장들은 아직 영업 중이었다. 덕분에 앨리스는 손님이 하나도 없는 매장들을 들락거리며 시간을 때웠다. 매장 직원들이 대화에 목마른 듯한 눈빛을 보내오면 앨리스는 고개를 끄덕인 다음 핸드폰을 손짓하며 누군가의 강연을 듣고 있는 척했다. 에밀리는 문자 메시지를 보냈고, 멜린다는 이메일을 보내왔다. 앨리스는 손가락으로 브이를 하고 사진을 찍었다. 그런 다음 '4-0'이라고 써서 소셜 미디어에 올렸다. 4 대 0. 4번의 승리와 0번의 패배일까, 아니면 0번의 승리와 4번의 패배일까? 그 답을 앨리스는 알지 못했다. 멋들어진 스웨터가 한가득한 매장 하나에서 할인을 하고 있었다. 통로에 진열된 스웨터 하나를 꺼내 입어보았다. 가격을 확인하자 **할인가**가 200달러나 됐다. 그럼에도 개의치 않고 스웨터를 덥석 사버렸다. 오늘은 그녀의 생일이니까. 마침내, 주차하는 중이니 10분 후에 만나자는 샘의 문자 메시지가 도착했다.

♦♦♦

앨리스는 레스토랑에 먼저 도착해 자리를 잡고 앉았다. 그때 샘이 커다란 쇼핑백을 들고 레스토랑 안으로 부리나케 들어왔다. 샘은 언제나 아름다웠다. 운동복 차림에 지쳐 쓰러지기 직전일 때조차 예뻤다. 고등학교 때는 곱슬곱슬한 머리를 쫙 피고 다녔었지만, 지금은 자연 그대로의 상태를 유지하고 있었다. 탱글탱글한 곱슬머리가 마치 후광을 비추듯 그녀의 얼굴을 동그랗게 감싸고 있었다. 앨리스는 이따금 눈가에 주름이 생겼다거나 머리카락이 가늘고 납작해졌다고 불평을 하고는 했다. 그럴 때마다 샘은 나이 듦으로 고민하는 앨리스를 안쓰러워했다. 그러고는 부드럽게 웃으면서 예쁘게 늙는 것이 흑인 여성들의 유산이라고 말했다.

"안녕. 나 왔어."

샘이 두 팔로 앨리스의 목을 와락 감싸 안으면서 인사를 건넸다.

"미안해. 이 쇼핑몰 진짜 끔찍하지? 생일날 이런 데서 만나자고 해서 정말 미안해. 그래도 반가워! 너무 보고 싶었어! 그간 무슨 일이 있었는지 다 얘기해 줘."

그러고는 테이블의 반대편에 앉아 옷을 하나씩 벗기 시작했다.

"안녕. 아, 뭐 별일 아니야. 맷이랑 헤어졌어. 기회인 줄도 몰랐던 승진도 놓쳐버렸지. 그리고 아빠는 여전히 죽을 날만 기다리고 있어. 모든 게 끝내줘."

"그래. 그렇구나. **그런데 말이야.** 오늘 내가 네 생일 선물로 뭘 가져왔게?"

샘이 쇼핑백 안으로 손을 뻗어 상자 하나를 꺼냈다. 예쁜 상자는 넓적한 실크 리본으로 감겨 있었다. 샘은 늘 손재주가 좋았다. 순간, 테이블 위에 놓인 샘의 핸드폰이 부르르 떨었다. 젠장, 샘이 핸드폰을 집어 들며 말했다.

"아니, 리로이가 우리 **셋째**잖아. 근데 조시는 어떨 때 보면 10대 베이비 시터보다도 애를 더 못 본다니까. 지금도 유아용 타이레놀이 어디 있는지 물어보려고 문자 보낸 거야. 약이 뭐 내 속옷 서랍 안이나 차고에 있겠어? 이상한 데 둔 것도 아닌데 그걸 못 찾아."

앨리스가 상자를 자기 쪽으로 끌어당기며 샘에게 물었다.

"나 이거 열어봐도 돼?"

"물론이지. 얼른 열어봐! 참, 나 술 마시고 싶어. 가득 따라서 딱 두 잔만. 이따 집에 가서 모유는 짜서 버리면 되니까."

샘은 주변을 두리번거리다가 제일 먼저 눈에 띈 웨이터를 불러 세웠다.

앨리스는 상자에 묶여 있던 리본을 끌러 뚜껑을 열었다. 상자 안에는 포장용 얇은 종이가 아무렇게나 널브러져 있었다. 그리고 그 사이로 작은 왕관 하나가 놓여 있었다. 진짜 다이아몬드는 아니었어도 브라이덜 파티 때 쓰는 싸구려 플라스틱 왕관과 달리 무게가 꽤 묵직했다.

"다른 것도 있어."

샘의 말에 앨리스는 왕관을 머리 위에 얹고는 상자 안의 구깃구깃한 종이 한 장을 더 들어 올렸다. 그러자 바닥에 놓여 있던 액자 하나가 모습을 드러냈다. 앨리스는 액자를 조심스레 꺼냈다. 사진 속에서 앨리스와 샘은 끈 원피스 차림으로 립스틱을 짙게 바른 채 작은 왕관을 쓰고 있었다. 샘은 손에 맥주병을 들고 앨리스는 입에 담배를 물고서 서슬 퍼런 눈빛으로 카메라를 정면으로 응시하고 있었다. 앨리스가 입을 열었다.

"둘 다 80년대 그런지 스타일에 심취했었네."

"**그런지라니**. 그런 말 하지 마. 그때 우린 열여섯 꽃다운 청춘이었다고. 이 사진 네 생일 파티에서 찍은 거야. 기억나?"

앨리스는 열여섯 살이 되던 해 포맨더의 집에서 생일 파티를 열었다. 당시 앨리스는 포맨더 워크에 살던 이웃들을 한 명도 빠짐없이 다 알고 있었기에 친구들을 집으로 부르는 행동은 위험했다. 하지만 그때만 해도 자신의 무모한 행동들이 어떤 결과를 초래할지 전혀 모르던 때였다. 앨리스는 딱 15명만 초대했지만, 그 두 배에 달하는 수의 사람이 나타났다. 커튼을 쳐 집 안을 꽁꽁 가린 채 시끄럽게 하지만 않으면 괜찮으리라 생각했었다. 레너드는 그 해에도 공상 과학 및 판타지 컨벤션에 참석차 시내 호텔에서 하룻밤을 자고 다음 날 저녁에나 돌아올 예정이었다. 앨리스는 파티를 단편적으로만 기억했다. 그날 입고 있던 캘빈 클라인 속옷, 사방에 널브러져 있던 빈 맥주병과 술 냄새, 플라스틱 병뚜껑마다 수북이 쌓여 있던 담뱃재. 그날 밤 앨리스와 샘 모두 토를 했다. 하지만 이 사진은 그전에 찍은 것이었다. 앨리스의 열여섯 번째 생일 파티는 그날 참석했던 친구들에게는 좋은 기억으로 남았다. 하지만 정작 앨리스에게는 밤새도록 상심한 채 흐느껴 울며 보냈었던 기억뿐이었다. 모두 아주 오래전 일이었다.

"너무 맘에 들어."

진심에서 우러나온 말이었다. 동시에 앨리스의 가슴 속에서 깊은 슬픔이 일었다.

그때 웨이터가 술잔 두 개를 가지고 왔다. 앨리스가 마실 두 번째 술과 샘이 시킨 와인이 가득 든 잔이었다. 두 사람은 가지각색의 애피타이저를 주문했다. 병아리콩 튀김과 콜리플라워구이, 치즈를 곁들인 빵, 햄 튀김, 작은 유리잔에 담긴 가스파초 수프까지 두 사람이 먹기에는 많은 양이었다.

"오늘은 내가 쏠 테니까 하나 더 시키자. 우리 애들한테 먹으라고 주면 도망가서 테이블 밑에 숨어버릴 만한 음식으로."

샘이 말했다. 두 사람은 문어와 올리브, 안초비를 토스트 위에 올려 먹었다. 샘은 레너드의 안부를 물었고 앨리스는 사실대로 대답했다. 아버지의 죽음이 두려운 건 아니었다. 임종이 임박했다는 사실은 앨리스도 잘 알고 있었으니까. 다만 아버지에게 죽음이 당도하는 날은 언제인지, 그날이 오면 어떤 기분이 들지 모른다는 점이 두려웠다. 아버지가 마침내 죽음을 맞았다고 안도감을 느끼게 될까 봐 두려웠다. 아니면 슬픔에서 못 헤어나와 앞으로 다시는 남자친구를 사귀지 못하게 될까 봐 두려웠다. 이제 진짜 **마흔**이었다. 마흔은 서른아홉 살과는 확연히 다른 나이 아닌가. 순간, 샘의 핸드폰에서 진동음이 연이어 들려왔다. 리로이가 소파에서 굴러떨어져 머리를 찧었는데, 꿰매야 할지도 모르겠다는 조시의 목소리가 울려 퍼졌다. 샘은 계산을 마치고 앨리스의 양쪽 뺨과 이마에 연달아 입을 맞추었다. 그리고는 코트 소매에 손을 다 끼워 넣지도 못한 채 레스토랑 문을 나섰다. 테이블 위에는 여전히 음식이 많이 남아 있었다. 앨리스는 먹을 수 있는 만큼만 먹고 나서 남은 음식을 싸가려고 웨이터에게 포장 용기를 달라고 했다.

13

병원에 입원하기 전, 레너드는 일주일에 몇 번씩이나 앨리스에게 전화를 걸었다. 두 사람은 넷플릭스에서 본 영화나 드라마, 읽은 책들, 점심으로 먹은 메뉴 등에 관해 대화를 나눴다. 레너드는 요리에는 문외한이었다. 할 수 있는 요리라고는 물을 끓여 파스타 면을 삶거나 핫도그와 냉동 야채를 데치는 것이 전부였다. 뉴욕에 사는 많은 이들이 그러하듯, 앨리스 역시 직접 요리를 배우는 대신 전화로 음식을 주문했다. 중국 음식은 '올리스', 버거는 '잭슨 홀', 멕시코 음식은 '랜초', 미트볼 파스타는 '카마인', 베이컨과 달걀, 치즈를 곁들인 샌드위치는 식품 가판대에서 주문해 먹었다.

두 사람은 가끔 앨리스의 어머니에 대해서도 이야기를 나누었다. 세레나는 정말 외계인이 있다고 믿었을까? 대답은 그렇다였다. 그럼 자신이 외계인이라고 생각했을까? 충분히 그럴 만한 사람이었다. 앨리스가 학교에서 아이들과 있었던 이야기를 해줄 때마다 레너드는 무척 좋아했다. 앨리스가 아버지와 진솔한 대화를 아예 나누지 않았던 것은 아니었다. 되레 일반적인 부모와 자식에 비하면 더 많은 이야기를 나누었다. 하지만 마치 납작한 돌이 수면만을 스치며 수제비를 뜨고 지나가듯 대화에는 깊이가 없었다.

레너드는 몇 달 동안 고통에 시달린 후에야 병원에 가기로 동의했다. 당직 간호사들은 그의 고통을 덜어주려고 강력한 진통제가 희석된 수액을 팔에 꽂아주었다. 이후 레너드가 약에 취해 잠에 빠져들기 전 몇 분 동안 두 부녀는 진솔한 이야기를 나누기 시작했다.

"사이먼 러시라는 사람 기억하지?"

레너드가 물었다. 그 당시 아버지가 머물렀던 병실은 전망이 퍽 좋았다. 창밖으로 장대하게 흐르는 허드슨강과 조지 워싱턴 다리가 한눈에 내다보였다. 강 위를 가로지르는 작은 배는 물론 어떨 때는 제트 스키까지도 볼 수 있었다. 뉴욕에서 제트 스키를 대체 어디에서 구한 걸까?

"아빠 친구 중에서 제일 유명했던 사람 아니에요? 당연히 알죠."

불현듯 사이먼이 포맨더의 현관 앞에 서 있던 모습이 떠올랐다. 그리고 친구들과 함께 리버사이드 공원에 갔다가 마주쳤었던 기억도 났다. 앨리스가 96번가와 웨스트엔드 교차로의 모퉁이를 돌자마자 사이먼이 아버지와 함께 담배를 피우며 걸어오고 있었다.

"사이먼은 항상 이런 약물들을 가지고 있었어. 내가 감당하기에는 너무 강한 것들이었지만, 아주 가끔 같이할 때도 있었지. 약에 취한 채 79번가에 있던 그의 아파트에 앉아서 러브의《포레버 체인지스Forever Changes》레코드 앨범을 듣곤 했어. 그 친구는 모든 앨범을 레코드판으로만 샀거든. 게다가 최고급 스피커도 갖고 있었지. 아, 네 핸드폰에도 러브의 음악이 있니? 한번 틀어볼래?"

레너드가 앨리스에게 손짓하며 물었다.

레너드는 스마트폰을 사용하지 않았다. 필요성을 느끼지 못해서였다. 하지만 앨리스가 자신이 듣고 싶은 음악을 바로바로 틀어줄 때면 마법이라도 부린 듯 좋아했다. 앨리스가 화면을 몇 번 두드리자 코딱지만 한 스피커에서 음악이 흘러나왔다. 현 위에서 춤추는 듯한 기타 소리에 맞춰 레너드가 가느다란 손을 허공에 들어 손가락을 부드럽게 튕겼다.

"참 대단하구나, 앨리스. 지금처럼 넌 항상 완벽했지. 난 내 할 일을 하느라 늘 바빴는데 너는 언제나 굳건했어. 불도 그나 지구인같이 말이야."

"말씀 참 고맙습니다."

앨리스가 웃으며 대꾸했다.

"왜? 내가 뭐 하면 안 될 말이라도 했냐? 네가 어렸을 때까지만 해도 좋은 아빠였어. 서로 상상력을 발휘해서 같이 놀기도 하고 이야기도 지어내고 말이야. 그런데 네가 사춘기가 됐을 때쯤에 난관에 부딪혔지. 주변 사람들한테 전화해서 조언이라도 구했다면 좋았을 텐데. 아니면 기숙 학교에 보내거나 샘의 부모님이랑 같이 살게 했더라면 좋았을 텐데 그러지 못했어. 네가 너무 착해서 내 부족함을 눈치채지 못한 것 같구나."

"내 방에서 담배 피우게 허락해 주셨었잖아요."

앨리스의 방은 벽 하나를 사이에 두고 아버지의 방과 맞붙어 있었다. 그리고 밖으로는 비상계단으로 연결되어 있었다.

"근데 너 담배는 별로 안 피우지 않았었니?"

"아빠, 하루에 한 갑씩 피웠어요. 그것도 열네 살 때요."

앨리스가 어이없다는 듯 눈알을 굴리며 말했다. 두 사람은 식탁 위에 재떨이 하나를 놓고 앉아 맞담배를 피운 적도 있었다. 레너드가 너털웃음을 지으며 말을 이었다.

"설마, 진짜냐? 그래도 사고를 친 적은 한 번도 없었잖아. 너도 그렇고 샘이랑 토미, 네 친구들 모두 유쾌하고 착한 아이들이었어."

"아빠는 내가 고등학교 때부터 나를 다 큰 어른 대하듯 했잖아요. 그래서 나도 성인인 줄 알았죠. 그것도 평범한 성인이 아니라 케이트 모스나 레오나르도 디카프리오처럼 뭐라도 된 줄 알았다고요. 그때는 허구한 날 나이트클럽에서 비틀대며 나오는 영화배우들처럼 사는 게 제 목표였던 것 같아요."

"다음에는 우리 둘 만을 위한 규칙을 한번 만들어 보자꾸나."

레너드가 고개를 끄덕이며 말했다. 그의 눈이 슬슬 감기고 있었다.

아버지의 말은 사실이었다. 앨리스는 늘 별 탈 없이 잘 커왔다. 너무 멀쩡해 보여서 내적으로 무슨 문제가 있는지 아무도 신경 쓰지 않아도 될 정도였다. 하지만 실로 심각한 문제가 있는 아이들도 있었다. 헤더는 〈바스켓볼 다이어리The Basketball Diaries〉라는 영화처럼 발가락 사이에 총알이 박힌 채 재활원에 보내졌고, 재스민은 하루에 고작 100칼로리만 먹다가 4개월 동안 병원에 입원한 채 코에 삽입한 관을 통해 영양 공급을 받아야 했다.

하지만 앨리스는 아니었다. 재미있고 평범한 아이였다. 앨리스와 아버지는 마치 하나의 코미디 팀 같았고, 앨리스는 항상 큰 목소리로 깔깔 웃어댔다. 만약 지켜야 할 규칙이나 통금 시간이 있었더라면, 아버지가 그녀의 소지품에서 나온 마약을 뺏는 데에서 그치지 않고 외출 금지라는 벌을 주기라도 했었더라면 아마 예일대에 합격했을 것이다. 적어도 대학 입시 지도 교사가 앨리스의 SAT 점수를 듣고 비웃지는 못할 점수를 받았을 터였다. 어느 해 가을, 긴 머리를 늘어뜨린 채 하얀 옷을 입고 프랑스로 훌쩍 떠나 지금쯤 무언가 다른 일을 하고 있을지도 몰랐다. 아니면 몽클레어에 있는 집에 앉아 날이 추워지기 전 남편이 아이들과 수영장에서 마지막 물놀이를 즐기는 모습을 창밖으로 지켜보며 간호사와 전화 통화를 하고 있었을지도 모르지.

10대 시절, 샘이 술에 잔뜩 취한 채 포맨더로 찾아오면 레너드는 앨리스의 침대에서 재워주고는 했었다. 어쩌면 부모는 자녀에게 마약 단속반과도 같은 존재여야 하는 걸지도 몰랐다. 앨리스는 지금껏 레너드가 모든 걸 알면서도 자신이 사고를 칠 아이는 아니라고 믿어 준 줄로만 알았다. 하지만 어쩌면 아버지는 그저 다른 사람들처럼 앨리스에게 관심이 없었던 것 아닐까. 이제 레너드는 앨리스에게 관심을 쏟을 여력이 없었고, 질문 하나조차도 여러 번 반복해서 물어야만 했다. 레너드는 샘과 토미는 알면서도 앨리스가 함께 일하는 동료들의 이름은 하나도 기억하지 못했다. 하지만 세상의 이치가 응당 그러하지 않은가. 어렸을 때는 아버지가 참 늙었다고 생각했었다. 하지만 아버지가 훌쩍 나이가 들어 늙어버린 지금에야 앨리스는 새삼 깨달았다. 그때의 아버지는 얼마나 젊디젊었던가. 관점이란 이리도 불공평했다. 레너드가 잠에 푹 빠져들고 난 뒤 앨리스는 병실을 떠났다.

14

앨리스의 양손에는 값비싼 스웨터와 포장한 음식이 담긴 커다란 쇼핑백이 하나씩 들려 있었다. 평생을 뉴욕에서 살아온 앨리스였지만, 밤중에 혼자서 30번가 이상 서쪽으로 멀리 나온 것은 오늘이 처음이었다. 그녀는 동쪽을 향해 걸어갔다. 8번가에 다다르자 바퀴가 달린 여행 가방을 끌고 펜 역으로 향하는 사람들이 나타났다. 앨리스는 술이 많이 취한 상태는 아니었는데도 문득 세상이 살짝 우스워 보였다. 혼자 키득거리며 건널목을 건너는 인파들을 뚫고 반대쪽으로 걸어갔다. 바로 코앞에 지하철역이 있었지만, 지금 당장 타고 싶지 않았다.

뉴욕의 진정한 아름다움은 **걷는** 데 있었다. 길을 따라 걷다 보면 낯선 이들과 마주치며 예기치 못한 즐거움을 발견할 수 있었다. 더군다나 아직 앨리스의 생일이니 그저 계속 걷고 싶었다. 앨리스는 몸을 돌려 8번가를 따라 걸어갔다. 너절한 기념품 가게들에서 자석과 열쇠고리, '아이러브뉴욕'이 쓰인 티셔츠, 자유의 여신상을 본떠 만든 손가락 모양의 응원 도구 등을 팔고 있었다. 거의 열 블록을 걸어가고 난 후에야 가고 싶은 곳이 하나 번뜩 떠올랐다.

10대 시절 앨리스는 샘과 친구들과 함께 술집에서 많은 시간을 보냈다. 79번가에 있는 '더블린 하우스'나 암스테르담과 96번가 교차로에 자리한 '다이브 바'에 즐겨 갔었다. 하지만 네온사인이 거품 모양으로 반짝이던 '다이브 바'는 집이랑 너무 가까워 위험부담이 있었다. 그래서 암스테르담을 따라 조금 더 먼 곳에 있는 술집으로 갈 때도 있었다. 남자 대학생들이 자주 찾을 법한 분위기에 오래된 당구대가 설치되어 있으며 양동이 가득 맥주를 담아 20달러에 팔던 술집들이었다. 가끔은 뉴욕대학교 근처 맥두걸 거리에 있는 술집까지 찾아가기도 했다. 사무실에서 일하다 잠깐 점심을 먹으러 나온 직장인처럼 술집 맞은편 가게에서 팔라펠을 먹고 술집으로 서둘러 되돌아가고는 했다. 하지만 앨리스와 친구들이 가장 좋아했던 술집은 단연 '마트료시카'였다. 러시아 분위기의 이 술집은 50번가에 있는 지하철역 안에 자리하고 있었다. 예전에는 1호선과 9호선이 지나갔지만, 요새는 1호선을 타야지만 갈 수 있다. 세상은 늘 변해갔다. 사람들이 인식하지 못하는 순간에도 변화는 계속됐다. 문득 앨리스는 궁금해졌다. 하루하루 몸이 느려지고 나빠져 가는데도 그 변화 속도가 원체 느려서 자신이 늙어가고 있음을 체감하지 못하는 건 아닐까. 상자처럼 투박했던 자동차는 어느새 매끈한 모양으로 바뀌었다. 노란색 택시만 즐비하던 뉴욕에 녹색 택시가 하나둘 눈에 띄기 시작했고, 지하철 토큰은 교통 카드로 대체되었다. 하지만 그 속도가 너무나도 느린 탓에 냄비

속에서 서서히 익어가는 랍스터처럼 모두가 그 변화에 서서히 익숙해져 버렸다.

'마트료시카'는 다른 곳들과는 달랐다. 지하철 역사 내에는 대부분 옷장 하나 크기의 매점들이 입점해 있었다. 협소한 공간에서 병에 든 생수나 초코바, 잡지 등을 주로 팔았다. 미드타운에 있는 지하철역은 신발 수선가게도 있는 곳도 몇 군데 있었다. 우산은 물론이고 출퇴근하는 회사원들이 필요할법한 다양한 물건들을 함께 팔았다. 그 외에 이발소가 있는 역들도 몇 군데 있었다. 하지만 '마트료시카' 같은 곳은 그 어디에도 없었다. 술집이란 으레 어두침침한 곳에 있기 마련이었지만, '마트료시카'는 말 그대로 지하에 자리하고 있었다. 지하철역 회전 개찰구 왼편에 지상으로 올라가는 계단 아래쪽에 술집 입구가 나 있었다. 하지만 검은색 출입문에 빨간색으로 M 이라는 글자가 눈높이쯤에 쓰여 있을 뿐, 그곳이 술집 입구라는 별다른 표식은 없었다. 지난 15년간 한 번도 가본 적은 없었어도 '마트료시카'가 아직도 그 자리를 견고하게 지키고 있다는 사실을 앨리스는 알고 있었다. 지하에 숨어 있는 명소로 이름이 난 덕분에 《뉴욕》 잡지사가 기자들이나 영화배우들에게 실제 분위기를 느껴 보라고 추천할 정도였다. 앨리스는 샘에게 문자 메시지를 보내려고 핸드폰을 꺼내 들었다.

내 생일의 마지막 밤을 불태우려고 지하철역 술집에 가는 중이야. 나 혼자서!

다 써놓고 보니 어쩐지 트위터에 올라오는 우스갯소리나 도움을 요청하는 글귀 같았다. 지금 앨리스가 필요한 건 도움이 아니었다. 그저 어릴 적 좋아했던 술집에서 마지막으로 술을 딱 한 잔만 더 기울이고 싶을 뿐이었다. 그런 다음 집에 가서 자고 일어나 마흔 살로서 눈을 뜨면 새로운 마음으로 다시 시작할 수 있을 것만 같았다.

지하철역에 도착하자 계단 위로 사람들이 무리 지어 걸어 올라왔다. 문득 '마트료시카'가 너무 유명해져서 대기 줄이 길게 늘어서 있는 건 아닌지 걱정되었다. 줄을 서서 기다리고 싶진 않았다. 그녀로서는 다행히도 지하철에서 우르르 내린 승객들이었다. 활짝 열린 출입문 사이로 퀴퀴한 어둠이 내려앉은 술집의 익숙한 풍경이 펼쳐졌다. 앨리스가 기억하던 모습 그대로였다. 심지어 문이 닫히지 않게 받쳐 놓은 의자까지도 예전과 똑같았다. 가죽이 다 갈라지고 등받이가 없는 검은색 의자였다. 10대 시절 앨리스는 바 위에 깡마른 팔꿈치를 올려둔 채 저 의자 위에 몇 시간씩 앉아 있고는 했었다.

술집은 길쭉한 두 개의 방으로 나뉘어 있었다. 출입구로 들어가면 바가 놓여 있는 좁다란 공간이 나왔다. 그리고 안으로 더 들어가면 검은 가죽 소파가 놓여 있는 작은 좌식 공간 하나가 더 나왔다. 소파는 마치 누군가 애용하다 길가에 버린 걸 계단 아래로 질질 끌고 와 마지막 안식처인 이곳에 가져다 둔 듯 매우 낡아 있었다. 방의 끝에는 오래된 핀볼 기계 몇 대와 주크박스가 자리하고 있었다. 앨리스와 샘은 어렸을 때 이곳에 올 때마다 주크박스를 애용하고는 했었다. 앨리스가 고등학생일 때만 해도 어디에서나 쉽게 주크박스를 볼 수 있었다. 식당이나 술집에 가면 테이블마다 조그마한 주크박스가 올려져 있기도 했었다. 하지만 '마트료시카'에 놓인 주크박스는 높이가 앨리스의 어깨에 달하고 크기가 뉴욕에서 흔히 사용하는 옷장만 했다. 이 정도 크기의 주크박스를 본 적이 너무 오랜만이라 앨리스는 깜짝 놀랐다. 바로 그때, 바텐더가 앨리스를 향해 고개를 까딱하며 인사를 건넸다. 이에 앨리스는 또 한 번 깜짝 놀라고 말았다. 예전에 이곳에서 일하던 바텐더와 똑같은 사람이었다. 물론 바텐더가 가게 주인인 경우가 대부분이니 그럴 수 있다고 쳐도 그는 외모까지도 앨리스가 기억하던 그대로였다. 흰머리가 군데군데 솟아나기는 했어도 앨리스보다 많이 늙어 보이지 않았다. 어둠은 사람을 더 매력적으로 보이게 하는 힘이 있었다.

앨리스는 바텐더에게 고갯짓으로 답인사를 건넸다. 그런 다음 바를 빙 돌아 크기가 조금 더 큰 두 번째 방으로 걸어갔다. 앨리스는 친구들과 함께 소파 위에 대자로 누워 시시덕거리거나 춤을 추며 대부분 시간을 이 방에서 보냈다. 그때 방 한구석에 자리한 즉석 사진 부스가 눈에 들어왔다. 가끔 사진을 찍으려고 포즈를 취하는 사람들이 보일 때도 있었지만, 기계는 고장이 난 경우가 다반사였다. 하지만 부스 안에는 벤치가 설치되어 있었고 입구에 커튼이 드리워져 있어서 연인들이 비밀장소로 이용했다. 사진기는 고장이 났더라도 누군가가 자신들을 찍고 있는 듯한 짜릿한 기분을 만끽하기에는 충분했다. 방 안에는 여러 무리의 사람들이 서로 무릎을 맞대고 둘러앉아 술을 마시고 있었다. 활짝 웃는 모습이 다들 아름다워 보였다. 앨리스는 왜 이 방으로 들어온 걸까. 아는 사람을 찾으러 온 걸까. 아니면 아는 사람을 찾는 척하러 온 걸까. 아니면 그저 무심코 화장실을 찾으러 온 걸까. 그녀는 방을 돌아 나와 바에 가 앉았다. 큼지막한 쇼핑백을 바닥에 내려놓으며 바텐더에게 말을 걸었다.

"오늘 제 생일이에요!"

"생일 축하드립니다."

바텐더가 작은 유리잔 두 개를 바 위에 올려놓으며 말했다. 그러고는 테킬라를 잔에 채우며 물었다.

"그럼 이제 몇 살이 되신 겁니까?"

"마흔이요. 이제 사십 대예요. 에휴, 마흔이라고 말하는 것조차 아직 어색하네요."

앨리스가 웃으며 대답했다. 바텐더가 테킬라 한 잔을 앨리스 쪽으로 쓱 밀었다. 앨리스는 잔을 받아 들고 바텐더와 건배를 했다. 테킬라를 단숨에 입에 털어 넣고도 아무렇지 않은 바텐더와 달리 앨리스는 목구멍이 타는 듯했다. 앨리스는 술에 심취해본 적이 없었다. 앨리스의 대학 동창 중에는 빈티지 바 카트에 고급술을 종류별로 채워둔 채 아마추어 칵테일 제조자라고 자부하는 이들도 많았다. 하지만 앨리스는 다양한 주류를 탐하지 않았을뿐더러 영화 속 술에 취한 주부들처럼 술을 많이 마셔본 적도 없었다.

"우와. 감사합니다."

앨리스가 감사를 표했다. 주크박스 근처의 구석 자리에서 웃음소리가 커다랗게 들려왔다. 앨리스는 말할 것도 없고 에밀리보다도 어린 듯한 여자 셋이 사진을 찍으며 서로의 핸드폰 화면을 보고 있었다.

"저 고등학생일 때 여기 자주 왔었어요. 8번가에 가면 위조 신분증을 만들어주는 곳이 있었거든요. 스물한 살로 해달라고 하면 너무 티 날까 봐 스물세 살로 해 달랬죠. 그러다 정작 스물세 살이 되고 나니까 위조 신분증에는 서른이 다 되었다고 적혀 있더라고요. 이제 마흔이 되고 보니 누가 스물하나이고 스물아홉인지 정확하게 구분도 못 하겠더라고요. 애초에 그리 중요하지 않았던 걸지도 모르겠어요."

"서비스예요. 제 마흔 살 생일 때 기억이 나네요."

바텐더가 테킬라를 한 잔 더 따라주며 말했다. 앨리스는 그게 작년이었는지, 10년 전이었는지, 아니면 어제였는지 궁금했지만 묻지 않았다.

"네. 하지만 이게 막잔이에요."

첫 잔보다 수월하게 술이 넘어갔다. 목이 타는 느낌 대신 스모키한 맛이 입술에 감돌았다.

15

술집에서는 앨리스의 집보다 포맨더 워크가 훨씬 더 가까
웠다. 어차피 포맨더 집의 열쇠도 어디엔가 가지고 있었다.
새벽 3시가 다 되었을 무렵, 앨리스를 태운 차가 94번가와
브로드웨이 모퉁이에 멈춰 섰다. 앨리스는 포장 음식이 든
종이 가방을 술집에 버려두고 왔다. 아니, 음식을 사람들과
나누어 먹었는지 잘 기억이 나지 않았다. 여하튼 지금 그녀
의 손에는 쇼핑백이 달랑 하나만 들려 있었다. 그리고 그 안
에는 새 스웨터가 아니라 헌 스웨터가 들어 있었다. 입고 있던
옷에 맥주 한 잔을 홀랑 쏟는 바람에 화장실에서 새 옷으로 갈
아입었기 때문이었다. 바 한구석에 앉아 있던 여자애들은 굉
장히 재미있는 사람들이었다. 게다가 앨리스로서는 고맙게도
흡연자였다. 새벽녘에는 으레 담배가 당기는 법 아니던가.
술집에서 포맨더까지는 10분 거리였다. 물론 지하철을 탈 수
도 있었다. 하지만 오늘은 앨리스의 생일이니 핸드폰을 꺼내
가장 고급스러운 차를 불렀다. 차에 올라타자 운전사가 앨리
스를 힐끗 쳐다보았는데, 뽑은 지 얼마 안 된 에스컬레이드
뒷좌석에 그녀가 토를 할지도 모른다는 눈초리였다. 앨리스
는 차에서 토하지 않으려고 꾹 참았다.

에스컬레이드가 떠나자마자 배수로에 대고 먹은 것을 다 게워냈다. 인도 위에는 개미 한 마리도 보이지 않았다. 앨리스는 몸을 덜덜 떨며 열쇠를 찾아 가방 안을 뒤적였다. 만일을 대비해 아버지의 집 열쇠를 항상 가지고 다녔다. 어설라에게 밥을 주거나 우편물을 가지러 가끔 들르곤 했었지만, 마지막으로 온 지가 몇 주 전이었다. 포맨더에 사는 여자아이에게 용돈을 조금 쥐여 주며 어설라와 놀아주고 밥을 주라고 부탁을 해 둔 터라 자주 들르지 않아도 죄책감이 들지는 않았다. 앨리스는 손가락으로 가방 바닥을 쓱 훑었다. 분명 가방 어딘가에 열쇠가 있을 터였다.

포맨더의 정문은 94번가 쪽으로 나 있었다. 작은 문 옆에는 거주자들의 이름과 초인종 버튼이 길게 나열되어 붙어 있었다. 이따금 문 앞에는 관광객들이 와서 누군가가 안으로 들여보내 주길 기다리고는 했다. 낮에는 문을 열어주어도 그리 위험하지 않았다. 관광객들 대부분이 독일인이었고 가끔 영국인이 찾아오기도 했다. 아무래도 포맨더 워크가 독일 여행 사이트나 관광 안내 책자에 소개된 모양이었다. 하지만 새벽 3시에 초인종을 누르는 사람은 아무도 없었다. 포맨더에는 상주하는 관리인은커녕 도어맨도 없었다. 대신 시간제로 근무하는 짐꾼이 하나 있기는 했다. 하지만 그에게 작은 옷장 크기의 창고 안팎으로 물건을 옮겨달라고 대기하는 사람들이 족히 1킬로미터는 될 터였다. 열쇠를 찾지 못하면 12호에 사는 짐 로먼을 부르면 되었다. 정문에서 제일 가까운 집에 살아서 이 시간에 깨어만 있다면 많이 걷지 않아도 될 터였다. 더군다나 짐은 아버지의 집 열쇠도 가지고 있었다. 하지만 멋쟁이 홀아비인 짐은 여든을 훌쩍 넘긴 데다 앨리스와 아주 어릴 때부터 알고 지내던 사이였다. 그런 그를 깨우자니 썩 내키지 않았다. 온몸이 맥주를 쏟아 끈적거리고 술이 잔뜩 취한 모습으로 그를 또 마주한다는 생각만으로도 퍽 우울해졌다. 앨리스는 대문에 기댄 채 본격적으로 가방 안 내용물을 뒤적거리기 시작했다. 대문에 기댄 몸에 무게를 싣자 시커먼 연철 문이 스르르 열렸다. 어렸을 적 문에 발목을 짓눌렀을 때 엑스레이를 찍어야 할 정도로 무겁고 거대한 문이었다.

"오, 세상에. 감사합니다."

앨리스가 말했다. 문득 브루클린에 있는 그녀의 아파트 열쇠를 누가 가지고 있는지 궁금해졌다. 학교에 여분의 열쇠를 보관해 두긴 했지만 아무짝에도 쓸모가 없겠지? 집주인과 맷에게도 열쇠가 있었다. 맷은 그녀의 아파트 문을 열쇠로 직접 열고 들어온 적은 한 번도 없었다. 그래도 돌려받기는 해야겠지.

앨리스는 계단을 다 걸어 올라간 뒤 비틀거리는 몸을 가누었다. 포맨더 워크는 지금껏 앨리스가 살았던 곳 중 가장 아름다운 곳이었다. 인형집만 한 크기의 집들은 진저브레드 하우스처럼 꾸며져 있었다. 덕분에 홀마크 채널의 크리스마스 영화 속에서 튀어나온 듯한 분위기를 자아냈다. 다만 뉴욕시 자체 배경 음악인 자동차 경적과 드릴 소리가 항시 울려 퍼졌다. 가을을 맞아 일찍부터 예쁜 호박이 집 앞 계단마다 놓여 있었다. 북부의 어느 농장에서 왔을 호박들은 핼러윈 조각용으로 쓰기에는 값이 비쌌다. 조각한 호박들은 추후 핼러윈 직전에야 볼 수 있을 터였다. 포맨더 워크에는 늘 아이들이 많아서 매년 핼러윈 파티가 열렸다. 핼러윈날이 되면 꼬마 아이들이 코스튬을 차려입고 이 집 저 집으로 아장아장 걸어 다녔다. 어른들은 가면이나 웃긴 모자를 쓴 채로 와인이나 애플 사이다를 마셨다. 앨리스의 아버지는 우스꽝스러운 모자가 많았고 가짜 콧수염도 몇 개 가지고 있었다. 앨리스와 아버지는 매해 그들 나름의 방식으로 핼러윈을 즐겼다. 어렸을 때는 집집을 돌며 사탕을 받으러 다녔고, 커서는 아버지를 도와 사탕을 나누어 주었다.

한편, 앨리스는 아직도 집 열쇠를 찾지 못했다. 그때 아버지의 집 창문 하나가 살짝 흔들린다는 사실이 불쑥 떠올랐다. 어쩌면 밖에서도 열 수 있을지도 몰랐다. 아니면 밖에서 몇 시간 기다렸다가 날이 밝은 뒤에 짐 로먼이나 관리인에게 문을 열어달라고 부탁할 수도 있었다. 아무래도 후자가 더 나을 성싶었다. 아버지의 집 현관에 퍼질러 앉으려는 찰나, 작은 경비 초소가 앨리스의 눈길을 사로잡았다. 아버지는 저 경비 초소를 매우 소중히 여겼다. 교외에 사는 남자들이 자신의 차고를 대하듯 마치 자신만의 공간인 양 집보다도 더 단정하게 정리하고는 했다. 사실 경비 초소는 포맨더 거주민 모두의 소유였다. 흙이나 삽, 공용 장비가 필요한 사람이면 누구든 이용 가능했지만, 레너드는 누구보다도 그곳에 가장 많은 애정을 쏟으며 돌보았다.

경비 초소 가까이 다가가 안을 들여다보자 텅 비다시피 했다. 한쪽 구석에 빗자루 하나가 가지런히 세워져 있었고 원예용 흙이 담긴 봉지 몇 개가 반대편 벽에 기대 놓여 있었다. 그 외에는 티끌 하나 없이 깨끗했다. 앨리스는 초소 안으로 들어가 문을 닫고서 바닥에 가만히 앉았다. 몇 분 후, 더러운 스웨터가 든 쇼핑백을 돌돌 말아 베개처럼 베고 흙이 든 봉지를 등에 받치고 누웠다. 앨리스는 리처드 스캐리 책에 등장하는 조그만 토끼가 겨우내 나무에서 포근하게 지내는 모습을 상상하며 금세 잠에 빠져들었다.

16

방 안은 어두컴컴했다. 그리고 온몸이 뻐근했다. 앨리스는 눈을 뜨고 몇 번 깜빡여댔다. 몇 초가 지난 후에야 자신이 어디에 있는지를 알아챌 수 있었다. 지난밤 어찌어찌 집 안으로 들어와 어릴 적 사용하던 작은 침대 위에서 잠이 든 모양이었다. 아이가 다 크면 아이가 쓰던 방을 창고로 바꾼 뒤 운동 기구를 쌓아놓는 부모들도 있었지만, 레너드는 그러지 않았다. 그렇다고 앨리스의 물건을 신줏단지 모시듯 하지도 않았다. 그녀가 쓰던 물건들 대부분은 그 자리에 그대로 있었다. 하지만 한번은 레너드가 연례 대청소를 하면서 앨리스에게 묻지도 않고 《쎄씨Sassy》 잡지 전부를 재활용 쓰레기통에 갖다 버린 적이 있었다. 앨리스는 그 일로 여전히 꽁해 있었다. 그녀는 두 팔을 머리 위로 뻗어 손가락이 뒤쪽 벽에 닿을 때까지 쭉 기지개를 켰다.

몸이 아프거나 하지는 않았다. 다만 입이 바짝 마르고 머리가 조금 지끈거렸다. 앨리스는 눈을 거의 감은 채로 손만 뻗어 바닥을 더듬었다. 찾으려는 가방과 핸드폰은 온데간데 없었고 털이 덥수룩하고 두꺼운 카펫만 손끝에 만져졌다. 청소한 기억이 단 한 번도 없는 카펫이었다. 침대 옆 탁자 위에는 온갖 물건들이 널브러져 있었다.

"젠장."

앨리스는 몸을 일으켜 침대 위에 앉았다. 분명 어딘가 가까운 곳에 가방이 있을 터였다. 핸드폰이 없이는 지금이 몇 시인지조차도 확인할 길이 없었다. 방 안이 아직 어두컴컴하기는 해도 분명 아침일 것이다. 포맨더에 있는 집들 뒤쪽으로는 늘 햇볕이 잘 들지 않아서 특히나 아침이면 더 깜깜했다. 더군다나 앨리스의 방 창문은 주변에 쭉 늘어선 큰 건물들의 후면을 등지고 있었다. 창밖으로 보이는 거라고는 건물 정면에서는 보이지 않는 창문들과 비상계단뿐이라서 마치 도시 경관의 이면을 보는 듯했다. 앨리스는 가방을 찾지 못하면 정지시켜야 할 신용 카드들과 교체해야 할 물건들을 마음속으로 나열해보았다. 핸드폰이 없는데 어떻게 애플 스토어에 예약을 해서 핸드폰을 바꾸지? 노트북은 그녀의 집에 있었다. 앨리스는 한숨을 푹 내쉬었다.

다리를 휙 돌려 두 발을 바닥에 대고 몸을 일으켰다. 일단 어설라에게 밥부터 주고 나서 교통카드 없이 지하철 타는 법을 연구해 볼 참이었다. 집 안 여기저기를 뒤져보면 지하철을 한 번 탈 정도의 동전은 나올 테고 아파트 열쇠는 집주인이 가지고 있었다. 방 안을 둘러보자 실로 엉망진창이었다. 옷가지들이 바닥 여기저기에 수북이 쌓여 있었다. 병원에 입원하기 전에 레너드가 치우려고 꺼내둔 걸까? 어딘가 이상해 보였지만, 아버지도 이상하기는 마찬가지였다. 앨리스는 바닥에 마구 널브러진 물건들을 맨발로 치워 가며 방문으로 향했다.

그런 다음 화장실로 느릿느릿 걸어 들어갔다. 문을 활짝 열어 둔 채로 눈을 감고 앉아 소변을 보았다. 순간 쿵, 소리가 거실에서 나더니 어설라가 복도를 걸어오는 소리가 들려왔다. 어설라의 작고 검은 얼굴이 화장실 문 앞에 나타나더니 이내 앨리스의 정강이에 몸을 비볐다.

"착한 고양이."

앨리스가 말했다. 그제서야 앨리스는 제 몸을 내려다보았다. 사각팬티에 노란색 크레이지 에디 티셔츠 차림이었는데, 티셔츠가 너무 커서 무릎까지 내려와 있었다. 허벅지가 변기에 눌려 펑퍼짐해졌는데도 웬일인지 사뭇 가늘어 보였다. 밤새 살이 빠지기라도 한 건가. 어젯밤에 옷을 갈아입은 기억이 없었다. 옷을 갈아입었다고 한들 이 티셔츠는 지난 수년간 본 적도 없는 유년 시절 유물과도 같았다. 앨리스는 변기에서 일어나 옷을 쫙 잡아당겨 뉴욕시 역사가 담긴 티셔츠를 잠시 감상했다. 그러자 머릿속에서 텔레비전 광고가 저절로 재생되었다. 집에 갈 때 꼭 이 티셔츠를 입고 가리라 다짐했다. 어설라가 앨리스의 발에 몸을 쓱 비빈 뒤 어디론가 뛰어갔다. 틀림없이 제 밥그릇 앞에서 기다리고 앉아 있을 터였다. 그때, 다른 방에서 무슨 소리가 났다. 고양이를 돌봐주는 아이가 온 모양이었다. 앨리스는 아이가 놀랄까 봐 얼른 화장실 문을 밀어 닫았다.

레너드의 집 화장실은 타임캡슐 같았다. 레너드가 예전부터 늘 가던 약국에서만 물건을 사서 그런 걸까, 아니면 어퍼 웨스트 사이드에만 요즘 브랜드의 상품들을 가져다 놓지 않는 걸까. 이유가 뭐가 됐든 욕실에 놓인 모든 물건이 예전 그대로였다. 치약과 면도 크림은 물론 한때는 베이지색이었다가 지금은 꼬질꼬질해진 수건까지도 똑같았다. 앨리스는 콜게이트 치약을 손가락 위에 한 마디 정도 짜서 이를 닦은 후 입을 헹궜다. 그런 다음 얼굴에 물을 살짝 끼얹고 나서 수건으로 물기를 닦아냈다.

"화장실에서 금방 나갈게. 앨리스니까 걱정 마!"

아이는 이제 겨우 10대 초반이니 심장 마비를 겪을 일이야 드물 터였다. 하지만 앨리스는 어릴 적 포맨더에 낯선 사람이 출몰했다는 얘기를 자주 듣고 자랐다. 앨리스는 누구든 자기 앞에 나타난다면 착한 도시 소녀답게 발차기와 물어 뜯기로 응수할 태세를 늘 갖추고 있었다. 화장실 밖에서는 아무 응답이 없었다. 이에 앨리스는 티셔츠를 바로 하고 복도로 걸어나갔다. 아이들을 상대하는 일을 하는 어른으로서 앨리스는 누구와도 이야기를 잘 나눌 수 있었다. 10대 때 입던 잠옷 같은 옷차림쯤은 아무런 장애도 되지 않았다.

어설라는 온풍기의 통풍구 바로 위 창턱에 앉아 따뜻한 바람을 맞으며 햇볕에 검은 털을 지지고 있었다. 창턱 위는 어설라가 집에서 제일 좋아하는 장소였다. 어설라는 아마도 세상에서 제일 오래 산 고양이일 것이다. 정확한 나이는 모르지만 추측건대 족히 스물다섯 살은 되었을 것이다. 어쩌면 불사신일지도 몰랐다. 어설라는 지금도 예전처럼 활기가 넘쳐 흘렀다.

"안녕. 좋은 아침. 설마 나 때문에 겁먹은 건 아니지?"

앨리스가 복도 모퉁이를 돌며 주방 쪽을 향해 말했다.

"네가 뭐가 무섭다고 겁을 먹냐."

아버지의 목소리였다. 아버지가 늘 앉던 식탁 의자에 앉아 있었다. 커피 한 잔과 뚜껑을 딴 코카콜라 캔 하나가 그의 옆자리에 놓여 있었다. 음료 옆에는 토스트와 푹 삶은 달걀 몇 개가 접시 위에 담겨 있었다. 어딘가 오레오 쿠키도 있을 텐데, 하고 앨리스는 생각했다. 식탁 뒤에 걸린 벽시계가 아침 7시를 가리키고 있었다. 레너드는 건강해 보였다. 아니, 앨리스가 기억하는 모습보다 훨씬 더 건강해 보였다. 동네 한 바퀴를 그저 재미 삼아 뛰어도 될 정도로 체력이 좋아 보였다. 그럴 사람은 아니지만, 아이와 공놀이를 하고 얼음 위에서 스케이트를 가르쳐 줄 수도 있을 것만 같았다. 외모 역시 영화배우 같았다. 젊고 잘생긴 얼굴에 민첩해 보였다. 머리카락도 풍성했다. 앨리스가 어렸을 때처럼 탱글탱글하게 웨이브가 진 머리카락은 어둡고 짙은 갈색이었다. 아버지의 머리는 언제부터 하얗게 세기 시작했을까? 기억 나지 않았다. 레너드는 불쑥 고개를 들어 앨리스를 빤히 쳐다보았다. 그런 다음 고개를 돌려 시계를 봤다가 다시 앨리스를 쳐다보더니 고개를 내저으며 말했다.

"웬일로 일찍 일어났네. 새사람이 되려고 마음먹었구나! 잘 생각했다."

이게 대체 무슨 일이지?

앨리스는 두 눈을 감았다. 환각을 보고 있는 거야! 충분히 가능한 얘기잖아! 어제 술을 너무 과하게 마셔서 몇 시간이 지난 지금까지도 술이 덜 깬 걸지도 몰랐다. 사십 평생 이렇게까지 취한 적은 처음이니 환각이 보이는 걸 수도 있다. 설마 아버지가 죽어서 귀신이 되어 앨리스 앞에 나타난 걸까. 순간 눈물이 와락 쏟아졌다. 앨리스는 차가운 벽에 뺨을 기댔다.

식탁 앞에 앉아 있던 아버지가 의자를 뒤로 쓱 밀고 일어나 앨리스를 향해 다가왔다. 앨리스는 아버지에게서 시선을 떼지 않았다. 잠깐이라도 눈을 돌리면 그대로 아버지가 사라져 버릴 것만 같았다.

"이 좋은 생일날 왜 울고 그러니?"

레너드가 환하게 웃으며 말했다. 치아가 너무나도 하얗고 가지런했다. 그의 입김에서 커피 냄새가 났다.

"오늘 제 생일이에요."

"그래. 오늘이 네 생일인 거 나도 알아. 내가 까먹을까 봐 네가 〈16개의 초Sixteen Candles〉 영화를 몇 번이나 다시 보게 했잖아. 그래도 생일 선물로 스포츠카를 끄는 남자친구 같은 건 안 돼."

"뭐라고요?"

앨리스가 말했다. 그녀의 가방은 어디로 간 걸까? 핸드폰은 어디에 있지? 앨리스는 자신의 몸을 재차 더듬으며 혹시 소지품을 지니고 있는지 살펴보았다. 이 상황을 설명해 줄 무언가를 찾아보려고 커다란 티셔츠를 잡아당겨 몸에 딱 밀착시켰다. 그런 다음 납작한 배와 엉덩이뼈와 몸 전체를 쭉 훑어보았다.

"오늘이 네 열여섯 번째 생일날이라고, 앨리스."

레너드가 발가락으로 앨리스의 다리를 툭 치며 말했다. 아버지가 원래 이렇게 유연했었나? 지난 몇 년 동안 지금처럼 몸을 자유자재로 움직이는 모습을 본 적이 없었다. 기분이 묘했다. 마치 친구의 애를 몇 년 만에 다시 만났는데, 어느새 키가 어깨춤까지 자라 스케이트보드를 타고 다니는 걸 보는 느낌이었다. 반대로 아버지는 시간이 거슬러 올라가 젊어졌다는 점만 다를 뿐이었다. 앨리스는 지금껏 아버지를 거의 매일같이 봐왔었다. 못해도 일주일에 한 번씩은 꼭 만났다. 오랫동안 떨어져 있었던 적이 없었기에 아버지의 변화를 알아볼 수가 없었다. 흰머리가 하나둘씩 늘어가는 모습을 곁에서 다 지켜보았지만, 갈색 머리보다 흰머리가 더 많아진 순간은 알아채지 못했다.

"아침으로 오레오 어때?"

2
부

17

앨리스는 제 방문 앞에 가서 섰다. 심장이 글로리아 에스테판 노래의 리듬처럼 예사롭지 않게 마구 뛰어댔다. 앨리스는 당장 거실로 가 아버지와 함께 앉고 싶었다. 하지만 그 전에 무슨 상황인지 이해부터 해야 했다. 과연 자신이 살아 있긴 한 걸까. 아버지는 살아 있는 걸까. 혹시 꿈을 꾸는 걸까. 아니면 마흔 살이 되는 대신 열여섯 살로 돌아가 아버지의 집에서 눈을 뜬 걸까. 어떤 추측이 제일 끔찍한지 당최 가늠할 수가 없었다. 만약 앨리스가 죽었다면 적어도 고통스럽게 죽지는 않은 듯했다. 만약 꿈을 꾸고 있다면 잠에서 깨어나면 그만일 터였다. 만약 아버지가 죽어서 그 충격으로 인해 자신의 몸이 이런 반응을 보인 거라고 해도 충분히 납득할 만했다. 인생에서 가장 생생한 자각몽을 꾸고 있는 상황이 아니라면, 그녀가 정신이 나가서 이 모든 게 머릿속에서 일어나는 일이라는 추측이 가장 그럴싸해 보였다. 하지만 시간 여행을 한 거라면 어떡하지? 마흔 살의 영혼이 시간을 거슬러 올라가 10대 시절 자신의 몸 안에 들어와 있는 거라면 어쩌지? 바깥세상도 앨리스가 고등학교 3학년이었던 1996년으로 되돌아간 거라면? 그렇다면 여러모로 문제가 심각했다. 이 질문들에 대한 답을 앨리스가 어릴 때 쓰던 방 안에서 찾기란 요원해 보였다. 그렇다고 아예 불가능한 것은 아니었다. 10대 소녀들의 방은 늘 비밀로 가득했으니까. 그녀 역시 시간 여행을 하는 두 남자를 자신의 유일한 친형제들이라고 상상하며 자라오지 않았던가.

앨리스는 제 방 안의 불을 켰다. 조금 전 그녀가 옆으로 치워둔 옷가지들을 산더미처럼 쌓아둔 사람은 아버지가 아니라 그녀 자신이었다. 방 자체는 그녀가 기억하던 그대로였다. 하지만 상태가 훨씬 더 심각했다. 그녀가 고등학교 때부터 대학교 때까지 노상 뿌리고 다녔던 향수인 칼릭스의 가볍고 달콤한 향내와 담배 냄새가 진동했다. 앨리스는 방 안으로 들어가 문을 닫았다. 그런 다음 옷더미들을 조심스레 넘어가 방을 가로질러 침대로 갔다.

오늘 아침 앨리스가 눈을 떴던 1인용 침대 위에는 로라 애슐리의 꽃무늬 이불이 토네이도라도 지나간 듯 마구 헝클어져 놓여 있었다. 앨리스는 침대에 올라앉아 케어 베어가 그려진 폭신한 베개를 무릎 위에 올려놓았다. 방은 매우 작아서 침대가 거의 절반의 공간을 차지하고 있었다. 벽에는 앨리스가 잡지에서 잘라낸 사진들이 콜라주처럼 붙어 있었다. 10살 무렵부터 대학교에 가기 전까지 꾸준히 작업한 그녀의 작품이었는데, 지금 보니 정신병자가 꾸며놓은 벽처럼 보였다. 코트니 러브가 커트 코베인의 뺨에 키스하는 《쎄씨》 잡지 표지와 트랙터에 앉아 있는 제임스 딘, 웃통을 벗고 있는 모리세이와 키아누 리브스, 상의를 탈의한 채 두 손으로 가슴을 가리고 있는 드류 배리모어의 사진이 붙어 있었다. 그리고 군데군데 립스틱 자국이 찍혀 있었다. 앨리스가 뉴욕의 토스트, 럼 레이진, 체리 인 더 스노우 등 다양한 립스틱을 바른 후 휴지 대신 벽지에 찍어 댄 자국이었다. 벽의 정중앙에는 비디오 가게에서 10달러를 주고 사 온 〈청춘 스케치, 1994 Reality Bites〉의 영화 포스터가 커다랗게 붙어 있었다. 포스터 위에는 다른 사진들이 테이프로 덕지덕지 붙어 있어서 위노나 라이더의 얼굴만 온전했다. 영화배우 세 사람 뒤로 **영화, 신뢰, 직장**이라는 단어들이 쓰여 있었다. 거기에다 앨리스가 직접 덧붙여 둔 **고등학교, 미술, 키스**라는 글자도 있었다. 그런데 벤 스틸러의 얼굴 위에도 무언가가 쓰여 있었다. 잠시 생각해 보니 앨리스의 친구였던 앤드류가 손수 제작한 그라피티였다. 앨리스가 고등학생이던 때 남자아이들은 자신만의 상징을 직접 만들고는 했다. 하지만 모두 그라피티를 하는 시늉만 할 뿐 대다수는 지하철 벽이 아닌 자기 공책 위에만 열심히 그려댔다.

앨리스는 침대 옆에 놓인 협탁으로 고개를 돌렸다. 삐걱거리며 작은 서랍을 열었다. 안에는 다이어리와 뉴포트 라이트 담배 한 갑, 라이터 하나, 알토이즈 박하사탕 한 통, 여러 개의 볼펜과 머리끈, 동전들, 그리고 사진 앨범 하나가 들어 있었다. 마치 전시물이라고는 오롯이 자신 하나뿐인 조그만 박물관에 와 있는 기분이었다. 모든 것이 열여섯 살 앨리스가 쓰던 방과 판박이였다.

앨리스는 앨범 덮개를 열고 사진들을 꺼내 보았다. 얼핏 보아도 특별한 날을 기념하려고 찍은 사진들은 아닌 듯했다. 샘이 침대 위에 앉아 있는 사진, 샘이 학교 공중전화에서 통화하는 사진, 플래시가 터져 주변은 시커멓고 거울에 비친 제 모습만 또렷하게 나온 앨리스의 사진과 함께 벨베디어 학생 휴게실에서 찍은 토미의 사진도 있었다. 손으로 얼굴을 가리고 있는데도 앨리스는 사진 속 남자가 토미라고 생각했다. 당시 벨베디어 학교에 다니던 남학생은 대부분 똑같은 옷을 입고 다녔다. 엄청나게 커다란 청바지 위에 상의 역시 교복 스타일로 세 치수나 크게 입었다. 그때, 주방에서 아버지가 라디오를 켜고 설거지를 하는 소리가 들려왔다.

"아빠, 나 샤워 좀 할게!"

앨리스는 큰소리로 자기 할 말만 남긴 채 몸을 획 돌려 제 방으로 돌아갔다. 다행히 10대 시절의 앨리스와 행동거지가 비슷했는지 레너드는 어깨를 으쓱해 보이더니 의자에 앉아 아침을 마저 먹었다. 목소리는 어땠었지? 어렸을 적 목소리와 똑같았을까? 순간 옷장 문 안쪽에 걸려 있는 싸구려 전신 거울에 비친 자신의 모습이 앨리스의 시선을 사로잡았다.

10대 시절 내내 앨리스는 자신이 평범하다고 생각했다. 얼굴부터 두뇌며 몸매까지 모두 다 평균에 불과했다. 사람들 대부분보다 그림은 잘 그렸지만, 수학에는 영 소질이 없었다. 체육 시간에 달리기를 할 때면 옆구리를 붙잡은 채 쉬엄 쉬엄 걸으면서 뛰어야 했다. 하지만 지금 거울 속에 비친 자신의 모습에 앨리스는 그만 눈물이 핑 돌았다. 그녀는 줄곧 늙어가는 자신의 모습에 대해 불평을 늘어놓고는 했었다. 마흔 번째 생일날에도 에밀리에게 자기 비하적인 발언이나 내뱉었으니까. 하지만 지금 보니 허리와 무릎 관절이 삐걱거리고 눈가에 주름이 생긴 것만 빼면 전반적으로 10대 때의 모습과 똑같았다. 결국 그동안 늙었다고 불평했던 자신이 틀렸던 셈이었다.

앨리스는 거울 앞에 서서 〈E.T.〉 영화 속 한 장면처럼 집게 손가락 하나를 거울에 댄 채 거울 속 자신에게 인사를 건넸다. 거울 속 그녀는 중간 가르마를 탄 머리를 어깨 아래로 길게 늘어뜨리고 있었다. 턱에 곪아 터지기 직전인 작은 여드름이 하나 나 있는 점만 빼면 얼굴이 르네상스 시대의 그림 같았다. 뽀얗고 매끄러운 피부에 커다란 눈에는 생기가 가득했다. 양 볼 중앙에만 분홍빛이 감도는 모습이 재미있었다.

"아기 천사랑 완전 똑같이 생겼네."

앨리스가 속삭이듯 혼잣말로 중얼거렸다. 그런 다음 납작한 배를 내려다보았다.

"나한테 대체 무슨 일이 있었던 거지?"

호흡이 점점 가빠지기 시작했다. 그때 침대 발치에 놓여 있던 분홍색 카세트 플레이어가 앨리스의 눈에 들어왔다. 안테나가 삐죽 튀어나온 카세트 플레이어를 얼른 집어 들어 품에 꼭 안았다. 카세트 플레이어의 주파수 바늘이 100 언저리를 가리키고 있었다. 어렸을 적 앨리스는 주파수가 100.3인 Z100이라는 형편없는 라디오 방송국을 거의 매일 들었었다. 그리고 그때는 믹스 테이프를 참 많이 만들고는 했었다. 지난 수년간 까맣게 잊고 살았지만, 한때는 앨리스가 좋아했었던 남자들과 토미 조프리, 샘은 물론 그 외에도 수도 없이 많은 사람에게 만들어 주었다. 앨리스가 직접 골라 카세트 테이프에 녹음한 노래에는 모두 비밀 메시지가 담겨 있었다. 하지만 그중 절반 이상이 머라이어 캐리의 노래였으니 메시지가 무엇인지 알아채기란 그리 어렵지 않았다. 그 후 라디오는 얼마간 욕실에 놓여 있었다. 레너드가 목욕하면서 이따금 라디오로 노래를 들으려고 가져둔 것이었다. 하지만 그 후로 십여 년이 넘도록 라디오를 본 적이 없었다. 앨리스는 카세트 플레이어를 품 안에 더 세게 끌어안았다. 꼭 껴안고 있으면 그녀가 좋아했었던 노래들을 전부 들을 수 있을 것만 같았다.

앨리스는 문득 자신이 기억하는 시간 여행 방법들을 모두 떠올려 보았다. 『타임 브라더스』의 두 형제는 자동차를 타고 시공간을 자유자재로 왔다 갔다 했다. 〈백 투 더 퓨처Back To The Future〉의 마티 맥플라이는 플럭스 커패시터라는 장치를 보유하고 있었다. 〈엑설런트 어드벤쳐Bill & Ted's Excellent Adventure〉의 빌과 테드에겐 공중 전화박스와 조지 칼린이 있었다. 〈아웃랜더Outlander〉에 나오는 섹시한 여주인공은 그저 고대 바위 속으로 걸어 들어가기만 하면 되었다. 〈완벽한 그녀에게 딱 한 가지 없는 것13 Going on 30〉에서 제나 링크는 지하실에 있는 부모님의 옷장으로 들어가 마법의 가루를 뿌렸다. 〈킨Kindred〉과 〈시간 여행자의 아내The Time Traveler's Wife〉에서는 주인공의 의도와 상관없이 다른 시간대로 갑자기 이동했다. 〈레이크 하우스The Lake House〉에서는 어떻게 이동했더라? 마법 우편함이었나? 하지만 앨리스는 술에 취한 채 그대로 곯아떨어졌을 뿐이었다. 그녀는 숨을 깊게 들이마셨다 내뱉었다. 그러면서 거울 속으로 양 볼이 빵빵해졌다가 홀쭉해지는 모습을 바라보았다.

　바로 그때 그녀의 발치에서 익숙한 물건 하나가 눈에 띄었다. 투명한 플라스틱 전화기였다. 전화기는 선이 2미터도 넘게 길어서 방 안을 자유롭게 누비며 통화를 할 수 있었다. 열다섯 살 생일 선물로 혼자서만 쓸 수 있는 전화번호와 함께 받은 전화기였다. 그녀는 바닥에 풀썩 주저앉아 전화기를 집어 무릎 안에 놓았다. 수화기를 귀에 대자 새끼 고양이가 가르랑거리는 소리처럼 친숙하고 편안한 발신음이 울려 퍼졌다. 앨리스는 손가락으로 샘의 전화번호를 누르기 시작했다. 부모님의 아파트에 함께 사는 샘의 방은 온통 분홍색이었고 전화기도 분홍색이었다. 생각해 보니 전화를 걸기엔 꽤 이른 시간이었다. 어른인 샘이었다면 벌써 일어나 아이들에게 만화를 보여주며 아침밥을 먹이고 있을 테지만, 10대 샘은 지금쯤 베개에 얼굴을 파묻은 채 세상모르게 자고 있을 시간이었다. 그래도 개의치 않고 샘에게 전화를 걸었다.

"뭐야?"

따르릉, 신호음이 몇 번 울린 후 샘이 자다 깬 목소리로 전화를 받았다.

"나야, 앨리스."

"안녕. 꼭두새벽부터 웬일이야? 무슨 일 있어? 아, 맞다. 오늘 네 생일이지!"

샘이 목청을 가다듬더니 난데없이 노래를 부르기 시작했다.

"생일 축하합니다…"

"그만, 그만. 마음만 고맙게 받을게. 굳이 노래까지 안 불러도 돼. 그냥 뭐 좀 확인할 게 있어서 전화했어. 너 지금 우리 집으로 올 수 있어? 언제 일어날 거야? 아니면 내가 너희 집으로 갈까? 일단 이따가 일어나면 전화해. 알겠지?"

앨리스는 말을 하는 동안에도 거울 속에 비친 자기 모습에서 눈을 떼지를 못했다. 턱선이 베일 듯이 날렵했다. 자신의 턱에 대한 시를 써도 모자랄 판에 왜 사진이나 그림조차 남겨놓지 않았던 걸까?

"알았어. 생일이니까 봐준다. 무슨 소리든 다 들어줄게. 사랑해."

이 말을 끝으로 샘이 먼저 전화를 끊었다. 뒤이어 앨리스도 수화기를 내려놓았다. 앨리스의 방은 벽 하나를 사이에 두고 화장실과 맞붙어 있었다. 아버지가 화장실에 들어가 불을 켰다. 환풍기가 돌아가는 소리가 들려왔다. 이내 세면대에서 물이 흐르는 소리가 났다. 아마도 양치를 하려는 모양이었다. 화장실 문이 닫히는 소리는 들리지 않았다. 잠금장치가 헐거운 화장실 문이 닫히는 소리는 혼자만의 시간이 필요하다는 모녀만의 신호였다. 앨리스는 화장실에서 들려오는 소리만으로도 아버지가 무얼 하는지 훤히 알 수 있었다. 아버지는 양치를 마친 후 입을 헹구고 물을 뱉었다. 그런 다음 칫솔을 세면대 가장자리에 탁탁 쳐서 물기를 털어냈다. 아버지가 칫솔을 유리컵에 다시 꽂자 앨리스의 칫솔과 부딪히는 소리가 들려왔다. 모두가 굉장히 오랜만에 듣는 소리였다. 커피콩을 가는 소리, 아버지가 슬리퍼를 신고 복도를 느릿느릿 걸어가는 소리를 들은 적이 얼마 만이던가. 앨리스는 바닥에 널브러진 옷더미와 옷장을 뒤지며 냄새가 나지 않는 옷을 찾기 시작했다.

18

　레너드는 늘 앉던 자리에 다시 앉아 책을 읽고 있었다. 앨리스는 살얼음 위를 걷듯 살금살금 주방 안으로 걸어 들어갔다. 아버지는 어설라가 얼굴을 비빌 수 있도록 턱을 앞으로 쭉 내밀고 책장을 넘겼다. 앨리스는 한쪽 눈으로 레너드를 주시하며 냉장고를 열어 우유를 꺼냈다. 시리얼은 접시와 유리잔 옆 찬장에 보관되어 있었다. 땅콩버터가 든 병과 수프와 토마토소스가 든 깡통들 옆에 다양한 종류의 시리얼 상자들이 나란히 놓여 있었다. 그중에서 아버지가 제일 좋아하는 그레이프넛 시리얼을 골라 들었다.

　"아빠, 괜찮아? 어디 아픈 데는 없어?"

　앨리스가 물었다. 그러고는 레너드의 얼굴을 빤히 쳐다보며 혹시 아버지가 이상한 낌새를 눈치챈 건 아닌지 살폈다. 하지만 정작 이상한 건 아버지의 얼굴이었다. 눈가에 잔주름이 조금 있기는 했어도 미소를 가득 머금은 그의 얼굴에는 수염이 풍성했다. 젊디젊은 모습이었다. 젊어도 너무 젊었다. 앨리스는 머릿속으로 얼른 나이를 계산해 보았다. 앨리스가 열여섯 때였으니 아버지는 마흔아홉이었다. 앨리스보다 열 살도 채 많지 않은 나이였다. 삶이란 한 단계에서 다음 단계로 꾸준히 발전해나가는 과정이라고 앨리스는 으레 생각해왔었다. 달리기 경주를 하듯 고등학교를 졸업하면 대학에 진학했고, 대학을 졸업하면 성인이 되어 20대를 거쳐 30대로 넘어갔다. 앨리스는 자신이 인생이라는 달리기를 꽤 잘 해내고 있다고 생각해왔다. 하지만 미래에 노쇠해진 아버지의 모습이 자꾸만 앨리스의 눈에 밟혔다. 아버지는 치료를 받기로 마음을 먹고 난 후 병원을 수없이 들락거리며 진료를 보러 다녔다. 레스토랑에서 맞은편에 앉은 앨리스를 향해 "뭐? 뭐라고?"를 수년간 외친 후 아버지는 끝내 보청기를 착용하게 됐다.

"물론이지. 갑자기 그런 건 왜 물어봐?"

레너드가 눈을 가느다랗게 뜨고 앨리스를 쳐다보며 물었다.

"아니, 그냥."

앨리스가 시리얼 상자를 쳐다보며 되물었다.

"근데 아빠 말고 이런 걸 사는 사람이 또 있을까? 지금껏 단 한 명도 못 봤어."

"그야 네가 아직 다양한 사람들을 많이 못 만나봐서 그런 거겠지."

레너드가 어깨를 으쓱하며 무심하게 대꾸했다. 아버지의 말에 앨리스는 웃음이 터져 나왔다. 동시에 눈물이 핑 도는 바람에 아버지에게 보일세라 얼른 그릇 위로 고개를 떨궜다. 두 눈을 연신 깜빡이며 시리얼을 완성한 앨리스는 이윽고 아버지의 옆으로 가 앉았다.

아버지 앞에는 《뉴욕 타임스》 신문과 《뉴요커》, 《뉴욕》, 《피플》 잡지가 놓여 있었다. 《피플》지의 표지에는 JFK 주니어와 캐럴린 베셋의 결혼식 장면이 실려 있었다.

"아이고, 이런. 슬프기도 하지."

앨리스의 말에 레너드가 잡지를 집어 들고는 사진을 유심히 바라보았다.

"그러게. JFK 주니어가 구시대처럼 어린 신부를 맞았다면 너에게도 기회가 있었을 텐데 아쉽네. 그랬다면 진짜 멋졌을 거야."

레너드가 잡지를 식탁 위에 다시 내려놓더니 앨리스의 팔뚝을 꽉 쥐었다. 순간 그 감촉이 너무나도 진짜 같아서 앨리스는 숨이 멎을 뻔했다. 주방은 물론 자신의 몸과 아버지 모두 진짜 같았다. 지금은 JFK 주니어가 캐럴린과 갓 결혼한 상태였으니 그가 사망하기 전이었다.

"아니, 내 말은 그게 아니라… 음, 그렇다고 치자."

앨리스는 시리얼을 숟가락으로 한입 떠먹고 말을 이었다.

"참 이상한 시리얼이야. 맛있는 시리얼을 만들고 남은 부스러기들을 한데 모았다가 그냥 버리자니 아까워서 다시 포장해서 파는 것처럼 생겼잖아."

앨리스는 병실 침대 옆에 앉아 아버지가 다시 깨어나 말을 걸어주길 간절히 바라왔었다. 하지만 그레이프넛 시리얼로 그 대화를 시작하게 될 줄은 꿈에도 몰랐다.

"수완이 뛰어난 데다가 맛있기까지 한 거네."

레너드가 손가락을 튕기며 대꾸했다.

"그건 그렇고 오늘 우리 계획이 어떻게 되지? 10시에 시험 대비 수업을 듣고 나서 놀다가 저녁에 샘이랑 같이 저녁 먹기로 한 거 맞지? 저녁 먹고 나는 컨벤션 호텔로 가서 자고 내일 저녁에 패널 토론을 마치고 돌아오마. 정말 그렇게 해도 괜찮겠니?"

앨리스는 팔꿈치를 식탁 위에 올려놓았다. 고등학생의 삶이란 참으로 멋졌다. 우유나 시리얼을 사거나 치약과 변기 세정제, 고양이 밥이 충분한지 확인하는 일들이 전부 남의 몫이었다. 그저 모호하고 막연한 미래를 위해 학교에 다니면서 토요일에는 SAT 시험 대비반을 듣기만 하면 되었다. 어설라가 펼쳐진 신문을 가로질러 앨리스 쪽으로 다가와 냄새를 킁킁 맡았다. 여느 검은 고양이들과 마찬가지로 어설라의 눈은 어떨 때는 초록색이었고 어떨 때는 노란색으로 보였다. 코를 한껏 쳐든 어설라가 냄새를 더 잘 맡을 수 있도록 앨리스는 고개를 숙여주었다.

"아빠, 올해 어설라가 몇 살이야?"

앨리스가 물었다. 어설라는 앨리스의 시리얼 냄새까지 확인한 다음 바닥으로 폴짝 뛰어 내려갔다.

"고양이라는 동물은 인간 마음대로 숫자를 갖다 붙일 수 있는 생명체는 아니지. 어설라가 세상에 태어나는 모습을 직접 보지 못했으니 인간 기준으로 대충 어림짐작만 할 뿐이야. 기억나? 우리가 8호 앞에서 어설라를 처음 발견했을 때 이미 성묘였잖아. 집으로 데려오고 나서 불현듯 고양이를 잃어버린 누군가가 애타게 찾고 있을 거라는 생각이 들더구나. 이렇게 착한 고양이를 잃어버렸는데 찾지도 않고 포기할 리가 없잖아."

"아, 나도 기억나."

아버지의 말에 앨리스가 고개를 끄덕이며 대꾸했다. 어쩌면 어슬라도 고양이가 불멸의 삶을 살 수 있게 된 머나먼 미래에서 시간 여행을 떠나온 걸지도 몰랐다. 아니면 매년 새로운 어슬라가 나타나는 걸지도 모르지.

"근데 시험 대비반 수업은 어디서 들어?"

"학교에서 지난주와 똑같은 곳에서 듣지."

"벨베디어 말이야?"

레너드는 신문을 탁 내려놓으며 반으로 가지런히 접었다. 신문은 잡고 보기도 힘들게 왜 저렇게 크게 만든 걸까?

"그래. 혹시 너 어디 아픈 건 아니지? 생일 때문에 너무 들떠서 머리가 어떻게 되기라도 한 거야?"

레너드가 고개를 갸우뚱거리며 물었다. 아버지가 고이 접어둔 신문의 뒷면에는 TV 편성표가 적혀 있었다. 까먹지 않고 챙겨보려고 알프레드 히치콕 감독이 제작한 영화의 연속 방영과 〈얼리 에디션Early Edition〉 드라마 본방송 등 보고 싶은 프로그램에 동그라미를 쳐 두었다.

"그런가 봐."

앨리스가 말했다. 학교에 가야 한다니 오히려 잘된 일이라는 생각이 들었다. 수업을 들으러 가야 하는 학교의 본관에 앨리스가 일하는 입학처가 있었다. 혹시라도 에밀리와 멜린다와 마주치게 되면 정신 감정이 필요한 것 같으니 곧장 병원으로 데려다 달라고 부탁해 볼 수도 있지 않을까.

"SAT 점수가 그리 중요치 않다는 건 너도 잘 알고 있지?"

레너드는 미시간 대학에 진학했다. 그가 태어나고 자란 고향에 있는 대학이라 돈이 거의 들지 않는다는 이유에서였다. 사실 돈 때문에 다른 대학에는 지원할 수조차 없었다고 했다. 어쩔 수 없었던 아버지의 상황을 앨리스는 이해할 수 있었다. 하지만 벨베디어 고등학교에는 늘 학벌에 대한 압박감이 존재했다. 이제는 자신도 그 일부가 되어버린 느낌이었다. 앨리스는 사무실에서 입학 상담을 할 때면 부모들의 학력을 물어봐야만 했다. 마치 부모가 하버드 출신인지, 전문대학 출신인지, 또는 고졸인지의 여부가 자녀의 인생에 어떤 영향을 미치기라도 하는 것처럼 말이다. 부모가 된다는 건 실로 끔찍한 일인 듯했다. 부모는 나이가 들고 연륜이 쌓여 자식을 키우면서 저지른 실수를 깨우칠 때쯤이면 자식에게 그 말을 전할 기회가 주어지지 않았다. 하지만 인간이라면 으레 누구나 실수를 하는 법 아닌가. 학창 시절 내내 앨리스는 같은 학년 중에서 생일이 늦은 편에 속했다. 심지어 생일이 앨리스보다 1년이나 빠른 친구들도 있었다. 몇몇 친구들은 졸업이 2년이나 남았는데도 이미 자신이 가고 싶은 대학이 어디인지 잘 알고 있었다. 샘은 하버드를 가고 싶어 했고 토미는 프린스턴에 지원했다. 하지만 토미는 3대에 걸친 가족 모두가 다녔던 모교인 프린스턴에는 죽기보다도 더 가기 싫다고 했다. 반면 앨리스는 어느 대학에 가고 싶은지도 몰랐다. 수십 년이 지난 지금까지도 어렸을 때처럼 잘 모르기는 매한가지였다. 백 가지 다른 선택을 할 수 있었고 백 가지 다른 삶을 살 수 있었으리라 생각했다. 때로는 주변 사람들 모두가 자신이 원하는 걸 모두 이루었는데 저 혼자서만 아직도 기다리고 있는 것만 같았다.

"웅. 아는 것 같기도 해."

앨리스가 대답했다. 순간 배에서 꼬르륵 소리가 났다. 시리얼을 먹었는데도 여전히 배가 고팠다. 문득 시험 대비반을 듣느라 허투루 시간만 무척 낭비했었던 기억이 났다. 적어도 앨리스가 기억하기로는 그랬다. 자꾸만 여러 생각이 동시 다발적으로 앨리스의 머릿속에 떠올랐다. 다른 지역으로 운전해 넘어갈 때 두 지역의 라디오 방송국이 수신 범위에 따라 계속 왔다 갔다 겹치는 듯한 느낌이었다. 시야는 매우 또렷했지만, 두 개의 다른 뇌에서 각기 다른 정보가 동시에 전달되고 있었다. 앨리스는 자신 한 명뿐이었지만, 머릿속에서 과거와 미래의 자아가 공존했다. 마흔 살의 앨리스인 동시에 열여섯 살의 앨리스이기도 한 셈이었다. 바로 그때, 토미가 의자에 기대어 앉아 연필을 물어뜯고 있는 모습이 눈앞에 불쑥 펼쳐졌다. 그러자 뱃속에서 무언가 꿈틀대기 시작했다. 토미가 아이를 데리고 벨베디어에 나타났을 때와는 다른 감

정이었다. 불안과 당혹감이 묘하게 섞인 느낌이 아니라 오래
전에 토미에게 가졌던 지독한 욕망이 고개를 내밀고 있었다.

"내일 컨벤션에서 아빠가 맡은 패널 토론은 주제가 뭐야?"

"아. 〈타임 브라더스〉 드라마를 축하하는 자리야. 사람들이
나한테 질문을 하면 내가 답을 하는 거지. 토니와 배리도 온
다더구나. 두 배우가 온다니까 다들 굉장히 신나 하지 뭐냐."

레너드의 입가에서 웃음기가 싹 사라졌다. 그는 두 배우를
좋아하지 않았다. 그중에서도 배리를 더 싫어했다.

"분명 토니는 톰 행크스와 함께 영화 촬영하면서 재미있
었던 일화 따위나 떠벌이겠지."

토니는 1970년대를 배경으로 한 영화인 〈포레스트 검프
Forrest Gump〉에서 작은 역할을 하나 맡은 적이 있었다. 배
역 담당자가 토니를 어느 시대에 배정해야 할지 확신이 서
지 않아 맡긴 듯한 배역이었다. 앨리스는 토니가 연기를 완
전히 포기하고 말들과 여생을 보내는 이유가 바로 그 배역
때문이었다고 생각했다. 말들은 손바닥 위에 사과를 들고 있
는 현시대의 토니밖에 모를 테니까.

"패널 토론에 꼭 가야 하는 거야?"

어설라가 식탁 위로 다시 폴짝 뛰어 올라와 앨리스의 그릇
에 남은 우유를 핥아서 먹기 시작했다.

"배우들을 직접 만날 수 있다고 다들 얼마나 좋아하는데.
표도 팔고 책도 팔아야 그레이프넛도 사지. 걱정 마."

레너드는 앨리스의 근심을 쫓아버릴 태세로 허공에 대고

손을 이리저리 휘저어댔다.

"저녁은 어디 가서 먹을까?"

"지금 아침 먹는 중이거든. 생각해 볼게."

앨리스가 어설라를 쓰다듬으며 말했다. 아버지는 커피를 한 모금 들이켰다. 커피잔을 잡은 그의 팔뚝이 튼튼해 보였다. 이 모든 것이 환각이라면 앨리스의 뇌가 정말 굉장한 일을 해내고 있는 셈이었다. 순간 어디선가 커다란 소리가 울려 퍼졌다. 아, 내 알람 소리일 테니 곧 잠에서 깨어나겠는걸, 하고 앨리스는 생각했다. 하지만 알람 소리가 아니라 그녀의 방에서 울리는 전화벨 소리였다.

"전화 안 받을 거니? 전화벨만 울리면 번개처럼 쫓아가서 받더니 웬일이냐. 너무 빨라서 눈에 보이지도 않게 쪼르르 뛰어가더니."

"샘일 거야. 좀 이따가 다시 전화하면 돼."

창문 밖에서는 헤드릭 부부가 빗자루로 포맨더의 거리를 쓸고 있었다. 앨리스가 늘 좋아하던 사람들이었다. 부부는 거리를 청소하는 날이면 이웃들에게 차를 다른 데로 옮기라고 상기시켜 주거나 가스 회사 직원에게 문을 열어 주고 배수로에 떨어진 낙엽을 치웠다. 다른 이웃들처럼 집이 작아서 공간이 협소한데도 희한하게 헤드릭 부부는 장비란 장비는 다 가지고 있었다. 케네스 헤드릭은 뉴욕 메츠 야구 모자를 쓰고 카키색 옷을 입고 있었다. 그는 창문 너머로 쳐다보고 있는 앨리스와 눈이 마주치자 손을 들어 인사를 건넸다.

"우와. 앨리스, 너 하룻밤 사이에 성숙해졌는걸? 열여섯 살이 되니 정말 사람이 변하기도 하나 보네."

레너드가 고개를 설레설레 흔들며 말했다.

19

샘에게 다시 전화가 걸려왔다. 포맨더로 만나러 올 테니 수업을 들으러 학교까지 같이 걸어가자고 했다. 10분 후 앨리스는 샘에게 전화를 걸어 무슨 옷을 입고 올 건지 물어보았다. 30분 후 샘은 다시 전화를 걸어왔다. 늦을 것 같으니 앨리스 혼자 먼저 가라고 했다. 마치 글자가 아닌 목소리로 문자를 주고받는 느낌이었다. 샘과 이리도 쉽게 통화를 한 지가 10년도 넘은 듯했다. 오늘 아침 딱 한 번 자동 응답기가 샘 대신 전화를 받았는데, 작은 목소리로 "삐삐쳐"라고 말했다. 앨리스는 호출 메시지를 모조리 다 기억했다. *119는 **긴급상황**, *143은 **사랑해**, *187 **지금 당장 전화 안 하면 죽여 버리겠다는** 뜻이었다. 앨리스는 전화를 걸 때마다 재깍재깍 받는 샘의 목소리를 듣고 싶어서 자꾸만 전화를 걸고 싶은 충동이 일었다.

20

앨리스는 레너드에게 학교까지 바래다 달라고 했다. 사실 학교까지 눈을 감고도 찾아갈 수 있었기에 군이 그럴 필요까지는 없었다. 어쩌면 지금도 자는 중에 꿈을 꾸는 걸지도 몰랐지만, 슬슬 모든 게 현실처럼 느껴지기 시작했다. 생전 처음으로 꿈에서 똥을 누는가 하면 샤워도 하고 밥도 벌써 연거푸 세 끼를 먹었다. 그중 두 끼는 냉장고 문을 연 채로 서서 먹었다. 앨리스는 수업을 들을 동안 레너드와 떨어져 있어야 한다는 점이 내심 마음에 걸렸다. 하지만 시험 대비반은 겨우 한 시간짜리 수업이었다. 더군다나 10대 시절 샘을 직접 볼 수 있다고 생각하자 수업에 가지 않을 수가 없었다. 그래서 레너드에게 학교까지 데려다주면 수업을 듣겠다고 말했다.

벨베디어는 집에서 꽤 가까운 거리에 있었다. 걸어서 열두 블록 반 정도만 가면 되었다. 브로드웨이 대로를 따라 걸어가다가 85번가가 나오면 왼쪽으로 돌아 언덕길로 올라가면 학교가 나왔다. 아니면 도로를 달리는 차들 사이를 요리조리 피해 길을 건너는 방법도 있었다. 앨리스는 보폭이 크고 빨리 걷는 편이었고 이에 대한 자부심이 있었다. 도로를 쌩쌩 달리는 차를 피하며 길을 건널 때면 극강의 짜릿함과 만족감이 몰려왔다. 매일매일 적절한 때를 기다렸다가 발레를 하듯 무단횡단을 했다. 무단횡단이야말로 앨리스가 유일하게 잘하는 프로 스포츠인 셈이었다! 반면에 레너드는 뉴욕에 사는 사람치고는 걷는 속도가 느린 축에 속했다. 그런 그가 지금 믿기 힘들게도 매우 빠른 속도로 걷고 있었다. 캐리 그랜트가 영화 〈사랑은 비를 타고Singing in the Rain〉에서 우산을 들고 춤을 추듯 포맨더 워크를 경쾌하게 걸어갔다. 아버지가 길거리를 걸어 다니는 모습을 본 적은 지난 유월이 마지막이었다. 앨리스가 잭슨 홀이라는 식당에서 아버지와 함께 저녁을 먹기로 한 날이었다. 잭슨 홀은 평판이 꽤 좋은 데다가 앨리스로서는 위치가 너무 편했다. 85번가와 콜럼버스의 교차로에 자리한 식당은 벨베디어 학교와 같은 블록에 있었다. 게다가 저녁을 먹은 후 지하철을 타면 브루클린에 있는 집까지 쉽게 갈 수 있었다. 레너드 역시 잭슨 홀을 좋아했다. 버거와 어니언링이 크기가 매우 크다는 이유에서였는데, 그도 그럴 것이 버거 크기가 거인용으로 만든 하키 퍽처럼 거대했다. 앨리스가 먼저 가서 창가 쪽 자리를 잡고 앉아 있으면 아버지가 길을 건너는 모습을 볼 수 있었다. 지난 유월 아버지는 나름 빨리 걷는다고 걸었는데도 하마터면 시내로 가는 M1 버스와 부딪힐 뻔했다. 그날 이후로는 병원 복도만 걸어 다니다가 결국에는 한 걸음조차도 걷지 못하게 되었다.

레너드는 청재킷을 입고 있었다. 앨리스가 태어난 이래로 아버지는 줄곧 청재킷만 입었다.

"내 딸이 벌써 열여섯 살이라니 믿기지가 않네."

그러면서 레너드는 집에서 챙겨온 코카콜라 캔 뚜껑을 땄다. 그러자 달콤한 탄산이 시원한 소리를 내며 터져 나왔다. 포맨더 워크를 걸어 나오면서 앨리스는 경비 초소를 힐끗 쳐다보았다. 늘 그렇듯 초소 안은 잡동사니들로 가득했다. 어젯밤 끝부분의 기억이 희미했다. 토를 했는데 짙은 분홍색이라 매우 역겨웠던 기억만 남아 있었다. 도대체 또 어디에 갔던 걸까? 앨리스는 기억의 파편들을 엮어보려 애썼다. 마치 어려운 수학 문제가 어떻게 해서 그런 답이 나왔는지 거꾸로 풀어가는 느낌이었다.

"안 믿기기는 나도 마찬가지야."

앨리스가 말했다. 샘과 전화 통화를 한 뒤에 옷장 바닥에서 샘이 추천해준 옷들을 찾아냈다. 앨리스가 입은 검은색 모직 세일러 바지에는 단추가 수천 개에 뒷면에는 끈이 달려 있었다. 위에는 속옷처럼 생긴 실크 톱을 입고 있었다. 원더브라가 없던 시절에 사람들은 이처럼 아무 이유 없이 옷을 겹겹이 겹쳐 입고는 했었다.

"근데 아빠는 산책할 때 주로 어디로 가?"

앨리스가 물었다.

앨리스의 키는 열여섯 살밖에 되지 않았는데도 이미 아버지와 비슷했다. 세레나는 레너드보다 키가 2.5센티미터 남짓 더 컸다. 앨리스 역시 레너드보다 2.5센티미터 정도 더 컸지만, 열여섯 살 때는 아직 키가 덜 자란 모양이었다. 어머니는 아직 생일 축하한다는 전화를 하지 않았다. 하지만 어머니가 사는 캘리포니아는 뉴욕보다 3시간 느렸으니 아직 이른 시간이었다. 게다가 달과 행성들에서 무슨 일이 일어나는지 누가 알겠는가. 세레나는 천체들의 위치나 움직임에 따라 세상과 소통하고는 했다. 바깥 공기는 선선했다. 요즘 뉴욕은 기후 변화로 인해 10월에도 반소매 티셔츠를 입고 다닐 정도로 따뜻했다. 마흔 살의 앨리스 역시 뉴욕의 따뜻한 날씨에 익숙해져 있었다. 하지만 열여섯 살인 지금 뉴욕은 여전히 쌀쌀했다. 벌써 눈보라가 몰아치고 지나갔을까? 정확하게 기억은 나지 않았지만, 눈이 바람에 흩날리는 모습을 머릿속에서 그려볼 수 있었다. 하얀 눈이 소복이 쌓여 온천지를 담요처럼 뒤덮으면 도시 전체가 며칠씩 멈추고는 했었다.

"여기저기 다 다니지. 도시 외곽으로도 가고 시내 쪽으로도 걸어가 봤어. 한번은 맨해튼 섬 전체를 한 바퀴 삥 둘러 걷기도 했는걸. 몰랐지? 근데 그건 뭐하러 물어보는 거야?"

"그냥 궁금해서 물어봤어."

앨리스가 어깨를 으쓱하며 대꾸했다. 앨리스는 사이먼 러시와 아버지의 다른 친구들을 떠올렸다. 아버지의 친구들은 대다수가 책벌레 괴짜들이었고 부유한 유명인사들도 섞여 있었다. 앨리스는 아버지와 포맨더 워크 밖에서 낮시간을 함께 보낸 기억이 별로 없었다. 부모님과 함께 하이킹이나 캠핑을 해본 적이 한 번도 없었다. 부모님은 일반 가족들이 즐기는 전형적인 야외 활동을 모두 싫어했다. 그래서 해변이나 국립공원에 놀러 가는 대신 세 사람은 친숙하고 조그만 이 동네에 머물며 서로 대화를 나누었다. 앨리스는 가능한 한 많이 동네를 둘러보고 아버지와 이야기를 나누고 싶었다. 아버지와 발을 맞춰 걷다가 정면에서 쌩쌩 달려오는 택시를 재빨리 함께 피하는 기분은 어떨까? 아버지가 투덜대거나 콧노래를 흥얼거리고 비언어적인 소리를 내는 걸 바로 옆에서 듣는 기분은 또 어떨까? 아버지를 볼 때마다 이번이 마지막일까 봐 걱정하지 않아도 되는 기분은 어떨까?

"기특한걸."

레너드가 앨리스의 어깨에 손을 얹으며 말했다. 열여섯 살 때까지 앨리스는 한 번도 아버지를 만져본 적이 없었다. 그런데 주방에 들어가 아버지를 처음 보는 순간 앨리스는 아버지를 와락 껴안고 싶었다. 앨리스와 아버지는 서로 스스럼없이 포옹하는 사이가 아니었다. 게다가 자신의 몸에서 냄새가 날 거라는 생각에 가까이 다가갈 수가 없었다. 흙냄새만 난다면 다행이겠지만, 흙냄새에 더불어 술 냄새까지 날지도 몰랐다. 그래서 앨리스는 둘 중 하나가 흔적도 없이 사라져버리거나 먼지 더미로 변해 버릴까 봐 두려워 얼른 자기 방으로 도망치고 말았었다. 그녀는 아버지의 손 위에 자신의 손을 얹었다. 아버지가 이토록 젊었던 적이 있었던가.

"아빠는 내가 몇 살이었을 때가 제일 좋았던 것 같아?"

앨리스는 손을 다시 내려놓으며 애꿎은 땅만 쳐다보았다.

"만약에 내가 죽을 때까지 똑같은 나이로만 산다면 몇 살 때를 고를 것 같아?"

"음, 생각을 좀 해보자. 갓난아기였을 때는 진짜 끔찍했었어. 온종일 빽빽 울어대기만 했거든. 엄마랑 둘이서 이웃들이 신고라도 할까 봐 늘 노심초사했지. 그러다 조금 크니까 또 엄청 귀여웠어. 세 살부터 다섯 살 때까지는 정말 좋은 날들만 가득했었지. 하지만 하나만 고르라면 난 지금이 가장 좋단다. 열여섯 살이니 네 앞에서 욕도 맘껏 할 수 있고 더 이상 베이비 시터도 필요 없잖아. 게다가 말동무하기에도 좋고 말이다."

레너드가 싱긋 웃으며 대답했다. 두 사람이 함께 걷는 블록마다 앨리스가 한때 흠뻑 빠졌다가 잊어버렸던 상점들이 즐비해 있었다. 포워드와 맨디 사거리에는 스판덱스 재질의 파티 드레스를 파는 가게가 있었다. '핫 앤 크러스티' 매장에는 밝게 켜진 조명 아래 찰라 빵이 진열되어 있었다. 보헤미안 스타일의 고급 옷가게인 '리버티 하우스'도 있었는데, 앨리스는 이 가게에서 인디언 무늬가 그려진 상의와 주렁주렁한 귀걸이를 사느라 용돈을 탕진하고는 했었다. 그리고 앨리스가 끔찍이도 좋아했었던 '테이스티 디 라이트'도 보였다. 이 아이스크림 매장을 요즘에도 본 적이 있었던가? 앨리스는 20대 초반일 때 '테이스티 디 라이트'에서 루 리드와 로리 앤더슨을 본 적이 있었다. 두 사람은 스프링클스를 뿌리지 않은 아이스크림이 담긴 작은 컵을 손에 들고 있었다. 앨리스는 목격담을 아버지에게 말하려다 곧바로 입을 꾹 닫았다. 앨리스는 루 리드의 노래 중에서 〈트레인스포팅Trainspotting〉 영화에 나왔었던 사운드트랙 딱 한 곡만 소장하고 있었다. 그런데 그 곡이 앨리스가 열여섯인 지금 발매가 되었는지 확실치가 않았다. 더군다나 인터넷이 없으니 발매 시기를 당장 확인할 방법이 없었다. 순간 전화로 영화 상영시간을 알려주던 무비폰Mr. Moviefone 아저씨의 목소리가 앨리스의 귓가에 맴돌았다. 지난 10년 동안 한 번도 떠올리지 않았는데도 생생하게 기억이 나서 피식 웃음이 났다. 앨리스는 지금 완전히 다른 세기에 와 있었다. 열여섯 살이던 그때는 몰랐었지만 마흔이 되자 세상은 완전히 다른 세기로 변해 있었다. 물론 뉴욕이라는 도시는 뱀이 허물을 벗듯이 수없이 변모해 완전히 새로운 모습으로 탈바꿈했다. 하지만 그 속도가 너무나도 느린 탓에 변화를 눈치채는 이는 아무도 없었다.

"답해줘서 고마워."

앨리스가 말했다. 앨리스가 다시 열여섯이 된 것도 바로 그 때문일지도 몰랐다. 아버지의 말대로 열여섯 살이었을 때가 황금기였는지도 모르겠다. 이후 성인이 된 앨리스는 미술 대학을 간신히 졸업하고 형편없는 남자들만 줄줄이 만나고 다녔다. 예술은 제대로 해보지도 못한 채 마흔 살이 되도록 벨베디어에서 일했다. 이 모든 사실을 전혀 모르는데도 아버지는 열여섯 지금이 앨리스의 황금기라는 걸 이미 다 알고 있었다.

바로 그때 레너드가 인도 끝쪽에 서 있던 앨리스의 팔꿈치를 잡고 뒤로 확 잡아당겼다. 박스형 회색 세단이 인도 쪽으로 바짝 붙어서 빠른 속도로 길모퉁이를 돌고 있었다.

"내 딸은 내가 지킨다."

레너드가 말했다. 두 사람은 24시간 영업하는 '프렌치 로스트' 카페가 나올 때까지 계속해서 걸어갔다. 그런 다음 왼쪽으로 틀어 공원 쪽으로 향했다.

21

저 멀리 벨베디어 학교 앞에 사람 몇 명이 서 있었다. 집에서 학교까지 걸어오는 길과 블록들은 예나 지금이나 다름이 없었다. 미용실 하나가 애견 미용실로 바뀌었고, 액자 가게가 필라테스 가게로 바뀌었을 뿐이었다. 하지만 인도에 모여 있는 사람들에게 가까이 다가가자 불안감이 불쑥 엄습해 왔다. 사람들의 얼굴을 보자마자 앨리스는 그 자리에 얼어붙고 말았다. 샘을 만날 마음의 준비는 이미 되어 있었다. 사만다 로스먼 우드가 아니라 배우자의 이름을 뺀 사만다 우드를 다시 만나게 될 터였다. 하지만 다른 사람을 보게 될 거라고는 전혀 예상하지 못했었다. 앨리스의 삶은 여전히 벨베디어 학교로 가득 차 있었기에 학교를 떠나간 사람들을 생각해 본 적이 없었다. 레너드는 담배꽁초를 길바닥에 툭 던진 다음 담배 필터를 발로 지르밟았다.

"왜 그래?"

특별한 이유 없이도 사람들을 만나기를 꺼리는 레너드가 물을 말은 아닌 것 같았다.

제일 먼저 눈에 들어온 사람은 가스 엘리스였다. 그는 동그랗고 예쁜 엉덩이가 매력적인 축구 선수였다. 고등학교 1학년 때 앨리스는 가스와 키스를 해놓고도 다음 날 아무 일도 없었던 것처럼 행동한 적이 있었다. 그리고 제시카 앵커의 얼굴도 보였다. 제시카는 매일 아침 앞머리를 완벽하게 동그란 모양으로 말고 왔었다. 앨리스와 샘은 제시카에게 장난전화를 걸어 헤어스프레이 회사 판매원인 척 연기를 하고는 했었다. 하지만 얼마 지나지 않아 *69를 누르면 마지막으로 걸려온 전화번호로 자동으로 연결해주는 서비스가 등장하고 말았다. 두 사람은 정체가 노출될 위험이 있었기에 더는 장난 전화를 걸지 않았다. 그리고 혀를 입 밖으로 살짝 내밀던 습관이 있던 조던 엡스타인-로스도 있었다. 그 옆으로 레이첼 하이모위츠가 서 있었다. 그녀는 성씨인 하이모위츠가 '하이먼'이라고 발음되는 '질 입구 주름'이라는 단어와 너무나도 비슷해서 놀림을 피할 도리가 없었다. 모두가 화려하고 멀쑥해 보였다. 심지어 앨리스가 한 번도 관심을 기울이지 않았던 켄지 모리스 같은 애들마저도 그랬다. 켄지는 〈천재소년 두기 하우저Doogie Howser〉에 나오는 주인공처럼 SAT를 남들보다 1년이나 일찍 쳤다. 하지만 한편으로는 다들 오븐에서 조금 일찍 꺼내 덜 익은 음식처럼 완전히 성숙하지 않는 모습이었다. 팔다리가 지나치게 긴 애들도 있었고 코만 어른같이 생긴 애들도 있었다. 다들 앨리스가 열여섯 살 때 딱히 관심을 두지 않았을뿐더러 지난 20년 동안 단 한 번도 앨리스의 머릿속에 떠오른 적도 없었던 애들이었다. 문득 그녀가 잊고 살았던 저 아이들이 마흔이 되어서도 여전히 벨베디어에 남아 있는 자신을 과연 어떻게 생각할까, 하고 상상하자 살짝 움츠러들었다. 마흔이 되어서도 그녀는 열여섯 살 때처럼 여전히 혼자였고 여전히 이상한 아이였다. 앨리스는 문득 고개를 들어 2층에 있는 자신의 사무실 창문을 올려다보았다. 레너드는 주차된 차에 기댄 채 담배를 꺼내 또다시 불을 붙였다.

"그냥 고등학생이라서 그래."

앨리스가 말했다. 앨리스에게 무슨 일이 일어나고 있는지 자세히는 몰라도 확실히 『타임 브라더스』나 〈빽 투 더 퓨처〉와 같은 전개는 아니었다. 되레 〈페기 수 결혼하다Peggy Sue Got Married〉와 더 비슷한 듯했다. 앨리스는 영화의 줄거리를 기억해내려 애써보았다. 페기 수가 기절했었나? 아니, 대부분이 꿈속에서 일어났던 일 아니었던가? 캐슬린 터너가 병원에서 의식을 되찾을 때 니컬러스 케이지와 여전히 결혼한 상태였으니 꿈을 꾼 것일 터였다.

그때 학교 정문이 활짝 열렸다. 그녀의 상사인 멜린다가 문이 닫히지 않도록 학교 건물 측면에 작은 금속 고리를 부차해 고정하고 있었다. 그 모습을 바라보고 있자니 앨리스는 숨이 턱 막히는 듯했다. 아침 일찍 식탁에 앉아 있던 아버지를 처음 봤을 때와 똑같은 기분이었다. 앨리스는 멜린다를 오랫동안 알고 지냈다. 그녀가 늘 같은 옷차림에 외모 역시 그리 많이 변하지 않았다고 생각해왔었다. 하지만 오산이었다. 멜린다는 아버지와 마찬가지로 너무나도 젊었다. 그저 앨리스가 너무 어려서 변화를 눈치채지 못했던 것뿐이었다.

인도에 서 있던 아이들이 학교 안으로 우르르 쏟아져 들어 갔다. 앨리스는 아버지 옆으로 다가가 기대어 섰다.

"아빠, 만약에 과거로 돌아갈 수 있다면 뭘 하고 싶어? 고 등학생이나 대학생 때로 돌아간다면?"

"아, 난 안 돌아갈래. 내가 과거를 너무 많이 바꾸면 네가 이 세상에 태어나지 않을지도 모르잖아. 과거를 바꿀 마음이 없다면 아예 돌아가지 않는 편이 훨씬 낫지."

레너드가 팔꿈치로 앨리스를 살며시 치며 대꾸했다.

"그렇구나."

앨리스가 말했다. '마트료시카'로 되돌아가야 했다. 적어 도 오후 5시는 되어야 문을 열 것이다. 과거로 돌아온 자신 이 무언가를 망치거나 잃게 될 거라는 생각은 들지 않았다. 하지만 열여섯 때부터 마흔까지의 인생을 한 번 더 살고 싶 지는 않았다. 어떻게 과거로 왔으며 어떻게 하면 여기에서 빠져나갈 수 있는지 알아내야 했다.

"생일 축하해, 앨리스."

뒤에서 들려오는 목소리에 앨리스는 고개를 돌렸다. 토미 가 주머니에 손을 푹 찔러넣은 채 서 있었다. 목둘레와 소맷 단에 배색이 들어간 링거 티셔츠에 직접 만든 갈색 민무늬 초커 목걸이를 차고서 길게 기른 머리카락을 귀 뒤로 넘기 고 있었다. 벨베디어에 다니는 남학생들 대부분은 이미 〈마 이 소-콜드 라이프My So-Called Life〉 드라마 속 조던 카탈

라노 스타일에서 벗어났지만, 토미는 아니었다. 토미는 고등학교 4학년이었다. SAT 점수가 거의 만점에 가까웠는데도 더 높은 점수를 받으려고 공부를 계속했다. 벨베디어 학부모들은 늘 이런 식이었다. 이미 **완벽**한데도 불구하고 **아주 조금** 모자란 부분에 집착하며 시간과 돈을 기꺼이 투자했다. 앨리스의 기억 속 토미는 이미 왕자님이었지만 실제로 보니 더욱 멋있었다. 순간 뱃속이 몽글몽글해지는 느낌이 들었다. 성인이 된 토미를 봤을 때와는 확연히 다른 느낌이었다. 마치 열여섯짜리 여자아이의 작은 몸 안에 10대인 앨리스와 마흔 살인 앨리스 두 사람이 동거하고 있는 기분이었다.

"고마워."

앨리스가 말했다. 토미는 레너드가 보는 앞에서는 앨리스에게 스킨십을 하지 않았다.

"토미 왔니?"

레너드가 고개를 까딱하며 인사를 건넸다.

"안녕하세요. 참, 지난번에 아저씨께서 말씀해주신 책 다 읽었어요. 괴물들 나오는 『크툴루Cthulhu』라는 책이요."

"그래? 어땠어?"

레너드가 토미에게 물었다. 레너드는 담배꽁초를 바닥에 집어 던진 뒤 뒤꿈치로 뭉개 불을 껐다. 그런 다음 주차된 자동차에 기대고 있던 몸을 일으켜 토미를 향해 몇 걸음 다가갔다. 세 사람이 동그랗게 작은 원을 그리며 둘러섰다.

"아, 짱이었어요. 진짜 짱."

토미의 말에 앨리스는 피식 웃고 말았다. 10대들이 사용하는 은어에 흠뻑 빠져있는 토니를 보자 퍽 당혹스럽긴 했지만, 덕분에 10대인 토미를 좀 더 편하게 받아들일 수 있었다.

"그럼 나중에 봐, 앨리스. 오늘 밤에 보자."

토미가 뒤로 돌아 계단을 올라가며 말했다.

지금껏 까맣게 잊고 잊었다. 바로 오늘이 앨리스가 생일 파티를 열었던 날이다. 샘이 마흔 살 생일 선물로 줬던 그 사진을 찍었던 날이기도 했다. 두 사람이 세상에 두려울 게 없는 모습으로 사진을 찍었던 날, 그게 바로 오늘 밤이었다.

22

10시 10분 전, 택시 한 대가 학교 정문 앞에 멈춰 섰다. 뒷좌석에서 샘이 뛰어내리더니 샘의 어머니인 로레인이 뒤따라 내렸다. 로레인은 바너드 대학에서 아프리카학을 가르쳤다. 그녀는 늘 짧게 자른 머리에 목에 스카프를 정성스럽게 매고 진주 귀걸이를 차고 다녔다.

"생일 축하해. 생일 축하해."

샘이 구호를 외치듯 말했다. 그러더니 앨리스에게 대답할 틈도 주지 않은 채 두 팔로 앨리스의 목을 와락 껴안았다. 샘은 마냥 어린애가 된 것처럼 행동하고 있었다. 열여섯이면 여전히 어린 나이가 맞긴 했지만, 그 당시에는 전혀 어리다고 느껴지지 않았었다. 샘은 커다란 폴로 셔츠에 헐렁한 청바지 차림으로 목에는 딱 달라붙는 소라 껍데기 목걸이를 걸고 있었다. 그녀의 왜소한 몸에 반해 옷이 너무나도 커서 몸이 옷 안에서 헤엄을 치는 것처럼 보였다. 앨리스는 여느 때처럼 샘의 양쪽 뺨에 번갈아 입을 맞추었다. 왜 그러는지 누가 알겠는가. 10대 소녀들 사이에는 자기들만의 규칙과 관습, 습관들이 가득했다. 뼈의 절반이 비밀로 차 있다고 해도 과언이 아닐 정도로 10대 소녀들끼리만 공유하는 비밀들이 참 많았다. 샘에게도 비밀이 하나 있었다. 샘에게는 열 살 때 부모님께 생일 선물로 받은 가짜 책이 하나 있었다. 책 속에 는 원래 마법 세트가 들어 있던 공간이 있는데, 샘은 그 안에 대마초가 든 갈색 유리그릇을 숨겨둔 채 책장에 꽂아두고는 몰래몰래 꺼내 피우고는 했었다.

"안녕하세요, 레너드. 앨리스도 안녕. 저 대신 샘이 학교 안으로 들어가는지 좀 봐주실래요? 제가 시내에서 회의가 있어서 급히 가봐야 해서요."

로레인이 학교 정문을 가리키며 레너드에게 부탁했다. 레 너드는 고개를 끄덕이며 담배를 바닥에 휙 던졌다. 샘의 어 머니는 채식주의자에 요가 전문가였고 제법 진지한 여성이 었다. 하지만 그런 그녀마저도 『타임 브라더스』의 영향에서 자유롭지 못했다. 덕분에 레너드를 꽤 좋아해서 샘이 원할 때면 앨리스의 집에서 마음껏 자고 오도록 내버려 두었다. 심지어 레너드가 앨리스에게 채소를 먹인 적이 일절 없다는 사실을 익히 알면서도 흔쾌히 허락해 주었다.

"물론이죠."

레너드의 말이 떨어지기가 무섭게 로레인은 다시 택시 안 에 몸을 구겨 넣었다. 로레인이 손을 흔들며 택시가 떠나갔 다. 갑자기 샘이 춤을 추듯 위아래로 방방 뛰어댔다.

"자, 젊은 학도들. 나도 이만 가봐야겠다. 끝나고 집으로들 와. 알겠지, 앨리스?"

"알았어, 아빠. 수업 땡 하자마자 곧장 집으로 갈게."

"레니! 일루와 봐! 오늘 우리 앨리스 생일이야! 드디어 앨리스도 열여섯 살이라고! 아, 난 열여섯 살이 된 게 언제였는지 기억도 안 나."

샘은 다섯 달 전에 열여섯 살이 되었다. 학기가 거의 끝날 무렵이라 생일을 맞자마자 곧바로 기나긴 여름 방학이 시작되었다. 그러니 아주 오래전 일처럼 느껴질 만도 했다. 레너드는 두 사람에게 인사를 건넨 다음 저 멀리 걸어갔다. 앨리스는 아쉬운 마음에 인도 위에 선 채 한 발자국도 떼지 못했다. 유치원 때와 똑같은 심정이었다. 앨리스가 어릴 때는 레너드의 다리를 붙잡고 울고불고 매달리는 통에 유치원 선생님이 온 힘을 다해 떼어내야 했었다.

"들어가자."

샘이 말했다. 두 사람은 서로 팔짱을 낀 채 학교 안으로 걸어 들어갔다.

누군가가 고등학교 때와 비교해서 현재 벨베디어 학교가 얼마나 많이 바뀌었는지 앨리스에게 물어봤다면 그녀는 예전 모습과 별반 다르지 않다고 대답했을 것이다. 가끔 바닥을 새로 깔거나 교실 의자를 교체하기는 했지만, 학교는 대체로 고등학교 때와 똑같은 모습이었다. 하지만 정문 안으로 들어서자마자 앨리스는 자기 생각이 틀렸다는 걸 대번에 알 수 있었다.

학교 로비는 매우 연한 복숭아색으로 칠해져 있었고, 그에 맞춰 바닥에는 1980년대에 유행했었던 페이즐리 카펫이 깔려 있었다. 그리고 정사각형 유리 벽돌을 세워 접수처 사무실과 나뉘어 있었다. 앨리스는 로비를 자세히 보려고 잠시 멈추어 섰다. 그러자 샘이 그녀의 손을 잡아끌며 말했다.

"얼른 가자. 수업 시작 전에 화장실 가야 한단 말이야."

앨리스는 샘에 이끌려 복도를 따라 걸어가 체육관 회전문 바로 옆에 있는 화장실에 다다랐다. 체육관 안에는 시험 대비반을 들으러 온 학생들이 이미 다 모여 있었다. 체육관 중앙에는 바퀴가 달린 대형 칠판 하나가 놓여 있었고, 그 앞으로 의자가 여러 줄로 나열되어 있었다.

"시험 대비반 수업을 왜 체육관에서 하는 걸까? 표준화 시험이 우리가 싸워 이겨야 할 게임이라는 걸 강조하려는 건가? 아니면 토요일에 위층 교실을 개방하면 우리가 난동을 부릴까 봐 그러는 걸까?"

샘이 화장실 문을 열고 들어가며 말했다. 앨리스도 뒤따라 안으로 들어갔다. 체육관 옆 화장실은 학교에서 제일 널찍했다. 화장실 세 칸에 샤워실 하나가 딸려 있어서 원정팀이 경기를 하러 오면 이곳을 탈의실로 사용했다. 3학년인 사라 T와 사라N이 단짝 친구답게 거울 앞에 나란히 서서 입술에 립글로스를 덧바르고 있었다. 그리고 누군가가 화장실 한 칸을 사용 중이었다.

"사라야, 안녕."

앨리스가 인사를 건넸다. 사라T는 예쁘장한 얼굴에 주근깨가 가득했고 짧게 자른 곱슬머리가 귀 뒤로 불룩 튀어나와 있었다. 항상 가방에 여분의 탐폰을 가지고 다니던 그녀는 서른 살이 채 되기도 전에 백혈병으로 세상을 떠났다. 사실 앨리스와 사라T는 친구라고 부를 만큼 친한 사이는 아니었다. 모두가 그렇듯 그저 생물학 숙제를 해야 할 때만 친한 척을 할 뿐이었다. 사라T는 고등학교 4학년 봄방학 때 스키를 타다가 사고를 당해 사망한 멜로디 존슨에 이어 앨리스의 동창 중 두 번째로 사망한 아이였다. 아이고, 멜로디 역시 살아있을 텐데 어떡하지. 멜로디에게 불길한 예감이 든다며 경고라도 해 줘야 할까? 소니 보노가 스키 사고로 죽었다는 사실을 언급하며 봄방학 때 가족들에게 해변으로 가자고 강하게 주장하라고 귀띔해 주어야 할까? 하지만 화장실에서 자신을 향해 빙그레 웃고 있는 사라T에게는 무어라 해줄 말이 없었다.

"안녕, 앨리스. 아, 진짜 짜증 나지 않냐? 아직 대학 원서도 안 냈는데 벌써 대학 얘기에 정말 지겨워 죽겠어. 어제는 우리 엄마가 여대라고 해서 꼭 레즈비언들만 가는 건 아니라고 10분 동안 떠들어 대더라니까. 그런데 그거 알아? 여대는 온천지에 레즈비언들뿐이야."

사라T가 툴툴대며 말했다. 사라T의 어머니가 짐작한 대로 사라T 역시 레즈비언이었다. 앨리스의 동급생 중에는 사라T 말고도 레즈비언이 여섯이나 더 있었지만, 대학에 진학한 다음이나 그 후 조금 더 시간이 흐른 후에야 자신이 레즈비언이라는 사실을 공공연히 밝혔다.

"참, 네 생일 파티가 오늘 밤 몇 시라고 했었지?"

"오늘 밤?"

사라N의 질문에 짐짓 당황한 앨리스가 샘을 쳐다보았다.

"저녁 먹고 나면 8시 반쯤 되지 않을까? 애들한테 9시에 오라고 했던 것 같은데? 그쯤 오면 될 것 같아."

앨리스 대신 샘이 대답했다. 사라T와 사라N이 립글로스를 가방에 다시 집어넣으며 인사를 건넸다.

"딱 좋네. 그럼 이따가 봐."

그때, 문이 닫혀 있던 칸에서 물을 내리는 소리가 났다. 앨리스는 샤워실 안으로 샘을 재빨리 밀어 넣고 커튼을 쳤다.

"설마 너 여기서 오줌 누려고?"

샘이 속삭이듯 물었다.

앨리스는 고개를 가로저었다. 이 상황을 샘에게 어디서부터 어떻게 설명해야 할까. 바로 그때 손 하나가 불쑥 나타나 커튼을 열어젖혔다.

"어쩐지 너희 둘 목소리가 들린다 했어."

피비 올덤-오닐이었다. 그녀는 나팔 청바지를 입고 있었는데, 기장이 굉장히 길어서 발이 없는 사람처럼 보였다. 그러기는 앨리스 역시 매한가지였다. 친구들 중 키가 제일 컸는데도 바지가 너무 길어서 바닥을 쓸고 다녔다. 덕분에 움직일 때마다 지진계가 지진파를 기록하듯 바지의 끝부분이 먼지를 쓸고 지나간 자국을 남겼다. 피비는 샘과 앨리스의 양쪽 뺨에 입을 맞추었다. 그녀가 팔을 움직일 때마다 나일론 재킷에서 쉬익, 바람 빠지는 소리가 들렸다. 피비의 숨결에서는 뉴포트 담배 냄새가 났다. 그리고 온몸에서 메이시스 백화점 1층과 똑같은 향이 풍겼다. 마치 그녀의 모공에서 캘빈클라인 향수 한 통이 뿜어져 나오고 있는 듯했다. 앨리스는 잠시 생각에 잠겼다. 참 많은 학생이 고등학교 때부터 담배를 피웠다. 그러면서 다들 자신들이 어른스러워 보인다는 착각에 빠졌다. 어렸을 적 담배는 앨리스와 친구들 모두에게 거대한 표지판과도 같았다. 피우는 담배의 종류로 서로를 가늠해대고는 했었다. 담배 계의 다이어트 콜라 격인 말보로 라이트를 피우는 여자애들은 절대로 믿어서는 안 되는 족속들이었다. 창백한 립스틱을 바른 채 눈썹을 과하게 뽑고 배구를 하는 애들이 많았다. 그리고 아직도 동물 인형이 가득한 자기 침대에서 남자친구와 섹스를 할 것만 같은 애들이 피우는 담배였다. 반면, 팔리아멘트를 피는 여자애들은 대체로 성격이 둥글둥글했다. 담배를 피우는 맛은 좀 덜했지만, 오목하게 생긴 담배 필터를 엄지로 튕기는 맛이 있었다. 또한 RH 네거티브 오형이 누구에게나 피를 나눠줄 수 있듯이 팔리아멘트 역시 누구와도 함께 나누어 필 수 있는 담배였다. 한편, 말보로 레드를 피는 여자애들은 거칠고 세상에 두려울 게 없는 부류들이었다. 전교생 중 말보로 레드를 피는 여자애는 딱 한 명뿐이었다. 왜소한 체구에 갈색 곱슬머리를 길게 늘어뜨리고 다니던 아이였는데, 부모님이 사이비 종교에 빠졌다가 탈출했다고 했다. 뉴포트를 피는 여자애들도 거칠기는 매한가지였다. 하지만 말보로 레드를 피는 애들과 달리 힙합 음악을 들었다. 그리고 피비처럼 뱀파이어의 피 색깔인 거무죽죽한 자줏빛 립스틱과 매니큐어를 바르고 다녔다. 뉴포트 라이트를 피우는 여자애들은 뉴포트를 피는 애들과 똑같았다. 다만 아직 성 경험이 없었다. 아메리칸 스피릿을 피우는 여자애들은 그야말로 고수 중의 고수였다. 남자친구의 집 열쇠를 가지고 있을 만큼 다 큰 어른들이었다. 생각이 여기까지 이르자 앨리스는 그만 피식 웃음이 터지고 말았다. 이 모든 정보가 머릿속 비밀의 방에 꼭꼭 숨어 있는 줄도 몰랐었다니. 앨리스는 뉴포트 라이트를 피웠다. 그리고 그녀 역시 성 경험이 없었다.

"가져왔어?"

샘이 피비를 쳐다보며 물었다. 그러고는 눈을 깜빡여댔다.

"응. 오빠 놈이 좀생이처럼 굴더니 결국엔 포기하고 내놓더라고."

피비의 큰 오빠 윌은 뉴욕대학교 1학년이자 벨베디어 학교의 주 마약 공급원이었다. 그를 통하면 대마초는 물론 다른 약들도 구할 수 있었다.

"그래서 뭐 가져왔는데?"

앨리스가 물었다. 하지만 그 질문에 대한 답은 이미 알고 있었다. 나쁜 짓을 하는 현장을 발각한 선생님처럼 당장 귀를 틀어막아야 할 것만 느낌이 들었다. 앨리스가 마음만 먹는다면 샘과 피비 모두를 당장 퇴학시켜 버릴 수도 있었다.

두 사람은 앨리스 앞에서 절대 하면 안 되는 이야기를 하고 있었다. 앨리스는 길을 걷다가도 모퉁이에서 대마초를 피우고 있는 고등학생들을 보면 곧장 뒤돌아서서 반대편으로 가고는 했다.

"네 생일 파티 때 깜짝 선물로 공개할 거야."

그러고는 샘이 허공에 대고 쪽, 입 맞추는 시늉을 했다.

"고마워, 피비. 이따가 생일 파티에 올 거지?"

샘이 물었다. 피비가 사뭇 근엄한 표정을 지으며 고개를 끄덕였다. 피비는 내년 봄에 학교에서 퇴학을 당할 것이다. 그런 다음 홀연히 사라졌다가 10년 후 캐스킬 산맥에서 백수정에 달빛을 충전하는 도예가가 되어 다시 나타나게 될 것이다.

피비가 나가고 화장실 문이 닫히는 소리가 났다. 앨리스는 한숨을 길게 내뱉었다.

"무슨 일 있어? 토미한테는 얘기했어? 오늘 밤에 온대?"

샘이 물었다. 두 사람은 샤워실에서 나와 세면대 쪽으로 자리를 옮겼다. 앨리스가 머리를 이리저리 흔들었다.

"한심하기 짝이 없는 이런 수업이나 듣고 앉아 있어야 한다니 정말 어이가 없어. 게다가 오늘은 네 생일이잖아!"

"이상한 이야기 하나 해도 돼? 내가 다 꾸며낸 이야기처럼 들릴지도 몰라."

"당연하지."

샘이 아무렇지 않다는 듯 어깨를 으쓱대며 말했다. 앨리스는 거울 속에 비친 두 사람의 모습을 바라보았다. 형광등 불빛이 무자비하게 내리쬐는데도 샘과 앨리스는 눈부시게 아름다웠다.

"사실 나 미래에서 왔어."

앨리스가 샘을 똑바로 쳐다보며 말했다.

"아, 그래."

샘이 고개를 끄덕이며 다음 말이 이어지기를 기다렸다. 문득 두 사람이 지마라는 술 여섯 병을 함께 나눠 마셨던 날이 떠올랐다. 그날 앨리스는 머리가 몸에서 분리되어 두 개의 다른 생명체가 룸메이트처럼 살고 있는 것 같다고 샘에게 말했었다. 한번은 샘이 이상한 소리를 한 적도 있었다. '라이플레이랜드'로 현장학습을 갔을 적에 샘은 이따금 어린 쌍둥이 자매를 잡아먹는 꿈을 꾼다고 앨리스에게 말했었다. 무슨 말이든 비웃지 않고 끝까지 들어주는 친구가 있다는 건 인생에서 실로 중요했다.

"200년 후처럼 엄청 먼 미래에서 온 건 아니야. 분명 어젯밤이 내 마흔 번째 생일 하루 전이었거든. 그런데 오늘 아침에 포맨더 워크에서 눈을 뜨니까 열여섯 살이더라고. 폐기 수처럼 말이야."

앨리스가 손톱을 물어뜯으며 말했다. 샘이 벽에 몸을 기대자 자동 손 건조기가 위이잉, 소리를 내며 돌아가기 시작했다.

"젠장!"

바람 소리에 깜짝 놀란 샘이 외쳤다. 샘은 자리를 옮겨 세면대 가장자리에 등을 대고 섰다.

"헛소리처럼 들린다는 거 알아. 하지만 그런 말도 안 되는 일이 진짜로 일어났어. 내가 맞긴 한데 **이런 모습**이라니까."

앨리스가 손으로 얼굴을 감싼 채 말을 이어갔다.

"말도 안 되는 소리라는 거 나도 알아."

"앨리스 스턴, 너 혹시 나한테 말도 안 하고 혼자 약했어?"

샘이 팔짱을 낀 채 캐물었다. 앨리스가 고개를 마구 저으며 대꾸했다.

"아니야, 샘. 어떻게 들릴지 몰라도 진짜라니까. 진짜인 것 같아! 아니, 사실 잘 모르겠어! 처음엔 나도 꿈을 꾸고 있는 줄 알았어. 그런데 지금 시간이 꽤 흐르고 보니까 꿈은 아닌 것 같아. 그러니까 네가 지금 여기에 있는 것처럼 나도 여기에 있는 거잖아. 안 그래? 무슨 일이 일어난 건지 알아내야 해. 다시 내 원래의 삶으로 돌아갈 방법도 찾아내야 해. 물론 그 삶이 아직도 존재한다면 말이지. 내가 〈타임 브라더스〉 드라마를 많이 봐서 아는데, 과거에 오래 머물러서는 안 돼."

"여차하면 〈빽 투 더 퓨쳐〉처럼 너를 완전히 지워버릴 수도 있겠구나."

샘이 고개를 끄덕이며 말했다. 그러더니 손가락 하나를 들어 입술 위를 톡톡 두드리며 생각에 잠겼다.

"음, 내 생각에 그건 마이클 J. 폭스가 과거로 가서 부모님 사이에 끼어드는 바람에 생긴 일이야. 그래서 자신과 형제들이 사라지게 될 뻔했던 거지. 내 상황이랑 조금 다르기는 하지만, 어쨌든 네가 무슨 말을 하려는지는 알겠어."

"앨리스, 너 지금 나한테 장난치는 거야? 혹시 〈몰래 카메라Candid Camera〉라도 찍는 중이야? 나 이제 슬슬 무서워지려고 한단 말이야."

"그럴 만도 하지."

앨리스가 말했다. 곰곰이 생각해 보니 〈타임 브라더스〉 형제들은 시공간을 이동해 다니면서도 사람들에게 자신의 정체를 밝혀야 할 필요가 없었다. 그저 시간 여행 자동차를 타고 과거로 가서 1950년대 주부와 중세 왕자를 도와주고 미래로 가서 달에 정착해서 사는 여성들을 도와주었다. 그러면서도 24년 전으로 돌아가 자신의 친구와 가족들에게 "이봐, 우리에게 어떤 능력이 있는 줄 알아?"라며 으스대지는 않았다. 객관적으로 생각해 보아도 정말 말도 안 되는 짓이긴 했다.

이윽고 샘이 고개를 끄덕이며 입을 열었다.

"있잖아. 오늘 우리가 해야 할 일이 그거라면 나도 함께할게. 네 말을 전적으로 믿는 건 아니지만, 그래도 널 도와주고 싶어. 내가 보기엔 너도 완전히 믿는 것 같지는 않거든. 어때? 내가 지금 상황을 잘 파악한 것 같아?"

"응."

순간 앨리스는 펑펑 울고 싶어졌다. 샘이 눈을 홉뜨면서 말했다.

"아이고, 그런데도 SAT 시험 대비반 수업을 들으러 온 거야? 내가 시간 여행을 했을지도 모른다고 생각했더라면 난 SAT 시험 따위는 신경도 안 썼을 거야. 대비 수업이 아니라 실제 SAT 시험이라고 해도 안 치러 갔을걸. 근데 너 애는 있어? 결혼은 했고? **나는?** 결혼했어? 아니다. 알고 싶지 않아. 으, 모르겠어."

샘이 배 위에 양손을 얹더니 돌연 질문 세례를 퍼부었다.

"미래에 난 어떻게 생겼어? 행복해? 우리 둘은 여전히 친하게 지내지? 그때도?"

그러더니 대뜸 앨리스에게로 성큼 다가와 그녀를 꼭 안아주었다.

"아직도 네 말이 진짜라고 생각하지는 않지만 그래도 혹시 모르니까."

"그래, 샘. 내가 이래서 너한테 사실대로 다 털어놓은 거야. 미래의 넌 결혼도 했고 아이들과 행복하고 살고 있어. 그리고 우리 둘은 여전히 친구야. 더 자세히는 묻지 마. 알겠지? 너나 네 가족에게 마이클 J. 폭스에게 일어났던 일이 생기게 하고 싶지는 않아. 여하튼 나 좀 도와줄 수 있어?"

앨리스의 눈에 눈물이 가득 차올랐다.

"어, 내가 열여섯 살이었던 적이 너무 오랜만이라 뭐가 어떻게 돌아가는지 기억이 잘 안 나. 그래서 네 도움이 필요해."

샘에게서 그녀 고유의 향기가 났다. 러브스 베이비 소프트 향수와 코코아 버터, 허벌 에센스 샴푸 향이 섞여 있었다.

"도와주겠다고 약속할게. 의사나 전문가와 상담이 필요하다고 해도 내가 다 도와줄게."

샘이 앨리스의 두 손을 꼭 잡으며 말했다.

23

    샘과 앨리스를 제외한 모든 학생이 체육관 안에 이미 자리를 잡고 앉아 있었다. 끼이익, 소리를 내며 체육관 문이 열리자 모두가 고개를 돌려 샘과 앨리스를 쳐다보았다. 맨 끝줄에 빈자리 몇 개가 남아 있었다. 두 사람은 황급히 뛰어가 빈의자에 앉았다. 앞쪽에는 앨리스가 벨베디어 학생일 때 대입 상담사였던 제인이 서 있었다. 그녀의 손에는 500장 정도 분량의 종이가 들려 있는데, 학생들에게 나누어 줄 유인물이 분명했다. 아이들은 모두 지루하거나 불안한 얼굴을 한 채로 앉아 있었다. 제인은 여러 가지 이유로 벨베디어 학생들에게 사랑을 받지 못했다. 무엇보다도 학생들에게 자신이 꿈꾸던 대학에는 절대 합격할 수 없다는 말을 자주 했다. 게다가 상담 시간 대부분을 부모님의 재정 상황을 묻는 데 썼다. 지금 돌이켜 보면 제인이 왜 그랬는지 충분히 이해가 갔다. 제인은 그저 기계처럼 돌아가는 대학 입시 시스템을 잘 알고 있었던 실용적인 사람이었을 뿐이었다.

    "이 수업은 진짜 기억이 하나도 나지 않아. 실제 SAT 시험을 쳤던 기억은 희미하게 나는데 시험 대비반은 아예 기억도 없어."

앨리스가 작은 목소리로 샘에게 말했다.

제인은 유인물을 맨 앞줄 구석에 앉은 사람에게 뭉치째 건네주었다. 앞머리가 탱글탱글한 제시카 앵커가 넘겨받아 몇 장을 가져간 다음 나머지를 옆 사람에게 다시 건네주었다. 앨리스의 앞줄에는 토미가 앉아 있었다. 의자에 깊숙이 기대고 있어서 옷이 바닥에 녹아내린 듯이 축 처져 있었다. 앨리스는 갑자기 숨이 턱 막히는 기분이 들었다.

"물 좀 마시고 올게. 나 대신 유인물 좀 받아주라."

앨리스의 말에 샘이 고개를 끄덕였다. 앨리스는 허리를 구부린 채 체육관 뒷문으로 후다닥 뛰어나왔다.

2층으로 올라가 복도를 따라가면 분수식 식수대가 있었다. 식수대로 가려면 입학처 사무실을 지나쳐 가야 했다. 한때는 앨리스의 일터였지만 지금은 아닌 곳이었다. 토요일에 학교 건물 안에 들어와 있으니 성인인데도 불구하고 왠지 규칙을 어기는 듯한 기분이 들었다. 1층과 달리 2층은 앨리스가 마지막으로 사무실에서 나오면서 봤던 모습과 놀랍도록 똑같았다. 이 건물에서 유일하게 예전 모습 그대로를 유지하고 있는 화려한 문틀과 나무 바닥 역시 그대로였다. 바로 그때 사무실 어디에선가 누군가 웃으며 말하는 소리가 흘러나왔다. 목청이 터질 듯 깔깔 웃는 소리를 듣자마자 앨리스는 대번에 멜린다라는 걸 알아챘다. 그녀의 웃음소리는 행복한 참나무를 닮아 있었다. 그 소리를 들으면 줄기가 튼튼한 참나무의 커다란 잎사귀 사이로 햇살이 가득 내리쬐는 느낌이 들었다. 복도를 향해서 한 걸음을 내딛자마자 앨리스는 그만 대입 입시 사무실 앞 벤치에 걸려 넘어지고 말았다. 정강이를 움켜쥔 앨리스의 입에서 탄성이 흘러나왔다.

"이런, 젠장."

"거기 복도에 너, 괜찮니?"

복도 끝에서 멜린다가 문틈 사이로 머리만 쏙 내민 채 물었다. 앨리스는 바닥에서 발딱 일어나 머리카락을 귀 뒤로 꽂으며 대꾸했다.

"안녕하세요. 네. 괜찮아요. 그냥 걷다가 뭔가에 살짝 부딪힌 것뿐이에요."

"반창고나 얼음팩이라도 좀 줄까?"

멜린다에게는 매우 다정한 남편과 아이들이 있었다. 아이들은 적어도 도끼 살인마 같아 보이지는 않은 모습으로 성장해 귀여운 손주들을 안겨주었다. 손주들은 울퉁불퉁한 도자기 조각품을 만들어 멜린다에게 선물로 주었다. 하지만 지금은 1996년이었다. 멜린다는 아이들이 앨리스보다 나이가 더 많다고 했으니 지금쯤이면 대학을 이미 졸업했을지도 몰랐다. 하지만 손주들은 태어나기 전이었다. 유년기와 청소년기는 눈 깜짝할 새 지나가는 반면 진정한 성인이 되기까지는 실로 기나긴 시간이 걸렸다. 그러니 좀 더 세부적으로 나눌 필요가 있었다. 먼저 20대 초반은 성인으로서 할 일을 응당 다 알 거라는 기대와 달리 아는 거라고는 쥐뿔도 없는 시기였다. 20대 중후반은 모두 조급해하며 술래잡기라도 하듯 서둘러 결혼하는 나이였다. 결혼 후에는 시트콤에서 나오는 엄마들처럼 냉장고에 한 달 치 식료품을 쟁여둘 수 있을 만큼 경제력이 뒷받침되는 시기가 찾아왔다. 그러다 아이들이 크면 더는 여자가 아니라 학교 교장처럼 모호한 잔소리만 해대는 권위적인 존재로 여겨지는 단계에 다다랐다. 이후 운이 좋다면 영화 〈졸업The Graduate〉의 로빈슨 부인처럼 매력적인 여자로 여생을 살거나 메릴 스트립처럼 강인하고 성공한 여자로서의 삶이 이어졌다. 그리고 이후 20여 년간을 〈타이타닉Titanic〉의 마지막 장면에 등장하는 여자처럼 쪼그랑할머니로 살아가야 했다. 단 한 번도 생각해 본 적은 없었지만, 멜린다가 학생들이나 앨리스와 함께 어울리고 싶어 했던 이유를 알 것 같았다. 젊은이들 사이에 둘러싸여 있으면 즐거워졌다. 앨리스 역시 벨베디어에서 일하면서 같은 감정을 느꼈다. 하지만 벨베디어를 젊음의 샘이라고 부르기엔 무리가 있었다. 10대들이 내뱉는 잔인한 말들을 듣고 있자면 감정적으로 금세 지치거나 훌쩍 늙어버린 기분이 들었다. 그럼에도 젊은이들과 함께 있으면 정서적으로 건강해지고 열린 마음을 유지할 수 있었다.

"아뇨. 괜찮아요."

앨리스가 대답했다. 그녀는 기어이 사무실 쪽을 향해 발걸음을 옮겼다. 한때 앨리스가 자신의 사무실이라고 생각했던 공간이다. 지금은 멜린다 혼자 사용하고 있었다.

"뭐 찾는 거라도 있니?"

멜린다가 커다란 사무용 의자에 다시 앉으며 물었다. 의자는 밑에 바퀴가 달려 있고 푹신해 보였다. 그 앞으로 피아트 자동차 크기만 한 데스크톱 컴퓨터 하나가 놓여 있었다.

"저걸로 이메일도 쓸 수 있어요?"

앨리스가 선사시대 유물처럼 생긴 컴퓨터를 가리키며 물었다. 앨리스는 자신이 느끼는 감정을 멜린다에게 어떻게 설명해야 할지 몰랐다. 미래의 제 몸이 체화된 기억을 더듬어 스스로 이 문 앞까지 찾아왔을 뿐이었으니까.

"AOL 회사 말하는 거니?"

멜린다가 물었다. 그러고는 책상을 훑어보더니 CD 하나를 찾아 불쑥 내밀었다.

"이 컴퓨터에는 아직 설치하지는 않았다만, 집에는 있단다. 혹시 이 CD 필요하니?"

앨리스는 눈을 지그시 감았다. 메일 보관함에서 그녀가 읽기를 기다리는 수많은 메일이 없는 삶을 떠올려 보았다.

"아니요."

앨리스가 말했다. 고등학교 때 이 사무실에 왔었던 기억이 없었다. 이 사무실에 왜 찾아왔는지 둘러댈 변명이 딱히 생각나지 않았다. 하지만 멜린다는 앨리스가 왜 왔는지 말하지 않는다면 캐묻지 않을 사람이었다. 나이를 불문하고 아이들에게 원하는 답변을 직접 얻어내기란 불가능에 가까웠다. 그래서 아이들과 대화를 할 때면 학교 행정실에 있는 사람들은 모두 거꾸로 춤을 추듯 신중을 기했다.

"그럼 선생님은 애들이, 아니 우리가 학교 물건을 부수지 않는지 감시하러 오신 거죠?"

"그런 셈이지. 하지만 토요일에 학교에 오는 걸 좋아하기도 해. 학교가 평일에는 굉장히 시끄러운 곳이잖니. 가끔 토요일에 나와서 혼자만의 시간을 가지는 것도 나름 괜찮거든."

멜린다는 앨리스가 전에 본 적이 있는 목걸이를 차고 있었다. 두꺼운 줄에 나무 열매가 대롱대롱 매달려 있는 목걸이였다. 기다란 책상 위에는 종이가 수북했고, 컴퓨터 모니터 위에는 쪽지 하나가 붙어 있었다. 오른쪽으로 눈에 띄게 기울여 꾹꾹 눌러 쓴 멜린다의 손글씨를 보자 덩달아 기분이 좋아졌다. 그때, 멜린다가 손가락으로 사무실 안 소파를 가리켰다. 학생들은 저 소파에 앉아 수다를 떨거나 누워서 잠을 청하고는 했다. 앨리스는 자신과 에밀리의 책상이 있었을 자리를 빠르게 지나가 소파 위에 조심스레 앉았다.

멜린다가 발목을 꼰 채로 무릎을 쫙 펼치자 입고 있던 쥐색 코듀로이 롱치마가 순식간에 역삼각형 텐트를 만들어냈다. 앨리스는 손바닥을 비비며 자신이 느끼는 두려움들을 어떻게 말로 표현해야 할지 곰곰이 생각했다. 너무나도 불안했다. 시간 여행을 했을지도 모른다는 사실도, 어쩌면 지금 이 순간부터 인생을 다시 살아가야 할지도 모른다는 이 상황이 심히 두려웠다. 고민 끝에 앨리스가 입을 뗐다.

"아래층 수업 말인데요…. 저는 제가 뭘 하고 싶은 건지 잘 모르겠어요. 음, 앞으로의 진로 같은 거 말이에요."

방안에는 햇살이 강하게 비추고 있었다. 앨리스에게 너무나도 익숙한 모습이었다. 빛줄기가 공기를 가른 채 컴퓨터 화면 위로 쨍하게 내리쬐는 통에 글씨를 전혀 읽을 수가 없었다. 앨리스는 머릿속으로 멜린다에게 진짜로 묻고 싶은 말을 떠올려 보았다. **과거로 돌아가 제 인생과 아버지의 인생까지 통째로 바꾸려 한다면 미친 짓일까요? 지금부터 더 나은 삶을 살 수도 있을까요?**

"지금 미술을 하고 있지?"

멜린다가 고개를 끄덕이며 물었다.

"글쎄요. 잘 모르겠어요. 아마도요?"

앨리스는 참으려고 애썼지만 결국 눈동자를 굴려대고 말았다.

"어떤 미술 분야에 관심이 있니?"

멜린다가 손가락 깍지를 끼며 물었다. 다섯 살 아이를 대하듯 앨리스에게 말하고 있었다. 다정한 표정을 하고서 열린 마음으로 인내심 있게 기다려주었다. 앨리스는 멜린다가 불안해하는 10대 아이를 달래던 모습을 본 적이 있었다. 최종적으로는 모두 교실로 되돌려보내기는 했어도 그전에 아이의 말을 충분히 들어주었다.

"그야 저도 모르죠. 전에는 그림에 관심이 많았어요. 아니, 지금도 그런 것 같기도 하고요."

앨리스가 인상을 찌푸리며 대꾸했다. 멜린다에게 물어볼 수는 없었지만, 정작 묻고 싶은 질문은 따로 있었다. 자신에게 대체 무슨 일이 일어난 건지, 그 이유는 무엇인지 묻고 싶었다. 시간 여행을 다룬 책이나 영화를 한 번이라도 본 적이 있는 사람이라면 익히 알고 있을 것이다. 시간 여행을 하는 이유가 필시 존재했다. 다른 세기에 태어난 사람과 사랑에 빠지기 위해서라던가 역사 숙제를 하려고 시간 여행을 하기도 했다. 하지만 앨리스는 자신이 왜 포맨더에서 깨어났는지, 지금 무엇을 해야 하는지 전혀 알지 못했다.

"중요한 선택과 중요하지 않은 선택을 어떻게 구분할 수 있을까요?"

"아이고. 어려운 질문이구나. 대학과 전공을 결정하는 일이 어느 정도 중요하긴 하지. 하지만 얼굴에 문신을 새기는 것도 아니잖니. 이미 내려진 결정이라고 해도 언제든지 바꿀 수 있어. 편입할 수도 있고 처음부터 다시 시작할 수도 있지. 사실 선생님도 미술 전공했어."

멜린다가 말했다. 앨리스는 처음 듣는 말이었다. 멜린다는 어둡고 굵은 머리카락을 머리 위에서부터 한 가닥으로 길게 땋아 내리고 있었다. 그녀는 아버지와 비슷한 또래였다. 아버지보다 나이가 한참 더 많아 보였지만 인상은 훨씬 부드러웠다.

"회화랑 소묘를 공부했어. 대학을 졸업한 후에 뉴욕으로 건너와 갤러리 몇 군데에서 근무했었지. 그러다 의료 보험을 지원해주는 직장이 필요해져서 이 학교에서 일하기 시작한 거야. 하지만 이 일을 하는 동안 최고로 행복하단다. 미술을 계속할 수도 있고 아이들과 미술 작품을 만들 수도 있으니까. 게다가 제왕 절개 수술 두 번 모두 병원비를 지원받았거든."

"결국은 대학이 중요하다는 말이네요."

"세상에 중요하지 않은 건 없어. 하지만 언제든 마음을 바꿀 수 있는 거란다."

앨리스는 고개를 끄덕였다. 사무실에 더 머무를 만한 핑곗거리를 찾아 주변을 휘 둘러보았다.

"수업 들으러 다시 가 봐야겠어요. 고맙습니다."

"그러려무나. 그리고 언제든지 환영이란다."

앨리스는 사무실을 걸어 나오면서 멜린다의 책상 위를 손으로 더듬었다. 혹시라도 숨겨진 버튼이 있을지도 모른다는 생각에서였다. 아무것도 찾지 못한 그녀는 열려 있는 문 앞에 멈춰 서서 멜린다에게 물었다.

"저 나중에 또 와도 되나요?"

"내가 이미 말했잖니! 물론이지! 봄, 여름, 가을, 겨울 언제든지."

멜린다가 말했다. 이는 그녀가 제일 좋아하는 문구였다.

"음, 네 인생 계획 말인데, 사실 인생에 계획 같은 건 필요 없다는 말을 해주고 싶구나. 그냥 현재를 살아가는 거야. **너 자체가** 살아가는 네 인생인 셈이지. 계획대로 흘러가지 않을 때가 훨씬 많아. 그러니 네가 살고 싶은 대로 살아보렴."

앨리스는 사무실에 더 머무르고 싶었다. 멜린다를 꼭 껴안으며 지금 일어나고 있는 일을 모조리 털어놓고 싶었다. 하지만 더 많은 사람에게 말할수록 더 정신 나간 소리처럼 들릴 것 같았다. 멜린다에게 말하면 레너드에게 전화를 걸어 앨리스가 한 말을 그대로 전할 것이다. 현실에서 멜린다는 앨리스의 동료였지만 지금은 아니었다. 지금 당장은 멜린다는 성인이고 앨리스는 열여섯 고등학생에 불과했다. 끼이익, 나무 바닥이 삐걱대는 소리에 앨리스는 얼른 뒤를 돌아보았다. 샘이 복도 끝에 서서 손짓하고 있었다. 앨리스를 찾으러 온 모양이었다.

"네. 그럼 다음에 또 올게요."

앨리스는 멜린다에게 마지막 인사를 건넸다.

24

시험 대비반 수업은 끝날 줄을 몰랐다. 샘은 한껏 몸을 구부린 채 종이 위에 낙서를 열심히 하고 있었다. 그런다고 수업이 빨리 끝나는 것도 아닌데 말이다. 앨리스는 나갈 때와 마찬가지로 허리를 굽힌 채 의자로 잽싸게 달려가 앉아 주위를 둘러보았다. 그러다 토미에게 시선이 꽂혔다. 토미는 턱을 살짝 위로 들어 올리고 있었다. 토미 특유의 이 동작을 볼 때마다 앨리스의 심장은 어김없이 두 배로 빨리 뛰어댔다. 유인물로 나눠준 종이 한 장 위에는 객관식 삼각함수 문제가 적혀 있었다. 앨리스는 고등학교 삼각법 수업도 간신히 통과했다. 그래서 그녀의 머릿속에서 사인과 코사인은 태양계 끄트머리에 있는 명왕성만큼이나 까마득한 개념이었다. 앨리스가 온 미래에서 명왕성은 더는 행성이 아니었다. 하지만 지금은 1996년이니 다시 행성이겠지? 앨리스는 주머니를 더듬으며 핸드폰을 찾아보았지만, 당연히 있을 리가 만무했다. 하는 수 없이 손목시계로 시간을 확인했다. 수업은 겨우 절반이 지나 있었다. 앨리스는 수업에 집중하려 애써보았다. 하지만 제인의 목소리가 너무 단조로운 데다 체육관이 따뜻해서 자꾸만 졸음이 쏟아져 내렸다. 손에 턱을 괴자 눈꺼풀이 실실 감겨오기 시작했다. 앨리스는 얼른 고개를 흔들며 잠을 쫓았다. 이대로 깜빡 잠이 들었다가는 연기처럼 홀연히 사라져 다시 마흔 살로 돌아가 버릴지도 몰랐다. 되돌아가고 싶은 마음이야 굴뚝같았지만, 지금 이대로는 안 되었다. 아버지를 꼭 다시 만나야 했다. '그레이스 파파야'에 가서 함께 저녁을 먹고 싶었다. 그리고 담배를 끊으라는 말도 전해야 했고 채소 요리법도 알려주고 싶었다. 요리법은 앨리스가 알고 있으니 아버지에게 직접 만드는 법을 보여주기만 하면 되었다! 앨리스는 자신이 할 수 있는 요리들을 유인물 뒷장에다 나열해 적기 시작했다. 어느새 의자가 바닥을 긁는 소리가 들리더니 학생들이 가방 안에 종이를 쑤셔 넣기 시작했다. 바로 그때 토미가 앨리스 앞에 불쑥 나타났다.

"같이 담배 피우러 갈래?"

토미가 물었다. 손으로 머리를 쓱 쓸어 넘기자마자 머리칼이 일제히 제자리로 돌아왔다. 앨리스의 머릿속에서는 토미의 제안을 거절하고 아버지에게 말한 대로 샘과 함께 집으로 돌아가라고 외쳐대고 있었다. 하지만 그녀의 입 밖으로 나온 말은 "그래"였다. 샘의 얼굴에 짜증이 잔뜩 묻어났지만, 앨리스는 자신을 주체할 수가 없었다.

"삐삐칠게."

앨리스가 샘에게 크게 외쳤다. 그런 다음 토미와 함께 체육관 문을 열고 나와 햇살 속으로 발걸음을 내디뎠다.

두 사람은 빨간색 신호등을 무시한 채 센트럴 파트 웨스트를 가로질러 내달렸다. 토미는 앨리스의 손을 꼭 잡고 안전하게 길을 건넜다. 그런 다음 길을 따라 올라가 작은 놀이터로 향했다. 조그만 그네 몇 개가 고작인 놀이터인데도 토요일이라 그런지 어린아이를 데리고 나온 부모들이 많았다. 놀이터 입구의 무거운 철문 밖에는 유모차들이 줄지어 세워져 있었다.

"저기로 가자."

토미가 고갯짓으로 길 아래쪽을 가리키며 말했다. 벨베디어 학교는 센트럴 파크를 정기적으로 이용했다. 그레이트 잔디밭에 있는 야구장에서 야구를 하거나 매년 래스커 스케이트장으로 겨울 나들이를 갔다. 날씨가 화창하거나 봄기운에 몸이 나른해지는 날에는 줄넘기와 같은 활동은 실내보다 야외에서 하는 편이 더 나았다. 그래서 공원을 빌려 체육 수업을 했다. 교직원들 역시 공원을 체육관처럼 사용했다. 가방에 운동복을 챙겨와 수업 전후에 조깅을 하러 갔다. 물론 앨리스는 예외였다.

하지만 센트럴 파크는 운동을 위해 조성된 장소가 아니었다. 그늘진 나무숲에 파묻힌 채 벤치에 앉아 휴식을 취하라고 만들어 놓은 공원이었다. 남의 눈을 피해 조용히 친밀한 대화를 주고받기 위해 만들어진 곳이었다. 앨리스가 중학교 과제를 하느라 암기한 바에 의하면 센트럴 파크는 그 크기가 장장 350만 제곱미터에 달했다. 공원의 규모만 들으면 친밀감과는 정반대인 장소 같겠지만, 그야말로 친밀함 그 자체인 곳이었다. 공원 곳곳에는 조용하고 사람들의 눈을 피할 수 있는 곳들이 숨어 있었다. 동시에 롤러 블레이드나 브레이크 댄스 등 관광객들을 위한 공연들도 많이 열렸다. 앨리스는 센트럴 파크를 무척이나 좋아했다. 끝이 보이지 않을 정도로 광활하고 멋진 장소를 앨리스뿐만 아니라 누구든 이용할 수 있다는 사실이 너무 좋았다.

토미가 잔디 위에 털썩 주저앉아 나무에 등을 기댔다. 그러더니 재킷 주머니에서 팔리아멘트 한 갑을 꺼내 손바닥 위에 대고 탁탁 내리치기 시작했다.

"사람들은 왜 뭐든 다 손으로 두드려대는 걸까? 담배도 그렇고 스내플 음료병도 손바닥에 툭툭 쳐대잖아. 진짜 이상하다니까."

앨리스는 토미 옆에 앉아 두 무릎을 가슴 가까이 끌어안았다. 몸이 고무처럼 유연했다. 마음만 먹으면 다리를 머리 위로 차거나 물구나무서기도 거뜬히 할 수 있을 것 같았다. 앨리스는 대학교에 가서 첫 남자친구를 사귀고 난 후에야 첫 오르가슴을 느끼게 될 터였다. 하지만 아무래도 상관없었다. 매일매일 몸이 이토록 날아갈 듯 가벼운데 뭐가 대수랴. 토미 옆에 딱 붙어 앉아 토미를 바라만 보았을 뿐인데도 앨리스의 온몸에 전율이 이는 듯했다. 토미는 조금 전 길을 다 건너자마자 꼭 잡았던 손을 곧장 놓아버렸다. 하지만 앨리스는 여전히 자신의 손에 닿았던 토미의 손길이 고스란히 느껴지는 것만 같았다. 생각해 보니 어렸을 적만 해도 친구들과 서로 아무렇지 않게 서로의 몸을 어루만지고는 했었다. 앨리스와 샘은 늘 서로의 무릎에 걸터앉아 서로의 얼굴을 쓰다듬어댔다.

"좀 이상하긴 하네. 글쎄, 그냥 좋으니까 하는 거겠지."

토미가 하던 행동을 멈추며 말했다. 그러고는 담뱃갑을 싸고 있던 얇은 비닐을 벗겨내 바닥에 휙 던져버렸다.

"워워, 쓰레기를 아무 데나 막 버리면 쓰나."

앨리스가 얼른 비닐을 주워 주머니에 쑤셔 넣었다.

"너 오늘 어디 아프냐? 여태껏 수천 번은 버린 사람이 할 말은 아닌 것 같은데."

"아, 참. 그랬었지"

앨리스가 말했다. 문득 자신의 얼굴을 본 떠 만든 가면을 쓴 채로 연기를 하고 있는 듯한 기분이 들었다. 순간 근처에 있던 낙엽 더미 위로 바람이 휘 일더니 소용돌이가 작게 일었다. 앨리스는 그 모습을 가만히 지켜보았다.

어쩌면 시간 여행을 하던 중 틈새 같은 데로 잘못 **빠져** 버린 걸지도 몰랐다. 〈타임 브라더스〉에서도 비슷한 장면이 나왔던 적이 있었다. 제프가 금문교 한가운데로 연결된 포털로 잘못 떨어지는 바람에 스콧이 제프를 구하러 가야 했다. 결국 시간 여행 안에서 또다시 시간 여행을 하는 장면이 펼쳐졌다. 매회 비슷한 문제를 해결하는 데 지친 드라마 작가들이 고안해낸 이야기였다. 앨리스 역시 이곳으로 잘못 떨어지거나 여기에 갇혀버린 걸 수도 있었다. 어쩌면 **둘 다**일지도 몰랐다.

아무튼 앨리스가 고심 끝에 확신할 수 있는 한 가지는 무슨 일인지 모를 일이 실제로 일어나고 있다는 사실이었다. 롤러 코스터를 탈 때처럼 아랫배가 꿀렁거리는 느낌이 들었다. 온 몸이 주변의 모든 것에 과민하게 반응해 마치 스파이더맨이 라도 된 듯한 기분이었다. 하지만 스파이더맨과 달리 앨리스에게는 고작 10대 시절로 되돌아가는 능력이 전부였다.

앨리스와 토미는 그저 친구 사이일 뿐이었다. 진지하게 사귀기는커녕 썸을 탄 적도 없었다. 벨베디어 학교에는 떼려야 뗄 수 없는 연인들이 있었다. 앤드루와 모건, 레이철 구레비크와 맷 보레알리스, 레이철 험프리와 맷 파조니, 브리짓과 대니, 아샨티와 스티븐 등이 그랬다. 당시 앨리스는 그 아이들이 자신보다 몇 곱절은 어른답다고 생각했었다. 그 아이들은 다른 사람들의 시선 따위는 아랑곳하지 않고 복도에서 입을 맞추었다. 그리고 축구 경기장과 같은 공공장소에서도 스스럼없이 손을 잡았다. 학교 댄스파티에서는 〈더티 댄싱 Dirty Dancing〉 영화에 나오는 엑스트라처럼 서로 무릎을 맞댄 채 끈적하게 춤을 췄다. 하지만 그런 그들을 보고 쑥덕대는 사람은 아무도 없었다. 앨리스는 남자친구를 몇 번 사귄 적은 있었지만, 모두 한 달을 넘기지 못하고 헤어졌다. 마치 허구의 남자친구를 만들어 저 멀리 캐나다에 있다고 주장하는 애들과 매한가지였던 셈이었다. 다른 점이 있다면 앨리스의 남자친구는 허구가 아니라 실제 수학 수업을 같이 듣지만 잘 알지 못하는 남자애들이었다. 친구 하나가 몇 주 동안 양쪽을 오가며 다리를 놓아주고 나면 어색한 전화 통화가 이어졌다. 남자와 단둘이 있을 때 가끔 서로의 바지 속으로 서툴게 손을 집어넣고는 했다는 점만 빼면 초등학교 6학년 때와 별반 다르지 않았다.

하지만 토미는 앨리스와 달랐다. 토미는 자주는 아니더라도 종종 여자친구를 사귀었다. 모두가 성 경험이 있는 선배들이었다. 여자 선배들은 같은 학년 남자애들을 만나다 지겨워지면 토미한테 집적거리기 시작했다. 같은 학년 중 제일 귀여운 남자애였으니 당연히 그럴 만도 했다. 토미는 다른 학교에 다니는 애들을 사귀기도 했다. 다른 학교 교복을 입은 여자애들이 토미를 만나려고 공원을 가로질러 걸어오곤 했다. 그리고 부모님이 섬 하나를 통째로 소유하고 있는 재력가에 파크애비뷰에 사는 애들도 있었다. 하지만 앨리스는 그냥 친구일 뿐이었다. 정확하게는 토미를 짝사랑하는 친구였다. 이따금 토미가 앨리스의 집에 와서 하룻밤 자고 갈 때면 그는 앨리스를 등 뒤에서 껴안은 채로 잠을 잤다. 앨리스는 토미의 숨소리를 들으며 밤새도록 잠을 이루지 못했다. 그러다 아주 가끔 한밤중에 두 사람은 키스를 나누었다. 그럴 때마다 앨리스는 내심 생각했다. '아, 드디어 올 게 왔구나. 드디어 토미가 **내 남자**가 된 거야.' 하지만 아침이 되면 토미는 아무 일도 없었던 듯 태연스레 행동했다. 결국 두 사람 사이에는 아무 일도 일어나지 않았다. 이후 앨리스가 20대 때 바에서 만난 남자들이나 30대 때 데이트 앱에서 만난 남자들 역시 똑같았다.

토미가 앨리스 앞에 담뱃갑을 쓱 내밀었다. 앨리스가 담배 한 개비를 꺼내며 말했다.

"고마워."

"음, 별일 없지? 네 생일 파티에 누구누구 오기로 했어?"

"나도 몰라. 샘이 알아서 하기로 했어."

토미의 질문에 앨리스는 솔직하게 대답했다. 생일 파티에서 일어났던 일 중에는 앨리스가 똑똑히 기억하는 몇 가지가 있었다. 앨리스는 토하는 샘을 도와주기도 했고 파티 중간중간에 건성으로 친구들의 뒤치다꺼리를 했다. 토미는 소파 구석에 앉아 머리를 뒤로 젖힌 채 눈을 감고 있었다. 앨리스는 피비의 오빠가 구해다 준 아스피린처럼 생긴 작은 알약을 먹었다. 그런 다음 토미의 무릎 위에 걸터앉았고 이내 토미의 손이 그녀의 셔츠 안으로 들어왔다. 그리고 대니가 창문 밖으로 몸을 쭉 내밀었다가 1.2미터 아래로 뚝 떨어져 손목이 부러졌던 기억도 났다. 앨리스는 그날 창문에 블라인드를 치며 로먼 부부가 경찰에 신고하지 않았기를 바랐다. 하지만 그 바람은 차라리 신고했더라면 더 좋았겠다는 생각으로 바뀌고 말았다.

"내가 말했었나? 나 영화 시나리오 쓸 거야. 어제 브라이언이랑 같이 쓰기로 합의했어. 〈키즈Kids〉같은 영화인데 스케이트보드 타는 애들만 나오지는 않아. 내용은 비슷한데, 뭐랄까 좀 덜 우울하게 쓰려고. 다 쓰면 우리가 직접 연기도 할 거야. 감독도 하고."

"대학은 어쩌려고?"

토미는 부모님 뒤를 이어 프린스턴 대학에 진학할 예정이었다.

"안 가."

토미가 담배를 한 모금을 들이마신 뒤 말을 이었다.

"부모님이 시키는 대로 살지는 않을 거야. 죽어도 싫어."

지이잉, 어디선가 진동음이 울렸다. 토미가 벨트에 꽂아두었던 호출기를 꺼내며 말했다.

"샘이네. 학교 공중전화에서 기다리고 있대."

"빨리 가봐야겠다. 나한테 하려던 말이 뭐야?"

"네 생일 파티에 리지도 와?"

리지는 4학년 선배였다. 딱 한 번 앨리스와 샘과 함께 식품 잡화점 비스름하게 생긴 가게에 대마초를 사러 같이 간 적이 있었다. 그러니까 엄밀히 말해 친구는 아니었다. 앨리스의 생일 파티에서 토미는 리지와 섹스를 했다. 그것도 앨리스의 침대 위에서. 그 순간 이후로 앨리스는 토미와 다시는 말을 섞지 않았다. 한참이 흘러 토미가 아내와 아들을 데리고 앨리스의 사무실에 찾아오게 될 그 날까지.

"그야 나도 모르지."

앨리스가 말했다. 그런 다음 자리에서 일어나 바지를 툭툭 털었다.

"그만 가자."

25

샘은 학교 내 공중전화 부스 안에 서서 손톱을 물어뜯고 있었다. 공중전화는 건물 1층 뒤편 교사 휴게실 옆에 있었다. 나무로 만들어진 부스 위에는 수십 년간 학생들이 새겨놓은 학생들의 이름과 각종 불결한 메모가 빼곡했다. 샘은 낡힌 유리 너머로 앨리스를 발견하자마자 굳게 닫혀 있던 자그마한 문이 벌컥 밀어젖혔다. 앨리스는 안으로 끼어 들어갔다.

"꽃미남이 너한테 원하는 게 뭐래? 잠깐 제 얼굴이나 감상하라고 불렀대?"

"생일 파티에 리지도 오냐고 묻더라."

앨리스의 말에 샘이 어이없다는 듯 눈알을 굴려대며 말했다.

"네 생일인데 그딴 걸 물어봤단 말이야? 완전 밥맛이다. 속 많이 상했겠네."

"그런데 지금 당장은 토미보다 더 시급한 걱정거리가 태산이야."

앨리스는 수화기를 집어 들고 빤히 쳐다보았다.

"샘, 전화번호 안내 서비스 번호가 뭐였지?"

샘이 번호를 꾹꾹 누른 다음 수화기를 다시 앨리스에게 넘겨주었다.

"여보세요. '마트료시카' 바 전화번호 좀 알려주시겠어요? 지하철 역사 안에 있는 술집이요."

통화를 마친 앨리스는 수화기를 제 자리에 다시 걸어 놓았다. 그런 다음 뒤로 돌아보자 샘의 얼굴이 창백해져 있었다.

"너 진심이구나."

"나도 다 거짓말이었으면 좋겠어."

앨리스의 눈에 눈물이 가득 차올랐다.

"제길. 그러니까 지금 네가 되게 늙었다는 말이야?"

"**늙은** 게 아니라 마흔 살이야."

"그게 그건데 마치 다른 것처럼 말하네."

샘이 깔깔대며 말했다.

"나이라는 게 다 상대적인 거야. 우리 아빠처럼…."

1996년인 지금 레너드는 굉장히 젊었다. 앨리스는 그 사실을 샘에게 어떻게 설명해야 할지 몰랐다. 하지만 샘의 말이 맞았다. 마흔이라니 갑자기 늙다리처럼 들렸다. 스물다섯도 늙었다고 생각할 때였으니 마흔이라는 나이는 너무나 멀게만 느껴졌다. 스물다섯 살 남자가 술집에서 작업을 걸면 기분이 좋으면서도 소름이 끼쳤다. 마흔 살이라고 하면 두말할 것도 없이 부모님이 떠올랐고, 권위적이거나 대통령 같은 이미지와 직결되었다.

"그럼 레너드 아저씨가 〈타임 브라더스〉처럼 너를 여기로 보낸 거야?"

그러면서 샘은 손으로 자동차가 우주를 질주하는 흉내를 냈다. 〈타임 브라더스〉 드라마는 매번 배리와 토니를 태운 적갈색 자동차가 소행성이 가득한 우주를 누비며 별들 사이를 깡충깡충 뛰어다니는 우스꽝스러운 장면으로 끝이 났다.

"아니."

순간 앨리스의 머릿속에 병원 침대 위에 누워 있는 레너드의 모습이 스치고 지나갔다.

"우리 아빠가 그럴 리가 없지. 일단 가자. 나한테 좋은 생각이 하나 있어."

"잠깐만. 가기 전에 하나만 말해주라. 응? 네가 모두 다 지어낸 이야기가 아니라는 증거 딱 하나만 말해줘. 나 장난치는 거 되게 싫어해. 너도 알지?"

앨리스는 골똘히 생각에 잠겼다. 샘은 게이라는 사실을 숨긴 채 활동 중인 유명인사가 누구인지나 스포츠 통계 따위에는 전혀 관심이 없을 터였다. 반면 자신의 결혼에는 관심이 지나치게 관심이 많았다. 섣불리 말해줬다가는 〈빽 투 더 퓨처〉처럼 위험한 사태가 벌어질지도 몰랐다. 고심 끝에 앨리스가 마침내 입을 열었다.

"네 아빠 있잖아."

앨리스는 샘의 아버지에 관한 이야기를 대학에 진학한 후에야 전해 들었다. 두 사람이 다니던 대학이 서로 멀리 떨어져 있어서 전화기 하나에만 의존해 연락을 주고받을 때였다.

월트는 워싱턴 DC로 출장이 잦은 편이었다. 출장을 마치고 뉴욕에 오면 며칠 머무르다가 또 금세 워싱턴으로 떠나고는 했다. 로레인은 샘이 대학에 갈 때까지 기다렸다가 마침내 이혼을 했다. 그러면서 월트는 다른 여자가 생기는 바람에 그간 두집 살림을 하고 있었다고 했다. 샘은 몇 년 동안 아버지를 의심하면서도 그때까지 앨리스에게는 단 한 마디도 꺼내지 않았었다.

"네 짐작이 맞아. 정말 미안해. 하지만 네 짐작이 모두 다 사실이야."

샘이 입 한가득 숨을 들이켰다.

"헐. 야. 난 네가 아놀드 슈왈제네거가 나중에 대통령이 된다거나 하는 뚱딴지같은 소리나 할 줄 알았단 말이야."

"미안해. 정말 미안."

앨리스가 샘을 끌어안으며 다독였다. 샘은 앨리스의 셔츠에 얼굴을 파묻은 채 엉엉 울었다. 하지만 이내 한 발짝 뒤로 물러나더니 미소를 띤 얼굴로 말했다.

"내가 그럴 줄 알았다니까. 좋아. 가자."

◆◆◆

'마트료시카'는 오후 5시 이후에나 영업을 시작한다고 했다. 하지만 전화를 받은 남자는 잃어버린 물건을 찾으러 오는 거라면 아무 때나 와도 된다고 말했다. 앨리스는 시간 여행이 '마트료시카'에서 일어났다고 굳게 믿고 있었다. '마트료시카'는 항상 신발이 바닥에 쩍쩍 달라붙는 데다가 어두컴컴한 지하에 자리한 곳이었다. 그러니 과거와 미래를 연결하는 비밀통로가 존재한다면 그 술집이야말로 적격이었다. 2호선과 3호선이 지나가는 터널을 따라 지하에 자리한 '마트료시카'는 어떻게든 사라져 버리고 싶은 이들이 찾는 공간이었으니까.

앨리스는 터널에 사는 노숙자들의 이야기를 읽은 적이 있었다. 또한 91번가에 버려진 기차역이 하나 있다는 사실도 알고 있었다. 1호선과 9호선 지하철을 타고 가다가 유심히 살펴보면 볼 수 있었다. 누군가 땅을 너무 깊이 파서 시공간의 경계 따위를 건드린 탓에 엉망진창이 된 게 분명했다. 문득 후회가 밀려왔다. 레너드가 괴짜 친구들과 공상 과학 소설 이야기를 나눌 때 조금만 더 귀 기울여 들었더라면 큰 도움이 되었을 텐데. 되레 다 큰 어른들이 평행 우주 이야기나 떠들어 댄다고 비웃어 대기만 했었다.

"그래서 어른이 된 소감이 어때?"

"그럭저럭 괜찮은 거 같아. 하고 싶은 거도 마음껏 할 수 있고 가고 싶은 곳이 어디든 다 갈 수 있거든."

"그 무엇도 너와는 비교할 수 없어…."

샘이 대뜸 시네이드 오코너의 노래를 불러대기 시작했다. 앨리스의 입에서 피식 웃음이 새어 나왔다.

"맞아. 그런데 지금 당장은 내가 다른 선택을 했더라면 모든 게 달라지지 않았을까, 하는 생각뿐이야. 그래도 나름 괜찮은 인생이었어. 죽지도 않았고 감옥에 가지도 않았거든. 하지만 그 인생을 더 나아지게 만들 수도 있는 건지 너무 궁금해 죽겠어."

레너드가 온갖 관과 기계들을 단 채로 누워 있는 모습과 인상만 잔뜩 찌푸리고 있는 의사들이 앨리스의 머릿속에 떠올랐다.

샘의 말로는 두 사람이 함께 '마트료시카'에 갔던 적은 많아야 한두 번뿐이라고 했다. 그렇다면 앨리스가 '마트료시카'를 제집처럼 드나들던 시기는 그녀의 생각보다 나중의 일이었던 모양이었다. 고등학교를 졸업한 후 대학에 입학하기 전 여름이거나 대학 시절 추수감사절을 맞아 친구들을 만나러 고향에 왔을 때인 듯했다. 생각해 보니 두 사람은 너무 앳되어 보여서 술집에 당당하게 들어가기에는 무리였다. 가뜩이나 이런 벌건 대낮에는 더더욱 안 될 말이었다. 무언가 둘러댈 말이 필요했다.

"근데 여기에 뭘 찾으러 온 거야?"

샘이 작은 목소리로 물었다.

"뭐 그런 거 있잖아. 문이나 터널, 전등 스위치 같은 거? 으, 나도 잘 모르겠어. 아마 들어가서 직접 보면 알 수 있을 거야. 그냥 네가 봐왔던 시간여행 책이나 영화를 떠올려 봐. 알겠지?"

"알겠어. 한 번 노력해 볼게."

앨리스는 두 사람의 관계가 묘하게 달라져 있다는 느낌을 받았다. 샘은 앨리스를 믿지 않는다기보다 외려 전적으로 믿고 있었다. 하지만 자신과 대화하고 있는 사람이 이전의 앨리스가 아니라는 사실은 인지하고 있었다. 자신의 단짝 친구가 아니라 보호자나 베이비 시터쯤으로 생각하고 있겠지. 심지어 벨베디어에서 일한다는 말은 아직 꺼내지도 않았다. 직업까지 말해주고 나면 학교 행정실 직원 앨리스도 추가되겠지. 참 재미있기도 하겠다.

'마트료시카'는 문이 활짝 열려 있었다. 두 사람은 어두컴컴한 실내에 눈이 적응하기를 기다리며 천천히 걸어 들어갔다. 가게 안은 텅 비어 있었다. 남자 하나가 술병들이 줄지어 늘어선 바의 반대편에서 병을 세고 있었다. 허리를 구부리고 있어서 남자의 몸은 절반밖에 보이지 않았다. 샘은 겁에 잔뜩 질린 표정으로 앨리스의 팔꿈치를 꽉 붙잡았다. 샘의 능력은 자신이 통제할 수 있거나 준비된 상황에서만 온전히 발휘되었다. 예를 들자면 로스쿨 입학시험을 준비하거나 샘이라면 껌뻑 죽는 남자와 결혼할 때처럼 말이다.

"아무도 안 계세요?"

앨리스가 외쳤다. 앨리스는 제 팔을 움켜쥐고 있는 샘의 팔을 세게 움켜쥐었다. 바로 그때 바텐더가 허리를 곧추세우면서 일어섰다. 어젯밤 앨리스가 술에 잔뜩 취해 인사불성이 된 후에도 친절하게 응대했던 바로 그 바텐더였다. 긴장이 확 풀린 앨리스가 반갑게 인사를 건넸다.

"어! 안녕하세요! 다시 만나 뵙게 되어 반가워요!"

"꼬마 숙녀분들."

바텐더의 목소리에 미성년자라는 신분에 대한 우려와 반가움이 혼재해 있었다. 그는 앨리스를 전혀 알아보지 못하는 눈치였다.

"여기서 물건을 잃어버린 듯해서요."

앨리스가 말했다. 그런 다음 목청을 가다듬고 계속 말을 이었다.

"아까 전화했었는데요. 잠깐 둘러봐도 괜찮을까요? 술은 입에도 안 댈게요."

바텐더는 다시 바 뒤쪽 선반에다 술병을 옮기기 시작했다. 술집 곳곳에서는 불쾌한 냄새가 풍겼다. 토사물과 소독약이 살짝 섞인 냄새에 수많은 낯선 이들이 오가며 쌓였을, 후회가 배어 있는 듯한 냄새였다.

"그러려무나."

바텐더가 일하면서 대꾸했다.

앨리스는 샘을 데리고 주크박스가 있는 구석으로 갔다.

"자, 나는 여기 앉아 있었고 바텐더는 저기 서 있었어. 내가 바텐더에게 오늘이 내 생일이라고 말했더니 공짜 술을 엄청 많이 줬어. 그러고는 술이 잔뜩 취해서 스웨터에 뭐를 쏟았어. 아, 여대생들한테 타파스를 좀 나눠줬던 것 같기도 해."

"그게 언제라고 했지?"

샘이 물었다. 두 사람은 코가 거의 맞닿을 정도로 가깝게

서 있었다. 주크박스의 노래표시등을 비추는 전구 빛에 반사
되어 피부가 주황빛으로 물들어 있었다.

"어젯밤이야. 마흔 살 내 어젯밤."

"아, 알았어. 그럼 이제 수상쩍은 곳이 있는지 찾아보면 되
지? 그러니까… 문이나 으스스한 복도 같은 곳?"

샘이 주변을 휘 둘러보며 물었다. 가게 안에는 오래된 핀
볼 기계와 주크박스, 푹 꺼진 소파가 자리하고 있었다. 저 소
파에서 DNA를 추출하면 아마도 대여섯 건의 범죄는 거뜬히
해결할 수 있을 성싶었다.

"맞다! 사진 부스!"

앨리스가 크게 외쳤다. 그런 다음 대뜸 샘의 손을 부여잡
고 바를 지나 옆방으로 들어섰다. 사진 부스는 커튼이 걷힌
채 안이 비어 있었다. 앨리스가 안으로 서둘러 들어갔다. 곧
바로 샘이 따라 들어와 옆자리에 앉으며 말했다.

"별문제 없어 보이는데."

"내 생각에도 그래. 당장 구글에 찾아보고 싶어 죽겠네."

"지금 미래 이야기하는 거야? 자꾸 그럴 거면 차라리 내
미래나 좀 더 말해줘. 내가 누구랑 결혼했는지 궁금하단 말
이야. 브래드 피트랑 했어, 아니면 덴젤 워싱턴이랑 했어?"

샘이 입술을 삐죽 내밀며 물었다.

"둘 다 너랑 나이 차이가 너무 많이 나잖아. 네가 성인이
라고 해도 마찬가지야. 그래, 좋아! 절대로 얘기 안 해주려고
했었는데 까짓거 다 말해줄게. 미래에 구글이라는 웹사이트

가 생기거든. 거기에 들어가서 아무거나 물어보면 수천 개의 답변이 나와. 그리고 위키피디아라는 웹사이트도 있는데, 기본적으로 구글이랑 비슷하다고 보면 돼. 그러니까 구글에 '시간 여행 중인데 좀 도와줘.'라고 써서 답을 좀 얻었으면 좋겠다는 얘기였어."

"그냥 아무거나 쓰면 알아야 할 정보를 모두 다 알려준다는 말이야? 그럼 숙제하는 사람도 없겠네?"

"아마도 그렇겠지."

샘의 질문에 앨리스가 대답했다. 앨리스는 사진 부스 이용법이 적힌 종이와 지폐 투입구 주변을 손가락으로 쓱 훑어보았다. 그런 다음 허리를 펴고 서서 뒷주머니에서 지갑을 꺼냈다. 구깃구깃한 1달러짜리 지폐를 투입구에 넣자 불빛이 번쩍이기 시작했다. 앨리스와 샘은 찰칵하는 소리 네 번에 맞춰 각기 다른 포즈를 취했다. 사진을 다 찍고 나자 기계 안에서 윙윙거리는 소리가 났다. 두 사람은 부스 밖으로 나왔다.

사진이 인화되기를 기다리는 동안 앨리스는 가게를 빙 둘러보았다. 두 방을 모두 돌며 촌스러운 벽지를 만져보고 수십 년째 그 자리에 그대로 걸려 있는 그림들 뒷면까지 샅샅이 살폈다. 밤에 와야 할 술집을 환한 대낮에 보고 있자니 방과 후 학교에 있는 듯한 괴상한 느낌이 들었다. 하지만 그 외에 수상한 데라고는 전혀 찾지 못했다. 마침내 사진 부스가 사진을 툭 토해냈다. 샘과 앨리스는 다시 기계 앞으로 쪼르르 달려

갔다. 그런 다음 아직 물기가 남아 있는 가장자리를 손으로 붙잡은 채 사진을 구경했다.

"클래식하네."

샘이 만족스레 말했다. 뽀뽀하듯 입술을 쭉 내민 사진, 혀를 내민 사진, 눈을 뜬 사진, 눈을 감은 사진, 총 네 장이 나왔다.

"마음에 쏙 들어."

앨리스가 말했다. 앨리스는 사진 속 제 모습을 바라보았다. 열여섯 살의 앳된 얼굴은 물론이거니와 나머지도 제 모습 그대로였다. 눈빛과 입가에 서린 긴장감에서 느껴지는 무언가가 있었다. 마흔 번째 생일날 샘이 준 사진 속 모습과 똑같지는 않았어도 이란성 쌍둥이라고 해도 될 정도로 닮아 있었다.

"너 가져. 내가 너에게 주는 생일 선물이야."

그 말에 앨리스는 어딘가 모르게 샘에게 진 기분이 들었다.

"우리 집으로 가자. 아빠랑 최대한 많은 시간을 함께하고 싶어."

"그래."

샘이 대답했다. 두 사람은 당황한 표정의 바텐더에게 인사를 건네고 가게를 나왔다. 그런 다음 학생증을 보여주며 다시 지하철 회전문 안으로 들어갔다. 두 사람은 지하철 맨 끝에 있는 빈자리로 미끄러지듯 걸어갔다.

"다른 거 하나만 더 말해줘. 좋은 거로."

"너 뉴저지로 이사가."

앨리스가 씩 웃으며 말했다. 그러자 샘이 주먹으로 앨리스를 때리는 시늉을 하며 볼멘소리를 했다.

"너 지금 장난치는 거지."

앨리스는 마지못해 고개를 끄덕였다. 때로는 진실이 더 괴로운 법이었다.

26

샘과 앨리스가 포맨더 워크에 도착하자 레너드는 집에 없었다. 두 사람은 집 안을 가로질러 앨리스의 방으로 걸어갔다. 그러는 동안 어설라가 두 사람의 다리 사이를 요리조리 오가며 쫓아왔다. 앨리스의 방문에 포스트잇 쪽지 하나가 붙어 있었다.

금방 돌아오마
- 아빠가

"앨리스, 이제 어떻게 할 셈이야?"

샘이 앨리스의 침대 위로 올라가 몸을 잔뜩 웅크린 채 물었다. 그러더니 몸을 기울여 《세븐틴Seventeen》 잡지를 집어들며 외쳤다.

"이런 쓰레기 같은 잡지를 구독하다니 믿을 수가 없다."

"오늘 밤 말이야? 아니면 내 인생을 말하는 거야?"

앨리스가 샘의 곁에 가 앉으며 물었다.

"어차피 그게 그거 아니야?"

"그럴지도 모르지. 생각해 봤는데 오늘 밤 파티는 지난번보다 더 나았으면 좋겠어. 그리고 내 원래 삶으로 돌아갈 방법을 찾아야 해. 아빠랑 시간도 많이 보내고 싶고."

속마음을 솔직하게 내비치고 나자 문득 부끄러워졌다. 벨베디어에 다니는 요즘 아이들은 자의식이 강하고 정서적으로 매우 민감했다. 자신의 성적 지향과 성별을 탐구하고 자신을 지칭하는 대명사를 마음대로 바꾸어댔다. 너무 진화한 세대라서 자신들이 여전히 진화 중인 줄 알고 있는 듯했다. 앨리스가 10대였을 때는 무슨 일이 있어도 겉으로는 아무렇지 않은 척을 하는 게 제일 중요했다. 사실 지금도 샘에게 사실대로 모두 터놓고 말할 수는 없었다. 앨리스는 할 수만 있다면 레너드가 늙어서도 병실에 누워 죽을 날만 기다리지 않게 하고 싶었다. 어떻게든 아버지를 살려내고 싶었다. 바로 그때 현관문이 열렸다가 닫히는 소리가 들려왔다. 뒤이어 어설라가 책장이나 냉장고처럼 높은 곳에서 내려와 현관으로 뛰어가는 기척이 났다.

"앨리스? 집에 왔니?"

레너드의 우렁찬 목소리였다.

"응! 내 방에 있어! 샘이랑 같이!"

앨리스 역시 큰소리로 외쳤다. 그러고는 샘이 잡지를 휙휙 넘겨보는 모습을 멀뚱히 바라보았다. 메이블린 그레잇 래쉬 마스카라와 스와치 시계, 본 벨 립 스매커와 카부들 보석함 등 온통 파스텔색으로 장식된 광고 사진들이 지나갔다. 10대 시절 앨리스는 잡지들을 마치 미래의 지침서처럼 여겼다. 그리고 〈비버리힐즈의 아이들Beverly Hills, 90210〉 드라마 속 고교생들의 모습이 제 삶 그 자체라고 생각했다. 배우들이 짧은 원피스에 모자를 더 자주 쓴다는 점만 조금 다를 뿐이라고 생각했다. 앨리스가 어렸을 적 소비했었던 모든 것들이 그녀가 이제 다 큰 성인이 되었다는 사실을 말해주고 있었다. 앨리스는 샘의 어깨를 잡아 흔들며 일깨워주고 싶었다. 주변 사람들이 샘과 앨리스를 다 큰 성인 대하듯 하지만 둘 다 아직 어린아이라고 말해주고 싶었다. 꼬마 아이 둘이 서로의 어깨를 딛고 서서 트렌치코트를 걸친 채 어른 행세를 하고 있는데도 아무도 눈치채지 못하고 있는 것만 같았다. 하지만 샘은 이미 잘 알고 있었다. 샘은 밤늦게 집에 들어가면 부모님에게 혼이 났다. 어머니가 샘의 방에서 대마초 꽁초를 발견했을 때는 외출 금지를 당했다. 로레인은 샘이 수업 중 뒷계단에서 노아 카멜로라는 남학생과 키스하다가 걸렸다는 전화를 받자마자 샘의 호출기를 2주간 빼앗았다. 10대라서 제일 불행했던 것 하나를 꼽자면 사람의 인생이 전부 똑같지는 않다는 사실을 깨닫게 된다는 점이었다. 어렸을 적 앨리스 역시 그 사실을 잘 알고 있었다. 하지만 그 당시에는 이로웠다고 생각했었던 많은 것들이 알고 보면 정반대였었다는 사실을 깨닫는 데에는 수십 년이 걸렸다.

"생일 파티 전에 옷 갈아입으러 집에 갔다 올 거야?"

"아니. 뭐하러 그래? 그냥 네 옷 입으면 되지."

샘이 대답했다. 앨리스는 깜빡 잊고 있었다. 10대 소녀들에게 옷이란 아주 잠깐 스쳐 지나가는 물건일 뿐이었다. 여러 사람을 돌고 돌다 보면 나중에는 누구의 옷인지 분간조차 할 수 없었다. 더군다나 샘과 앨리스는 사이즈가 똑같아서 거의 모든 옷을 공유했다고 해도 과언이 아니었다.

샘이 마흔 번째 생일 선물로 준 사진 속에서 두 사람은 끈 원피스 입고 작은 왕관을 쓰고 있었다. 마치 한밤중에 열리는 미인대회에 나온 참가자들 같은 차림새였다.

"너무 화려하게 말고 그냥 평범하게 입자."

"그래. 오늘은 네 생일이니까."

앨리스의 말에 동의한다는 듯 샘이 어깨를 으쓱하며 대꾸했다. 그때 어디선가 전화벨이 울려대기 시작했다. 1분 동안 전화기를 찾아 헤맨 끝에 옷더미 아래에 깔려 있던 전화기를 집어 들었다.

"여보세요."

"생일 축하해, 앨리."

어머니였다. 앨리스를 '앨리'라는 애칭으로 부르는 사람은 어머니 한 사람뿐이었다. 세레나는 다른 사람과 통화를 하듯 앨리스를 자기만의 애칭으로 불렀다. 그러면서 상상 속 앨리스와 대화를 했다. 자신의 연락을 애타게 기다리고 있던 앨리스나 아무 때나 느닷없이 전화를 걸거나 카드를 보내도 만족해하는 앨리스와 말이다.

"내가 선물 몇 가지를 보냈는데 도착했니?"

"안녕, 엄마."

앨리스가 대답했다. 샘은 잡지로 시선을 다시 돌렸다.

"너희들 점심 먹으러 갈래?"

레너드의 외침에 곧바로 두 아이 모두 큰소리로 대답했다.

"네!"

27

그레이스 파파야는 뉴욕에서 단연 제일가는 식당이었다. 그 이유는 바로 핫도그 딱 한 가지만 팔아서였다. 핫도그에 케첩이나 머스터드, 렐레시를 뿌리거나 절인 양배추를 넣어 팔았다. 계산대 뒤쪽에 놓인 커다란 통 안에는 선명한 색상의 다양한 음료들이 빙글빙글 돌아가고 있었다. 별난 취향을 가진 사람이 아니고서야 모두 파파야 주스를 주문했다. 식당 안에는 앉을 자리가 거의 남아 있지 않았다. 창가 쪽 높은 테이블만 비어 있었다. 브로드웨이와 72번가 교차로가 내려다보여서 사람 구경하기에 안성맞춤인 자리였다. 앨리스와 샘이 브로드웨이 대로가 내다보이는 자리를 서로 차지하려고 경쟁하는 사이 레너드는 주문을 하러 갔다.

"레너드 아저씨한테는 말했어?"

샘이 속삭이듯 물었다. 앨리스는 고개를 가로저었다.

"근데 아저씨가 이 분야 전문가잖아."

"그게 무슨 말이야? 혹시 『타임 브라더스』 말하는 거야? 샘, 그건 책이잖아. 바보 같은 소설책일 뿐이야. 말 그대로 두 형제가 시간 여행을 해서 아주 단순한 범죄들을 해결하는 이야기잖아."

"그래도 그 책이 널 **이렇게 만든 게** 아닐까? 혹시 어딘가에 고물 자동차라도 숨어 있는 거 아니야? 네 화장실 같은 거로 위장하고 있을지도 모르잖아."

샘이 눈을 동그랗게 뜨며 말했다.

"대체 무슨 소리를 하는 거야?"

"아, 이제 내가 헛소리를 한다 이 말이구나. 그래."

샘이 눈을 부라리며 말했다. 레너드는 줄지어 서 있는 사람들 사이를 비집고 걸어와 핫도그 네 개를 테이블 위에 올려놓았다. 케첩과 머스터드가 뿌려진 핫도그 두 개와 절인 양배추와 양파가 올려진 핫도그 두 개였다.

"내가 제일 좋아하는 채소들."

"아빠, 아빠는 녹색인 음식은 아예 입에도 안 대잖아. 청색 5호나 황색 8호 같은 인공색소를 섞어서 녹색으로 만든 음식이면 몰라도."

앨리스가 농담하듯 말했다. 레너드는 음료를 가지러 계산대로 다시 향했다.

"아빠한테 그냥 다 말해버려."

샘이 이를 앙다문 채 말했다.

"아직은 안돼."

그때 레너드가 다가와 테이블 위에 팔꿈치를 대고 맞은편 의자에 앉았다. 앨리스는 미소를 머금은 채 그 모습을 바라보았다. 그런 다음 핫도그를 한 입 베어 물었다. 늘 먹던 그대로 천상의 맛이었다. 레너드 역시 눈을 지그시 감은 채 음미하는 모습을 보니 그녀와 마찬가지로 점심 식사를 제대로 즐기고 있는 듯했다. 하루를 살다 보면 지금처럼 다른 것들에는 신경도 쓰지 않은 채 현재에 몰입하는 순간들을 마주했다. 어쩌면 인생을 잘 사는 비결이란 이런 찰나의 순간에 집중하는 것일지도 몰랐다. 눈 깜짝할 새 지나가거나 기껏해야 몇 초밖에 지속되지 않는 그 짧은 시간만큼은 모든 걱정거리가 사라지고 오롯이 지금 이 순간의 즐거움과 감사함으로 충만해졌다. 핫도그를 먹고 있다는 점만 뺀다면 초월 명상과도 비슷한 셈이었다. 긍정적이든 부정적이든 인생의 모든 것은 어차피 변하기 마련이다. 그렇다면 긍정적인 것에 감사하며 사는 편이 차라리 낫지 않겠는가.

♦♦♦

점심을 다 먹은 뒤, 세 사람은 암스테르담 거리를 따라 걸었다. 자연사 박물관에서 쏟아져 나온 가족들과 관광객들 무리를 요리조리 피해 한 블록을 걸어가면 '에멕 앤 볼리오스'라는 아이스크림 가게가 나왔다. 앨리스는 생일날이면 으레이 가게에 와서 아이스크림을 먹었다. 다섯 살 때도, 열 살 때도, 심지어 성인이 되어서도 마찬가지였다. 그때 택시 한 대가 길모퉁이에 서 있는 승객을 태우려고 갑자기 방향을 확틀었다. 그러자 다른 차들이 이런 뻔한 상황이 당황스럽다는 듯 저마다 경적을 시끄럽게 울려대며 불쾌감을 표출해댔다.

하지만 인도에 있는 사람들은 모두 정면이나 친구들의 얼굴만 쳐다볼 뿐이었다. 아니면 누군가의 점심이었다가 바닥에 떨어져 맛있는 쓰레기가 되어 버린 음식을 먹기 위해 비둘기 떼가 횡단보도로 우르르 내려앉는 모습을 바라보고 있었다.

아이스크림 가게에는 손님이 하나도 없었다. 앨리스와 샘은 유리 진열대 안을 들여다보며 아주 세심하게 아이스크림 조합을 구상했다. 앨리스는 민트 칩과 더블 초콜릿 아이스크림에 뜨거운 퍼지 소스와 레인보우 스프링클을 토핑으로 뿌려달라고 했다. 샘은 피스타치오와 딸기 아이스크림 위에 휘핑크림을 올려달라고 했다. 마지막으로 레너드는 쿠키 도우 아이스크림을 큰 컵으로 주문했다. 세 사람은 작은 원형 테이블에 서로 무릎을 맞댄 채 옹기종기 둘러앉았다.

"근데 밤에 뭘 쓰는 거야?"

앨리스가 레너드에게 물었다. 그런 다음 앞에 놓인 거대한 설탕 더미 속으로 숟가락을 푹 찔러넣었다. 아버지가 작업할 때면 들려오는 소리가 있었다. 스피커에서 흘러나오는 기타 소리, 슬리퍼가 복도 바닥을 쓰는 소리, 키보드 자판을 두드리는 소리는 백색 소음처럼 앨리스의 마음을 편안하게 해주고는 했다. 아버지가 주방에서 글을 쓰며 그만의 방식으로 행복하다는 뜻이었으니까.

"누구? 나 말이야?"

"응. 아빠 말이야."

뜨거웠던 퍼지 소스는 아주 느리게 흐르다 굳어버린 용암처럼 꾸덕꾸덕해져서 약한 플라스틱 숟가락에 달라붙어 있었다.

"이야기나 아이디어들. 뭐 이것저것 쓰지."

레너드의 말에 앨리스는 고개를 끄덕였다. 두 사람의 대화는 늘 이쯤에서 끝이 났다. 앨리스가 더 캐물었다가는 레너드가 삐딱하게 굴게 분명했으니까.

"그런데 왜 책으로 안 내? 뉴욕에 있는 출판사 어디든 연락만 하면 바로 사 갈 텐데. 내용이 쓰레기라고 해도 좋다고 할걸."

"윽, 그런 상처 받을 말을 하다니."

레너드가 한 손을 가슴 위에 얹은 채 말했다.

"아빠가 쓴 글이 쓰레기라고 생각한다는 말이 아니야, 아빠. 책을 안 내는 게 이상하다는 말을 하는 거지. 누가 아빠 글을 사가서 책을 내면 아빠도 엄청난 돈을 벌 수 있잖아. 그러니 안 될 이유가 뭐가 있어?"

말을 끝낸 앨리스가 얼굴을 붉혔다.

"레너드 아저씨, 제 생각에는 앨리스가 『타임 시스터즈 Time Sisters』 같은 책이라도 내면 어떠냐는 말을 하고 싶은 것 같아요. 뭐랄까, 전반적인 스토리는 그대로 유지하고 주인공만 남자 대신 여자로 바꾸는 거죠. 모든 면에서 여자들이 더 똑똑하니까요."

샘의 말에 레너드가 고개를 끄덕이며 대꾸했다.

"그래. 무슨 말인지 알아. 훌륭한 아이디어를 제안해줘서 고맙구나, 샘. 진작에 떠올렸다면 좋았을 텐데 말이다. 그런데 같은 내용을 또 쓰면 무슨 재미가 있니? 등장인물만 바꾸고 나머지는 완전히 똑같은데 지루하지 않겠어?"

앨리스와 샘이 동시에 어깨를 으쓱댔다.

"이런 말을 해도 될지 모르겠다만 『스파이더맨』과 비슷하겠지. 책 한 권이 성공하면 후속 작품을 출판할 힘이 생기는 건 사실이야. 하지만 첫 책을 성공으로 이끌었던 요소들 때문에 독자들에게 의무감도 느끼게 돼. 독자들이 좋아했었으니 후속 작품에도 꼭 포함시켜야 한다는 강박감이 계속되는 거지. 물론 같은 책을 매년 한 권씩 수십 년째 출간하는 작가들도 있지. 그게 다 좋아해 주는 독자들이 있고 작가의 역량이 받쳐주니까 가능한 거란다. 하지만 나 같은 작가들도 있는 거야."

레너드가 하던 말을 잠시 멈추고 빙그레 미소를 지었다.

"독자를 만족시킬 만한 무언가를 써내야 한다는 생각에 압도될 바에 차라리 10대 딸과 〈제퍼디!〉나 보는 거지. 다른 사람이 읽을지 말지는 신경 쓰지 않은 채 그저 자기가 원하는 글을 쓰는 작가들처럼 말이야."

"〈제퍼디!〉는 진짜 좋은 프로그램이에요. 무슨 말씀인지 알 것 같아요."

샘이 말했다. 앨리스는 샘이 진정으로 이해했는지 의문스러웠다. 샘은 엄마를 똑 빼닮아 공부에 대한 욕심과 지적 욕구가 상당히 강한 편이었다. 학구열로 따지자면 사람들 대부분은 아마 샘의 발톱에 낀 때만큼도 못 따라갈 것이다. 샘은 대학을 졸업하자마자 숨 돌릴 틈도 없이 곧장 로스쿨에 진학했다. 하지만 앨리스는 충분히 이해할 수 있었다. 벨베디어 학교에는 샘처럼 부모와 판박이인 아이들이 많았다. 부모가 테니스 라켓을 들고 다니면 아이들도 똑같이 테니스 라켓을 들고 있었다. 알코올 문제가 있어 홈바에 술을 가득 채워둔 부모들은 자식이 사물함에 1.2리터짜리 올드 잉글리시 술병을 숨겨두었다는 이유로 학교에 불려왔다. 과학자 부모 밑에서는 꼬마 과학자가 자라났다. 여성혐오자 부모는 꼬마 여성혐오자를 키워냈다. 앨리스는 직업으로만 보면 아버지와 정반대의 길을 걷고 있다고 생각해왔다. 대성공을 이룬 아버지와 반대로 앨리스는 아무것도 이루어 내지 못했다. 아버지와 달리 해마가 해초에 꼬리를 감고 간신히 매달려 있는 것처럼 안정적인 직업에 안주하고 있다고 생각했었다. 하지만 지금에야 자신이 틀렸었다는 걸 깨달았다. 아버지 역시 두려워하고 있었다. 그래서 인생의 전부를 걸고 과감한 모험을 하기보다는 지금껏 해왔던 일을 고수하는 편이 더 행복하다고 느꼈던 것이었다.

"미안해, 아빠. 아빠 기분이 어떤지 잘 알 것 같아."

앨리스가 말했다. 레너드가 앨리스의 뺨을 손으로 부드럽게 톡톡 두드렸다.

"그거 알아? 넌 항상 이런 식이었어. 참 희한하더라니까.

아주 어렸을 적에도 내가 무슨 질문을 하면 넌 항상 대답을 알고 있었거든. 그럴 때면 누군가가 **나 참, 지금 세 살배기 꼬마애가 유대류와 포유류의 차이를 다 안다고 생각하는 거예요?**라고 말하면서 덤불 속에서 튀어나올 줄 알았어. 그런데 아무도 안 나오더라고. 넌 항상 다 알고 있더라니까."

"그래도 진짜 샘이 말한 대로 한 번 써봐, 아빠. 좋은 책이 될 거라는 거 아빠도 잘 알지? 사람들도 좋아할 거야. 『타임 브라더스』가 전 세계적으로 대성공을 거뒀다고 해서 다음 책이 대실패일 거라는 의미는 아니잖아. 시도도 안 해볼 이유가 없다고 봐."

"아니, 너희 둘 다 언제 이렇게 똑똑해졌대?"

레너드가 숟가락으로 아이스크림 컵 바닥을 벅벅 긁으며 대구했다. 샘과 앨리스는 수북했던 아이스크림을 이미 다 먹어 치운 후였다. 레너드는 자리에서 일어나 쓰레기를 모아 쓰레기통에 갖다 버렸다. 그런 다음 테이블 위에 떨어진 스프링클 역시 손바닥 위로 싹싹 쓸어모아 쓰레기통에 버렸다. 그때 샘이 머리를 갸우뚱 기울인 채 앨리스를 쳐다보며 말했다.

"나한테 좋은 생각이 났어. 일단 볼 일이 있어서 집에 좀 다녀와야겠어. 이따가 포맨더에서 다시 만나자. 알겠지? 필요하면 삐삐쳐. 아저씨, 아이스크림 너무 잘 먹었어요. 감사합니다."

"언제든지."

레너드가 고개를 숙이며 대답했다. 샘은 손을 흔들며 서둘러 가게 문을 나섰다. 그러고는 앨리스에게 손 키스를 날렸다. 앨리스는 샘이 날린 손 키스를 붙잡는 시늉을 했다. 불현듯 홀로 진실을 마주해야 하는 상황이 닥치자 앨리스는 내심 긴장되기 시작했다.

"이제 고래 보러 갈 나이는 지났나?"

레너드가 물었다.

28

자연사 박물관은 토요일마다 사람들로 북적였다. 사람들은 미어터지는 한이 있더라도 일제히 위층에 있는 공룡 전시관으로 몰려갔다. 하지만 앨리스는 다섯 살 때를 마지막으로 공룡에 흥미를 잃었다. 그러니 두 사람의 목적지는 공룡 전시관은 아니었다. 레너드의 회원증을 보여주며 입구를 통과하자마자 두 사람은 곧장 왼쪽으로 몸을 틀었다. 그런 다음 시어도어 루스벨트 대통령의 청동상과 디오라마 몇 개를 재빨리 지나쳐갔다. 디오라마들은 보나 마나 원주민과 식민지 개척자 사이에 팽팽했던 긴장감을 대단히 과소평가해 묘사해 두었을 것이 뻔했다. 레너드와 앨리스는 문 하나를 통과해 정글처럼 꾸며진 관람실로 들어섰다. 실물 크기의 호랑이와 그 호랑이를 꿀꺽 삼킬 수도 있을 만큼 거대한 조개껍데기가 두 사람을 맞이했다. 앨리스는 목적지에 근접했다는 걸 알 수 있었다.

두 사람이 향하는 관람실에는 밀스테인 홀이라는 이름이 붙여져 있었지만, 그 이름으로 부르는 사람은 아무도 없었다. 홀에 들어서면 집채만 한 고래 한 마리가 머리 위에서 헤엄을 치는 광경이 눈앞에 펼쳐졌다. 동시에 깊은 바닷속 소리가 귓가에 울려 퍼졌다. 이런 곳을 어떻게 밀스테인 홀이라고 부를 수 있겠는가. 관람실 안에 있으면 수면 위에서 무슨 일이 벌어지든 고요하기만 한 바다 밑바닥에 앉아 있는 듯한 묘한 기분이 들었다. 2층 발코니에는 거미게와 해파리 등 온갖 생물들이 벽을 따라 늘어서 있었다. 하지만 이 관람실의 백미는 고래 조형물 바로 아래 1층이었다. 1층은 수작업으로 칠한 대형 디오라마들로 둘러싸여 있었다. 영속한 꿈을 꾸며 물속을 평화로이 유영하는 매너티, 제 실력을 뽐내듯 점프하는 돌고래들, 거대한 바다코끼리에게 공격을 받아 결국 죽음을 맞이한 물개 등이 전시되어 있었다. 그리고 한쪽 구석에는 산호와 물고기들 사이에 진주조개를 캐는 잠수부가 숨어 있었다. 레너드와 앨리스는 아래층으로 조심스레 발걸음을 옮기며 아무 말도 하지 않았다. 영화관이나 교회 안에서 정숙해야 하듯이 이 관람실 안에서만큼은 조용히 해야 했다.

성인이 되고 난 이후에는 무슨 일이든 시간제한이 정해져 있는 느낌이었다. 샘과 저녁을 같이 먹으러 만나면 길어야 두 시간 후 헤어졌다. 다른 친구들과는 두 시간도 걸리지 않았다. 식당에서 자리가 나기를 기다리거나 늦저녁 술자리와 밤늦게까지 파티에 참석했다고 해도 실제로 함께한 시간을 따져보면 고작 몇 시간이 다였다. 최근 들어서는 친구들 모두가 어린 시절 펜팔 친구처럼 가상에 존재하는 듯한 느낌마저 들었다. 몇 년 동안 서로 만나지도 않는 일이 다반사였다. 그러면서 인터넷에 올라온 강아지나 아기 사진, 점심 식사 사진을 보며 소식을 접하고는 했다. 물 흐르듯 자연스레 흘러가는 날이 없었다. 누군가와 만날 약속을 잡으려면 이메일을 세 통씩 쓰거나 문자 메시지를 여섯 개씩 주고받아야 했다. 어떨 때는 약속 시간 바로 직전에 만날 장소나 시간을 변경한 끝에야 겨우 만남이 성사되었다. 앨리스는 이런 복잡한 의사소통 없이도 함께 하루를 공유할 수 있는 사이야말로 이상적인 부부와 가족 관계라고 생각했다. 어렸을 때는 누구나 가족과 모든 일상을 함께했지만, 성인이 되고 난 후에도 그 유대감을 지속하는 이들은 소수에 불과했다. 항상 그렇지는 않아도 형제자매가 있는 이들이 대개 유리했다. 일례로, 벨베디어 학교에 다니던 두 남자아이가 있었다. 유치원 때부터 절친하게 지내던 두 아이는 성인이 된 후 자매 사이인 두 여성과 결혼을 했다. 두 부부는 네 명의 자녀를 낳았고 아이들 모두 벨베디어에 입학했다. 그리고 엄마 둘이서 번갈아 네 명의 자녀들을 통학시키며 사촌끼리 카풀을 했다. 사촌은 우정보다 더 돈독한 관계로 결혼을 통해 한데 묶인 사이를 의미했다. 결혼으로 누군가를 묶어놓는다니, 실로 중세 시대다운 발상이 아닐 수 없다. 전 세계 왕실 모두가 거의 사촌 관계라는 사실을 알았을 때와 비슷한 느낌이었다. 심지어 사촌이라는 개념 자체도 **내가 소유한 가족들이 얼마나 많은지** 자랑하려고 만든 것 같았다. 앨리스는 누군가에 소속되어 있다고 느낀 적도, 누군가가 자신을 소유하고 있다고 느낀 적도 없었다. 물론 레너드를 제외하고 말이다.

레너드는 관람실 한가운데로 걸어가 바닥에 등을 대고 누웠다. 아버지가 몸을 쭉 뻗자 그의 낡은 운동화가 옆으로 축 늘어졌다. 앨리스는 그 모습을 가만히 바라보았다. 아버지뿐만 아니라 어린 아기를 데리고 온 가족들 역시 바닥에 누워 거대한 고래의 배를 올려다보고 있었다. 앨리스는 아버지 옆으로 가 무릎을 꿇고 앉았다.

"우리 여기 진짜 많이 왔었잖아. 기억나?"

앨리스가 물었다. 어렸을 적 앨리스는 적어도 일주일에 한 번은 아버지와 함께 고래를 보러왔었다. 심지어 어머니와 함께 왔었던 적도 있었다. 물론 어머니는 밀스테인 홀보다는 보석과 광물 전시관을 더 좋아했지만. 앨리스는 손을 허벅지에 대고 위아래로 쓱쓱 문댔다. 그녀는 어두운색에 재질이 뻣뻣한 세일러 바지를 입고 있었다. '앨리스 언더그라운드'라는 가게에서 산 바지였다. 앨리스가 가장 좋아하던 가게였는데, 가게 이름이 자기 이름과 똑같아서만은 아니었다. 앨리스는 열여섯 어린 제 몸이 아직도 낯설게만 느껴졌다. 자신이 기억하던 몸과는 너무나도 달라서였다. 하지만 다른 몸을 보는 듯한 기분이 드는 것도 어쩌면 당연했다. 열여섯 살때 앨리스는 자신의 몸을 있는 그대로 받아들이지 않았었다.

"뉴욕 전체에서 네 울음을 뚝 그치게 만드는 데가 여기 딱한 곳뿐이었어."

레너드가 함박웃음을 지으며 말했다. 그러더니 바로 옆 바닥을 두드렸다.

"이리 누워봐."

앨리스는 바닥에 철퍼덕 드러누웠다. 벨베디어 학생 중에는 바로 옆에 있는 천문관에 가는 아이들이 있었다. 약에 취했을 때 핑크 플로이드의 하늘을 나는 돼지가 출연하는 라이트 쇼를 보러 간다고 했다. 하지만 앨리스는 이곳이 아닌 다른 관람실을 가는 이유를 도무지 이해할 수가 없었다.

"이렇게 좋은 곳을 왜 오다 말았을까? 혈압이 안정되는 기분이야."

"네 나이가 몇 살인데 벌써 혈압 걱정이냐? 이야, 요즘 열여섯 살은 예전이랑은 다르다니까."

레너드는 두 손을 배 위에 가지런히 얹었다. 앨리스는 아버지가 숨을 쉴 때마다 손이 오르락내리락하는 모습을 지켜보았다.

순간 앨리스는 아버지에게 확 말해 버릴까, 하는 충동이 일었다. 관람실 내에는 가족 관람객들이 곤히 잠든 아이를 유모차에 태워 밀고 있거나 관광객들이 쇼핑백을 들고 돌아다녔다. 하지만 관람실 내부는 조용했다. 앨리스가 무슨 말을 하든 아버지의 귓가에만 들릴 터였다.

당연한 소리겠지만, 레너드는 남들보다 시간 여행에 관해더 많이 생각했다. 아버지는 형편없는 공상 과학 소설과 영화, 드라마들을 주기적으로 조롱해대고는 했다. 친구의 작품 역시 예외는 아니었다. 하지만 앨리스는 알고 있었다. 아버지는 공상 과학을 사랑했다. 공상 과학은 불가능을 가능케 만드는 분야였다. 현실의 한계를 뛰어넘어 과학적으로 설명할 수 없는 개념들을 다루었다. 공상 과학은 은유적인 수단이자 서사적 장치이며 하나의 장르인 동시에 **즐거움**을 주기도 했다. 레너드가 좋아하는 작가 중에는 소설을 쓰기 위한 도구로 공상 과학을 활용하는 사람은 아무도 없었다. 그런 짓은 엉터리 작가들이나 하는 짓이었다. 레너드는 허울만 번지르르한 작가들을 제일 싫어했다. 명망 높은 대학의 순수 예술 석사 출신에 검은 넥타이 차림으로 시상식에 참석하는 부류들을 경멸했다. 하늘에서 잠시 지상으로 내려와 공상 과학 장르에서 언데드나 가벼운 종말론적 요소들만 날름 훔쳐 달아나는 이들이라며 헐뜯었다. 레너드는 뼛속까지 공상 과학에 대한 애정으로 가득 찬 괴짜들을 좋아했다. 물론 이력이 화려한 작가 중에도 알고 보면 공상 과학에 푹 빠진 진짜 괴짜들도 왕왕 있었다. 레너드도 이런 작가들은 싫어하지 않았다. 그렇다고 아버지에게 다짜고짜 괴짜들이나 공상 과학, 시간 여행 이야기를 꺼낼 수는 없는 노릇이었다. 앨리스 자신의 이야기부터 털어놓아야 할 터였다. 하지만 아버지에게 말하기에는 아직 이르다고 생각했다. 샘에게 말할 때와는 다를 게 분명했다. 샘은 앨리스의 말을 곧이곧대로 믿지는 않고 있었다. 마치 불가지론자가 **무언가가 있다**고는 믿으면서도 신의 존재는 믿지 않는 것과 똑같았다. 반면 레너드는 항상 앨리스의 말이라면 전적으로 믿었다. 유치원에서 어떤 여자애가 미끄럼틀에서 밀었다고 말했을 때도, 어떤 남자애가 놀렸다고 했을 때도, 선생님이 너무 낮게 점수를 쳤다고 했을 때도 앨리스의 말이 사실이라고 믿었다. 앨리스는 아버지가 자기를 믿지 않을까 봐 걱정하는 것이 아니었다. 오히려 자신의 말을 철석같이 믿을 거라는 걸 잘 알고 있었으니까. 그래서 아버지에게 말하고 난 이후에 벌어질 일들이 두려웠다.

고래 조형물은 방 전체를 차지할 만큼 길이가 길었다. 코가 아래쪽으로 향하고 있어 금방이라도 칠흑 같은 바닷속 깊이 뛰어들 태세를 취하고 있었다. 널따란 꼬리는 거대한 고래가 깊숙이 내려갈 수 있게 힘을 실어주려는 듯 천장을 뚫고 나갈 기세로 위로 솟구쳐 있었다. 앨리스는 두 눈을 꼭 감은 채 자신이 등을 대고 누운 관람실 바닥이 얼마나 단단한지에 집중했다.

"참, 내가 사이먼하고 그레이트풀 데드 공연 보러 더 비컨 시어터 공연장에 갔던 얘기 너한테 해 줬었나?"

이미 들은 이야기였다.

"얘기해 줘."

앨리스가 싱긋 웃으며 말했다. 아버지의 입에서 무슨 말이 튀어나올지는 토씨 하나까지 전부 기억하고 있었다. 이윽고 레너드가 운을 떼었다.

"1976년도였어. 제리가 하얀색 기타를 갖고 있을 때였지. 그레이트풀 데드 공연을 수천 번씩 본 사람들도 많을 테지만, 나는 그때 딱 한 번 봤어. 더 비컨 시어터는 좌석 위치에 따라 굉장히 좁게 느껴질 수도 있는 공연장이거든. 그 당시 사이먼 담당 에이전트가 엄청나게 잘나가던 사람이라 표를 구해다 줬어. 근데 어쩌다 보니 앞에서 세 번째 줄에 앉게 된 거야. 무려 세 번째 줄! 공연에 온 여자들 전부 숨 막히게 예뻤다니까. 네 시간 내내 다른 행성에 와 있는 기분이었어."

앨리스는 바로 이런 이야기들이 그리웠었다. 물론 그간 용기를 내 묻지 못했었던 질문에 대한 대답이나 아무도 알지 못하는 가족사도 궁금했다. 아버지의 눈으로 본 자신의 어린 시절 이야기를 듣고 싶기도 했다. 천 번을 넘게 들었지만, 이제는 다시 들을 수 없는 이런 낯간지러운 이야기들이 너무나도 그리웠다. 앨리스는 그레이트풀 데드의 콘서트를 시작부터 끝까지 그려 볼 수 있었다. 콘서트 내내 땀에 흠뻑 젖은 채 활짝 웃는 레너드의 모습이 눈앞에 펼쳐졌다. 결혼해서 아빠가 되고 책을 출판하기 전 레너드의 모습이었다. 앨리스는 눈을 감고도 아버지의 얼굴을 관람실 안의 고래처럼 선명하게 떠올릴 수 있었다.

29

앨리스와 레너드가 포맨더로 돌아오자 집 안에서 전화기가 요란하게 울려대고 있었다. 레너드는 몸을 돌려 옆으로 비켜서며 앨리스에게 얼른 전화를 받으라고 손짓했다.

"너한테 걸려온 전화야."

"아빠가 그걸 어떻게 알아?"

앨리스가 수화기를 집어 들며 말했다.

"맙소사, 지금 **몇 시간** 째 10분마다 너한테 전화했어."

"미안하지만 내 이름은 맙소사가 아니라 앨리스거든."

앨리스가 집게손가락으로 전화선을 비비 꼬며 샘에게 농담조로 말했다. 사람들은 왜 핸드폰을 사용하면 전화기보다 더 자유로워질 거라고 생각했던 걸까? 세상과 단절된 채 우주를 표류하는 동안 연락 불가였던 앨리스는 이제야 다시 세상과 연결되었다.

"헐, 아재 개그야 뭐야. 저녁 먹으러 어디로 갈 거야? 식당으로 바로 갈게."

"아빠, 우리 저녁은 어디에서 먹어?"

앨리스가 물었다. 레너드가 선 채로 식탁 위에 수북이 쌓인 우편물과 잡지 따위를 훑어보다가 말했다.

"'V&T' 가자. 그럼 샘은 식당까지 그냥 걸어오면 되잖아. 어때?"

"좋아. 아빠가 한 말 들었지, 샘? 눅눅한 피자 먹으러 간대. 'V&T'에서 6시에 만나."

앨리스는 레너드가 듣지 못하도록 몸을 돌려 말을 이었다.

"뭐 좀 찾았어?"

"응."

샘이 살짝 숨이 찬 듯한 목소리로 대답했다. 몇 시간 동안 앨리스에게 전화를 걸었다더니 제자리에서 뜀박질이라도 한 듯한 목소리였다.

"뭔가 알아낸 것 같아. 그럴싸한 이유를 찾은 걸지도 몰라. 이따가 만나서 얘기해줄게."

순간 앨리스의 내면 깊숙이 자리하고 있던 희망인지 불안일지 모를 감정이 불꽃처럼 맹렬히 일었다.

"알았어."

이 말을 끝으로 앨리스는 전화를 뚝 끊었다.

"이런 쓸데없는 편지들은 왜 자꾸 보내나 몰라."

레너드가 우편물 꾸러미를 식탁 위로 툭 내던지며 구시렁거렸다.

텔레비전은 실로 엉뚱한 위치에 자리하고 있었다. 뜬금없게 주방 조리대 한쪽 끝에 올려져 있었다. 식탁에서 보다가 텔레비전 방향을 돌리면 소파에서도 볼 수 있는 위치였다. 공간이 협소한지라 식탁이 소파 앞을 가로막고 있었지만 두 사람은 그 모습에 익숙했다. 텔레비전 아래에는 비디오 카세트 녹화기가 놓여 있었다. 그 때문에 온갖 전선들이 조리대 주변으로 주렁주렁 매달려 있었다. 평범한 고양이를 키우고 있었다면 늘어진 전선들이 견디기 힘든 골칫거리였을 테지만, 어설라는 비범한 고양이었다. 저녁 약속까지는 아직 몇 시간 정도 여유가 있었다. 앨리스는 모든 찬장 문을 여닫다가 마침내 전자레인지용 팝콘을 찾아냈다. 아버지를 향해 팝콘을 흔들어대며 앨리스가 물었다.

"영화나 한 편 볼까?"

레너드는 비디오테이프가 보관된 벽장 문을 열어 영화 제목들을 큰 소리로 늘어놓기 시작했다.

"오즈의 마법사? 레베카? 치티 치티 뱅뱅? 마법의 빗자루? 메리 포핀스? 스탠 바이 미? 더티 댄싱? 백 투 더 퓨처? 이레이저 헤드? 귀를 기울여? 페기 수 결혼하다?"

"페기 수 보자."

앨리스가 말했다. 그런 다음 벽장 문 가까이 다가가 아버지의 얼굴을 쳐다보았다. 레너드는 상자에서 비디오테이프를 꺼내 앨리스에게 건네주었다.

"이야! 세상에서 우리보다 똑똑한 사람 있으면 나와 보라 그래, 어? 다들 재미로 조깅 같은 거나 하는데 우리 둘은 대낮에 영화를 보고 말이야."

영화는 언제나처럼 재미있었다. 하지만 실망스러웠던 점이 딱 하나 있었다. 어린 페기 수가 부모님에게 별로 신경을 쓰지 않는 듯했다. 변변찮은 친구들이나 멍청한 남자친구 따위가 뭐가 대수지? 다른 사람들과의 관계를 모두 최대한 빨리 정리하고 그저 집에 가만히 들어앉아 있어야 옳았다. 게다가 할머니, 할아버지는 또 어떻고? 페기 수는 마법 같은 삶을 살았다. 결혼도 하고 아이들도 있었고 부모님도 모두 살아 있었다. 모든 게 완벽해 보이는 삶인데도 정작 페기 수는 이혼하고 싶어 했다. 엄밀해 말하자면 이 영화는 시간 여행이 아니라 페기 수가 기절한 뒤 꿈을 꾼 이야기에 불과했다. 마치 시연회에서 관객들이 결말을 별로 좋아하지 않아서 결국 세 가지 다른 결말이 존재하게 된 영화 같았다. 앨리스는 다른 결말을 원했다. 캐서린 터너가 술집 바닥을 기어 다니며 토끼굴을 찾다가 결국 실패해서 영원히 꿈속에 갇혀 실수를 반복하는 모습을 보고 싶었다. 아니면 공포 영화 같은 결말도 보고 싶었다. 하지만 한편으로는 굳이 볼 필요가 없다는 생각이 들었다. 곧 그 공포를 자신이 겪게 될지도 몰랐으니까.

레너드가 팔꿈치로 앨리스를 툭 쳤다. 그새 잠이 들었던 모양이었다. 한쪽으로 기울어진 시소처럼 머리가 소파 팔걸이에 기대어 있었다. 마흔 살 몸이었다면 아마도 며칠씩 목이 시큰거렸을 법한 자세였다. 하지만 열여섯 살의 앨리스는 곧장 고개를 들고 바로 앉았다.

"피자 먹으러 가자."

레너드가 말했다.

♦♦♦

'V&T'는 110번가와 암스테르담 교차로의 모퉁이에 자리하고 있었다. 그리고 건너편에는 성 요한 성당이 있었다. 매년 성 프란치스코의 날이 되면 성 요한 성당은 커다란 출입문을 활짝 열어 코끼리를 안으로 들어오게 했다. 그 광경을 보려고 레너드는 매년 성 요한 성당으로 앨리스를 데리고 가곤 했었다. 앨리스의 가족은 종교 관련 기념일을 따로 챙기지는 않았지만, 뉴욕에서 열리는 기념일 축하 행사는 모두 보러 갔다. 성 프란치스코의 날에 거행되는 코끼리 행사 이외에도 추수감사절에는 메이시스 백화점이 주최하는 퍼레이드가 열렸다. 앨리스는 레너드와 함께 행사 하루 전날 밤 거대한 풍선에 바람을 넣어 부풀리는 모습을 보러 갔다. 크리스마스에는 5번가로 가서 외벽을 화려하게 장식한 백화점을 구경했다. 산 젠나로 축제 때는 카놀리를, 설날에는 만두를 먹으러 갔다. 푸에르토리코의 날을 기념하는 축제 기간에는 레게톤 음악이 업타운 전체를 가득 메웠다. 성 패트릭의 날 축제 역시 활기가 가득했고 레게톤 대신 백파이프 음악이 울려 퍼졌다.

'V&T'는 뉴욕에서 내로라할만한 피자집은 아니었다. 그 대신 눅눅함으로는 제일가는 피자를 팔았다. 피자 오븐 한가운데가 살짝 오목하게 파여있기라도 한 듯 모든 피자의 중심부는 마치 소용돌이를 일으킨 것처럼 액체 상태가 되었다.

그 때문에 치즈가 어느 한쪽으로 쏠려 있어서 첫 조각을 집어 들면 필시 눅눅한 부분을 떼어낸 다음 손가락이나 칼로 피자를 다시 정리해야 했다. 하지만 앨리스는 눅눅한 이 피자를 좋아했다. 앨리스와 레너드가 길모퉁이에 도착하자 가게 앞에서 서성이고 있는 샘이 보였다.

"왔어?"

샘이 인사를 건넸다. 그러고는 앨리스의 팔을 덥석 잡으며 말했다.

"나랑 화장실 같이 가자."

레너드는 두 사람을 향해 다녀오라고 손짓했다.

화장실 안은 그리 넓지 않았고 비어 있었다. 샘은 변기 물을 내린 다음 수도꼭지를 틀었다.

"내 말 듣고 비웃으면 안 돼, 알았지?"

샘이 가슴 위로 팔짱을 낀 채 물었다.

"알다시피 내가 널 비웃을 처지는 아니잖아. 게다가 앞으로도 널 비웃는 일은 절대 없을 거야! 그러니까 제발, 얘기해 주라."

앨리스가 말했다. 화장실에서 소독약과 토마토소스 냄새가 났다.

"알았어. 우리 엄마가 『타임 브라더스』 엄청 좋아하는 거 너도 알지? 그래서 그 책을 살펴보다가 엄마가 가지고 있는 다른 책들도 좀 훑어봤거든. 웬걸, 교수님치고는 시간 여행 관련 책들을 꽤 많이 갖고 있더라고."

샘은 한꺼번에 하고 싶은 말이 너무 많아 보였다.

"내가 보기에 지금 네 상황에서는 크게 두 가지 선택지가 있어. 아, 너에게 선택권이 있는 건 아니니까 두 가지 이론이라고 하자."

"그래."

앨리스가 말했다. 샘이 어렸을 때부터 똑똑하고 사려 깊으며 적극적이라 천만다행이라는 생각이 들었다. 앨리스는 바로 그러한 자질들 덕분에 나중에 좋은 엄마가 될 거라고 말해주고 싶었지만, 그러지 않았다.

"먼저 네가 지금 이곳에 갇혔느냐 안 갇혔느냐부터 살펴보자. 자, 스콧이랑 제프에게는 자동차가 있어. 그 자동차가 두 사람을 태우고 돌아다니지. 마티 맥플라이처럼 말이야. 하지만 너랑은 상관없는 이야기야. 게다가 넌 네 자신의 몸 안에 들어가 있잖아. 기분 나쁘게 들리겠지만, 나쁜 징조인 것 같아. 예를 들어서 〈빽 투 더 퓨쳐 2〉처럼 두 명의 네가 동시대에 동시에 존재하고, 네가 또 다른 너 자신이 하는 행동을 지켜보는 거라면 무조건 돌아갈 수 있어. 돌아가지 않는다면 두 명의 네가 영원히 동시대에 존재하게 될 테니까. 내 말 무슨 말인지 알겠어?"

"그런 것 같은데?"

"나는 웜홀일 가능성이 크다고 봐. 스콧이랑 제프가 웜홀을 통과했을 때 기억나? 책 말고 드라마에서 나오는 내용이야. 몇 화 얘기하는지 알겠어? 두 사람이 위스콘신에서 스콧네 가족이 운영하는 농장에 갔었잖아. 그때 '오잉, 이번에는 시간 여행이 아니네.'라고 말하면서 대뜸 휴가온 듯한 장면이 펼쳐졌지. 그러다 스콧이 할머니를 도와 오래된 헛간을 청소하다 말고 갑자기 1970년으로 돌아가더니 스콧이 갓난아기로 변했잖아. 하루를 꼬박 아기인 상태로 지내야 했지만, 스콧은 할머니와 쭉 함께할 수 있었지. 그러면서 스콧 엄마가 어떻게 죽게 되었는지 보여줬잖아. 그리고 다음 날 스콧은 다시 원래대로 돌아왔지만 무언가 달라져 있었어. 내 생각엔 너도 똑같은 상황인 것 같아. 그러니까 네가 헛간으로 들어간 거지."

"그리고 아기로 변했고 말이지."

"맞아. 하지만 넌 네가 아기라는 사실을 알고 있지."

누군가 밖에서 화장실 문을 두드렸다. 피자집에는 화장실이 이곳 하나뿐이었다. 앨리스는 수도꼭지를 잠그며 소리쳤다.

"금방 나가요!"

앨리스와 샘은 거울에 비친 서로의 눈을 마주 보았다.

"그런데 어떻게 해야 할지 잘 모르겠어."

"일단 피자부터 먹으러 가자."

샘이 어깨를 으쓱대며 말했다.

앨리스와 샘이 화장실에서 돌아오자 테이블 위에는 레너

드가 둘을 위해 주문한 코카콜라 두 잔이 올려져 있었다. 그리고 빨간색 체크무늬 테이블보 한가운데에는 허연 토마토와 양상추가 산더미처럼 쌓인 샐러드가 놓여 있었다. 레너드가 좋아하는 샐러드는 피자집의 이런 형편없는 샐러드가 유일했다. 두 사람은 레너드 맞은편 의자에 나란히 앉아 콜라를 한 모금씩 쭉 들이켰다. 샘은 집에서 탄산음료를 아예 입에도 댈 수가 없었다. 그래서 앨리스와 레너드와 함께 있을 때면 한 맺힌 사람처럼 마셔댔다.

"오늘 밤 컨벤션에 꼭 가야 하는 거야?"

앨리스가 물었다.

"페퍼로니? 버섯? 소시지 앤 페퍼? 너희들 오늘 밤에 뭐할지 이미 계획 다 세워둔 거 아니야?"

레너드가 한쪽 눈썹을 치켜세우며 말했다. 이에 샘이 깜짝 놀라며 대꾸했다.

"아저씨! 아저씨가 알면 안 되는데요!"

"괜찮아. 파티 좀 하면 어때."

레너드가 빙긋이 웃으며 말했다. 그때 종업원이 레드와인 한 잔을 가지고 왔다. 레너드는 그에게 감사를 표했다.

"난 너희들을 믿어."

레너드는 일찍이 집에서 나올 때 가방을 챙겨 나왔다. 육해군 상점에서 산 낡은 책가방이 레너드의 의자 뒤에 매달려 있었다. 저녁을 먹은 후 컨벤션이 열리는 미드타운의 호텔로 곧장 가려는 모양이었다. 앨리스는 자신에게만 너무 집중한 나머지 지금에서야 발견하고 만 것이었다.

"진짜로 가게?"

"에이, 너희 둘 다 내가 있는 걸 원하지도 않으면서 왜 그래. 나 없이 재미있게 놀아. 내일 아침에 괜찮은지 확인차 전화할게. 혹시 몰라서 호텔 방 전화번호 적어서 냉장고 문에다 붙여놨어."

레너드가 와인을 꿀꺽 마셨다. 그러더니 얼굴을 잔뜩 일그러뜨렸다.

"이거… 완전 식초네. 하지만 난 식초를 좋아하니까. 생일 축하해, 우리 딸."

레너드가 와인 잔을 치켜들며 말했다.

"아빠."

앨리스가 저도 모르게 신음하듯 말했다. 그럼에도 레너드는 굴하지 않았다.

"생일 축하해, 앨리스"

"고마워. 그리고 알았어."

앨리스는 마지못해 고개를 끄덕였다.

한 시간 후, 레너드는 가방을 어깨에 들쳐메고 자리에서 일어섰다. 쨍그랑, 출입문에 붙은 종이 울리는 소리를 뒤로한 채 손을 흔들며 가게 밖으로 사라졌다. 아직 시간은 여덟 시도 채 되지 않았다. 앨리스는 이다음에 무슨 일이 일어났었는지 전혀 기억이 나지 않았다.

30

포맨더의 집은 밤이 되면 더 좁아 보였다. 높은 건물들로 둘러싸여 낮에도 햇빛이 거의 들지 않기는 매한가지인데도 어째선지 해가 지고 나면 공간이 더욱 비좁게 느껴졌다. 앨리스와 샘은 냉장고에 맥주를 가득 채우고, 오목한 그릇에 감자 칩을 담아 식탁 위에 올려놓았다. 앨리스는 긴장한 얼굴로 담배를 뻑뻑 피워댔다. 샘은 옷장을 뒤지며 입을 만한 옷가지들을 골라내느라 바빴다.

"내가 들으면 깜짝 놀랄 만한 이야기 하나만 해줘."

샘이 말했다. 앨리스는 담배 한 모금을 빨면서 머리를 굴려보았다. 열여섯 살의 앨리스라면 어떤 이야기가 가장 충격적일까.

"나 되게 많은 남자랑 섹스해봤어."

샘이 순간 멈칫하더니 가슴에 원피스를 가득 끌어안은 채 물었다.

"많다는 게 몇 명이야?"

정확하게 몇 명인지 숫자를 세어 본 적은 없었다. 대학 시절은 물론 20대 때는 기억도 잘 나지 않았다. 구강 섹스도 포함해야 하나? 아니면 섹스를 하다가 중간에 그만두었을 때는?

"한 서른 명 정도?"

몇 년 동안 한 남자와만 잠자리를 함께한 적도 있었던 반면에 여섯 달 내내 키스도 한 번 하지 않고 보낸 적도 있었다. 하지만 그사이 수년간 많은 남자를 만나왔다.

샘은 경외심과 공포가 뒤섞인 듯한 표정이었다. 샘에게 나중에 뉴저지로 이사할 거라는 말을 했을 때보다 더 심각해 보였다. 하지만 이내 정신을 다잡고 앨리스에게 다시 물었다.

"그렇구나. 내가 알아두면 좋을 게 뭐가 있어?"

열여섯 살 때 샘과 앨리스는 둘 다 성 경험이 없었다. 대학에 입학하기 전까지 변함없을 예정이었다. 앨리스가 알기로 샘이 만난 남자는 딱 세 명이었다. 그러니까 샘은 앞으로 두 명의 애인을 사귄 다음 조시를 만나 결혼하게 될 터였다. 문득 어렸을 적 느꼈던 감정들이 떠올랐다. 두 사람은 평생 누구와도 섹스하지 않겠다고 다짐했었다. 검은 머리가 파 뿌리가 될 때까지 섹스는 하지 말자고 약속했다. 앨리스는 자신의 몸을 어떻게 해야 할지, 어떻게 하면 자기 자신이나 타인을 즐겁게 할 수 있을지에 대한 걱정 따위는 잊고 살아왔다. 하지만 지금 이 순간 한동안 잊고 살았던 걱정들이 한꺼번에 밀려왔다. 그녀 안에서 공포와 두려움, 욕망이 한데 뒤섞여 소용돌이치고 있었다.

"세상에, 아마도 엄청 많을걸? 일단 클리토리스부터 이해해야 하지 않을까?"

앨리스가 말했다. 1996년 벨베디어에 다니던 10대 남학생들이 클리토리스의 위치를 찾아 자극하기란 세계 기아를 해결하기보다도 훨씬 더 어려운 일이었다.

"맙소사. 어, 내가 물어봤던 건 없었던 일로 하자. 너한테 일대일 성교육이라도 받는 기분이야. 일반 성교육 수업을 듣는 것보다 훨씬 더 어색한걸."

샘이 낯빛이 시퍼렇게 질린 채 말했다. 바로 그때 초인종이 울렸다. 앨리스는 당황하기 시작했다.

"그냥 취소할 걸 그랬나 봐."

앨리스의 말에 샘이 옷장에서 힘겹게 빠져나왔다. 그런 다음 까치발로 걸어와 한 아름 안고 있던 옷들을 침대 위에 모조리 내려놓았다.

"내가 문 열어 주고 올 동안 넌 여기서 옷 갈아입고 있어. 파티하다가 재미없으면 싹 다 내쫓고 같이 〈핑크빛 연인Pretty in Pink〉이나 보자. 아니면 네가 하고 싶은 거 해도 되고."

모든 것이 이미 예전과는 달라져 있었다. 당연한 일이었다. 아무리 노력한다 한들 모든 행동을 과거에 했던 그대로 반복하는 일이 과연 가능은 할까? 바로 전날 먹은 점심 메뉴도 기억하지 못하는 마당에 열여섯 번째 생일 때 일어났던 일을 어찌 다 기억한단 말인가? 순간 침대 옆 탁자 위에 올려 둔 맥주 두 병이 앨리스의 눈에 들어왔다. 한 병을 냉큼 비워내고는 나머지 한 병마저 다 마셔버렸다. 앨리스의 목표는 마흔 살 때로 다시 돌아가는 것이었다. 아니, 지금 무슨 일이 벌어지고 있는지 알아내기였나? 아니면 토하지 말기나 토미에게 상처받을 상황 만들지 않기, 또는 예전처럼 행동하지 않기? 그것도 아니면 레너드가 가장 좋아하는 운동으로 코카콜라 캔이나 두드리는 대신 조깅을 시작하라고 종용할 작정이었던가? 앨리스에게 생일이란 실망감만 안겨주는 날이었다. 진정으로 즐거웠던 적이 단 한 번도 없었다. 여기에는 전 세계적으로 우울증 발병률을 높인 소셜 미디어도 한몫했다. 요즘은 소셜 미디어 덕분에 다른 사람들이 자신의 생일을 얼마나 재미있게 보내는지 쉽게 볼 수 있었다. 배우자에게 정성스러운 선물을 받거나 깜짝 생일 파티를 하는 사진들 천지였으니까. 앨리스는 그런 성대한 파티를 원하는 것은 아니었다. 하지만 그런 파티를 받을 자격조차 없다는 느낌을 받고 싶지도 않았다. 앨리스의 열여섯 번째 생일 파티에는 초대하지도 않은 사람들이 떼거리로 나타났었다. 하지만 앨리스가 생일 파티를 거창하게 연 적은 열여섯 살 때가 마지막이었다.

앨리스가 잘못했다고 생각하는 것이 딱 한 가지가 있다면 그동안 너무 소극적으로 살아왔다는 점이었다. 다른 사람들과 달리 벨베디어 학교를 그만두지도 않았고, 자신과 잘 맞지 않는 이성과 헤어지지도 않고 계속 만남을 유지했다. 다른 곳으로 이사를 하거나 예상치 못한 일을 벌여 본 적도 한 번도 없었다. 그저 해초에 매달려 있는 해마처럼 그 자리에 가만히 머무르기만 했다.

해마는 레너드가 제일 좋아하는 동물이었다. 에릭 칼이 쓴 동화책에서 아빠 해마가 새끼들을 품고 다니는 내용을 읽은 적이 있었는데, 레너드가 해마를 좋아하게 된 이유가 아마도 그 때문인 듯했다. 아이를 키우다 보면 여러 동물 이야기, 특히 아이가 좋아하는 동물 이야기를 나누어야 할 때가 많았다. 그럴 때마다 부모는 대답을 준비해야만 했고 아이가 좋아하는 동물이 집 근처에 있는 박물관에 전시되어 있다면 금상첨화였다. 수많은 야생 동물 중에도 앨리스의 어머니 같은 어미들은 흔치 않았다. 뱀이나 도마뱀, 뻐꾸기처럼 알을 낳는 즉시 버리고 떠나 버리는 동물은 있었다. 하지만 세레나처럼 아기가 헤어짐의 고통을 알 때까지 오래 머물다가 훌쩍 떠나 버리는 동물들은 없었다. 세레나가 떠난 후 레너드는 홀로 앨리스를 품었다. 모든 일에는 좋든 나쁘든 다 그만한 이유가 있는 법이었다. 레너드는 의도적으로 한곳에서 머무르며 굳건하게 버텼다. 그리고 앨리스 역시 의도치 않게 아버지와 똑같은 상황이 되고 말았다. 이처럼 부모의 행동은 말보다 자녀에게 더 큰 영향을 미쳤다. 이는 부모가 되어 마주하는 최악의 현실이 아닐 수 없었다.

◆◆◆

앨리스는 몸을 일으켜 세웠다. 완전히 취하지는 않았어도 확실히 취기가 돌았다. 앨리스는 방문으로 다가가 집안 상황을 두루 살펴보았다. 거실에는 벌써 여섯 사람이나 와 있었다. 사라T와 사라N, 피비, 해나와 젠, 제시카와 헬렌이 거대한 맥주 한 병씩을 손에 들고 서 있었다. 백혈병으로 요절한 사라T를 제외하고 나머지 아이들과는 성인이 된 이후에도 연락하고 지냈다. 적어도 사는 곳과 근황 정도는 대충 알고 있었다. 사라N과 해나는 의사가 되었다. 두 사람은 페이스북에 아이들을 데리고 스케이트를 타러 간 사진을 올렸다. 피비는 점토로 만든 작품들과 석양 사진들을 올렸다. 제시카는 캘리포니아로 이사한 후 서핑을 시작했다. 그녀의 페이스북에는 전부 옛날 사진뿐이었지만 선명한 복근을 자랑하는 섹시한 남편과 함께 적어도 둘 이상의 자식을 키우고 있는 듯했다. 헬렌은 브루클린에 있는 파크 슬로프에 살았다. 앨리스와 같은 동네였지만 헬렌의 집은 언덕 위쪽으로 조금 더 올라가야 나왔다. 헬렌은 멋진 직업을 여럿 가지고 있었다. 모두 보수가 낮은 직업들이었지만 상관없었다. 헬렌의 증조할아버지는 스니커즈를 만드는 기계에 들어가는 부품을 발명한 사람이었다. 덕분에 평생 냄비 받침대를 만들어서 하나에 50센트씩 팔면서도 값비싼 신발을 사 신을 수 있었다. 앨리스는 헬렌과 일 년에 두어 번씩 꼭 길거리에서 마주쳤다. 그럴 때마다 늘 서로 부둥켜안고 볼에 입을 맞추며 인사를 건넸다. 그러면서 언제 한 번 저녁이나 같이 먹자고 말하고는 했지만 둘 다 말뿐이었다.

"야, 앨리스. 생일 파티에 무슨 여자들만 바글바글하냐."

헬렌이 투덜대듯 말했다. 그러고는 앨리스와 샘에게 다가와 볼에 입을 맞추었다. 헬렌의 입김에 보드카 냄새가 스며 있었다. 어쩌면 앨리스의 친구들 모두가 생일 파티에서 토를 했던 이유가 파티에 오기 전부터 술에 취해서였는지도 몰랐다. 그때 초인종이 울렸다. 앨리스는 친구들에게 양해를 구하고 현관으로 가 손님들을 맞이했다.

문 앞에는 남자애들이 떼거리로 바글바글하게 서 있었다. 사람들이 지나다닐 틈도 없이 포맨더 거리의 좁다란 거리를 가득 메우고 있었다. 무리의 맨 앞에 서 있던 맷B가 한 손을 입가에 대고 버럭 소리쳐 댔다.

"우린 똘똘 뭉쳐 다니지."

박력 넘쳐 보이려는 의도였겠지만 유능한 캠프 지도자가 참가자들을 길 반대쪽으로 안내할 때 외치는 소리처럼 들렸다. 앨리스가 옆으로 비켜나자 남자아이들이 줄지어 집 안으로 들어왔다. 그중에는 앨리스가 처음 보는 애들도 섞여 있었지만 크게 신경 쓰지 않았다. 남자애들은 늘 다른 학교에 다니는 친구나 사촌과 함께 어울렸다. 하지만 앨리스에게 다른 학교 학생들은 영화 속 엑스트라와 같은 존재였다. 남자애들은 한 명도 빠짐없이 현관문을 들어서며 입장료를 내듯이 앨리스의 뺨에 입을 맞추었다. 토미는 무리의 중간쯤에 있었다. 그 말인즉 토미가 그녀의 뺨에 입을 맞추고 집 안으로 들어간 후에도 앨리스는 낯선 아이들이 볼 인사를 하고 안으로 다 들어올 때까지 문 앞에 서 있어야 했다. 제일 끝에 켄지 모리스가 서 있었다. 켄지는 2학년임에도 선배들과 어울려도 될 정도로 키가 크고 인물이 훤칠했다. 검은 머리카락이 눈을 다 덮을 만큼 길었는데, 그 사이로 보이는 한쪽 눈에는 슬픔이 가득 차 있었다. 켄지를 끝으로 앨리스는 현관문을 잠갔다. 대다수가 5학년 때부터 쭉 알고 지내 온 남자애들이었다. 그런데도 어째선지 그 애들에 대한 기억이라고는 오직 한 가지씩뿐이었다. 맷B는 성기가 삐뚤어져 있다는 소문이 돌았었다. 제임스는 7학년 때 견학을 가던 중에 스쿨버스에서 토를 했었다. 켄지는 일찍이 아버지를 여의었다. 데이비드는 믹스 테이프를 만들어 앨리스에게 준 적이 있었는데 뮤지컬 노래들이 많이 담겨 있었다. 앨리스는 대번에 데이비드가 게이라는 감이 왔다.

그때 CD 플레이어에서 음악이 흘러나왔다. 주방 조리대 위 플레이어 옆에는 CD 소책자 하나가 펼쳐진 채로 놓여 있었다. 앨리스는 혼자 있을 때면 다양한 종류의 음악들을 고루 들었다. 그린데이와 리즈 페어, 오아시스, 메리 제이 블라이즈는 물론이고 주변에 놀릴 사람이 아무도 없을 때는 라디오에서 흘러나오는 쉐릴 크로의 음악까지 들었다. 하지만 파티에서는 무조건 노토리어스 B.I.G.와 메소드 맨, 푸지스, 트라이브 콜드 퀘스트의 음악만 틀었다. 사립 학교에 다니는 백인 남학생들 모두가 흑인인 척을 하려고 이런 음악들을 듣는 것은 아니었다. 그들은 센트럴 파크가 훤히 내려다보이는 데다 방이 여섯 개나 딸린 고급 주택에 살면서도 다른 지역의 백인들과는 다르다고 생각했다. 백인이지만 엄연한 뉴욕 출신으로서 흑인 문화를 향유할 자격이 있다고 여긴 것이었다. 지금은 메소드 맨과 메리 제이 블라이즈가 함께 부른 〈난 너만 있으면 돼You're All I Need to Get By〉가 흘러나오고 있었다. 여자애들 모두가 노래를 따라 불렀다. 반면 남자애들은 무심하게 머리만 가볍게 까닥거렸다. 그때 피비가 북적대는 아이들 사이를 비집으며 샘과 앨리스에게로 다가왔다. 그러더니 두 사람의 손목을 부여잡고 화장실로 끌고 갔다. 피비가 주머니에서 알약 세 알을 꺼내며 말했다.

"짜잔!"

"이게 뭐야?"

앨리스가 물었다. 하지만 알약의 정체를 이미 알고 있었다. 샘이 긴장이 역력한 얼굴로 대신 대답했다.

"피비가 아까 오빠한테 들은 대로 말해줬잖아. 엑스터시 같은 건데, 합성은 아니고 천연 마약이라고 하지 않았어?"

천연이 아니라 합성마약이었다. 화학 성분투성이로 진짜 마약상에게 직접 구매한 진짜 마약이었다. 그 진짜 마약이 바로 앨리스의 집 화장실 안에 있었다. 제 친구의 손바닥 위에 가지런히 놓여 있었다.

"굳이 할 필요는 없을 것 같아. 아니, 안 하는 게 좋을 것 같아."

샘은 24년 전에도 똑같은 말을 했었다. 늘 그렇듯 샘은 앨리스보다 똑똑했다.

문득 앨리스는 24년 전 오늘 밤의 기억을 떠올렸다. 시간이 흐름에 따라 사실로 굳어버린 일들을 되새겨 보았다. 자신을 바라보던 토미가 얼굴을 돌려 리지를 쳐다보던 그 순간, 얼마나 충격을 받았었던가. 두 사람이 자기 방으로 홀연히 사라지는 모습을 바라보며 참사랑을 향한 희망의 불씨마저 꺼져버리고 말았다. 바로 그녀의 생일날에 말이다. 앨리스는 80년대 영화 속 마피아의 아내처럼 분노에 휩싸였었다. 그럴 수만 있다면 창문 밖으로 옷을 내던져 다 불태워버리고 싶었다. 토미는 그녀를 원하지 않았지만 다른 남자애들은 원할지도 몰랐다. 그냥 **누구든 아무나** 붙잡고 키스하고 싶었다. 그래서 남자애들 모두에게 차례로 다가가 키스를 했다. 뒤로 갈수록 점점 더 별로였다. 거칠고 축축하고 역겨웠다. 하지만 중요치 않았다. 앨리스는 계속 키스를 퍼부어 댔다. 그녀는 섹스도 한 번 못 해보고 죽을 운명이었다. 토미는 결코 앨리스의 남자가 될 수 없었다. 화장실 앞에 켄지가 서 있었다. 파티에서 유일하게 맨정신이었던 아이였다. 켄지가 앨리스에 말했다.

"음, 꼭 이렇게까지 하지 않아도 돼."

그때 화장실 안에서 샘이 토를 하기 시작했다. 앨리스는 샘을 도와주러 갔다. 마침내 모두가 돌아가고 나자 집에는 앨리스와 샘, 헬렌, 제시카만 남았다. 네 사람은 앨리스의 방에서 다음 날 정오까지 잠을 잤다. 그사이 토미와 리지의 로맨스와 앨리스가 술을 진탕 마시고 남자들에게 키스 세례를 퍼부은 일은 파티에 참석하지 않은 아이들의 귀에까지 퍼지고 말았다. 그 후부터 이는 앨리스에게 일종의 습관이 되어 버렸다. 헤픈 여자로 보일까 두려워서 그 누구와도 섹스는 하지 않은 채 키스만 했다. 하지만 그 누구의 여자친구도 아니었다.

열여섯 살 때 앨리스는 샘과 리지가 자신과 다른 점이 무엇인지 이해하지 못했다. 누군가가 자신을 사랑해 주기를 원하는 마음과 그저 아무나 자신을 사랑해 주기만 하면 된다는 생각이 어떻게 다른지도 전혀 알지 못했다. 샘은 벨베디어 남학생들을 만나 봤자 시간 낭비라고 생각했다. 샘의 관심을 끌기에는 부족한 아이들이었기에 샘은 기다리는 쪽을 택했다. 리지는 자신과 비슷한 또래 여자애들과 마찬가지로 모두가 끊임없이 두려움에 휩싸이며 고등학교 시절에는 자신감이 곧 힘이라는 사실을 잘 알고 있었다.

"난 필요 없어. 진짜 해보고 싶지만 오늘은 패스할게."

많은 사람과 키스를 한다는 발상 자체는 구미가 당겼다. 하지만 10대 소년들 여럿과 키스를 한다고 생각하자 욕지기가 나려고 했다. 마치 대왕 개구리에게 집단으로 공격을 받는 듯한 기분이 들었다. 그런데 어째선지 앨리스의 파티에 온 아이들이 어리게 느껴지지 않았다. 마흔 살의 그녀가 벨베디어 학생들을 바라보던 느낌과는 사뭇 달랐다. 무슨 영문인지 모두가 아름다워 보이고 수준 높은 어른들처럼 보였다. 지금 앨리스는 마흔 살의 눈으로 그들을 바라보고 있는 것이 아니었다. 24년 전에 그들을 바라보던 것처럼, 아니 지금 그녀의 **모습 그대로** 열여섯 살의 눈으로 바라보고 있는 듯했다. 앨리스의 한쪽 뇌는 마흔 살이었지만 다른 한쪽은 열여섯 살이었다. 하지만 온전히 자기 자신의 몸 안에서 자기 자신으로서 존재했다. 앨리스는 과거에 있었던 일, 아니 앞으로 무슨 일이 벌어질지 이미 다 알고 있었다. 하지만 정신이 상자나 나르시시스트 같다는 생각은 들지 않았다.

"그래, 그럼. 너희 둘이 안 하면 사라T랑 사라N한테 줘야겠다."

이 말과 함께 피비가 화장실을 빠져나갔다. 앨리스는 곧장 화장실 문에 기댔다. 문에 달려 있던 수건이 그녀의 등에 맞닿았다.

"나 지금 엄청 무모한 짓을 할 작정이야. 하면 안 되는 짓이겠지만 그냥 할 거야. 알겠지?"

앨리스가 두 눈을 질끈 감은 채 한껏 찡그린 얼굴로 말했다. 그러면 샘의 현명한 판단이 그녀의 계획을 가로막지 못할 것만 같았다. 샘이 팔짱을 끼며 물었다.

"무슨 짓을 할 셈인데?"

"맙소사, 열여섯 살밖에 안 됐는데도 어쩜 마흔 살인 나보다 더 낫냐. 어쨌든 〈페기 수 결혼하다〉 영화에서 페기 수가 시인이랑 오토바이 여행 갔다가 담요 위에서 섹스했던 장면 기억나? 그 시인이 폐기를 위해 썼다면서 책 한 권을 선물했잖아. 나중에 그 책이 모든 게 꿈이 아니라 실제 있었던 일이라는 걸 증명하는 유일한 물건이 됐지."

앨리스가 속사포처럼 말을 쏟아냈다. 하지만 샘이 잘 알아들었으리라 생각했다.

"으응."

"나 토미랑 섹스할 거야. 물론 토미가 원한다면 말이야. 어쩌면 내 인생이 바뀔지도 몰라. 물론 섹스 때문에 내 인생이 바뀔 거라는 말은 아니야. 끔찍할 게 **뻔하거든**. 하지만 평생 두려워하는 대신 내 감정에 따라 솔직하게 행동하면 내 인생을 바꿀 수 있을지도 몰라."

앨리스가 말을 마치고 한쪽 눈을 슬며시 떴다.

"그래. 내 생각은 이래. 일단 토미는 열여덟 살이니까 조금 이상하긴 해도 어쨌든 불법은 아니지. 그리고 엄밀히 따지면 너는 마흔이 아니라 열여섯 살이야. 자신의 어린 몸 안에 갇힌 사람들에 대한 규칙 따위는 잘 모르겠지만, 내 생각엔 괜찮을 것 같아. 그러니까 토미랑 네가 괜찮다고 생각한다면 말이야. 참, 콘돔 끼는 거 까먹지 말고."

앨리스는 자신에게 난소가 존재한다는 사실조차 잊고 산 지 오래였다. 그녀의 자궁 안에는 피임 기구가 삽입되어 있어서 구리로 된 동그란 장치가 그녀의 몸을 다스렸다. 한 달에 한 번 비치는 아주 적은 양의 생리혈이 그녀가 원한다면 아기를 낳을 수 있다는 사실을 상기시켜 주고는 했다. 피임 기구를 삽입하기 전에는 15년 동안 쭉 피임약을 복용했었다. 인생을 바꾸고 싶은 마음이야 굴뚝같지만 10대 때 임신하고 싶지는 않았다.

"아주 좋은 지적이야."

앨리스가 잠시 말을 멈추었다가 다시 입을 열었다.

"콘돔이 어디 있는지 알아."

지저분한 앨리스의 방과는 정반대로 아버지의 방은 너무나 깔끔했다. 더블 침대는 늘 가지런히 정돈되어 있었고, 나와 있는 물건이라고는 침대 옆 협탁 위에 놓인 책 몇 권이 전부였다. 바닥 역시 양말 한쪽 없이 깨끗했다. 앨리스는 예전에 협탁 서랍 안에서 콘돔 상자를 본 적이 있었다. 앨리스가 7학년 때였던 듯했다. 그때 뭔가 강인해 보일 것 같다는 느낌에 콘돔 하나를 훔쳐 지갑 안에 넣고 다녔다. 그러면서 샘은 물론 그 누구에게도 보여주지 않았다. 앨리스는 침대 옆으로 다가가 서랍을 열었다. 담배 한 갑과 성냥, 수첩, 펜, 잔돈까지는 앨리스의 서랍과 다를 것이 없었다. 하지만 서랍 안 깊숙이 트로이 콘돔 상자 하나가 들어 있었다.

"우웩, 불결해."

샘이 문 앞에 서서 앨리스가 콘돔 하나를 주머니에 넣는 모습을 보며 말했다.

"아주 많이."

토미는 앨리스가 기억하던 대로 소파 위에 앉아 있었다. 샘과 앨리스가 화장실에 있는 사이 집 안에는 사람들이 더 많아졌다. 주방 조리대 위에는 맥주병과 임시 재떨이로 사용한 물건들로 가득했고 플레이어에서 빼낸 CD들이 피사의 사탑처럼 비스듬히 쌓여 있었다. 리지는 한쪽 구석에서 다른 여자애들과 이야기를 나누고 있었다. 그러는 동안에도 시선은 줄곧 토미에게 꽂혀 있었다. 손바닥만 한 탱크톱을 입은 그녀의 민어깨 위에서 높게 올려 묶은 말총머리가 대롱거리고 있었다. 앨리스는 소파로 가 토미 옆에 쓰러지듯 풀썩 주저앉으며 인사를 건넸다.

"안녕."

"안녕."

토미가 씩 웃으며 앨리스를 쪽으로 몸을 숙였다.

"나랑 잠깐 얘기 좀 할래?"

토미의 가슴 위에 손을 척 올려놓으며 앨리스가 말했다. 토미가 앨리스의 침대에서 잔 적은 셀 수없이 많았고 그녀의 목 뒤에 입을 맞추기도 했었다. 앨리스는 토미가 밀당을 하거나 아니면 그저 자기를 **가지고 놀고** 있다고 생각했었다. 하지만 이제야 깨달았다. 토미 역시 그녀와 매한가지로 누군가가 먼저 다가와 주기를 바라는 10대일 뿐이었다.

몇 번의 연애를 거치며 앨리스는 깨달은 바가 있었다. 소울메이트란 신화일 뿐이며 나이가 들수록 취향과 자격 요건 역시 바뀐다는 사실이었다. 앨리스는 대학교 때 첫사랑을 만났다. 빨간 머리에 영화를 공부하던 다정한 남자였다. 두 번째 남자는 변호사였다. 샘과 로스쿨을 함께 다니던 친구였는데, 결혼식이나 성인식에 참석할 때만 가보았던 고급 레스토랑에 데려가기를 좋아했다. 세 번째 남자는 예술가였다. 밥 먹듯이 바람을 피워대는 남자였지만 앨리스는 어떻게든 잘해보려고 애썼다. 바람기에도 불구하고 만약 그 남자가 청혼했더라면 승낙했을 것이다.

고작 이 세 번의 연애가 전부였다. 오늘 밤 이후의 인생과 앞으로 일어날 모든 일을 통틀어 앨리스는 자신의 인생이 삐뚤어지기 시작한 시점이 바로 지금 이 순간이라고 늘 확신해왔다. 세상에는 무수히 많은 연인, 남편이나 아내, 소중한 사람들이 존재했다. 하지만 내가 나만의 길을 걷도록 인도해 주는 사람은 극소수에 불과했다. 불현듯 〈스탠 바이 미 Stand By Me〉 영화의 맨 마지막에 리차드 드레이퓨즈가 했던 말이 앨리스의 뇌리에 스쳐 지나갔다. '열두 살 때와 같은 친구들이 당신 옆에 있나요?' 앨리스가 대학생 때 회화 교수님이 수업 중에 바바라 스탠윅이 자신의 성적 이상형이라는 말을 빙빙 돌려 한참 동안 늘어놓았던 적이 있었다. 당시 다른 학생들 모두 굉장히 민망해하는 와중에 앨리스 혼자서 감탄하며 고개를 끄덕여댔다. 모든 감정에는 근원이자 시발점이 존재하는 법이었다. 앨리스에게는 토미 조피가 바로 그런 존재였다. 간절히 원하던 토미를 갖게 되면 자신의 인생이 어떻게 바뀔지, **자신**에게 무슨 일이 일어날지는 알 수 없었다. 하지만 어떻게 될지 확인해 보고 싶었다. 끝내 마흔 살로 되돌아갈 방법을 찾아내지 못해 영원히 이곳에 갇혀버린다고 해도 기꺼이 그러고 싶었다.

앨리스는 벌떡 일어나 토미를 일으켜 세웠다. 두 사람이 아이들 사이를 지나쳐 가는 내내 남자애들 몇몇이 손으로 입을 가린 채 "오, 대박."이라고 외쳐대는 소리가 들려왔다. 앨리스는 등 뒤에서 리지의 뜨거운 시선이 느껴지는 듯했다. 하지만 이내 그 느낌은 사라지고 말았다. 리지는 자신이 원하는 것만 알고 있을 뿐 그 순간 자신이 놓치고 있는 것이 무엇인지 알지 못했다. 앨리스는 너무나 잘 알고 있었다. 하지만 곧 사라져 버릴 감정이었다.

◆◆◆

앨리스는 토미를 데리고 제 방 안으로 들어와 문을 닫았다. 앨리스의 방문에는 아버지가 설치해준 얇은 걸쇠가 달려 있어서 안쪽에서 잠글 수 있었다. 앨리스는 금속 고리를 구멍에 슬며시 밀어 넣어 문을 잠갔다.

"네 방 하나도 안 치웠네. 사람들 오기 전에 미리 치웠어야 하는 거 아냐? 이 꼴 좀 봐, 앨리스."

토미가 바닥 여기저기에 산처럼 쌓인 옷더미를 손짓하며 말했다. 부츠로 옷더미를 이리저리 밀면서 길을 만들었다. 방 안에 의자는 작은 책상 앞에 놓인 것 딱 하나뿐이었다. 하지만 그 위에도 교과서와 스웨터가 수북했다. 하는 수없이 토미가 침대로 향하자 앨리스는 속으로 기뻐 날뛰었다. 바로 지금 토미가 살갗을 만질 수 있을 만큼 가까이 있었다. 토미가 입학처 사무실로 걸어들어왔을 때는 수치심, 무능함과 함께 노화한 밀레니얼 세대가 겪는 일상적인 불쾌감이 느껴졌었다. 모두 수년간 가슴속에 품고 살아와서 익숙해졌던 감정들이었다. 하지만 지금은 그때와는 다른 감정이 그녀를 덮쳐왔다. 온몸이 흥분으로 불타올라 금방이라도 폭발해버릴 것만 같았다. 그녀의 몸이 토미를 갈망하고 있었다.

"뭐하러 그래? 난 사람들에게 자연스러운 내 모습을 보여주고 싶어. 깔끔 떠는 모습 말고."

그러자 토미가 침대 위로 풀썩 드러누우며 말했다.

"뭐, 지저분해도 난 괜찮아. 네 침대는 엄청 포근하거든. 겨울잠 자는 곰돌이가 된 기분이야."

그러더니 갑자기 도톰한 이불을 들어 머리 위에 둘렀다. 마치 토미의 머리 위에 기다란 면사포를 드리워놓은 것처럼 보였다.

"자, 이불 대신 이거 써."

앨리스가 입고 있던 셔츠를 머리 위로 훌렁 벗어 토미에게 휙 집어 던졌다. 그 셔츠를 단숨에 잡아 든 토미가 앨리스를 쳐다보며 헤벌쭉 웃었다. 저절로 굴러들어온 행운이 혼란스러우면서도 기쁜 마음을 감출 수 없는 모양이었다.

"오, 그래? 뭐 더 던질 거 없어?"

토미가 눈썹 한쪽을 씰룩대며 물었다. 하지만 기대라고는 눈곱만치도 하고 있지 않았다.

앨리스의 알몸을 본 사람은 많았다. 섹스 상대는 물론이거니와 친구들과 포트 틸든 해변의 행락객들이나 애틀랜틱 대로변에 있는 YMCA의 탈의실에서 마주친 사람들, 의사…. 그렇지만 10대 때는 혼자 있을 때조차도 웃옷 안으로 손을 넣어 브래지어를 차고 끄르고는 했었다. 하지만 지금 이 순간만큼은 주저하지 않았다. 바지 단추를 풀고 몸을 좌우로 흔들자 바지가 바닥으로 주르륵 흘러내렸다.

"이야."

토미가 감탄하듯 말했다. 그러더니 머리에 쓰고 있던 이불을 아래로 끌어 내려 무릎 위로 쑥 가져갔다. 그의 몸이 앨리스에게 반응한 것이 분명했다. 이러면 안 되는 줄 알면서도 지금이 일생일대의 기회라는 생각이 순간적으로 그녀의 머릿속을 가득 채웠다. 이 기회를 놓쳐서는 안 되었다. 지난 20년 동안 토미와 결혼해 함께하기를 소망하며 살아오지는 않았다. 하지만 지난 20여 년을 **허비**하면서 깨우친 사실이 하나 있었다. 마냥 기다리기만 해서는 결코 자신이 원하는 바를 얻을 수가 없었다. 그녀의 인생을 좀 더 나은 방향으로 바꾸고 싶다면 자신이 무엇을 원하는지 상대에게 알려야 했다. 그녀는 토미를 간절히 원하고 있었다. 과거에는 어떻게 말해야 할지 몰랐지만, 지금은 똑똑히 알고 있었다. 순간 머릿속에서 마흔 살의 앨리스가 의식의 뒤편으로 물러났다. 주도

권을 내려놓고 열여섯 살의 앨리스가 혼자만의 시간을 가질 수 있도록 고개를 옆으로 돌려버렸다.

"상상도 못 했지?"

앨리스가 말했다. 그런 다음 한 발짝씩 느릿느릿 토미에게 다가갔다. 손가락 하나로 토미를 쓱 밀어 침대에 눕힌 뒤 그의 몸 위로 올라갔다. 제 얼굴을 토미의 얼굴 위로 바짝 가져다 댄 채 토미가 다가오기를 기다렸다.

"진심이야?"

토미가 물었다. 앨리스는 그 어느 때보다도 진심이었다.

31

쿵, 거실에서 무언가가 떨어지는 소리가 크게 났다. 뒤이어서 샘이 누군가에게 치우라고 소리치는 목소리가 울려 퍼졌다. 이내 음악 소리가 고조되어 퓨지스의 노랫소리가 방안을 가득 메웠다. 토미는 침대에 등을 대고 누워 있었다. 그의 얼굴은 격렬한 몸부림과 기쁨으로 한껏 상기되어 있었다.

"가서 무슨 일인지 확인 좀 하고 올게. 아니다. 그냥 다 내쫓아 버려야겠다. 참는 데도 한계가 있지."

앨리스가 단호하게 말했다. 시간만 허송하게 낭비하고 있는 셈이었다. 10대들은 죄다 변덕스러운 미치광이 짐승들이었다. 앨리스는 문득 감독관이 된 기분이 들었다. 자신의 생일 파티와 자신의 몸을 감독하고 있었다. 지금 당장 여기서 벗어나야 했다. 마치 삼쌍둥이가 섹스하면 이런 기분일 것 같았다. 한쪽이 이쪽에 있으면 다른 한쪽은 저쪽에 가 있는 느낌이었다. 같은 몸 안에서 같은 공기를 마시고 있었지만 정확하게 한 몸은 아니었다. 열여섯 살 앨리스가 방을 빼야지만 마흔 살의 앨리스가 들어올 수 있는 것도 아니었다. 마치 두 앨리스가 룸메이트처럼 하나의 몸을 공유하고 있는 듯했다.

"그래. 참 좋은 생각이다. 집에서 다 나가라고 해. 애들 다 가고 나면 방으로 곧장 다시 와. 나 백번도 더 할 수 있어."

토미가 팔꿈치로 몸을 기대고 엎드린 채 말했다. 그 말에 앨리스는 웃음이 터지고 말았다.

"응큼하기는. 진정해."

앨리스가 토미의 가슴팍을 가볍게 찰싹 때렸다.

"자, 이제 옷 챙겨입고 집에 갈 시간이야."

앨리스의 말에 토미가 눈을 커다랗게 뜨며 말했다

"뭐? 이래놓고 나보고 그냥 가라고? 내 생각에는… 에이, 알면서."

"어, 그래. 잘 알지. 또 하면 되잖아. 그게 말이야. 내가 지금 어디 좀 갈 데가 있어서 그래."

앨리스가 토미를 향해 웃으며 말했다.

"나도 따라가도 돼?"

토미가 애처로운 목소리로 물었다. 이전에는 한 번도 들어본 적이 없는 목소리였다.

"그러던지. 그러려면 집에 있는 애들부터 빨리 내쫓아야 할 텐데."

말이 끝나기가 무섭게 토미가 침대에서 벌떡 일어났다. 그러더니 속옷과 바지를 단번에 추켜올린 다음 셔츠를 머리 위로 껴입었다. 앨리스가 브래지어를 채우기도 전에 토미는 복도로 사라지고 없었다. 탄성과 웃음소리, 하이파이브하는 소리가 연이어 들려왔다. 곧이어 현관문이 닫히는 소리가 만족스럽게 울려 퍼졌다. 눈으로 직접 보지 않아도 아이들의 표정이 눈앞에 선했다. 못마땅함과 짜증, 즐거움, 불쾌함이 잔뜩 묻어 있겠지. 친구들은 마흔 살이 되어서도 똑같은 표정으로 앨리스의 사무실로 찾아와 멜린다가 제 자식들과 노는 모습을 지켜보았다. 모두가 변한다지만 친구들은 그대로였다. 모두가 진화해 갔지만, 친구들은 예외였다. 앨리스는 머릿속에 그래프 하나를 그려보았다. 한 축에는 고등학교 졸업한 후 사람들의 성격이 변화한 정도, 다른 한 축에는 고등학교 졸업 후 사는 곳과 고향 집과의 거리를 적어넣었다. 늘같은 곳만 바라보고 살다 보면 그대로 머물러 있기가 십상이었다. 그렇게 변하지 않는 환경 속에서 안락한 삶을 유지해갔다. 그리고 무수히 많은 포장재가 유리로 만들어진 조그마한 물건을 감싸듯 무수히 많은 특권이 그들 주변을 에워싸고 있었다. 엘리자베스 테일러는 아마도 남편을 기준으로 인생을 구분 지을 것이다. 종신 교수 자리를 찾아 오하이오에서 버지니아, 그다음엔 미주리로 이주한 학자들은 건강 보험이나 학교 마스코트가 바뀐 시점을 기준으로 인생을 구분 지을 것이다. 과연 앨리스는 무엇을 기준으로 지구에서 살았던 인생을 구분 지어야 할까? 그녀는 호박 속에 갇힌 파리처럼 앞으로 나아가려는 척만 하고 있을 뿐이었다. 하지만 이제는 변화를 시도할 만반의 준비가 되어 있었다. 몇 분 후 토미가 양손으로 손뼉을 치며 방 안으로 뛰어 들어왔다. 의기양양한 모습이었다.

앨리스의 방문 앞에는 갈 준비를 마친 샘이 서 있었다. 샘이 고개를 끄덕이며 입을 열었다.

"자, 이제 네 문제를 해결하러 가자. 네가 음, 그러니까 네 할 일을 하는 동안 조금 더 생각해 봤거든. 스콧이 아기로 변했을 때 말이야. 딱 하루였어. 하루가 지난 후에 다시 원래대로 돌아갔지. 그러니까 지금 너한테 남은 시간이…"

"많지는 않지. 음, 만약 네 말이 맞다면 말이야."

"무슨 문제를 말하는 거야? 무슨 일인데 그래?"

토미가 어리둥절한 표정으로 물었다.

"넌 신경 쓰지 않아도 돼."

앨리스가 말했다. 그러고는 냉장고로 가서 호텔 정보가 적혀 있는 종이를 떼어내 손에 쥔 채 앞장서 집을 나섰다.

52

레너드의 손글씨는 늘 엉망이었다. 글씨라기보다는 좀체 이해할 수 없는 점과 구불구불한 선들에 더 가까웠다. 하지만 지금 종이 위에 적힌 글씨를 본 앨리스는 깜짝 놀라고 말았다. 글씨들이 한결 보기 쉬운 모양새라 꽤 정확하게 읽어낼 수 있었다. **브로드웨이&45번가, 메리어트 마르퀴스 호텔 1422호.** 주소 아래에는 전화번호도 휘갈겨 적혀 있었다. 샘과 토미 두 사람은 집을 나서는 앨리스를 따라오겠다고 고집을 부렸다. 혼자 가는 편이 더 나으리라 판단했지만, 두 사람은 주방에 서서 앨리스를 빤히 쳐다보기만 할 뿐 집에 갈마음이 없어 보였다. 결국에 세 사람은 함께 길을 나섰다. 집안은 난장판이었지만 어차피 앨리스가 돌아온 후에도 그대로일 테니 그때 치우면 될 터였다. 밤하늘은 청명했다. 금세 2호선 열차가 쇳소리를 지저귀며 역 안으로 진입해 들어왔다. 토미는 자리에 앉자마자 앨리스의 손을 잡았다. 그런 다음 꼭 잡은 두 손을 두 사람의 맞닿은 허벅지 사이에 살포시 올려 두었다. 이미 상황이 과거와는 달라져 있었다.

맨해튼은 두 가지가 가장 매력적인 도시였다. 바로 낮과 밤의 풍경이었다. 그 이유는 똑같았다. 거리는 언제나 활기가 넘쳤고 분주하게 움직였다. 누군가가 외로움을 느낄 때마저도 뉴욕 안에서 완전히 혼자 있기란 실로 불가능에 가까웠다. 비바람이 몰아치는 날에도 다른 누군가가 물웅덩이 사이를 헤치며 달려와 부러진 우산을 쓰레기통에 던져버리고는 했다. 이처럼 몇 분이나마 나와 똑같은 고통과 어려움을 겪는 이들을 어디에든 있었다. 뉴욕의 지하철은 매우 느리고 더러웠다. 하지만 앨리스는 그마저도 사랑했다. 레너드가 여전히 IRT라고 부르는 2호선과 3호선 구간은 노선의 폭이 좁아서 열차가 얇고 길쭉했다. 그 때문에 출퇴근 시간대에는 정말이지 악몽이 따로 없었다. 출퇴근 시간만 되면 월스트리트에서 근무하는 주식 중개인들이 어퍼 웨스트 사이드 역으로 한꺼번에 몰려들었다. 강 아래를 가로질러 브루클린으로 넘어가기 직전까지는 앉을 엄두도 낼 수 없었다. 더군다나 누군가가 일부러 바짝 붙어 서기 일쑤였다. 그러다 밤이 되면 분위기가 정반대로 확 바뀌었다. 밤 열차가 할렘에서 미드타운으로, 그리고 14번가를 지나는 내내 활기가 넘쳤다. 열차에는 공연을 보러 가는 사람들과 클럽에 가는 젊은이들로 가득했다. 앨리스의 양옆으로 샘과 토미가 앉아 있었다. 세 사람은 영화관, 파티, 메디슨 스퀘어 가든 경기장, 어디로든 갈 수도 있었다. 앨리스는 제 머리를 샘의 머리에 맞대었다가 토미의 머리에 기댔다. 이대로 잠깐이라도 눈을 좀 붙일까, 하고 생각하다가 얼른 자세를 고쳐 바로 앉았다. 깜빡 잠이라도 들었다가 아버지와 대화를 나누지도 못한 채 눈을 뜨고 싶지는 않았다.

"샘, 이번에도 네 말이 맞았어. 파티를 그냥 취소했어야 했어. 아빠가 컨벤션에 가도록 내버려 두지 말 걸 그랬어. 정말 중요한 게 뭔지도 모르고."

"난 항상 옳은 말만 하잖아."

샘이 말했다.

♦♦♦

호텔은 그야말로 엄청난 규모를 자랑했다. 타임스퀘어 바로 북쪽에 있는 한 블록 전체가 호텔이었다. 건물 중앙으로 택시 전용 차선이 뚫려 있었고, 입구에는 사람들이 드나들 수 있는 회전문이 세 개나 설치되어 있었다. 지하철에서 샘과 토미에게 곧 보게 될 광경에 대해 미리 언질을 줬는데도 불구하고 두 사람은 입을 다물지 못했다.

공상 과학 및 판타지 컨벤션에는 레너드나 배리를 비롯한 유명 작가나 배우, 영화감독, 만화 영화 제작자 등이 초청 연사로 참여했다. 하지만 컨벤션의 주인공은 그들이 아니라 팬들이었다. 그중에서도 제일 헌신적이고 충실한 팬들과 평범한 삶에 만족하지 못하는 팬들을 위한 행사였다. 한 솔로가 먼저 총을 쐈는지, 어떤 배우가 연기한 닥터 후가 최고인지를 두고 밤낮으로 인터넷 게시판에서 논쟁하는 사람들, 정교하게 만든 코스튬이 옷장에 한가득한 성인들, 다른 해에 다른 호텔에서 열린 컨벤션에서 만나 친구가 된 이들이 주로 참석했다. 순간, 토미가 걸음을 천천히 늦추더니 그 자리에 우뚝 멈춰 섰다.

호텔 밖에서 다스베이더가 서서 마스크에 뚫린 작은 구멍으로 담배를 피우고 있었다. 그 옆에서 금발 가발을 길게 늘어뜨린 여자 하나가 함께 담배를 피우고 있었다. 그녀는 미화된 《플레이보이》 토끼 코스튬 차림에 허벅지에 커다란 가짜 총을 차고 있었다. 이를 본 샘이 궁금해하며 물었다.

"저 여자는 뭐야? 군인 바비 같은 건가?"

"바브 와이어잖아. 파멜라 앤더슨이 연기한 캐릭터 몰라?"

토미가 쏜살같이 대답했다.

"대답 한번 빠르네."

"아, 그랬나. 사실 난 〈베이워치: SOS 해상 구조대Baywatch〉를 좋아해."

앨리스의 말에 토미가 얼굴을 붉히며 말했다.

"들어가자."

앨리스가 샘과 토미의 손을 잡고서 회전하지 않는 출입문 안으로 들어갔다. 호텔 로비로 들어서자 코스튬을 입은 사람들이 무리를 지어 서 있었다. 그리고 수많은 사람이 로비를 활보하고 있었다. 젊은 층과 노년층은 물론 인종 역시 다양했다. 팬들의 열정은 나이와 인종을 초월했다. 모든 벽면에는 연회장의 위치와 방향을 알려주는 비닐 표지판이 커다랗게 걸려 있었다. 앨리스가 평생 봐왔던 괴짜들을 모두 합친 것보다도 더 많은 수의 사람들이 한자리에 모여 있었다. 다른 사람들은 신경도 쓰지 않을 세세한 부분을 두고 서로 논쟁을 벌이며 모두가 매우 행복해 보였다.

레너드는 컨벤션이 싫다는 말을 입에 달고 살았다. 앨리스는 레너드가 직업상 늘 하던 일을 해야 하는 부분이 싫다는 말로 이해했다. 이런 행사에 가면 레너드는 접이식 책상에 싸구려 식탁보를 덮고 앉아서 지겹도록 사인만 해야 했다. 세 명 중 한 명은 〈타임 브라더스〉 드라마에 대해 복잡한 질문을 던져댔다. 그럴 때마다 "TV 드라마 각본을 제가 직접 쓰지는 않았습니다만, 굉장히 좋은 질문이군요."라고 응수하고는 했다. 사실 레너드는 TV 에피소드를 몇 개 쓴 적이 있었고 팬들 역시 이를 알고 있었다. 그럴 때면 고통을 삼키며 마지못해 팬의 질문에 대답했다. 그래도 다행히 열 명 중 한 명은 소설에 관해 물어왔다. 그럴 때면 좀 더 쾌활하게 응대하고는 했다. 팬들은 왕왕 사진을 같이 찍어달라고 하기도 했다. 레너드는 돈을 받고 컨벤션에 참석했지만, 마음속으로는 분명 즐기고 있었다. 돈을 주지 않아도 외지에서 날아온 친구들을 보기 위해서라도 참석했을 것이다.

당일 예정된 공식 프로그램이 모두 끝나고 나자 안 그래도 북적거리는 호텔 바로 모든 인파가 모여들었다.

"와, 진짜 〈스타워즈〉에 나오는 모스 에이슬리 칸티나 안에 들어와 있는 느낌이야. 다만 에어컨이 이렇게 빵빵하게 틀어져 있을 줄은 몰랐네."

토미가 흥분조로 말했다.

"너 대체 모르는 게 뭐야?"

샘의 목소리에 감탄이 살짝 어려 있었다.

"여기다."

앨리스가 말했다. 그곳에는 인물이 훤칠한 남자 두 명 서 있었다. 공상 과학 세계에서는 인정사정없이 잘생긴 편이었 지만, 바깥세상에서는 평균을 살짝 웃도는 미남 정도의 외모 였다. 두 사람 모두 가죽 재킷 차림으로 사람들의 관심을 한 몸에 받고 있었다. 그중에서 백발에 흰 수염을 깔끔하게 다 듬은 남자가 앨리스를 발견하고는 손으로 자신의 통통한 가 슴을 호들갑스럽게 때렸다. 그러자 그 앞에 모여 있던 사람 들의 고개가 일제히 앨리스 쪽으로 향했다.

"아이고, 앨리스."

백발의 남자가 말했다. 그의 이름은 고든 햄프셔였다. 섹 스를 많이 하는 엘프와 요정에 관한 책을 굉장히 많이 쓴 호 주 출신의 작가였다. 나이가 예순 살에 배불뚝이였지만 공상 과학 컨벤션에서만 존재하는 필터를 통해 본다면 나이 들고 수염이 수북한 톰 크루즈쯤으로 보였다. 앨리스가 아버지에 게 들은 바에 의하면 고든은 그가 아는 여자들 모두와 잠자 리를 했다. 친구나 팬, 친구의 아내, 동료 작가들, 호텔 직원 과 칵테일 바 종업원 등 수십 명은 될 거라고 했다. 여자들에 게 말만 걸면 추파를 안 던지고는 못 배기는 남자였다.

"안녕하세요. 고든 아저씨."

앨리스가 고든의 품에 안기며 인사를 건넸다.

"이 아이는 앨리스 스턴입니다. 얘 아빠가 레너드 스턴이에요. 인생을 변화시키는 최고의 소설 『타임 브라더스』를 쓴 작가랍니다!"

고든이 큰소리로 외쳤다. 그러자 모여 있던 관중들이 마치 누가 시키기라도 한 것처럼 일제히 와, 하고 탄성을 내질렀다.

고든과 함께 팬들과 즐겁게 이야기를 나누고 있던 젊은 남자가 가죽 재킷 차림으로 고개를 끄덕이며 입을 열었다.

"나도 너희 아빠 팬이야. 내 이름은 기예르모 몬탈단이란다. 그리고 내가 쓴 책 이름은…"

"〈여우굴The Foxhole〉이요!"

앨리스 뒤에서 토미가 소리쳤다.

"우와! 저 그 책 진짜 좋아해요! 그 여우 있잖아요. 아니, 진짜 여우는 아니고 우주 도둑이죠. 여하튼 그 남자가 영혼 보관소에 침입하잖아요! 영혼들이 막 탈출해서 영혼들 사이에 여우가 둘러싸이는 부분이요! 정말 좋아요! 진짜 끝내줬다고요!"

"무초스 그라시아스."

기예르모가 한 손을 가슴에 얹은 채 고개를 살짝 숙이며 토미에게 스페인어로 감사를 표했다.

"고든 아저씨, 혹시 아빠 보셨어요? 호텔 방에 있나요?"

앨리스가 바 주변을 기웃거리며 물었다. 바 안에는 앨리스가 아는 작가 몇 명과 프린세스 레아가 보였다. 그리고 빗자루 같은 수염을 붙인 남자가 배리 포드에게 말을 하고 있었다. 상대방의 가짜수염을 쳐다보며 배리 포드는 진짜 콧수염 아래로 찡그린 표정을 짓고 있었다.

"그래. 방에 있을 거야. 내가 데려다줄까? 호텔 안에 에스컬레이터와 엘리베이터가 너무 많아서 완전히 미로 같아."

고든의 말에 주변에 있던 청중들이 금방이라도 졸도할 듯한 표정을 지었다.

"아니요."

앨리스가 말했다. 토미는 기예르모와의 대화에 온 정신이 팔려있었다.

"가 봐, 앨리스. 우리는 여기에 있을 테니 필요하면 이리로 와."

샘이 앨리스를 향해 손짓하며 말했다.

33

고든의 말대로 호텔은 미로나 다름없었다. 마치 남을 괴롭
히며 쾌락을 얻는 사람이 만든 호텔 같았다. 꼭대기 층으로
올라가려면 엘리베이터를 갈아타고 표지판을 따라가기를
몇 번이고 반복해야 했다. 중간에 길을 몇 번 잃었지만, 다행
히 커크 선장과 세일러문이 어디로 가야 하는지 일러주었다.
앨리스는 카펫이 기다랗게 깔린 바닥을 따라 걸었다. 마침내
레너드가 묵는 방 앞에서 우뚝 멈추어 서서 문을 똑똑 두드
렸다.

사이먼 러시가 땀에 흠뻑 젖은 채 문을 열고 나타났다. 그의
흰색 버튼다운 셔츠 위에는 노란 얼룩이 묻어 있었다. 머스터
드 소스인가? 아니면 마운틴듀? 윗단추가 풀려 있어서 셔츠
사이로 사이로 하얗게 센 가슴 털이 살짝 드러나 있었다.

"앨리스구나!"

사이먼이 반갑게 맞이했다. 그러더니 대뜸 뒤로 돌아서서
방안을 향해 외쳤다.

"이 봐들, 앨리스가 왔어!"

방안에서 환호성이 작게 터져 나왔다. 앨리스는 방안으로
머리를 불쑥 들이밀었다. 레너드가 가장 좋아하는 친구인 하

워드 엡스타인이 보였다. 그는 레너드의 유일한 교수 친구로 대학에서 공상 과학을 가르쳤다. 그리고 시나리오 작가인 칩 이스턴과 외계인 역할을 주로 맡는 흑인 배우 존 울프도 있었다. 존은 잠들기 전에 침대 위에서 책을 읽는 자세처럼 침대 상판에 등을 기대고 앉아 있었다. 하워드는 침대 옆에 뒷짐을 지고 서 있었고, 칩은 방에 딱 하나뿐인 의자에 앉아 있었다.

"아빠는요? 여기 아빠 방 맞죠?"

"아, 금방 올 거야. 지금 잠깐… 누구랑 이야기를 좀 하러 갔나 본데. 어서 안으로 들어오렴."

사이먼이 말했다. 휘청거리며 걷는 모습을 보아하니 술을 거나하게 마신 것이 분명했다.

"네."

앨리스는 방안 깊숙이 걸어 들어갔다. 창문 밖으로 45번가가 내려다보였다. 인도 위는 민스코프, 쉬펠트, 부스 등의 극장에서 쏟아져 나온 사람들로 인산인해였다. 토요일 밤이라 모두 집에 있지 않고 밖으로들 나온 모양이었다. 앨리스는 극장이나 타임스퀘어에 가본 적이 한 번도 없었다. 라이브 공연도 거의 보러 가지 않았다. 메디슨 스퀘어 가든 경기장 역시 열두 살 이후로는 가본 적이 없었다. 그 대신 앨리스는 지하철을 탔다. 벨베디어 학교와 네 곳의 단골 바, 레스토랑을 오갔다. 그러다 이따금 샘을 만나러 지하철을 타고 뉴저지로 갔다. 청춘의 열정으로 가득한 이 사람들은 모두 어디로 향하고 있는 걸까? 앨리스가 10대였을 때는 1980년대가 아주 먼 옛날처럼 느껴졌었다. 그런데 지금은 그때 보다 수십 년이 지났는데도 1996년이 어째선지 최근처럼 느껴졌다. 스무 살이 되기 전까지는 인생이 슬로모션처럼 아주 천천히 흘러갔다. 여름 방학은 끝없이 길었고 생일과 생일 사이의 1년은 헤아릴 수 없을 만치 느리게 지나갔다. 하지만 스무 살 이후의 20년은 눈 깜짝할 새에 지나가 버렸다. 물론 하루하루는 여전히 느리게 흘러갔다. 반면에 몇 주, 몇 달, 때로는 몇 년에 달하는 세월이 손가락 사이로 모래가 빠져나가듯 순식간에 온데간데없이 사라져 버렸다.

"앨리스, 여긴 어쩐 일로 왔니?"

하워드가 물었다.

"음."

앨리스는 머릿속으로 솔직하게 답변할 궁리를 했다.

"그냥 요즘 『타임 브라더스』나 시간 여행 같은 것들 관해 생각을 좀 해봤거든요. 가족 사업을 이해해보려고 말이죠."

"앨리스, 네가 드디어 관심을 가진다니 참 잘됐구나!"

하워드가 말했다. 하워드는 몇십 년 전 《공상과학 Science Fiction》 잡지 인터뷰에서 레너드를 처음 만났다. 그는 보스턴에서 고양이 네 마리와 함께 살았는데, 고양이들 이름이 전부 일본 괴물 이름이었다.

"별주의."

사이먼이 입을 가린 채 기침하며 말했다. 그러면서 앨리스를 향해 장난스레 눈을 찡긋거렸다. 사이먼의 두 아들은 성인이 된 후 아버지의 책을 출간하는 출판사에서 근무했다. 그러다 사이먼이 죽고 나자 두 아들 중 하나가 책을 계속 집필한 다음 사이먼의 이름으로 출간을 했다.

"그냥 다양한 이론들에 대해 좀 알고 싶어요. 작동 원리 같은 거 말이에요. 시간 여행이 어떻게 가능한지가 궁금해요."

앨리스가 제 무릎 사이에 턱을 괴며 말했다.

"음, 타임 루프, 시간 회로, 스텝, 멀티버스, 끈 이론…."

"웜홀, 느린 시간 여행, 빠른 시간 여행, 타임머신…."

하워드와 사이먼이 연이어 말했다.

"앨리스, 너 혹시 『시간의 주름Wrinkle in Time』이라는 책 읽어봤니? 그 책에 '테서랙트Tesseracts'가 나오잖니? 기본적으로는 시간과 공간이 접혀있는 우주 공간을 뜻하는 말인데, 그곳으로 사람이 통과하면 다른 시공간으로 갈 수 있단다."

하워드가 말했다. 곧바로 칩이 끼어들었다.

"아니면 〈빽 투 더 퓨처〉처럼 갈 수도 있어. 타임머신에 특정 연료만 채우면 시속 140킬로미터의 속도로 시간 여행을 할 수 있지."

"나 그 영화에 출연했었어. 대사는 딱 하나였지만."

존이 말했다.

"그래, 맞아. 대사가 '이야, 대단한걸.' 뭐 그런 거였지? 난 항상 잭 피니 작가의 방식을 좋아했어. 주인공이 특별한 시간 여행 프로그램에 뽑히게 된다는 설정이야. 아무것도 필요

없고 그저 다코타에 가서 특정 시대에 지어진 아파트 안에 있기만 하면 돼. 그러면 아파트가 변하는 느낌이 들면서 백년 전 과거로 돌아가지."

하워드가 말했다.

"시간 회로는 뭐예요? 타임 루프랑 스텝은 또 뭐고요?"

"혹시 할아버지 역설이라는 말 들어본 적 있니? 아기 히틀러 문제라고 부르기도 하지. 과거로 돌아가서 아기 히틀러를 죽이면 홀로코스트를 막을 수 있을까? 또는 할아버지를 다리 아래로 확 밀어버리면 부모님이 태어나지 않을 테니 너도 태어나지 않게 될까? 너에게 무슨 일이 일어나게 될까?"

칩이 앨리스에게 되물었다.

"이런. 무슨 말인지 알겠어요."

"일단 시간 여행에는 루프라는 게 존재해. 그 루프 안에서 상황이 바뀌게 되지. 즉 네가 한 행동이 다른 사람 모두에게 영향을 미치게 되는 거야. 예를 들어 네가 아기 히틀러를 죽여서 이 세상에서 사라져 버리면 수많은 다른 일들에 영향에 미치게 되고 결국 역사가 뒤바뀌게 되지. 반대로 아무것도 바뀌지 않는 루프도 존재해. 〈사랑의 블랙홀Groundhog Day〉이라는 영화처럼 전에 있었던 일이 끊임없이 되풀이되는 거지."

앨리스가 여태껏 단 한 번도 해 본 적이 없는 발상이었다. 그렇다면 내일 아침에 눈을 뜨면 또다시 열여섯 번째 생일날로 돌아가 처음부터 다시 시작해야 할 수도 있다는 말 아닌가. 한 번이면 족하지 않은가? 열여섯 번째 생일을 수백 번, 수천 번, 영원히 반복해서 맞이하는 일보다 더 끔찍한 일이 어디 있으랴. 그러다 문득 궁금해졌다. 그렇게 되면 뇌 한쪽을 차지하고 있는 마흔 살의 앨리스는 어떻게 되는 걸까? 서서히 소멸해가다가 방 안에 전기가 뚝 끊기듯 어둠 속으로 사라져 버리게 될까?

"그다음으로 멀티버스라는 개념이 존재하지. 과거로 돌아가 무언가를 바꾸면 단순하게 네 미래가 바뀌게 되는 걸까? 아니면 가능한 미래 중 하나만 바뀌고 네가 떠나온 미래는 그대로 존재하게 될까?"

하워드가 진지하게 설명했다.

"아, 듣다 보니 머리 아프네요."

앨리스의 말에 존이 다른 이야기를 꺼냈다.

"내가 제일 좋아하는 시간 여행 영화가 뭔 줄 아니? 슈퍼맨이 로이스 레인을 구하러 과거로 가는 영화야. 그저 속도를 내 더 빨리 날기만 하면 제시간에 딱 맞춰 과거에 도착하거든. 아주 간단하고 효율적인 방법으로 말이야."

"난 주인공이 그냥 강제로 과거와 미래를 막 왔다 갔다 하는 게 좋아. 〈킨〉처럼 말이야."

사이먼이 말했다. 그런 다음 담배 한 개비를 꺼내 불을 붙였다. 그러자 방 안에 있는 사람들 모두 한 명씩 담배를 꺼내 물었다. 이윽고 사이먼이 입을 열었다.

"그런 이야기를 좋아하는 사람들이 많을 거야. 내 독자들은 별로 좋아하지는 않겠지만."

"『타임 브라더스』 형제들은 기계를 갖고 있었잖아. 자네 책에서는 시간 여행 도구가 하나였지? 아니 두 개였나, 사이먼? 고생물학자가 트라이아스기 시대로 돌아갔을 때 가지고 있었던 게 뭐더라? 마법의 뼈다귀였나?"

칩이 애써 웃음을 참으며 물었다. 사이먼이 곧장 말을 받았다.

"맞아. 마법의 뼈다귀. 농담할 물건이 아니야. 내가 이스트 햄튼에 집을 살 수 있었던 것도 다 그 뼈다귀 덕분이라고."

"너랑 네 뼈다귀 모두에게 참 잘된 일이네."

칩이 농담하듯 말했다.

"그럼 미래의 정보를 이용해서 과거를 바꾸려고 하는 건 뭐라고 불러요? 〈백 투 더 퓨처2〉에서 비프 타넨이 스포츠 연감을 입수했을 때처럼요."

"그건 그냥 아주 참신한 생각일 뿐이지."

사이먼이 씩 웃으며 말했다.

"그렇군요. 예를 들어서 제가 미래에서 왔는데, 아저씨들한테 앞으로 10년 후 어느 해에 보스턴 레드삭스가 월드시리즈에서 우승할 거라고 정보를 주는 거예요. 그리고 나중에 아저씨들 모두가 레드삭스에 베팅해서 돈을 엄청나게 버는 거죠. 이 경우엔 아무도 해를 입지 않았으니까 그냥 좋은 일인 건가요?"

앨리스의 말에 하워드를 제외한 모두가 끙, 앓는 소리를 냈다. 방에서 유일하게 보스턴 사람인 하워드 홀로 환호성을 지르며 두 주먹을 공중에 치켜들었다.

"음, **해**를 입힌다는 말을 정의해보자. 나는 개인적으로 뉴욕 양키스의 열렬한 팬이니 나한테는 해가 될 수 있겠지. 하지만 네 말도 일리는 있네."

사이먼이 대답했다.

"근데 아저씨들 컨벤션에서 모여서 늘 이러고 놀아요? 다 같이 모여 앉아서 책이랑 영화 얘기하면서 서로 놀려먹으면서요?"

"가끔 집에서 마가리타 만드는 기계를 가져오기도 해. 아니면 마약이나."

하워드가 팔꿈치로 칩을 쿡 찌르며 말을 끊었다.

"거참! 열여섯 살짜리 애 앞에서! 근데 앨리스, 너 설마 코스튬 차림의 어른들 사이를 걸어오면서 그 사람들 전부 맨정신이리라 생각하지는 않았지?"

"그럼요. 그런데 스텝은 어떻게 작동되는 거예요? 스텝이 뭐죠?"

"평행 시간대 같은 거란다. 이미 일어난 미래에는 아무런 영향을 미치지 않는 거지. 연속체나 연속 시간대라고 부르기도 해. 무한하게 계속 이어지지만, 타임 루프처럼 되돌아가지 않는다는 의미인 듯해."

하워드가 팔짱을 끼고는 말을 이어갔다.

"내가 자네들보다 책을 더 많이 읽은 모양이야."

"어이쿠, 이 친구 좀 보게. 그냥 학생들 우르르 앉혀놓고 그 앞에서 강의하는 데 익숙해져서 자네 목소리가 젤 큰 것뿐이야."

칩이 얼른 맞받아쳤다.

"그럼 미래로 돌아가는 건요? 타임머신 같은 물건이 없다면 어떻게 다시 돌아가죠?"

그때 존이 앨리스에게 사과를 불쑥 건넸다. 앨리스는 사과를 받아 맛있게 먹으면서 문득 궁금증이 일었다. 집으로 돌아가면 1996년에 먹은 음식들은 전부 뱃속에서 썩어 있을까? 만약에 집으로 돌아갈 수 있다면 말이다. 순간, **집**이라는 존재가 장소인 동시에 특정 시간대를 지칭하는 단어처럼 느껴졌다.

"웜홀로?"

"포털을 통해서?"

사이먼과 존이 앞다퉈 답을 내놓았다.

"고대 유물이나 마법을 이용할 수도 있지. 난 아까 말한 공룡 뼈뿐만 아니라 올빼미가 먹이를 먹은 뒤 토해낸 덩어리인 펠릿을 이용한 적도 있었어. 3학년 교사 하나가 펠릿을 분해하다가 과거로 빨려 들어갔는데, 그 펠릿을 토해낸 바로 그 부엉이를 찾아야지만 미래로 다시 돌아갈 수 있다는 설정이었지."

사이먼이 말했다.

"그런데도 떼돈을 벌다니 당최 이해할 수가 없다니까."

하워드가 고개를 절레절레 흔들며 말했다.

"혹시 우리 아빠 어디 있는지 아세요? 아빠한테 할 말이 있어서요."

앨리스의 목소리가 살짝 떨리고 있었다. 단기간에 받아들이기에는 너무 벅찬 이야기들을 듣느라 시간만 헛되이 낭비한 기분이 들었다.

하워드가 한숨을 푹 내쉬며 존을 쳐다보았다. 그러자 존이 턱을 가슴 쪽으로 잡아당기며 고개를 살짝 끄덕였다.

"따라오렴, 앨리스. 네 아빠가 있는 곳으로 데려다주마."

34

앨리스는 하워드를 따라 복도를 걸어갔다. 엘리베이터를 지나친 다음 왼쪽으로 꺾어 다른 호텔 방 앞에 도착했다.

"설마 이 방에서 절 죽이시려는 건가요? 목격자들이 많은 거 아시죠?"

앨리스가 가볍게 농담을 던졌다.

하워드가 어이없다는 듯 눈알을 굴리더니 손을 올려 손마디로 문을 똑똑 두드렸다. 방 안에서 여자 웃음소리가 흘러나왔다. 곧이어 아버지가 문을 열고 나왔다. 레너드는 알몸은커녕 셔츠도 벗고 있지 않았다. 그럼에도 무슨 일이 있었는지는 불을 보듯 뻔했다. 그의 어깨너머로 여자 하나가 방안에 앉아 귀걸이를 끼고 있는 모습이 보였다. 순간적으로 〈비버리힐즈의 아이들〉에서 도나 마틴이 컬러 미 배드라는 밴드를 따라다니다 어머니의 불륜 장면을 목격하는 장면과 똑같은 상황이 펼쳐지고 있다고 생각했다. 하지만 지금 상황은 드라마와는 전혀 달랐다. 아버지는 어머니뿐만 아니라 그 누구와도 결혼한 상태가 아니었으니까.

"내가 누굴 데려왔게? 만나서 반가웠어, 앨리스"

하워드가 손을 살래살래 흔들며 뒤로 물러나 서둘러 왔던 길로 되돌아갔다.

"아빠."

앨리스가 말했다. 레너드는 깜짝 놀란 표정으로 수염을 이리저리 쓰다듬었다. 그가 긴장했을 때 습관적으로 하는 행동이었다.

"앨리스, 무슨 일 있니? 괜찮은 거야?"

"아빠랑 같이 있는 저 사람은 누구야?"

앨리스가 뒤로 몇 걸음 물러나 벽에 기댄 채 물었다.

"네가 호텔로 찾아올 줄은 몰랐는데."

레너드가 한숨을 내쉬며 말했다.

"그건 내 질문에 대한 답이 아니잖아."

앨리스가 벽을 타고 내려와 카펫 위에 양반다리를 하고 앉았다.

"이름은 로라고 잡지 편집자야. 나이는 서른넷이고 샌프란시스코에 살아."

레너드가 손바닥을 이마에 가져다 댄 채 말을 계속했다.

"몇 년 동안 알고 서로 지낸 사이야. 같은 도시에서 마주치면 만나서⋯."

그가 하던 말을 잠시 멈추었다가 다시 말을 이어갔다.

"왜 진즉에 너한테 말을 안 했는지 모르겠네."

"있지, 나한테도 다 들리거든. 안녕, 앨리스. 드디어 만나게 되어 반가워."

로라가 문을 벌컥 열며 앨리스에게 인사를 건넸다. 그녀는 곱슬곱슬한 갈색 머리에 외모가 매력적이었고 안경을 끼고 있었다. 목걸이에는 셔츠 윗부분을 다 가릴 정도로 큼지막한 플라스틱 문어가 달려 있었다.

"어, 저도요."

앨리스도 인사를 건넸다. 아버지에게 진짜 여자친구가 있을 거라고는 미처 생각하지 못했다. 더군다나 이토록 오랫동안 사귄 여자친구가 있으면서 앨리스에게는 말하지 않았다니. 게다가 나이가 서른넷이라니! 앨리스보다도 어리지 않은가! 실제로는 자기보다 어리지 않다는 사실을 알면서도 왠지 역겨운 기분이 들었다.

"자기가 중요하지 않다는 말은 아니었어, 로라."

레너드의 두 뺨이 자홍색으로 물들었다.

"앨리스, 너와는 상관없는 일이라고 생각했어. 괜히 말했다가 너에게 부담을 안겨주고 싶지 않았거든. 내가 상황을 너무 이상하게 만들어 버렸나?"

"조금. 그런데 뭐, 괜찮아. 아빠 곁에 누군가가 있어서 참 다행이야."

문득 레너드가 이 여자와 얼마나 오래 사귀었는지 궁금했다. 그저 잠깐 만난 사이였을까, 아니면 진지한 관계였을까. 그런데 이 여자는 어디로 사라져 버린 걸까? 왜 병원에서 아버지 손을 붙잡고 있지 않은 거지?

"아빠, 잠깐 얘기 좀 할 수 있어?"

로라가 가방과 호텔 열쇠를 주섬주섬 챙겼다. 그녀는 키가 레너드와 비슷했다. 그러다 신발을 신자 아버지보다 조금 더 커졌다. 동그란 얼굴에 반해 턱은 느낌표처럼 뾰족했다. 행복해 보이는 얼굴에 친절한 인상이었다. 레너드의 팔꿈치를 쓰다듬으며 로라가 작별을 고했다.

"나중에 연락할게. 앨리스, 직접 만나서 정말 반가웠어. 그럼 다음에 또 보자."

이 말을 끝으로 그녀는 방 밖으로 나와 기나긴 복도를 따라 걸어갔다. 그런 다음 모퉁이를 돌아 엘리베이터가 있는 쪽으로 사라졌다.

"미안해. 너한테 말하려고 했었어."

레너드가 금방이라도 울음을 터트릴 듯한 표정으로 말했다. 그러더니 갑자기 울렁증이 난 사람처럼 배를 움켜쥐었다.

"아빠, 나 미래에서 왔어. 아빠한테 여자친구가 있다니 솔직히 나한테는 반가운 소식이야. 그리고 별로 신경 안 써."

"내가 기대했던 반응이랑 너무 다른걸. 잠깐만, 금방 신발만 챙겨올 테니 내 방으로 가자."

레너드가 손가락 하나를 허공에 치켜들며 말했다. 그러고는 방 안으로 사라졌다가 이내 양손에 신발을 한쪽씩 들고 다시 나타났다. 두 사람은 아무 말 없이 레너드의 방을 향해 걸어갔다. 방에 다다르자 문이 활짝 열려 있었다. 그리고 샘과 토미가 방문 밖으로 몸을 내민 채 노래를 부르고 있었다. 음정이 하나도 맞지 않아서 당최 무슨 노래인지 알아채기가 힘들었다. 가만히 들어보니 보이즈 투 맨의 〈막다른 길

End of the Road)이었다. 샘은 신나게 박수치고 있었고, 토미는 어디서 났는지 우산을 지팡이 삼아 짚고 있었다. 두 사람의 모습에 앨리스의 입에서 탄성이 터져 나왔다.

"아이고."

"앨리스! 너 잃어버린 줄 알았잖아! 드디어 찾았네!"

토미가 큰소리로 외쳤다.

"레너드 아저씨 친구분들이 술을 몇 잔 사주셨어. 아주 강한 술로!"

샘도 덩달아 큰소리로 외쳤다.

"샘, 네 엄마가 알면 좋아하지 않으실 거야. 자, 얘들아. 가자. 집에 바래다줄게."

레너드가 나무라듯 말했다.

"잠깐만."

샘과 토미를 호텔 방안으로 잡아끌며 앨리스가 말을 이었다.

"자, 여기는 우리 아빠 친구분들이셔. 나 잠깐 아빠랑 얘기 좀 하고 올게. 샘, 토하면 안 돼. 알겠지? 음, 정 못 참겠으면 해도 괜찮아. 하워드 아저씨, 제 친구들 잠시만 좀 봐주시겠어요?"

하워드가 승낙의 표시로 고개를 까딱해 보였다. 앨리스는 친구들을 방안으로 밀어 넣었다. 그리고는 화장실로 들어가 형광등을 켰다. 레너드에게 화장실 안으로 들어온 다음 문을 닫으라고 손짓했다. 레너드는 시키는 대로 했다.

"아빠. 나 지금 엄청 진지해. 농담처럼 들리겠지만 사실 그대로 말하는 거야. 나 진짜 미래에서 왔어. 더 잘 설명하고 싶은데 이게 내 한계야."

"네가 처음 말했을 때 이미 잘 알아들었어."

레너드가 팔짱을 긴 채 즐거운 표정으로 말했다.

"그래. 우스갯소리처럼 들릴 거야. 나도 충분히 이해해. 일단 좀 앉아 봐."

앨리스는 몸을 돌려 세면대 가장자리에 두 손을 얹었다. 세면대 위에는 칫솔과 치약, 치실 등 아버지의 세면도구가 놓여 있었다. 바보 같고 사소한 물건들 모두 앨리스가 어릴 때부터 매일같이 봐 와서 익숙한 물건들이었다. 익숙하다고 해서 그 물건 자체가 의미가 있다는 뜻은 아니었다. 그 사실을 잘 알고 있으면서도 눈앞에 놓인 사소한 물건들 하나하나가 커다란 의미를 지닌 듯 무겁고 슬프게 다가왔다. 아버지의 물건이었다. 병원에 있는 것과 똑같은 물건들이었다. 레너드가 세상을 떠나고 나면 이 물건들은 어떻게 될까?

레너드는 샤워 커튼을 옆으로 젖히고 욕조 가장자리에 걸터앉았다. 그러고는 손가락으로 딱, 소리를 내며 말했다.

"자, 들을 준비 됐어."

"어제가 내 마흔 번째 생일이었어. 그런데 오늘 아침에 눈을 딱 뜨니까 열여섯 살 인거야."

앨리스의 말에 레너드는 크게 웃었다.

"아이고, 제대로 찾아왔네!"

"하하하."

앨리스가 말했다. 하지만 그녀의 입은 웃고 있지 않았다.

"아빠, 나 지금 농담하는 거 아니야. 기분 나쁘게 들릴 수
도 있겠지만, 난 아빠나 아빠 친구들처럼 이상한 괴짜가 아
니라고. 나 정말 **진지**하단 말이야. 실제로 나한테 일어나고
있는 일이라니까."

하지만 레너드는 앨리스를 쳐다보며 "**우와. 우와아.**"만 몇
번이고 반복할 뿐이었다. 무엇보다 앨리스는 레너드의 표정
을 도무지 이해할 수 없었다. 앨리스에게 세상에서 제일 행
복한 소식을 듣기라도 한 듯 함박웃음을 짓고 있었다. 자식
의 결혼이나 임신 소식을 들은 부모가 지을 법한 표정이었
다 기쁨과 놀라움이 가득한 얼굴에는 자신의 유한한 삶과
죽음에 대한 자각이 섞여 있었다. 앨리스는 아버지가 제 말
을 믿는 건지, 아니면 어떤 이유에서인지 그녀가 장난을 치
고 있다고 생각하는 건지 알 수 없었다. 어쨌거나 레너드는
마냥 **행복해** 보였다.

레너드가 다리를 꼬았다가 다시 풀며 앨리스에게 말했다.

"내가 어찌 지내는지는 묻지 않으마. 그냥 너랑 나랑 같이
포맨더 워크에서 쭉 함께 살고 있다고 가정할게. 둘 다 곱게
늙어가고 있다고 말이야."

"용케도 맞췄네."

앨리스는 침을 꿀꺽 삼켰다.

"그렇구나. 일단, 네 친구들부터 집에 데려다주고 나서 다

시 이야기하자."

레너드가 말했다. 거울 속으로 레너드가 욕조에서 몸을 일
으키는 모습이 보였다. 앨리스는 아버지의 얼굴을 빤히 바라
보며 이 상황을 이해하려 애썼다. 한참 뒤가 아니라 지금부
터 보청기를 껴야 했던 걸까. 아니면 앨리스가 한 말을 콧
등으로 들은 건지도 몰랐다. 그때 누군가 화장실 문을 두드
렸다. 두 사람이 답을 할 새도 없이 샘이 문을 벌컥 밀고 들
어오며 말했다.

"나 토할 것 같아."

레너드는 얼른 뒤로 물러나 호텔 방안으로 미끄러지듯 들
어갔다. 앨리스는 그 모습을 지켜보다가 변기 뚜껑을 열고
샘의 머리카락을 잡아 주었다.

35

앨리스의 친구들은 만나거나 헤어질 때면 서로의 뺨에 입을 맞추며 인사를 주고받았다. 때로는 만나서 노는 와중에도 재미 삼아 뺨 인사를 하기도 했다. 하지만 레너드의 친구들은 버스에 앉아 있을 때처럼 자리를 비켜주며 그저 손만 흔들어 댔다.

"아저씨들 모두 고마웠어요."

앨리스가 인사를 고했다. 존은 나중에 좋은 배역을 따내 분장 없이 본연의 얼굴로 연기를 하게 된다. 덕분에 큰 상을 거머쥐게 되고, 모두가 진흙 속의 진주를 찾아냈다며 그에게 찬사를 보낼 것이다. 레너드는 골든 글러브 시상식에 함께 참석해 존의 이름이 호명되는 순간 울음을 터트리고 말 것이다. 아버지 곁에는 좋은 친구들이 참 많았다. 하지만 그 친구들은 모두 남자였다. 남자들은 친구들과 우정이라는 유대관계를 유지하는데 서툴렀다. 하워드와 존은 병원으로 전화를 걸어오고는 했다. 하지만 다른 친구들은 몇 년 동안 찾아오기는커녕 소식조차 듣지 못했다. 물론 인간관계란 게 시간이 흐르면 소원해지기 마련이다. 그 사실을 앨리스 역시 잘 알고 있었지만, 그래도 얼굴을 꼭 비춰야 할 때가 있는 법이지 않은가.

"여기 있는 사람들 전부 진짜 이상해요, 레너드 아저씨."

샘이 말했다. 샘은 여전히 몸을 잘 가누지 못했다. 그래서 호텔 벽에 기대고 서서 레너드가 택시를 잡기를 기다렸다.

"여기 있는 사람들 전부 **끝내주던걸**. 진짜 최고였어."

토미가 말했다. 그러고는 앨리스에게로 다가가 볼에 뽀뽀했다.

"자, 파티 끝."

레너드가 세 사람을 택시 뒷좌석으로 쑤셔 넣으며 말했다. 그런 다음 조수석 문을 열고 택시에 올라탔다.

택시 안에는 라디오가 켜져 있었다. WCBS-FM 101.1 방송국에서 틀어주는 옛날 노래가 흘러나왔다. 어느새 택시는 6번가에 다다라 라디오 시티 뮤직홀을 천천히 지나갔다. 앨리스는 다시 두 눈을 감고 소리에 귀를 기울였다. 한쪽에서 샘이 작게 코를 고는 소리가 들려왔다. 그리고 다른 한쪽 옆에서는 토미가 포 탑스의 노래인 〈버나뎃Bernadette〉에 맞춰 손가락으로 앨리스의 허벅지를 두드려 대고 있었다. 호텔에서는 토미의 집이 가장 가까웠다. 그래서 레너드는 택시 기사에게 센트럴 파크 웨스트와 74번가 교차로에 있는 산 리모로 먼저 가달라고 했다. 두 블록, 세 블록, 그리고 여섯 블록을 연이어 노란색 신호등을 통과했다.

토미의 아파트를 반 블록 남겨두고 택시가 속도를 천천히 줄이기 시작했다. 앨리스는 토미 쪽으로 몸을 기울인 채 작은 소리로 말했다.

"정신 나간 소리처럼 들릴지도 모르겠지만, 나랑 결혼해줘. 지금 당장은 아니고 대학교 졸업한 후에 말이야. 약속해. 응?"

앨리스의 작은 목소리는 커다란 음악 소리에 묻혀 택시 안의 다른 사람들에게는 들리지 않았다. 심지어 토미가 제대로 알아들었을지도 의문이었다. 앨리스는 자신이 무엇을 이루고자 하는지조차 확신하지 못했다. 그저 지금 이대로 있고 싶었다. 토미와 함께 택시 뒷자리에 앉아서 건강한 아버지가 다이애나 로스를 태워준 적이 있다고 택시 기사에게 이야기하는 모습을 더 보고 싶었다. 그저 자신의 인생을 둘러싸고 있는 한계를 넘어 시험해보고 싶었다. 모두가 영원히 행복해지질 때까지 몇 번이고 리셋 버튼을 누르고 싶었다.

"알았어."

토미가 졸음이 가득한 갈색 눈으로 앨리스를 쳐다보며 말했다. 마치 저녁 식사 자리에서 오렌지주스 대신 사과주스를 먹겠냐는 질문에 대답하는 투였다. 그런 다음 그는 택시에서 내려 손을 흔들어 보였다. 금색 단추가 반짝거리는 정복 차림의 도어맨이 육중한 문을 열었다. 그러고는 옆으로 비켜서서 토미를 건물 안으로 들여보내 주었다. 앨리스는 차창 밖으로 그 모습을 지켜보았다.

그때 샘이 앨리스를 옆으로 쑥 떠밀더니 앨리스의 무릎 위에 누웠다.

"네가 돌아간 이후에도 난 여기에 계속 남아 있겠지? 그리고 너도 여기에 계속 있겠지? 오늘 있었던 일을 네가 기억할 수 있을까?"

"나도 잘 모르겠어."

앨리스가 대답했다. 그런 다음 샘의 몸을 안전벨트처럼 팔로 감쌌다. 모두가 아무 말도 하지 않는 사이 택시는 121번가에 도착했다. 레너드가 택시에 남아 기사와 노닥거리는 동안 앨리스는 샘을 부축해 아파트 건물 안으로 들어갔다. 샘의 집 안은 조용했고 깜깜했다. 로레인은 이미 한참 전에 잠자리에 든 모양이었다. 샘의 방 시계가 새벽 1시 30분을 가리키고 있었다. 앨리스가 이불을 끌어 올려 샘에게 덮어 주며 말했다.

"네가 내 친구라서 참 좋아. 네가 뉴저지로 이사해도 너랑 친구 할게."

"세상에, 그만해. 내 방에서 사라져. 사랑해."

앨리스는 도둑처럼 살금살금 방을 빠져나왔다. 그러고는 널찍한 돌계단을 뛰어 내려가 기다리고 있는 택시로 다가갔다. 아버지는 여전히 택시 앞 좌석에 앉아 기사와 대화 삼매경에 빠져 있었다. 가만히 들어 보니 택시 기사가 『타임 브라더스』이야기를 하고 있었다. 레너드는 칸막이 너머로 앨리스를 향해 환히 웃으며 창문을 내렸다. 두 사람은 시원한 바람을 맞으며 포맨더 워크로 향했다.

◆◆◆

레너드는 열쇠를 꺼내 문을 열었다. 그런 다음 앨리스가 들어갈 수 있도록 철문을 밀어 잡아주었다. 로만 부부의 집에만 불이 환하게 켜져 있었고 나머지 집들은 대부분 불이 꺼져 있었다. 간간이 불이 켜져 있는 집들도 거리에서 보이는 2층 침실 창문에만 불이 들어와 있었다. 이웃들 모두 침대에 누워 책을 읽거나 TV를 보고 있겠지. 여름밤은 언제나 그랬다. 지금 이 순간이 채 끝나기도 전에 벌써 그리운 듯한 느낌이 찾아오고는 했다.

"자, 이제 진지하게 이야기를 한번 나누어 보자. 시간이 별로 없어."

레너드가 말했다. 그러면서 손에 든 열쇠를 짤랑거리며 잰걸음으로 현관문을 향해 걸어갔다.

"시간이 별로 없다니?"

앨리스가 물었다. 그러다 아버지가 곧 엉망진창인 집안 꼴을 보게 될 거라는 생각이 번뜩 스쳤다.

"아, 이런. 말한다는 게 깜빡했나 봐. 오늘 집에서 생일 파티를 했거든. 지난번처럼 거창하게 하지는 않았고…"

앨리스가 말을 채 끝내기도 전에 레너드가 현관문을 따고 들어갔다. 주방은 난장판이었다. 누군가 바닥에 맥주를 엎질렀는지 앨리스와 레너드가 발걸음을 옮길 때마다 신발이 바닥에 달라붙어 쩍쩍 소리가 났다. 하지만 레너드는 전혀 눈치채지 못한 모양이었다. 곧장 늘 앉던 자기 자리로 가 앞에 놓인 빈 병들을 옆으로 밀어 치웠다. 그런 다음 담배 두 개비에 불을 붙여서 하나를 앨리스에게 건넸다.

"앉아."

앨리스는 의자에 앉아 담배를 한 모금 들이마셨다. 그러고
는 초조하게 손가락으로 담뱃재를 털었다.

"아빠는 네 말 다 믿어."

"정말? 사실은 호텔에서 아빠 만나기 전에 아저씨들하고
시간 여행 이야기를 좀 했거든. 근데 전부 다 말도 안 되는
소리더라. 뭐라더라, 마법의 뼈다귀? 당최 무슨 소리인지 하
나도 모르겠더라니까. 과학적 근거가 전혀 없는 얘기잖아."

앨리스는 손가락에 붙어 있는 반질반질한 노란색 반점들
을 쳐다보았다. 니코틴 패치였다. 앨리스가 단 한 번이라도
제대로 된 운동을 했더라면 어땠을까? 한 자리에서 맥주를
1리터씩 마셔대지 않았더라면 어땠을까? 수학 수업에 조금
더 집중하거나 매일매일 아버지와 즐거운 시간을 더 많이
보냈더라면? 레너드가 운동을 시작했더라면 어땠을까? 아
니면 요리를 배우거나 담배를 끊었더라면? 모든 문제를 바
로잡아 레너드가 아흔여섯까지 살다가 잠을 자면서 죽음을
맞이하게 된다면? 할 수만 있다면 나쁜 일들을 모조리 다 바
꿔버리고 싶었다.

레너드는 눈썹을 치켜든 채 담배를 길게 빨아들였다. 그러
더니 담배 연기로 동그란 도넛 세 개를 연거푸 완벽하게 만
든 뒤 그 사이로 손가락 하나를 쏙 집어넣었다.

"하긴 사이먼이 고안해낸 마법의 뼈다귀가 좀 어이없기는

하지. 그리고 네 말 말인데, 다 알고 있어. 시간 여행은 나도 해봤으니까."

"뭐라고?"

어설라가 쓰레기를 피해 식탁 위로 폴짝 뛰었다가 레너드의 어깨 위로 다시 뛰어 올라갔다.

"사람들은 많은 이야기를 하지. 시간 여행 게시판에도 글이 많이 올라왔어. 대부분이 엉뚱한 이야기들이었어. 책을 쓰기 전에 사람들과 이야기를 나누거나 터무니없는 이론들을 찾아 읽는 데 많은 시간을 할애했어. 개중에는 포맨더에 관한 글들도 있었는데, 다 근거 없는 소문에 불과했지. 친구의 친구의 사촌이 빅풋을 본 적이 있다고 주장하는 식이었어. 그런데도 왠지 포기할 수가 없었어. 나 역시 들어본 적이 있는 소문이었고, 사실이든 아니든 구미를 돋우는 이야기인 건 분명했으니까. 나중에는 시간 여행이 가능하다거나 실제로 해봤다는 얘기까지 나돌았어. 그러다 때마침 포맨더에 매물이 하나 나왔길래 냉큼 이사를 들어왔지. 하지만 그 이후에도 시간 여행에 대해 알아내기까지는 꽤 오랜 시간이 걸렸단다."

레너드가 하던 말을 잠시 멈추고 너털거리며 웃었다.

"'알아내는' 게 아니었어. 되레 서핑을 배울 때와 더 비슷했지. 그저 흘러가는 대로 몸을 맡길 뿐이야. 스콧과 제프처럼 투박한 스테이션 왜건을 타고서 버튼을 누르고 손잡이를 당기기만 하면 차원의 얇은 경계면을 통과하는 식은 아니었어. 시간 여행을 한 이후에 책을 썼더라면 『타임 브라더스』

는 지금과는 많이 달랐을 거야. 차를 운전하듯 조종하거나 목적지를 선택하기란 불가능하거든. 모두에게 목적지와 경로가 이미 정해져 있어. 그래서 시간 여행이 끝이 나면 늘 처음 출발했던 곳으로 다시 돌아오게 되지. 디즈니 월드에서 놀이 기구를 타는 것과 똑같다고 보면 돼. 다만 놀이 기구를 타면서 무슨 일을 했는지에 따라 출구의 모습이 달라지는 거지. 그리고 매번 탈 때마다 놀이 기구를 어떻게 타고 싶은지를 정하는 거야. 천천히 탈지 아니면 빠르게 탈지, 높은 곳에서 훅 떨어지고 싶은지 아니면 물 흐르듯 완만하게 탈지를 선택할 수 있지. 완만한 놀이 기구를 타고 나오면 모든 게 들어갔을 때와 거의 그대로라고 보면 돼."

"놀이 기구라고?"

"응. 비유법이야."

"그렇구나."

앨리스는 담배를 한번 빨았다. 포맨더 워크의 지도나 그림 같은 거라도 제 앞에 있으면 좋으련만.

"그러니까 그냥 여기에 있기만 하면 그런 일이 일어난다는 말이야? 우리 집 안에서? 아니면 거리 전체가 그런 거야? 그런 일이 어떻게 가능해?"

그러자 레너드가 고개를 절레절레 흔들며 말했다.

"네가 어젯밤 한 일이 뭔지 말해보렴."

"샘이랑 저녁을 먹고 나서 혼자 '마트료시카'에 가서 술을 진탕 마셨어. 그런 다음 택시를 타고 포맨더로 와서 길거리에서 토를 한 다음 노숙자처럼 밖에서 잠들었던 것 같아. 그리고 눈을 뜨니 아빠가 이런 모습으로 떡하니 여기에 있던데."

"밖에서 잠이 들었다고?"

"응. 경비 초소 안에서. 아빠가 정원용품 보관해 두는 곳이잖아. 안이 거의 텅텅 비어 있더라고. 그래서 몇 가지 물건들만 옆으로 치우고 그대로 기절했어."

레너드가 고개를 끄덕이며 다시 물었다.

"그때가 몇 시였었는지 기억나?"

"내가 잠든 시간 말이야? 글쎄, 한 새벽 서너 시쯤?"

핸드폰이 있다면 우버에서 내린 시간을 확인할 수 텐데. 기억도 술통에 빠져버렸는지 가물가물했다.

"3시에서 4시 사이가 맞을 거야. 시간 여행이 가능한 시간대가 그때뿐이니까."

레너드가 의자에 등을 기댄 채 손바닥으로 얼굴을 쓱쓱 문지르며 말을 계속했다.

"알아내기까지 진짜 오래 걸렸어. 수년이 걸렸지. 구석구석 안 살펴본 데가 없을 정도였어. 여기에 있을 거라고 확신할 수는 없었지만, 왠지 **느낌**이 왔거든. 그러다 10년 전 네가 벨베디어에 입학했을 무렵이었을 거야. 칩과 〈닥터 후〉이야기를 하던 중에 경비 초소가 번뜩 떠올랐어. 거기가 분명하다고 생각했지. 그래서 밤새도록 경비 초소 주변을 둘러보고 안팎을 들락날락했어. 헤드릭이나 다른 이웃들이 창문으로 쳐다볼까 봐 걱정했는데 신경도 쓰지 않더라고. 적어도 내가 보기에는 그랬어. 그러다 초소 안으로 들어가서 청소를 하기 시작했어. 빗자루와 흙, 삽, 쓰레기를 싹 다 치워 버리고 거미줄마저 깨끗하게 걷어냈지. 그러고는 초소 안에 정말 한참을 앉아 있었어. 그런데 눈을 떠보니 갑자기 다른 장소에 와 있는 거야. 경비 초소가 아니라 침대 위에 누워 있었어. 우리가 예전에 살던 아파트에서 네 엄마와 내가 쓰던 침대였지. 순간, 더는 1986년이 아니라는 직감이 딱 왔어."

"처음에는 내가 『타임 브라더스』에 너무 심취했거나 환각에 빠졌다고 생각했었어. 숙취에 시달리거나 진전섬망을 겪고 있는 줄 알았거든. 그런데 집에서 나와 가판대에 놓인 신문을 보니 1980년이라고 쓰여 있더구나. 마침 주머니에 25센트짜리 동전 하나가 있어서 신문을 한 부 샀단다. 그런 다음 신문을 보다가 깨달았지. 그날이 바로 네 생일날이라는 걸 말이다."

"내 생일? 그러니까 바로 10월 12일 오늘인데 1980년도였던 거구나."

"그렇지."

레너드가 껄껄 웃자 어설라가 그의 어깨에서 무릎 위로 뛰어내렸다.

"네가 태어난 날이었어. 예정일보다 3주나 일찍 세상에 나왔지. 그때 우리는 86번가에 있는 아파트에 살고 있었어. 엄마는 비참한 모습으로 그 길쭉하고 폭이 좁은 아파트 안을 이리저리 서성이고는 했었지. 침대에서 일어나 네 엄마를 봤을 때 정말 내 눈을 믿을 수가 없었단다. 배가 불룩 튀어나와서 마치 수박을 통째로 삼킨 뱀 같았었거든. 거대해진 몸 때문에 불편하고 잔뜩 화가 나 있었는데도 세레나는 너무나도 아름다웠어. 네 엄마는 몰랐지만, 나는 그날 오후에 네가 엄마 뱃속에서 세상으로 나올 거라는 사실을 알고 있었지. 정확히 오후 3시 17분에."

레너드는 눈을 연신 깜빡여댔는데도 흐르는 눈물을 좀체 주체할 수가 없었다.

"내가 그 순간을 보려고 그 방으로 몇 번이나 다시 갔었는지 아니? 네가 이 세상에 태어나 그 작고 완벽한 얼굴을 마주하던 순간을 위해? 이유는 알 수 없지만 내 시간 여행지는 그날이었어. 내가 볼 수 있는 건 그날 하루뿐이었지."

앨리스는 기다란 복도와 거대한 몸집에 성이 잔뜩 난 엄마를 머릿속에 그려보았다.

"으, 끔찍해. 듣기만 해도 스트레스가 쌓이는 기분이야."

"그랬지. 세레나는 산고가 심한 편이었어. 굉장히 힘들어했었지. 하지만 난 그 끝을 이미 알고 있는 상태였으니 훨씬 쉬웠단다."

"엄마한테도 말해줬어?"

"뭐? 네 엄마한테? 아니."

레너드가 고개를 저으며 말을 이었다.

"세레나와 잘해보려고 몇 번 시도해봤었어. 매번 돌아갈 때마다 더 좋은 남편이 되기 위해 노력했지. 어떻게든 세레나가 원하는 남편이 되려고 애썼어. 네 엄마가 하는 모든 말에 귀 기울이고 등도 주물러 주고 얼음도 가져다주면서 말이야. 처음에 갔을 때 다 시도했었던 것 같아. 어쨌든 정신없던 그 하루 동안 세레나에게 우리가 잘할 수 있다는 걸 보여주려고 무척이나 애를 썼어. 그러다 한번은 돌아와 보니 네 엄마와 여전히 부부였던 적이 있었어. 세레나는 이전보다 훨씬 더 화가 난 모습이고, 전보다 더 비참해져서 있더구나. 자기 자신이 아닌 아닌 다른 사람이 되고자 노력한 결과였지. 결혼 생활에서 절대로 해서는 안 되는 짓이더구나."

"우와."

"너도 곧 알게 될 거다."

레너드가 싱긋 웃으며 말을 이어갔다.

"다행히도 삶은 그리 유동적이지 않아. 많은 부분을 바꾸기란 매우 어렵거든. 결국은 내 친구들이 한 말들이 사실인 셈이지. 다만 전부 이론에 불과해."

그러더니 누가 듣기라도 하는 것처럼 목소리를 낮춰 말했다.

"다들 전문가인 체하지만 아마추어들이거든."

"그럼 그동안 미래에서는 무슨 일이 일어나고 있는 거야?"

앨리스는 불현듯 궁금증이 일었다. 마흔 살의 제 몸은 초소 안에 꼬꾸라진 채 미동도 없이 누워 있을까? 그 모습에 포맨더 주민들이 겁을 먹고 일상생활도 못 하고 있으면 어쩌지?

"아빠 친구들한테 아기 히틀러 이야기를 듣고 나니까 무서워."

"아무 일도 안 일어나. 일시 정지 상태인 셈이지. 돌아가는 것도 순식간이야. 30초에서 길어야 1분 정도? 1분 이상 걸리지는 않았던 것 같아. 행성들의 움직임에 맞춰 이동할 테니 정확하진 않아도 그쯤 될 거야. 네가 어디에 있든 알아서 찾아갈 테니 걱정하지 않아도 돼. 네가 떠나 왔었던 때와 똑같지는 않아도 여전히 마흔 살의 너로 돌아갈 거야. 어떤 모습일지는 **오늘 하루** 너에게 무슨 일이 있었는지에 따라 달라지겠지. 아까 삶은 그리 유동적이지 않다고 했던 말 기억나니? 우리가 시간을 여행한 시간은 고작 하루야. 새벽 3시에서 4시 사이쯤 눈을 다시 뜨면 네가 떠나 왔던 그곳으로 휘리릭 돌아가 있을 거야. 우리에게 주어진 시간은 고작 하루뿐이란다. 사람들은 결정을 내릴 때면 대개 안정적인 선택을 하는 편이지. 시간은 안정적인 상태를 **좋아해**. 난 시간이 길 위의 자동차와 같다고 생각해. 차는 계속 달리고 싶어 하고 대부분 경우는 계속 내달리지. 하워드나 사이먼은 아기 히틀러라고 말하겠지. 달라지는 게 무엇이며 네가 뭘 했는지, 무슨 짓을 벌였는지도 물론 중요하기는 해. 하지만 차를 정해진 선로에서 밀어내려면 정말 엄청난 일을 벌여야 가능할 거야. 그러니 너무 걱정하지 않아도 돼."

레너드가 한 손으로 사람이 식탁 위를 걸어가는 시늉을 하다가 반대 방향으로 홱 틀어 보였다.

앨리스는 문득 시간을 확인했다. 3시 정각이었다. 앨리스의 집만 오롯이 어두운 포맨더 거리에 불을 밝히고 있었다.

"잠깐만."

앨리스가 말했다. 그러고는 병뚜껑 위에 담배를 비벼 끄고 급히 제 방으로 갔다. 방안을 휘 둘러보며 단단히 고정되어 붙잡고 버틸 수 있을 만한 물건을 찾아보았다. 마치 롤러코스터에 거꾸로 매달린 채 금방이라도 뚝 떨어져 버릴 것만 같았다. 하지만 시간을 멈출 방법이 없었다. 옷을 갈아입는다고 해서 해결될 문제가 아니지 않은가.

"앨리스."

레너드가 그녀의 방문에 기대고 선 채로 말했다.

앨리스는 아버지를 멀뚱히 바라보았다. 차를 선로에서 밀어낸다는 말이 무엇인지 몰라도 앨리스는 아버지가 말한 행동 같은 것은 하지 않았다.

"아빠."

그때, 레너드가 손바닥을 허공에 들어 보이며 앨리스의 말을 가로막았다.

"처음엔 조금 이상한 기분이 들 거야."

레너드는 앨리스에게 상세하게 설명하기 시작했다. 깨어나면 기억이 흐릿할 거라고 했다. 이전의 삶을 기억하기는 해도 선명하게 기억하지는 못할 것이다. 기억은 기억일 뿐이라 시간이 지남에 따라 응당 희미해지기 마련이었다. 특히나 사진처럼 기억을 상기시켜 줄 물건이 없다면 더더욱 그랬다.

그래도 몇 년이 지나고 나면 모든 것이 순조로워질 거라고 했다. 확실하지는 않지만 적어도 레너드는 그렇게 생각한다고 말했다. 침착한 레너드와 달리 앨리스는 당황하기 시작했다.

"여기 온 지 얼마 되지도 않았잖아. 뭐 이런 게 다 있어."

앨리스는 이대로 돌아갈 수는 없다고 말하고 싶었다. 미래로 되돌아가는 건지 아니면 시간을 거슬러 올라가는 건지 정확히는 몰라도 어쨌든 미래로 갔을 때 아버지가 눈을 뜬 채 자신을 기다리고 있기를 바랐다. 그 방법을 알아내지 못한 채 이대로 돌아갈 수는 없었다.

"알아. 시간은 늘 부족한 법이지. 하지만 기억하렴. 넌 여기로 오는 법을 알고 있어. 네가 태어나는 모습을 내가 몇 번이나 본 줄 아니? 다시 돌아올 수 있어."

앨리스의 말에 레너드가 고개를 끄덕이며 말했다.

"올 때마다 아빠가 여기에 있는 거야? 이렇게 같이 이야기도 하고? 그럼 이제 뭘 어떻게 하면 돼?"

앨리스가 호키포키 춤을 추듯 팔다리를 힘껏 흔들어 댔다.

"밤이 깊었으니 내가 너라면 자러 갈 것 같구나. 아니면 같이 소파에 앉아 있어도 되고."

앨리스는 아버지를 지나 어두운 복도를 향해 걸어갔다. 어설라가 따라와 그녀의 다리에 몸을 비볐다. 앨리스는 몸을 숙여 어설라를 품에 안고 소파로 가 누웠다. 어설라는 그녀의 겨드랑이 안으로 쏙 들어와 몸을 동그랗게 말았다.

레너드는 앨리스에게 담요를 덮어 주었다. 그런 다음 TV

를 켰다. 하지만 앨리스는 아버지가 TV가 아니라 자신이 괜찮은지 봐주고 있다는 사실을 알고 있었다. 앨리스는 두 눈을 감은 채 숨을 편히 쉬려고 애썼다. 하지만 쪼글쪼글하고 시커멓게 변해 버린 폐 사진이 자꾸만 눈앞에 아른거렸다. 흡연자들을 겁주기 위해 담뱃갑 위에 붙여 놓았지만, 앨리스에게는 아무런 타격도 주지 않았던 사진이었다.

"아빠, 나한테 약속 하나만 해줄래?"

"물론이지. 뭔데?"

"담배 끊기. 중간에 포기하면 안 돼."

레너드는 10대 때부터 10년에 한 번씩 금연 시도는 부지런히 해 온 참이었다.

"알았어. 노력해 볼게. 됐지? 타이밍 한번 잘 잡았네. 노력한다고 약속할게."

레너드가 잠시 뜸을 들였다가 혼잣말로 중얼거리듯 말했다.

"앨리스. 그런데 경비 초소 안은 왜 비어 있었던 걸까? 내딴에는 조심한다고 했는데, 어떻게 싹 치워져 있을 수가 있지? 내가 어디에 있었길래?"

앨리스는 아버지에게 거짓을 고하고 싶지 않았다. 그렇다고 사실대로 말할 수도 없었다. 그러고 보니 병원 생각이 평소처럼 많이 나지 않았다. 마치 수십 년이나 억겁의 세월이 지난 후의 일처럼 멀게만 느껴졌다. 만약 가족끼리 서로 자연스럽게 포옹하던 사이였더라면 앨리스는 기회를 놓치지 않고 레너드를 와락 껴안았을 것이다. 왜 앨리스의 가족은 서로 포옹이 어색한 사이가 되어버렸을까? 앨리스의 탓이었을까, 아니면 레너드의 탓이었을까. 기억이 잘 나지 않았다. 하지만 그게 뭐가 대수랴. 지금 레너드가 그녀의 곁에서 이야기하고 있지 않은가. 앨리스에게는 그것만으로도 충분했다.

"하도 쌓아놨길래 내가 싹 치워 버렸어. 진짜 오래 걸렸어."

앨리스가 소파 팔걸이에 기댄 채 작은 목소리로 말했다. 그런 다음 어디론가 사라져 버렸다.

3
부

36

앨리스는 잠들지 않았었다. 하지만 그녀의 생각과는 달리 정신이 들자 꿈속에서 깨어난 듯 약간 몽롱한 기분이 들었다. 눈을 감은 채 두 팔을 머리 위로 쭉 뻗자 딱딱한 물체가 쿵 부딪혀 왔다. 손끝에서 울퉁불퉁하면서 매끈한 감촉이 느껴졌다. 포맨더에 놓인 오래된 소파의 감촉은 확실히 아니었다. 앨리스는 두 눈을 떴다.

두 눈이 어둠에 적응하면서 자신이 누워 있던 침대의 모습이 점차 또렷해졌다. 크기가 킹사이즈보다도 컸다. 앨리스는 발가락이 움직이는지 꼼지락거려 보았다. 다행히 발가락이 무거운 이불을 콕콕 찌르는 느낌이 났다. 앨리스로서는 과분하게 비싼 호텔 방 안에 있는 듯했다. 그녀의 머리맡에는 기하학 모양의 갓이 씌워진 은색 전등이 놓여 있었다. 전등의 불을 켜자 비어 있는 옆자리가 눈에 들어왔다. 누군가가 얼마 전까지 자다가 나간 것처럼 이불이 아무렇게나 흐트러져 있었다. 침대 시트와 벽은 모두 크림색이었고 나무 바닥은 백 년 전에 깐 듯 오래되어 보였다. 다른 것은 몰라도 두 가지만은 확실했다. 이 방에 와 본 적이 없다는 사실과 그럼에도 자신의 방이 분명하다는 점이었다. 레너드가 귀띔해 준 대로였다.

어딘지는 몰라도 네 침대에서 눈을 뜨게 될 거야. 그렇게 다시 네 삶으로 돌아가게 되는 거란다. 지금 이 이순간에 여기서 인생을 살고 있는 것과 똑같다고 보면 돼. 처음에는 다소 생경하게 느껴지는 것들이 많을 거야. 하지만 시간이 지나면 자연스레 다 알게 될 거란다.

◆◆◆

앨리스는 몸을 일으켜 침대 상판에 몸을 기대어 앉았다. 그런 다음 몸을 비스듬히 숙인 채 침대 옆에 놓인 협탁을 살펴보았다. 서랍을 열자 충전 선이 꽂혀 있는 핸드폰과 귀마개, 펜, 안대가 들어 있었다. 그리고 협탁 아래에는 책 몇 권이 켜켜이 쌓여 있었다. 그 모습에 왠지 모를 안도감이 밀려왔다. 아파트가 아무리 멋지다 한들 앨리스는 여전했다. 순간 레너드가 해줬던 자동차 이야기가 떠오르면서 마음이 한결 더 진정되는 느낌이 들었다. 주변이 달라져 있어도 그뿐일 뿐 앨리스는 제 모습 그대로였다. 충전 선에서 핸드폰을 뽑아 얼굴 위로 가져다 댔다. 화면 위에는 오전 5시 45분이라는 숫자가 적혀 있었다. 아무래도 미래로 이동하던 사이에 잠이 든 모양이었다. 핸드폰의 비밀번호는 똑같았다. 그도 그럴 것이 앨리스는 열네 살 때부터 줄곧 똑같은 비밀번호 하나만 사용해왔다. 그녀의 생일과 키아누 리브스의 생일을 합친 숫자였는데 딱히 바꿔야 할 이유를 느끼지 못했다. 이러니 신분도용이 쉬울 수밖에. 비밀번호와 달리 핸드폰 화면은 바뀌어 있었다. 늠름한 어설라의 익숙한 모습이 아니라 어두운 갈색 머리의 아이 둘이 환하게 웃고 있는 사진이 띄워져 있었다.

남자아이와 여자아이 같았지만 확신할 수는 없었다. 두 아이 모두 어두운 갈색 눈썹이 하얀 이마를 가로질러 나 있었다. 큰아이의 무릎 위에 작은아이가 앉아 있는 모습이 마치 마트료시카 인형 한 쌍 같아 보였다. 큰아이는 입을 활짝 벌린 채 웃고 있었고 작은아이는 땅딸막했다. 앨리스는 직감으로 알 수 있었다. 앨리스의 아이들이었다. 두 아이의 피부색과 입매, 눈동자 모두가 라파엘 조피와 똑 닮아 있었다. 이번 주에 입학처 사무실에서 봤었던 아이였다. 아니, 어쩌면 아닐지도 모르지. 순간 침대 옆자리에서 잔 사람이 누구일지 단박에 짐작이 갔다.

앨리스는 이불을 젖힌 다음 두 발을 바닥 위에 살포시 내려놓았다. 침대 아래에는 널따란 러그가 깔려있었다. 한눈에 봐도 치버 플레이스의 석 달 치 월세보다 비싸 보였다. 그녀는 줄무늬 잠옷 바지에 벨베디어 자선 달리기 행사 티셔츠 차림이었다. 몇 년은 묵은 듯한 티셔츠를 몸 가까이 가져대대자 부드러운 면 소재의 애착 담요를 껴안은 듯 마음이 한결 편안해졌다. 좋아, 나가보자, 하고 앨리스는 생각했다. 핸드폰을 손에 쥔 채로 방문을 향해 조심스레 발걸음을 옮겼다. 문손잡이에 손을 대는 순간, 어디선가 변기 물을 내리는 소리가 들리더니 바로 옆쪽 벽에 붙어 있던 문이 벌컥 열렸다. 앨리스는 본능적으로 몸을 동그랗게 말았다. 천산갑 혹은 공벌레처럼 몸을 잔뜩 말았지만, 여전히 사람이었고 눈에 확 띄었다.

"여기서 그러고 뭐 하는 거야?"

토미가 몸에 딱 달라붙은 운동복 차림으로 서 있었다. 땀으로 얼룩진 운동복과 매한가지로 머리도 땀에 흠뻑 젖어 있었다. 입학처 사무실에서 봤을 때와 거의 똑같은 모습이었다. 머리가 조금 더 짧았고, 그때도 갸름했던 얼굴은 한층 더 갸름해져 있었다. 성공이었다. 무언가 효과가 있었던 셈이었다. 택시 안에서 자신의 어깨에 기댄 토미에게 귓속말을 속삭였던 순간이 불현듯 떠올랐다. 어쩌면 내가 원하는 바를 사람들에게 사실 그대로 정확하게 말한 다음 한 발짝 물러서 있는 것이 핵심일지도 몰랐다.

"아무것도 아니야."

앨리스가 몸을 똑바로 일으켜 세우며 대꾸했다.

"우리가 여기에 사는구나. 자기랑 나랑."

"그렇지. 그리고 하늘은 파랗고 나뭇잎은 푸르지. 뭐 또 놀라운 사실이 더 있어?"

"매일매일 여기에 사는 거겠지."

"뭐, **매일매일**은 아니지. 생각해봐. 그보다 더 창피한 일이 또 어디 있겠어!"

토미가 눈알을 굴리며 살짝 비꼬듯 말했다. 농담인 줄 알면서도 앨리스는 기분이 퍽 상하고 말았다.

"혹시 뭐 집 한 채 더 사고 싶어서 이렇게 이상하게 구는 거야? 부동산 앱이 무슨 자기 절친이라도 돼? 제발 잘 때는 핸드폰 좀 내려놔. 별장 하나면 족하지 않아?"

토미의 말을 듣자마자 앨리스의 머릿속에 별장의 모습이 저절로 그려졌다. 울타리 너머에 자리한 하얀 집, 집 앞까지 펼쳐진 자갈길, 누군가가 잔디를 손질하고 있는 모습.

"게다가 우리 부모님 별장도 있잖아. 올해 수영장을 대대적으로 손본다고 하셨으니 애들이 엄청 좋아할 거야."

앨리스가 수천 번도 더 들었던 말이었다. 앨리스는 벨베디어 학교에서 일하면서 부러움을 느낄 때마다 우월감으로 승화시키며 버텨냈다. 벨베디어에 다니는 학생들은 3명 중 2명 꼴로 스스로 중산층이라고 생각했다. 하지만 그런 아이들 모두 앨리스가 생각한 중산층과는 거리가 먼 집안의 자제들이었다. 그들은 전세기를 자유롭게 이용했다. 카리브해에 있는 섬에 살면서 롱 아일랜드에 별장을 소유했다. 게다가 집에는 24시간 도움을 주는 가사도우미가 상주해 있었다. 레너드는 친구들 사이에서 돈을 꽤 많이 버는 축에 속했지만, 앨리스의 친구들에 비하면 아무것도 아니라고 앨리스에게 터놓고 말하고는 했었다. 레너드는 혼자서 번 돈이 전부인 반면에 벨베디어에 다니는 학생들 대부분은 여러 세대에 걸쳐 축적해온 부를 전리품처럼 깔고 앉아 있었다. 뉴욕에서 살다 보면 매일매일 어려움을 마주해야 했다. 식료품이 가득 든 무거운 가방을 끙끙대며 들고 다니거나 자가용 대신 지하철을 타고 다녀야 했다. 하지만 뉴욕 주민들은 그 어려움을 긍정적으로 승화시키는 데에 능숙했다. 앨리스 역시 수년간 제 처지를 긍정적으로 받아들이려 노력하며 살아왔다. 그리니치에 가족 저택을 가지고 있지도, 레인지로버나 말을 소유하고도 있지도 않았으니까. 하지만 지금은 그 모든 걸 가진 것으로 모자라 부부 침실 안에 땀범벅인 채 서 있는 토미 조피까지 곁에 있었다. 앨리스는 어떻게 해야 할지 감이 오지 않았다. 지금껏 봐왔던 시간 여행 영화는 모두 이쯤에서 끝이 났다. 〈완벽한 그녀에게 딱 한 가지 없는 것〉은 제나 링크가 웨딩드레스를 입고 집에서 나왔고, 〈엑설런트 어드벤쳐Bill & Ted's Excellent Adventure〉는 빌과 테드가 역사 수업을 무사히 통과하며 끝을 맺었다. 그리고 〈빽 투 더 퓨처〉는 마티 맥플라이가 지프를 사는 장면이 마지막이었다. 그런 다음 카메라가 뒤로 이동하며 완벽한 모습을 멀리서 보여준 다음 서서히 검은색으로 변하며 끝이 났다. 〈타임 브라더스〉는 문제를 하나씩 해결할 때마다 그들이 제일 좋아하는 피자집에 갔다. 앨리스처럼 잠옷 차림으로 자신의 삶을 되새겨 보려고 안간힘을 쓰는 장면은 그 어디에도 나오지 않았다.

바로 그때, 침실 문이 벌컥 열리며 앨리스의 오른쪽 옆구리를 세게 강타했다.

"엄마아아아아!!!"

그러더니 조그마한 몸뚱이 하나가 그녀의 정강이에 철썩 달라붙었다. 마치 해를 입히지 않는 착한 문어에게 공격을 당하는 느낌이었다. 손이 두 개뿐일 리가 없었다. 앨리스는 쓰러지지 않으려 재빨리 벽에다 몸을 지탱했다. 아이는 딱 달라붙어 떨어질 줄을 몰랐다. 앨리스는 한 손을 아이의 머리 위에 살포시 얹었다. 사진 속 남자아이일까, 아니면 여자아이일까? 조금 더 가까이서 보고 싶은 마음에 앨리스는 무릎을 꿇고 앉았다.

"안녕, 꼬마야."

남자아이였다. 벨베디어에서 인터뷰를 했던 그 아이는 아니었지만, 썩 닮아 있었다. 특히 눈매가 너무나도 똑같았다. 토미의 눈이 좀 더 작은 얼굴에 박혀 있는 느낌이었다. 그뿐만 아니라 굵직하고 아름다운 머리칼마저 토미를 쏙 빼닮아 있었다. 하지만 아이의 얼굴을 찬찬히 뜯어 보아도 자신과 닮은 구석이라고는 도무지 찾아볼 수가 없었다. 아이와 닮았다고 부모에게 칭찬을 건넸더니 "아, 사실은 입양한 아이예요."라는 대답을 들을 때와 똑같은 기분이 들었다.

"이름이 뭐였더라? 소방차였나? 아니면 실로폰이랬나? 한 번만 더 말해 줄래?"

"엄마, **나야. 레오.**"

아이가 킥킥대며 대꾸했다. 그러더니 바닥에 꿇어앉은 무릎 사이의 좁은 틈을 파고들어 앨리스를 가볍게 바닥에 눕혀버렸다. 두 아이를 낳았는데도 앨리스의 몸은 탄탄했고, 이전보다 더 튼튼한 느낌이 들었다. 개인 트레이너에게 쏟아부은 돈이 얼마일까, 잠시 궁금해하다가 이내 모르는 편이

낫겠다고 생각했다.

"아, 그렇구나. 레오였지. 그럼 동생 이름은 뭐였지? 우산 이었나? 아니면 짐바브웨?"

여자아이의 이름이 앨리스의 머릿속에서 마구 굴러다니고 있었다. 알파벳 모양의 파스타를 넣어 끓인 수프처럼 글자들이 제 자리를 찾아 마구 헤엄쳐 다녔다. 두 아이는 의심할 여지 없이 앨리스의 아이들이었다. 토미와 함께 낳은 아이들의 어머니, 아니 **엄마**가 되어 있었다. 앨리스의 어머니는 종국에는 자신을 '엄마'라고 부르지 말고 그냥 이름으로 부르라고 했다. 세레나의 세상에서 진짜 어머니는 대지의 여신인 가이아 하나뿐이었으니까. 순간 당혹감에 앨리스의 목덜미가 울긋불긋해졌다.

레오가 또다시 킥킥대며 웃었다. 아이가 부드럽고 축축한 제 손으로 앨리스의 두 뺨을 꾹 누르며 말했다.

"똥멍충이."

아이는 이탈리아의 조그마한 푸토 조각상처럼 너무 귀여워서 깨물어주고 싶었다. 아이의 손이 제 피부에 닿을 때 감촉이 너무나도 좋았다. 앨리스는 제 손을 아이의 손 위에 살며시 포개 얹었다. 토미에게는 무슨 말을 해야 할지 몰랐지만, 아이와는 자신 있게 이야기를 나눌 수 있었다. 몸을 낮게 웅크린 채 꼬마 아이들의 따뜻한 숨결을 느끼는 일이야말로 앨리스의 특기였으니까. 레오는 네 살쯤 먹은 듯했다. 아니, 네 살이었다. 직감으로 알 수 있었다. 호텔 방에서 눈을 떴을 때 순간적으로 자신이 있는 곳이 어딘지, 화장실이 어딘지 헷갈리는 것과 비슷한 느낌이었다.

"아니, 아니야. 똥멍충이 아니야."

앨리스가 말했다. 그러자 레오가 앨리스를 밀치더니 복도를 쪼르르 뛰어가며 "똥멍충이"를 연신 외쳐댔다.

그 순간, 토미가 티셔츠를 훌렁 벗었다. 그러고는 돌돌 말아 바구니 안으로 쏙 던져 넣었다. 그다음은 반바지와 사각팬티를 벗을 차례였다. 앨리스는 재빨리 고개를 돌렸다. 성인이 된 그의 몸을 바라보는 것 자체는 좋았지만, 실오라기 하나 없이 벌거벗은 몸은 심히 사적인 영역이었다. 환한 조명 아래에서 나체로 선 채 허리를 구부려 팬티를 벗는 것만큼 볼품없고 적나라한 모습이 또 어디 있으랴. 섹스할 때는 서로의 몸이 바짝 밀착해 있기에 시야가 극히 제한적이었다. 하지만 지금처럼 방 건너편에서는 모든 걸 훤히 볼 수 있었다. 앨리스는 눈에 뭐가 들어간 척을 하며 얼른 눈을 감았다.

"지금이라도 조깅하러 갈 거야?"

토미가 물었다. 그런 다음 그가 화장실 안으로 다시 들어가 샤워기에서 물이 떨어지는 소리가 눈을 감고 있는 그녀의 귓가에 들려왔다.

"응."

앨리스는 이 방에서 나가고 싶은 마음이 간절했다. 이 아파트에서 뛰쳐나가 포맨더로 되돌아가고 싶었다. 지금 당장 아버지에 전화를 걸고 싶었다.

"음, 오늘 뭐 하기로 했었지? 나 오늘 정신이 멍한 기분이야."

"그거 알아? 난 연하랑 결혼하면 이런 걱정은 안 해도 되는 줄 알았어. 치매가 이렇게 이른 나이에도 올 줄은 꿈에도 몰랐지 뭐야."

토미의 목소리가 타일에 반사되어 울리듯 들려왔다.

"에이, 그런 소리 마."

토미의 생일은 앨리스의 생일 바로 일주일 뒤였다. 그녀의 생일과 너무 딱 붙어 있어서 토미의 생일은 까먹으려야 까먹을 수가 없었다. 마치 제 눈에만 보이는 투명 잉크로 적어둔 것처럼 토미의 생일이 달력 위에서 떠다니는 기분이었다. 그런데 두 사람은 늘 이런 식으로 대화하는 걸까? 앨리스는 아직도 10대에 머물러 있는 듯한 느낌이 들었다. 감정 표현에 서툴러 짜증이 난 척을 하거나 비꼬기만 하던 그때로 되돌아간 듯했다. 핸드폰을 들어 날짜를 확인했다. 10월 13일. 그녀의 마흔 번째 생일 다음 날이었다. 자신이 떠났던 때와 똑같은 시대로 되돌아와 있었다. 하지만 정해진 도로 위를 달리던 자동차를 옆으로 살짝 밀어내는 데 성공했다는 점이 달랐다. 얼른 아버지에게 전화를 걸고 싶었지만 덜컥 겁이 났다. 샘에게도 전화를 걸고 싶었지만 역시나 겁이 났다. 무엇보다 두 사람과 통화를 한다고 해도 다른 사람이 없는 데서 하고 싶었다. 어떤 대화가 오갈지도 몰랐고, 태연한 척 연기를 잘할 수 있을 거라는 생각이 들지 않았다. 아버지가 건강하다면 감으로 알 수 있을까? 반대로 아버지가 죽었다면 그 역시 알 수 있을까? 지금으로서는 아무것도 장담할 수 없었다. 그때 토미가 샤워를 마치고 수건을 허리에 두른 채 나타났다.

"그래, 알았어. 마흔 살이라고 해봤자 예전으로 치면 서른 살에 불과하지."

토미가 방어하듯 두 손을 허공에 들고 앨리스에게서 멀찍이 몸을 기울인 채 말했다.

"내가 레오랑 도러시 보고 있을 테니 자기는 조깅하고 와. 이따 10시에 손드라가 오기로 했으니 그때까지만 애들이랑 놀아주다가 아버님 뵈러 갔다 와. 그리고 파티는 7시야. 그 외에는 자기가 하고 싶은 대로 하면 돼!"

그러고는 토미가 앨리스의 뺨에 입을 쪽 맞추었다. 앨리스의 생일이 있는 주간이라 토미는 평소와 달리 쾌활하게 행동하고 있었다. 이 부분은 어째선지 다른 것에 비해 훨씬 더 뚜렷하게 알 수 있었다.

"도러시구나. 알겠어."

앨리스가 말했다. 방 저편에 창문 하나가 나 있었다. 앨리스는 창 쪽으로 다가가 밖을 내다보았다. 그녀의 눈앞에 센트럴 파크가 카펫처럼 드넓게 펼쳐져 있었다. 바로 발치 아래로 연못이 내려다보였다. 관광객을 유치하려 만든 인공물 같아서 평소에는 쳐다보지도 않던 연못이었다. 왼쪽으로 탑처럼 뾰족하게 솟은 건물 하나가 보였다. 우뚝 솟은 두 개의 건물 중 하나였다.

"빌어먹을 산 리모네. 그런데 자기 부모님은 어디에 계셔?"

앨리스는 마땅히 답을 알고 있어야 할 질문을 했다. 토미가 못마땅하다는 듯 눈을 휘 굴리고는 엉뚱한 소리를 해댔다.

"아, 그래. 우리 부모님이 새벽에 애들을 픽이나 봐주시겠다. 알다시피 절대 그러실 분들이 아니잖아."

토미는 여전히 알몸인 채로 서서 대화를 이어 나갔다. 그의 가슴팍에 허연 털이 나 있었다. 배터리를 고정해 주는 가느다란 용수철처럼 꼬불꼬불했다. 토미가 옷장을 향해 몸을 돌리자 살짝 처진 엉덩이가 앨리스를 마주했다. 그 모습이 불쾌하면서도 왠지 모를 위안을 안겨주었다. 대단하신 토피 조피마저도 그녀와 마찬가지로 나이 앞에서는 속수무책인 모양이었다. 잠깐, 그렇다면 앨리스의 이름 역시 앨리스 조피인 걸까? 아니, 절대 그럴 리가 없었다. 토미가 옷을 다 챙겨 입은 뒤 방을 나가면서 문을 닫았다. 앨리스는 제 옷이 들어 있는 서랍장을 열어 옷을 뒤적거렸다. 레너드의 말대로 방 안에 무엇이 있는지 몸이 다 기억하고 있었다. 적어도 그녀의 몸은 본능적으로 어떤 서랍을 열어야 하는지 알고 있었다. 앨리스는 옷을 재빨리 갈아입고 복도로 슬그머니 빠져나갔다. 손에는 그녀의 핸드폰이 애착 담요처럼 꼭 쥐여 있었다.

앨리스가 아이를 원하지 않던 것은 아니었다. 다만 타이밍이 맞지 않았다. 그녀는 첫 번째 남자친구와 동거했을 때 임신을 한 적이 한 번 있었다. 언젠가 때가 되면 결혼할 남자라고 생각했던 앨리스와 달리 남자친구는 아이를 낳기 싫다고 했다. 적어도 그 당시에는 원치 않는다는 말에 앨리스는 중절 수술을 받았다. 하지만 그는 앨리스와 헤어지자마자 곧바로 다른 여자를 만나 아이를 낳았다. 아이는 지웠어도 아이가 태어나면 지어 주려고 생각해둔 이름들이 있었다. 그리고 그 목록에는 도러시라는 이름이 항상 속해 있었다. 20대와 30대 내내 앨리스는 언젠가는 아이를 가지게 되리라 생각했었다. 하지만 더는 아니었다. 아이를 낳는 문제는 마치 시소 한가운데에 볼링공을 올려놓고 균형을 잡는 것처럼 어려웠다. 결연하게 아이를 낳거나 낳지 않는 사람들이 있는가 하면 앨리스처럼 어영부영하다가 더는 신경 쓰지 않아도 되는 날이 다가와 옆으로 비켜나는 사람들도 있었다. 반면, 〈오드 커플The Odd Couple〉에 출연했던 배우 하나는 일흔아홉의 나이에 아기를 가지기도 했다. 이처럼 남자들은 아무것도 결정할 필요가 없었다.

아파트는 실로 광활했다. 앨리스는 기다랗고 어두컴컴한 복도를 따라 걸었다. 한쪽 벽면에는 책꽂이가 늘어서 있었고, 다른 벽면에는 가족사진이 액자에 담겨 걸려 있었다. 방에서 레오의 목소리가 쩌렁쩌렁 메아리치듯 울려 퍼졌다. 그리고 어디에선가 또 다른 소리가 들려왔다. 영국 돼지인 페파피그의 목소리라는 것을 앨리스는 대번에 알아챘다. 어린아이들과 만날 때는 그때그때 아이들이 좋아하는 만화 캐릭터를 알아두는 일이 대단히 중요했다. 앨리스는 천천히 발걸음을 옮겼다. 양말을 신은 덕분에 마룻바닥을 밟는 소리가 나지 않았다. 벽에 걸린 사진들은 아이들 사진이 대부분이었다. 고스터버스터로 분장한 레오와 마시멜로 맨으로 분장한 도러시의 사진과 거품이 산처럼 쌓인 욕조에 두 아이가 함께 들어가 있는 사진이 눈에 들어왔다. 그러다 복도의 정중앙에 다다르자 결혼사진이 나왔다. 토미 조피와 앨리스의 결혼식 사진이었다. 앨리스는 액자 유리에 코가 닿을 만큼 한 걸음 더 가까이 다가갔다. 사진 속 앨리스는 바닥까지 내려오는 하얀색 레이스 드레스를 입고 있었다. 캡소매에 몸통 바로 아래에 커다란 리본이 달려있어서 마치 인간 선물 상자처럼 보였다. 게다가 생전 처음 보는 머리 스타일을 하고 있었다. 수영복 모델처럼 머리카락을 풍성하게 연출해 한쪽 어깨로 늘어뜨리고 있었다. 표정 역시 다소 알쏭달쏭했다. 기쁘다기보다는 약간 정신이 나간 듯해 보였다. 엔도르핀이 넘치는 건지, 아니면 공포에 질린 건지 분간하기가 힘들었다. 결혼사진 옆으로 앨리스가 만삭일 적 사진들이 걸려 있었다. 남산만큼 부른 배가 금방이라도 바닥으로 떨어질 듯 두 손으로 아래쪽을 단단히 받치고 있었다. 앨리스는 손으로 배를 만져 보았다. 잘 부풀어 오른 반죽처럼 피부가 부드럽고 말랑말랑했다.

"엄마!"

옆방에서 높은 목소리가 들려왔다. 앨리스는 복도를 가로질러 가 열린 문틈 안으로 고개를 빼꼼 들이밀었다. 온통 분홍색인 방안에 캐노피 침대가 놓여 있었다. 앨리스가 어릴 적 사용하던 포맨더의 방보다 세 배는 더 커 보이는 방 안에 작은 소녀 하나가 러그 위에 앉아 있었다. 제 몸체만 한 곰 인형을 맞은 편에 앉혀두고 소꿉놀이를 하고 있었다. 아이를 보자마자 불현듯 정체를 알 수 없는 감정이 솟구쳐 올랐다. 냉큼 아이에게로 달려가 아이를 번쩍 들어 올려 몸이 으스러질 정도로 꼭 안아 주고 싶었다. 레오가 자신에게 했던 대로 방안으로 달려가 두 사람이 바닥에 쓰러질 정도로 도러시를 세게 껴안아 주고 싶었다.

"안녕, 도러시. 엄마도 끼워줄래?"

도러시가 자신이 맡은 중요한 임무에 걸맞게 심각한 표정을 지은 채 고개를 끄떡였다. 그러고는 앨리스에게 보이지 않는 차 한 잔을 따라주었다. 앨리스는 얼른 아이와 곰 인형 사이를 비집고 들어가 앉았다. 바로 그때, 우레와 같은 소리와 함께 레오가 방안으로 뛰어 들어왔다. 그러더니 앨리스의 등으로 냅다 돌진해 뒤에서 와락 껴안았다. 곧이어 토미가 뒤따라왔다.

친구들이 결혼하고 아이를 낳기 시작하면서 앨리스는 결혼과 출산이라는 선택에 뒤따르는 일들에 관해 생각해 본 적이 있었다. 집안 곳곳이 장난감으로 가득 차고 평생 한 사람과 한 침대를 나눠 쓰는 기분은 어떨까. 세금 신고를 제대로 할 줄 아는 사람이 늘 곁에 있어서 좋을까. 모유 수유는 어떨까. 태반이 정확하게 무엇이고 사람들은 왜 태반을 먹는 걸까. 사랑이라는 감정은 시간이 지나면서 과연 어떤 모습으로 변모해갈까. 제 자식들이 지겹다거나 배우자가 밉기도 할까. 과연 그녀가 이 중 하나라도 잘해 낼 수 있기는 할까. 처음에는 그저 이론적인 생각들에 불과했다. 10대 소녀가 실제 결혼할 때가 되면 제 인생이 달라질 거라는 사실을 알면서도 개의치 않고 아주 먼 미래의 결혼 계획을 세우는 것과 비슷했다. 하지만 나이가 들고 실제로 결혼과 출산을 겪어나가는 친구들을 보면서 한때는 즐겁기만 했던 앨리스의 환상은 점차 슬픔으로 바뀌어 갔다. 결혼 생활은 타협의 연속이었고 부모가 되는 일은 희생을 전제로 했다. 본디 힘들고 달갑지 않은 일들은 일찍 할수록 견디기 쉬운 법이었다.

"차가 참 맛있네. 조금만 더 줄래?"

도러시가 고개를 끄떡이며 땅딸막한 손가락으로 앨리스의 잔을 도로 가져갔다.

"우리 예쁜 꼬마는 몇 살이야?"

"똥멍충이는 세 살!"

레오가 큰소리로 버럭 외쳤다. 그러고는 방안을 이리저리 휘젓고 뛰어다니다 거대한 곰 인형에 정면으로 부딪치고 말았다. 그러자 꼬마 똥멍충이는 그만 눈물이 왈칵 터져버렸다. 자리에서 벌떡 일어나 주먹을 불끈 쥔 채 악을 쓰며 소리를 질러댔다.

"아이고, 이런. 이리 오렴, 아가."

토미가 도러시를 번쩍 들어 올려 구석에 놓인 흔들의자 쪽으로 걸어갔다. 그런 다음 색이 바랜 끈을 잡아당겨 공갈 젖꼭지 하나를 집어 들었다. 도러시는 양손으로 공갈 젖꼭지를 받아 들고 곧장 입으로 가져갔다. 곧바로 진정하는가 싶더니 금세 황홀감에 빠져들었다. 도러시의 입에서 얇은 신음소리가 흘러나왔다.

"조깅하러 갔다 와. 애들은 내가 잘 보고 있을게."

토미가 말했다. 그런 다음 근처에 있는 책장에서 책 한 권을 빼 들고 흔들의자에 앉았다. 레오가 포복 자세로 바닥을 엉금엉금 기어가 토미의 한쪽 발 위에 머리를 얹었다. 앨리스는 언제부터 자신이 취미로 달리기를 하는 사람이 됐는지 의아해하며 문 옆에 놓인 스니커즈의 끈을 단단히 묶고 바깥세상으로 향했다.

37

로비에 도착하자 도어맨이 아파트 출입문을 활짝 열어 주었다. 아파트 입구의 측면에는 높이가 2미터에 달하는 화분이 놓여 있었다. 도어맨은 두 개 중 하나의 화분 옆으로 비켜서며 앨리스에게 인사를 건넸다.

"좋은 아침이에요, 앨리스."

도어맨이 인사를 건넸다. 동그스름한 얼굴에 몸집이 작은 편이었지만 더블버튼 코트 안으로 떡 벌어진 가슴이 도드라져 보였다. 아파트 주민 대다수는 크리스마스카드 봉투에 이름을 꼭 써야 할 때가 아니고서야 그를 굳이 이름으로 부르지는 않았다. 그 사실을 잘 알고 있기에 앨리스는 그의 이름을 기억하지 못하는 자신에게 속상함을 느꼈다.

"좋은 아침입니다!"

앨리스도 인사를 건넸다. 그런 다음 센트럴 파크 웨스트의 새벽 공기 속으로 뛰쳐나갔다. 번화한 상업지구인 브로드웨이나 콜럼버스와 달리 센트럴 파크 웨스트는 여느 때처럼 한산했다. 서로 음식을 나눠 먹는 이웃처럼 나무들이 돌담에 사이좋게 기대어 서 있었다. 몇몇 나무들은 아래로 축 늘어져 의자에 그늘을 드리웠다. 미드타운에서 바라봤을 때는 센트럴 파크를 마주 보고 있는 초고층 아파트 건물들이 반짝거리는 흉물이라고 생각했었다. 하지만 가까이서 보니 사뭇 다른 모습이었다. 석회암과 벽돌로 지어져 우아하고 견고해 보였다. 모두 지어진 지 50년도 채 되지 않은 건물들이었다. 초호화 아파트들의 건물 앞은 화단으로 장식되어 있었다. 웅장한 출입문 앞에는 도어맨이 보초를 서고 있다가 택시를 잡아 주거나 식료품 운반을 도와주기도 했다. 앨리스는 주머니에서 핸드폰을 꺼내 아버지의 이름을 검색해 보았다. 아까 토미가 뭐라고 했었지? 아버지를 만나고 오랬었나? 아니면 보러 갔다 오라고 했었나? 병원 이야기도 했었던가? 아니, 분명 병원이라는 말은 하지 않았었다.

따르릉, 신호음이 연거푸 울린 후에 보이스 메일로 넘어간다는 레너드의 목소리가 들려왔다. 참으로 오랜만에 듣는 목소리였다. 생일 몇 주 전부터 아버지에게 전화를 걸 일이 없었다. 아버지는 병원에 누워 있기만 했으니까. 아버지의 핸드폰은 그저 금속과 플라스틱 덩어리일 뿐이었다. 메시지를 남기면 최대한 빨리 연락하겠다는 레너드의 목소리가 연달아 흘러나왔다. 샤워 중인 걸까. 아니면 핸드폰을 집에 놓아둔 채 '시티 다이너'에 아침을 먹으러 갔을지도 몰랐다. 아버지는 핸드폰을 20세기 때 전화기처럼 다루었다. 집에 놔두고 외출한다거나 몇 시간씩 아예 건드리지 않는 일도 허다했다. 핸드폰 없이는 10분도 견디지 못하는 앨리스는 그런 아버지가 부러웠다. 앨리스는 메시지를 남기지 않은 채 전화를 뚝 끊었다. 그러고는 이내 마음을 바꿔먹고 다시 전화를 걸어 삐 소리 후에 메시지를 남겼다.

"아빠, 저예요. 앨리스. 목소리 듣고 싶어서 전화했어요."

맞은편에 자연사 박물관이 보였다. 안으로 들어가 곧장 고래 조형물로 달려가면 자기 자신과 함께 누워 있는 아버지를 볼 수 있을 것만 같았다. 앨리스는 힘껏 달리기 시작했다.

앨리스는 북쪽으로 몇 블록을 뛰어 올라갔다. 모퉁이만 돌면 벨베디어 고등학교였다. 혹시라도 과거와 현재에서 온 앨리스의 귀신이라도 있을세라 거리를 훑어보았다. 다행히 아무것도 없었다. 앨리스는 더 빨리 내달리기 시작했다. 손을 잡고 걷는 노부부를 지나 당일 장사 준비가 한창인 핫도그 가게 옆을 지나쳐 갔다. 변함없는 도시의 모습을 보며 앨리스는 정신을 다잡았다. 뉴욕은 개개인이 처한 위기쯤은 거뜬히 버텨낼 수 있는 도시였다. 그보다 더 심한 위기들을 겪어낸 도시 아니던가.

86번가와 센트럴 파크 웨스트 교차로에 도착하자 횡단보도 신호등이 빨간색으로 비꿔었다. 앨리스는 허리를 숙인 채 손으로 무릎을 짚고 서서 가쁜 숨을 내쉬었다. 그때, 조깅하던 여자 하나가 귀에 이어폰을 꽂은 채 앨리스의 앞에 서서 몸을 위아래로 흔들어 댔다. 앨리스가 못 본 체하자 여자는 손가락을 앨리스의 코앞에 대고 마구 흔들었다. 앨리스는 못 이기는 척 인사를 건넸다.

"좋은 아침입니다."

"에이, 왜 그래요."

여자가 말했다. 그러고는 몸이 깃털처럼 가벼운 복싱 선수처럼 몸을 더 빠르게 흔들어 대더니 허공에 대고 드럼을 치는 시늉을 했다.

"오늘이 생일이라면서요. 두구 두구 두구! 사실 제 생일도 오늘이에요!"

여자가 혼자 깔깔대고 웃으며 말했다.

"농담이에요. 제 생일 아니에요. 어쨌든 마흔 번째 생일 축하해요!"

앨리스가 미처 상황을 파악하기도 전에 여자가 땀이 흥건한 팔로 그녀의 몸을 감싸 안았다.

"아, 고마워요."

앨리스가 감사를 표했다. 마침내 여자가 뒤로 물러난 후에야 앨리스는 여자의 얼굴을 확인했다. 벨베디어 학부모였다. 그것도 무척이나 성가신 여자였다. 이름이 메리 엘리자베스였던가? 아니, 메리 캐서린이었나? 그녀에게는 어린 아들이 둘 있었다. 그중 한 명은 다른 아이들을 자꾸 깨물어서 유치원에서 거의 쫓겨날 뻔했었다. 그래, 아이들 이름이 펠릭스와 호러스였다. 그러자 두 아이의 깔끔하게 정돈된 머리와 연쇄살인범처럼 공격적이었던 모습이 떠올랐다.

"제 생일인 건 어떻게 아셨어요?"

메리 캐서린인지 엘리자베스인지 모를 여자가 핸드폰을 허공에 흔들어 보이며 대꾸했다.

"그걸 어떻게 몰라요. 인스타그램에 광고하듯 계속 올렸잖아요. 케이크 앞에 두고 아이들이랑 같이 찍은 사진 봤어요. 어찌나 귀엽던지. 우리 애들은 밀가루를 못 먹어요. 밀가루만 먹으면 자꾸…"

여자가 하던 말을 멈추고 사팔눈을 한 채로 손가락으로 원을 그리며 귀 주변을 빙빙 돌려댔다.

"어쨌든 겨우겨우 애 봐줄 사람을 새로 구했어요. 덕분에 오늘 밤 파티에 이선하고 같이 저도 참석할 거예요. 온종일 애들 봤으니 오늘 밤에는 칵테일 몇 잔 정도는 마셔줘야죠."

그러더니 또다시 이상한 표정을 지어 보였다.

"그럼 전 뛰던 거 마저 뛰러 갑니다! 자기 관리해야죠! 나중에 봐요!"

널따란 거리를 몇 걸음 만에 전광석화와 같은 속도로 건너가 공원 안으로 사라졌다.

오늘 밤 앨리스의 생일 파티가 열릴 예정이었다. 생일 파티를 또 해야 한다니. 앨리스는 샘에게 문자 메시지를 보내려고 핸드폰을 꺼내 들었다. 두 사람이 주고받은 메시지가 너무 적었다. 그것마저도 앨리스가 보낸 파란 말풍선이 대부분이었다.

안녕! 잘 지내는지 안부 차 연락했어! 다음 주에 같이 저녁 먹을래? 어떻게 지내? 참고로 지금 TV에 〈90210〉 몰아보기 방송 중이야.

앨리스의 메시지에 샘은 드문드문 답장을 했다.

저녁 먹자. 하아! 이번 주는 진짜 너무 바쁘네!

앨리스는 나중에 다시 보낼 심산으로 핸드폰을 주머니에 다시 찔러넣었다.

그로부터 6분을 더 뛰어가자 포맨더 워크가 나왔다. 철문 뒤편으로 보이는 거리는 조용했지만 금세 시끌벅적해질 터였다. 앨리스는 육중한 철문을 열고 서둘러 아버지의 집으로 향했다. 이웃들과 마주치고 싶지 않았다. **잘 지내냐**는 기본적인 안부 인사에도 어떻게 대답해야 할지 알지 못했다. 자신의 존재를 위협하는 지뢰와도 같은 질문이었다. 앨리스는 집으로 들어가 현관문을 닫았다. 곧바로 어설라가 그녀의 다리 사이로 쏙 들어왔다. 그녀는 허리를 숙여 어설라를 품에 안아 올렸다.

"안녕. 야옹이."

혹시라도 아버지를 깨울까 봐 어설라의 까만 털에다 대고 작게 속삭였다. 집안에는 불이 다 꺼져 있었지만, 동이 트고 있어서 집안을 분간하기에는 충분했다. 어차피 눈가리개를 하고도 잘 찾아다닐 수 있을 만큼 집안을 훤히 꿰고 있었다. 앨리스는 복도 끝으로 다가가 아버지의 방 문고리에 손을 뻗었다. 그러다 멈칫했다. 이 방에서 무엇을 보고 싶은 걸까? 곤히 자고 있는 아버지가 보고 싶은 걸까? 아니면 침대가 비어 있기를 바라는 걸까? 앨리스는 대뜸 자신의 방 문고리에 손을 가져가 문을 열고 안으로 들어갔다.

바닥에는 러그가 깔려 있었다. 굉장히 오래되고 값비싼 터키산 같았다. 바닥에 늘 있었는데 옷을 산더미처럼 쌓아놓아서 한 번도 보지 못했던 걸까. 그럴 수도 있었지만 아무리 생각해 보아도 처음 보는 물건이었다. 게다가 그녀의 침대가 있어야 할 자리에 커다란 원목 책상 하나가 보란 듯이 놓여 있었다.

"얼씨구, 이게 뭐야."

쿵, 소리를 내며 어설라가 바닥으로 뛰어내렸다. 앨리스는 옷장으로 다가가 문을 열어젖혔다. 옷들이 가지런히 걸려 있었고, 접힌 이불과 수건이 차곡차곡 쌓여 있었다. 그중에 앨리스의 물건은 아무것도 없었다.

"이건 또 뭐야."

앨리스는 제 방에서 나와 아버지 방문 앞을 서성였다. 그러다 조용히 문을 두드리고 나서 나무로 된 문 위에 귀를 바짝 가져다 댔다. 하지만 안에서는 아무런 인기척도 들리지 않았다. 똑똑, 다시 한번 문을 두드린 다음 손잡이를 천천히 돌렸다.

레너드의 방은 비어 있었다. 침대 역시 여느 때처럼 가지런히 정돈되어 있었다. 침대 위에는 베개가 네 개 올려져 있었고, 익숙한 문양의 누비이불이 양옆으로 팽팽하게 당겨져 있었다. 앨리스는 방문을 닫고 복도로 다시 걸어 나왔다. 그러자 어설라가 야옹, 소리를 내며 최대한 우아하게 자신의 배고픔을 알려왔다. 어설라의 밥그릇은 늘 같은 자리인 주방 바닥에 자리하고 있었다. 앨리스는 새 통조림 하나를 꺼내 작은 쟁반 위에 놓인 그릇 안에 몽땅 부어주었다.

주방에는 물건들 대부분이 예전 그대로였다. 레너드처럼 한 장소에서 수십 년을 살다 보면 으레 그렇게 되기 마련이었다. 시시때때로 구매한 물건들이 집 안에 쌓여갔다. 발판으로 쓸 의자가 정말 필요해서 '레이트너 리넨' 가구점에 들렀다가 첫눈에 띄어 사 온 물건은 물론 충동적으로 구매한 물건까지 모두 집 안에 머물렀다. 레너드는 인테리어 디자인은 고사하고 디자인 자체에 전혀 신경을 쓰지 않았다. 하지만 주방은 무언가가 달라 보였다. 그게 무엇인지 알아내려고 잠시 서서 골똘히 생각에 잠겼다.

그 어디에도 재떨이가 없었다.

식탁 위와 주방 조리대를 살펴보아도 재떨이가 보이지 않았다. 집에서는 라벤더와 비누 향기가 났다. 앨리스는 냉장고 쪽으로 몸을 돌려 문손잡이로 손을 가져갔다. 순간, 문을 열려다 말고 가만히 멈추어 서고 말았다. 냉장고 문 앞에 앨리스의 사진이 동그란 자석으로 고정되어 있었다. 앨리스가 어렸을 적 박물관에서 구매한 미 항공우주국 로고 모양의 이 자석을 레너드는 평생 간직해온 것이었다.

앨리스는 사진을 자세히 들여다보았다. 전문가가 찍은 사진을 두꺼운 용지에 인쇄한 사진인 듯했다. 금색으로 **새해 복 많이 받으세요!** 라고 커다랗게 적혀 있는 걸 보니 연하장 같았다. 사진 속 앨리스는 무릎 위에 레오와 도러시를 앉힌 채 앉아 있었다. 레오의 오동통한 고사리 같은 손에는 장난감 트럭이 들려 있었고, 토미는 세 사람의 뒤에 서서 나쁜 안마사처럼 앨리스의 어깨에 손을 얹고 있었다.

바로 그때, 현관문이 삐걱대며 열리는 소리가 났다. 앨리스는 깜짝 놀라 뒤를 돌아보며 외쳤다. 심장이 터질 듯 요동치고 있었다.

"아빠!"

"어, 아닌데요?"

작은 목소리가 들려왔다. 현관문 앞에는 깡마른 여자아이 하나가 서 있었다. 청바지에 펑퍼짐한 운동복 차림으로 앨리스를 향해 손을 흔들고 있었다.

"저는 옆집에 사는 캘리인데요. 레너드 아저씨, 그러니까 아줌마 아버지가 입원해 계시는 동안 어설라를 봐주기로 했어요."

"참, 그랬었지."

앨리스는 침을 꿀꺽 삼켰다.

"안녕, 캘리. 고마워. 어설라 밥은 내가 방금 줬으니 안 줘도 돼. 그래도 잠깐 쓰다듬어 주면 굉장히 좋아할 거야."

"네."

캘리가 여전히 현관문 앞에 선 채로 대답했다.

앨리스는 앨리스는 냉장고에 붙어 있는 연하장을 만지작거리다 사진 속 자신의 얼굴을 집게손가락으로 가렸다. 냉장고에 붙어 있는 연하장을 만지작거렸다.

"그래, 고마워."

캘리에게 인사를 건넨 다음 집을 빠져나왔다. 병원 면회 시간은 11시였다. 지금 곧장 시내로 가기에는 아직 시간이 일렀다. 그녀는 손에 쥔 열쇠를 빤히 바라보다가 발걸음을 내디뎠다. 좀처럼 집이라는 생각이 들지 않는 산 리모로 향했다.

58

앨리스가 아파트 현관문 안으로 들어서자 아이들이 환호성을 내질렀다. 이렇게 환영해주는 사람이 있다니 멋진걸, 하고 앨리스는 생각했다. 그러고 보니 부모가 되면 마주하게 될 장점에 대해서는 그리 깊이 생각해 본 적이 없었다. 늘 수면 부족이나 기저귀, 평생 바쳐야 할 전폭적인 사랑과 아낌없는 지원 등 단점들만 곰곰 따졌다.

"엄마 얼른 샤워만 하고 금방 나갈게!"

앨리스가 큰소리로 외쳤다. 지금 생각해 보니 늘 혼자 살면서 자신만의 조용한 공간과 자유를 누리면서도 아마도 조금은 외로웠던 듯했다. 앨리스는 화장실 안으로 들어가 문을 잠갔다. 아무렇지도 않은 토미와 달리 앨리스는 실오라기 하나 걸치지 않은 적나라한 나체를 보여줄 마음의 준비가 아직 되지 않았다. 샘에게 전화를 걸었지만 받지 않았다. 음성 메시지 대신 문자 메시지를 남겼다.

할 얘기가 있어. 시간 될 때 전화 좀 줘.

앨리스의 몸은 이전과는 조금 달라져 있었다. 젖꼭지가

조금 더 크고 시커멨는데, 한쪽이 다른 쪽보다 조금 더 심했다. 배는 부드러웠고 아랫배가 살짝 볼록했다. 배 위에는 은색 점과 짧은 선들이 **두 아이를 낳았다**는 암호를 전달하는 모스부호처럼 찍혀 있었다. 마치 잡지 뒤쪽에 실린 **다른 그림 찾기**를 하는 기분이었다. 머리는 전보다 짧았고, 척 보아도 이전엔 가본 적도 없는 비싼 미용실에서 자른 머리였다. 머리 색은 금발이었지만 염색은 하지 않은 듯했다. 어릴 적 강한 햇볕에 자연 탈색이 되었을 때와 똑같은 색이었다. 하지만 지금은 시월이었다. 더군다나 이 정도로 금발이었던 적은 지난 20년 동안 한 번도 없었다. 샴푸는 통에 예술적인 포장재가 씌워진 고가의 제품이었다. 바디워시 역시 앨리스가 알기로는 커다란 통 하나에 50달러나 하는 제품이었다. 토미가 무슨 일을 하는지는 아직 알지 못했다. 물론 무슨 일을 하는지 알고 있기는 했지만, 이번 생을 사는 앨리스는 모르고 있었다. 아버지에게 묻고 싶은 질문들이 너무나도 많았다. 그녀가 말 한마디 했다고 해서 정말로 담배를 끊었을까? 그녀의 이전 삶은 과연 어떻게 되었을까? 앨리스 없이 계속되고 있는 걸까? 아니면 그녀가 세상 전체에 리셋 버튼을 눌러버린 걸까? 그랬다면 그녀가 짊어져야 할 책임이 너무 무거웠다. 그렇지만 레너드가 시간 여행이 어떻게 작동하는지 말해줄 때 그의 얼굴이 웃고 있지 않았던가?

앨리스는 깨끗이 씻은 다음 옷을 챙겨 입고 거실로 다시 나갔다. 아이들이 식탁에 앉아 낯선 여자와 함께 무언가에 열중하고 있었다. 손드라라고 했던가? 물론 이 상황에서 낯선 이는 손드라가 아니라 앨리스 자신이었다.

"엄마! 이거 봐! 손드라가 도와줬어!"

레오가 신이 난 목소리로 외쳤다. 그러더니 식탁에서 무언가를 휙 낚아채 앨리스를 향해 냅다 달려왔다. 요리조리 접은 공작용 종이 앞면에는 크레파스로 뾰족한 하트가 그려져 있었고 그 안에는 큰 글씨로 **레오**라고 쓰여 있었다.

"고마워, 레오. 완벽한걸."

앨리스는 레오의 머리에 입을 맞추었다. 세상에는 지금도 중매로 만나 결혼하는 사람들이 많았다. 그들은 생판 모르는 사람과 식장으로 걸어 들어가 한 가족이 되어 나왔다. 그 후 매일매일 서로를 사랑하는 법을 배워갔다. 앨리스는 TV 촬영장에 들어와 있는 느낌이었다. 〈타임 브라더스〉가 아니라 〈말콤네 좀 말려줘Malcolm in the Middle〉나 〈로젠Roseanne〉 류의 시트콤 같았다. 거실 한가운데 소파가 놓여 있고, 텔레비전이 있어 할 자리에 카메라가 서서 모든 상황을 찍고 있는 듯했다. 하지만 앨리스는 현실처럼 느껴지지 않는 이 상황에 기꺼이 맞설 준비가 되어 있었다. 크레파스를 손에 들고 종이 위에 그림을 그려나가기 시작했다.

59

병원은 앨리스가 기억하던 그 모습 그대로였다. 유리로 둘러싸인 하얀색 대형 건물들이 맨해튼 위쪽 끝자락을 따라 줄지어 서 있었고, 아래로는 허드슨강이 흐르고 있었다. 전국 11위 병원이라고 광고하는 대형 현수막이 포트 워싱턴 대로를 가로질러 걸려 있었다. 자랑이라기에는 참으로 안쓰럽기 그지없는 순위였다. 수술복 차림의 의사와 간호사들이 병원 앞에 있는 푸드트럭 앞에 줄지어 서 있었다. 바로 옆에서 병들고 죽어가는 사람들을 구급차에서 싣고 내리는데도 아무렇지도 않은 모습이었다. 눈 앞에 펼쳐진 익숙한 모습에 앨리스는 마음이 편해졌다. 그러면서 아버지가 했던 말을 또다시 상기해 보았다. **삶은 그리 유동적이지 않아.** 아버지는 죽지 않았다. 앨리스가 마지막으로 아버지를 봤었던 바로 이곳, 이 병원 안에서 여전히 살아 숨 쉬고 있었다.

앨리스는 병원 안으로 들어가 출입증을 받으려고 기다렸다. 안내데스크 앞에는 런던과 크리스가 앉아 있었다. 늘 그렇듯 미소를 띤 얼굴로 방문객에게 받은 신분증을 되돌려주며 담소를 나누었다. 제 차례가 되자 앨리스는 싱긋 웃으며 런던의 의자 앞으로 다가갔다.

"어서 오세요! 오늘이 생일이시군요! 아주 멋지십니다!"

런던이 머리카락을 어깨 뒤로 넘기는 시늉을 하며 말했다.

병원 로비는 층고가 높고 통풍이 잘되었다. 한쪽 끝에는 스타벅스가 있었고, 다른 쪽 끝에는 값싼 곰 인형과 초코바를 파는 선물 가게가 있었다. 실내는 일부러 귀를 기울여 듣지 않고서는 다른 사람들이 무슨 대화를 하는지 알 수 없을 정도로 엄청 시끄러웠다.

"어떻게 아셨어요?"

"제가 심령술사거든요."

런던이 앨리스의 신분증을 흔들며 농담을 했다. 이에 앨리스가 겸연쩍은 목소리로 말했다.

"아, 그렇군요. 사실 생일은 어제였어요."

"올라가 보세요. 어딘지 아시죠? 출입증에 병실 번호도 같이 찍혀 있습니다."

런던이 신분증과 출입증을 칸막이 너머로 건네주며 일러 주었다.

◆◆◆

병원은 산 리모와 닮은 구석이 몇 가지 있었다. 엘리베이터가 여러 군데 설치되어 있었고, 아무런 표시가 붙어 있지 않은 문들이 일반인은 출입이 제한된 장소로 연결되었다. 사람들은 가능한 한 서로 눈을 마주치지 않으려 애썼다. 앨리스는 텅 빈 엘리베이터를 타고 5층에서 내렸다. 그런 다음 여닫이문을 두 번 통과해 대기실을 지나갔다. 대기실 창문 밖으로 허드슨강과 조지 워싱턴 다리 근처 강 건너편의 가파른 회색 절벽까지 훤히 내려다보였다. 복도에는 5미터 마다 손 세정제가 설치되어 있어 제법 위생적이라 느껴졌지만, 기대만큼 청결하지는 않았다. 바닥에는 굽도리를 따라 먼지 뭉치가 굴러다녔고, 사람들은 입도 가리지 않은 채 마구 기침을 해댔다. 순간 한기가 느껴진 앨리스는 재킷을 여미었다. 아버지의 병실에 가까워지고 있었다.

문득 불공평하다는 생각이 들었다. 과거를 바꾸었다면 미래도 똑같이 바뀌어야 마땅했다. 병실로 향하는 마지막 복도를 지나면서 깨달은 사실이 하나 있었다. 그녀가 살았던 지하 아파트가 햇살이 잘 드는 아파트로 바뀐 데다 아이들과 보모까지 덤으로 따라왔듯이 아버지 역시 달라져 있을 줄 알았다. 미래가 바뀌었으니 아버지도 당연히 바뀌었을 거라고 생각했다. 물론 사람은 다 죽기 마련이다. 언제가 될지는 몰라도 **종국에는** 모두 죽음을 맞이할 것이었다. 하지만 사랑하는 이들이 죽음을 받아들이고 **"평안히 쉬세요."**라며 슬퍼할 수 있을 때 죽어야 마땅했다. 시간을 거슬러 올라간 것 이외에 앨리스는 과연 무슨 일을 했던 걸까? 열여섯 번째 생일날부터 지금 이 순간 사이에 앨리스가 해낸 일이 무엇인지는 몰라도 결과적으로는 그녀의 인생을 통째로 바꾸어 놓았다. 그런데 왜 아버지는 바꾸지 못한 걸까? 앨리스는 어느새 커튼이 드리워진 아버지의 병실에 다다라 있었다. 병실 바깥쪽에 붙어 있는 화이트보드 위에는 아버지의 이름과 더불어 담당 의사와 간호사의 이름, 복용 중인 약들이 적혀 있었다. 병실 안에는 TV가 켜져 있었다. 화면 아래쪽에 띄어진 자막을 보니 일기예보인 듯했다.

예년보다 따뜻하겠습니다. 오늘 최고 기온은 18도이며 내일은 21도까지 올라가겠습니다. 핼러윈 때까지 따뜻한 날씨가 지속될 지도 모르겠습니다.

앨리스는 손으로 커튼을 잡아당겼다.

레너드가 침대에 누워 있었다. 코에 삽입된 관도, 팔에 연결된 선도 없었다. 의약품을 주입하는 관 하나가 시들어 빠진 당근 꼭지처럼 팔뚝에 대롱대롱 매달려 있을 뿐이었다. 병원 가운을 입은 아버지의 가느다란 몸 위에는 플란넬 목욕 가운이 담요처럼 덮여 있었다. 병실 안은 언제나처럼 몸이 으슬으슬 떨릴 정도로 추웠다. 레너드는 눈을 감고 있었지만 입은 벌리고 있었다. 부르튼 입술 사이로 흘러나오는 숨소리가 앨리스의 귓가를 간질였다.

병실 안에는 사람들이 자주 드나들었다. 그나마 그 덕분에 병원 생활을 견뎌낼 수 있었다. 의사와 간호사, 다양한 분야의 치료사들이 끝없이 들락거렸고, 직원들이 깨끗한 시트를 가져다주러 왔다. 그럴 때면 항상 예의를 차리며 잡담을 나누던 일상으로 되돌아간 느낌이었다. 새로운 이름을 익히고 인사를 건넸다. 지금도 병실 창가에 여자 하나가 서 있었다.

환자에게 수액이나 점심을 가져다주거나 활력 징후를 확인하고 쓰레기를 치우는 일 같은 것을 하다가 잠시 짬을 내 허드슨강을 내려다보는 것도 좋겠다는 생각이 들었다. 앨리스가 아버지 곁으로 한 걸음 더 다가가자 여자가 뒤를 돌아보았다. 그러더니 함박웃음을 지으며 여자가 아는 체를 해왔다.

"앨리스 왔구나."

여자가 하얗고 조그만 두 손을 바닷가재 집게발처럼 오므린 채 그녀를 향해 뻗었다. 앨리스는 예의상 손을 뻗어서 여자의 손을 맞잡았다. 하지만 여자는 악수에서 그치지 않았다. 앨리스를 제 쪽으로 더 가까이 끌어당기더니 서로의 몸이 납작해질 정도로 세게 껴안았다. 여자는 눈사람처럼 작고 다부진 체격에 하얗게 센 곱슬머리가 후광을 비추듯 그녀의 얼굴을 감싸고 있었다.

"안녕하세요. 보아하니 의사는 아니신 것 같네요."

앨리스가 말했다. 여자는 어퍼 웨스트 사이드에서 만났던 상담사나 다정함과 단호함을 동시에 겸비한 중학교 교장 선생님 같았다. 어쩐지 얼굴은 낮이 익었지만, 어디에서 봤었는지 도통 기억이 나지 않았다. '자바스' 식료품점의 치즈 판매대에서 봤었나? 링컨 플라자 영화관 지하에서 팝콘을 사려고 줄을 서 있다가 보았을까? 가만히 보니 누군가의 어머니처럼 보이기도 했다. 설마 **자신의** 어머니가 아닐까, 하는 생각에 앨리스는 아주 잠시 당황했지만 그럴 리가 없었다. 불가능한 일이었다.

"아이고, 그게 말이나 되는 소리니? 피만 보면 내가 어떻게 되는지 너도 잘 알잖니."

여자가 웃으면서 말했다. 그러고는 앨리스를 놓아주고 방 안에 있는 유일한 의자에 가 앉았다.

"오늘은 좀 어떠세요?"

"괜찮으셔."

앨리스의 질문에 여자가 답했다. 여자는 발치에 놓인 커다란 토트백 안으로 손을 뻗어 뜨개질 거리를 집어 들었다. 그다음 말을 이었다.

"어제와 거의 똑같아."

앨리스는 몸을 돌려 아버지에게 다가갔다. 형광등 불빛 아래 아버지의 얼굴은 노랗고 창백했다. 면도를 하지 않아 두 뺨에 수염이 거뭇하게 자라나 있었다. 앨리스는 아버지의 손을 만지며 조용히 인사를 건넸다.

"아빠, 저 왔어요."

"네 생일은 잘 보냈어? 애들이 뭐라도 만들어줬니?"

"네, 잘 보냈어요."

등을 쿡 찌르는 느낌에 앨리스가 고개를 홱 돌리자 여자가 봉투 하나를 들고 서 있었다.

"네 아버지가 너에게 뭘 쓴 모양이야. 생일 카드겠지."

평범한 하얀색 편지 봉투 위에는 레너드가 마구 휘갈겨 쓴 글씨로 앨리스의 이름이 쓰여 있었다. 앨리스는 조심스레 봉투를 건네받아 양손에 쥐었다.

"언제 쓰신 거예요?"

"글쎄, 언제 썼는지는 몰라도 나한테는 한 달 전쯤에 줬어. 오늘 너에게 주라면서 말이야."

여자가 눈을 잔뜩 찌푸리며 말을 이었다.

"앨리스. 아버지가 네 생일을 꼭 함께 보내고 싶어 했어."

여자가 앨리스의 허리에 팔을 두르며 말했다. 앨리스는 놓지 않으려는 여자의 팔을 겨우 떼어냈다.

"여기 함께 계신걸요."

"그럼 아버지와 단둘이 시간 보내렴. 구내식당에서 뭐 좀 사다 주련? 눅눅한 양상추 샌드위치라도 먹을래?"

여자가 다정한 눈빛으로 물었다. 앨리스는 고개를 가로저었다. 여자는 가방에서 지갑을 찾아내 20달러 지폐 한 장을 꺼낸 다음 가방 안에 도로 집어넣었다.

"금방 오마."

여자가 병실을 나가자마자 앨리스는 아버지가 쓴 카드를 펼쳐 보았다. 글씨가 거의 상형문자에 가까웠지만 무슨 내용인지 알아볼 수 있었다.

앨리스, 돌아온 걸 환영한다. 곧 익숙해질 거야. 다시 한번 생일 축하한다. 사랑을 담아. 아빠가.

앨리스가 원했던 건 이런 게 아니었다. **놀랐지! 나 정신이 들었어! 지금 널 속이려고 장난치는 거야!** 라던가 **침대 밑에 비밀 열쇠를 숨겨두었단다. 열쇠를 찾아내면 날 태엽 인형처럼 다시 깨울 수 있어!** 같은 말을 기대했었다. 앨리스는 카드를 봉투에 다시 밀어 넣은 다음 뒷주머니에 찔러 넣었다.

"아빠, 진짜 이러기예요. 조금만 도와주셨더라면 참 좋았을 텐데요."

앨리스는 여자의 가방으로 다가가 지갑을 찾아 열었다. 운전 면허증에는 데버라 핑크라는 이름이 적혀 있었다. 10년도 전에 찍은 듯한 사진 속 데버라는 지금보다 날씬했고 갈색 곱슬머리를 어깨까지 늘어뜨리고 있었다. 주소지가 웨스트 89번가로 되어 있었다. 포맨더에서 남쪽으로 불과 몇 블록 떨어진 곳이었다. 아마도 길을 오가며 수천 번은 마주쳤을지도 몰랐다. 심지어는 브로드웨이 대로를 오르내리는 M104번 버스 안에서 바로 옆자리에 앉았을지도 모르는 일이었다.

◆◆◆

바로 그때, 의사 하나가 문을 두드리고는 병실 안으로 고개를 빼꼼 내밀었다. 앨리스는 도둑질하다 들킨 사람처럼 그 자리에 그대로 얼어붙고 말았다. 키가 큰 흑인 의사 하나가 목에 청진기를 메고 서 있었다. 청진기에 붙어 있는 작은 코알라 인형 덕분에 소아과 의사처럼 보였다. 모든 의사가 소아과 의사처럼 생겼다면 의사를 싫어하는 사람은 하나도 없을 것이다. 앨리스는 무섭거나 힘든 일을 견뎌낼 때마다 스티커나 작은 인형이 든 상자를 선물로 줬으면 좋겠다고 생각했다.

"아, 안녕하세요."

앨리스가 말했다. 손에 들고 있던 지갑을 데보라의 가방 안에 허둥지둥 쑤셔 넣다가 뜨개바늘에 찔리고 말았다.

"아얏! 아, 전 괜찮습니다."

앨리스는 손을 내밀어 방금 소독한 의사의 손을 맞잡고 악수를 했다.

"오늘 회진 담당인 해리스라고 합니다. 레너드 씨 따님 되시나요?"

해리스 의사가 벽에 붙은 기계를 눌러 손 소독제를 짠 다음 손바닥을 비비며 물었다.

앨리스는 말없이 고개를 끄떡였다.

의사는 방으로 미끄러지듯 들어왔다. 사람들이 건강을 잃어가고 제 기능을 하지 못하는 신체에 점차 익숙해지는 모습을 보고 있으면 실로 놀라웠다. 하지만 인간의 몸은 응당 제 기능을 상실해 가기 마련이었다. 물살을 거슬러 헤엄치려고 애쓰며 잘못을 범한 사람은 바로 앨리스였다.

"어머님께는 어제 말씀드렸습니다. 그리고 이따가 제가 다시 한번 확인하도록 하겠습니다. 아버님은 지금으로서는 일단 안정을 되찾으신 상태입니다. 하지만 아무래도 고통 완화를 전문으로 하는 의사에게 앞으로 어떻게 될지, 환자분이 어떻게 하면 편하게 지내실 수 있을지에 대해 한번 들어보시기를 권해 드립니다. 조만간 호스피스 병동으로 옮기는 방안도 생각해 보셔야 할 듯합니다."

해리스 의사가 잠시 말을 멈추었다가 다시 입을 열었다.

"괜찮으세요?"

"네. 괜찮습니다."

대답과 달리 앨리스는 전혀 괜찮지 않았다.

"그러시군요."

해리스가 레너드를 쳐다보며 말을 이었다.

"아버님께서 정말 잘 싸워주고 계세요. 아주 강하신 분이세요."

"감사합니다."

해리스가 입술을 다문 채 싱긋 웃으며 밖으로 나갔다. 그런 다음 병실 앞에 멈춰 서서 화이트보드에 메모를 적었다.

"아빠한테 말하지 않아서 죄송해요. 아빠가 상상했던 모습이 더 나았던 것 같아요. 아빠와 함께 건강하고 아름답게 포맨더에 살고 있었더라면 좋았을 텐데. 저는 결혼해서 아이가 둘이나 있어요. 직업이 있는지는 모르겠어요. 제가 어떤 일을 하고 있는지는 어떻게 알아내죠? 어떻게 돌아가는 건지 하나도 모르겠어요, 아빠. 아빠한테 더 많이 물어보고 올걸 그랬어요."

레너드의 입에서 옅은 신음소리가 새어 나왔다. 불편이나 고통에 찬 신음인지, 그저 꿈을 꾸다 무의식적으로 흘러나온 소리인지 앨리스로서는 분간이 가지 않았다. 앨리스는 몸을 숙여 레너드의 손 위에 제 손을 포개어 얹었다.

"아빠. 제 말 들려요? 말하지 않아서 미안해요. 하지만 저여기 있어요. 돌아왔다고요. 앨리스예요."

그때 레너드의 혀가 앵무새처럼 입안에서 움직였다.

"과거에서 돌아와 보니 모든 게 달라져 버렸어요. 그런데 도대체 뭘 어떻게 해야 할지 하나도 모르겠단 말이에요."

마치 거대한 틈새의 반대편에 존재하는 아버지와 대화를 시도하는 듯한 이 느낌은 이전과 똑같았다. 앨리스의 말은 그 누구에게도 가닿지 않을 것이다. 하고 싶은 말이 있었다면 진즉에 해야 했었다. 임종을 앞둔 환자 옆에는 늘 환자를 아끼지만 어떤 연유로 관계가 소원해진 사람들이 찾아와 자리를 지켰다. 마치 사과 한마디가 사랑과 다정함으로 가득 찬 금고를 여는 열쇠라도 되듯 미안하다는 말을 듣기를 기다렸다. 하지만 앨리스는 아니었다. 앨리스와 아버지는 항상 좋은 친구처럼 지냈다. 하지만 그저 운이 좋았을 뿐이었다. 앨리스 가족처럼 서로 모자란 부분을 채워주는 가족들도 있었지만, 많은 이들이 서로에게 이해받기를 바라며 평생을 보냈다. 앨리스는 시간이 더 있기를 간절히 바랐다.

그때 차라락, 커튼이 열리는 소리가 났다. 데버라가 감자칩과 스니커즈 초코바, 커피 두 잔을 양손 가득 들고 병실로 돌아왔다.

"너 주려고 사 왔어. 어떤 거 먹을래?"

앨리스는 눈가를 쓱 훔치고 난 다음 데버라가 왼쪽 손에 들고 있는 커피 하나를 빼 들었다.

"새어머니?"

데버라가 자유로워진 왼손으로 손사래를 치다가 그만 감

자칩이 바닥에 떨어졌다. 두 여자는 과자를 주우려고 동시에 허리를 구부렸다. 레너드의 침대 옆 공간이 너무 좁은 나머지 두 사람의 머리가 쿵, 부딪히고 말았다.

"아이고, 애야. 그냥 평소처럼 데비라고 부르려무나."

"전 항상 아빠가 누군가를 만나기를 바랐어요. 진심으로요."

"알아. 너 아니었으면 나한테 데이트 신청도 안 했을 거야."

데버라, 아니 데비가 말했다. 앨리스를 "애야."라고 부르는 새어머니 데비였다.

"저 초코바도 먹어도 될까요?"

"어제가 네 생일이었잖니. 뭐든 다 가질 수 있어."

그러더니 데비는 제 신발이 앨리스의 신발에 닿을 정도로 가까이 걸어와 앨리스의 이마에 입을 맞추었다. 그녀에게서 따뜻한 우유와 질 나쁜 커피, 재스민 향수 냄새가 풍겨왔다. 앨리스는 지금껏 읽은 다양한 기사들과 자기 계발 서적들을 떠올려 보았다. 여성이 직업과 가정 등 모든 면에서 성공할 수 있다는 한심한 충고 따위나 해대는 글들이 얼마나 많았던가. 모두 한 개인이 삶의 균형을 찾으려고 시도한 것들만을 고려한 글들이었다. 이는 실로 여성들의 노력을 과소평가하는 행위가 아닐 수 없다. 앨리스는 자신이 가질 수 있고 없는 것들에 대해 단 한 번도 생각해 본 적이 없었다.

"노력해 볼게요."

앨리스가 대답했다.

40

분명 가벼운 파티라고 했었다. 그런데 토미는 대뜸 출장 연회 업체가 6시까지 음식 준비를 마치기 위해 4시까지 오기로 했다고 말했다. 그리고 5시에는 바텐더가 올 예정이라고 했는데 술은 벌써 배달이 와 있는 상태였다. 잠시 후, 빳빳한 흰색 셔츠와 검은색 조끼를 입은 사람들이 하나둘 도착하기 시작했다. 그제서야 앨리스는 두 사람이 '가벼운'이라는 단어를 서로 다른 의미로 사용하고 있다는 걸 깨달았다. 그러다 문득 자신이 늘 파티를 열고 싶어 했지만 정작 파티를 제대로 즐기지는 못했었다는 사실이 떠올랐다.

앨리스의 옷장은 가히 놀라웠다. 옷장이 자동으로 회전하지 않는 점만 빼면 〈클루리스Clueless〉 영화 속 셰어 호로비츠의 옷장과 거의 비슷했다. 사람이 걸어 들어갈 수 있을 정도로 커다란 옷장 안에는 잘 만들어진 고가의 명품들이 넘쳐났다. 앨리스가 한눈에 알아볼 수 있는 빈티지 드레스에 청바지까지 모두 벨베디어 학교 월급으로는 절대 살 수 없는 제품들이었다. 대단한걸, 하고 앨리스는 생각했다. 그래, 이래야지. 시간 여행의 묘미란 바로 이런 것 아닐까. 드디어 앨리스가 익숙한 장면이 눈앞에 펼쳐져 있었다. 앨리스는 〈슈퍼마켓 스위프Supermarket Sweep〉 예능에 출연한 참가자처럼 옷장을 마구 뒤지기 시작했다. 그러다 옷장 문을 활짝 열어 둔 채로 밖으로 나와 침대 위에 걸터앉았다. 문득 생일 파티에 누가 오는지 알고 싶어졌다. 그녀는 이메일을 열어 훑어보았다. 늘 그렇듯 대부분이 정크 메일이었다. 받은 편지함에서 **벨베디어**를 검색하자 수많은 메일이 나타났다. 백신 접종 신청서, 학교 기금 모금 행사, 선생님에게 줄 명절 선물 등과 관련된 메일들이었다.

"이런 젠장, 내가 **학부모**가 됐네."

앨리스가 혼잣말로 중얼거렸다. 그냥 학부모도 아니고 벨베디어 학부모였다. 물론 벨베디어에는 다양한 부모들이 있었지만, 그 범주가 강이 아니라 웅덩이처럼 좁았다. 레너드는 항상 투박한 운동화에 티셔츠 차림으로 나타나 눈총을 받았지만, 돈이 많았기에 사람들은 그를 배제하기만 할 뿐 무시하지는 않았다. 앨리스는 자기 아이들을 벨베디어에 입학시키는 동료들을 많이 봐왔었다. 멜린다를 포함해 아이를 둔 직원들 상당수가 자녀들을 벨베디어에 보냈다. 교직원 자녀들에게는 수업료를 대폭 감면해 주는 큰 혜택 덕분이었는데, 이마저도 시간이 흐르면서 감소 폭이 줄어들고 있다는 얘기를 몇몇 동료들에게서 들은 적이 있었다. 이런 부류의 부모들을 앨리스는 좋아했다. 하지만 앨리스와 에밀리가 소위 '전액 등록금 부모'라고 부르는 다른 부류들은 싫어했다.

그러면서도 그들이 어떤 옷차림으로 다니는지는 꿰고 있

었다. 앨리스는 옷장에서 드레스 몇 벌을 꺼냈다. 우아하게 주름이 잡힌 드레이프 드레스, 몸의 곡선이 고스란히 드러나는 드레스, 정교한 비즈 장식이 달린 드레스와 더불어 깃털 장식이 붙은 드레스까지 몽땅 침대 위에 올려놓았다. 마치 자신의 삶 속에서 공주 놀이를 하는 기분이 들었다. 적어도 이번 생에서는 그런 느낌이었다.

바로 그때 엄마가 뭘 하는지 궁금한지 도러시가 방 안으로 아장아장 걸어 들어왔다. 그러더니 곧장 침대로 달려가 잼이 잔뜩 묻은 손을 이불에 쓱 문지르더니 베이지색 드레스로 향했다. 굉장히 부유한 수녀에게 딱 어울릴 법한 드레스였다.

"도러시 왔구나. 그 드레스가 맘에 들어?"

도러시가 손바닥을 쓱 핥고는 고개를 설레설레 저었다.

"나는 분홍색이 좋아."

도러시의 말대로 분홍색 드레스는 퍽 괜찮아 보였다. 〈핑크빛 연인Pretty in Pink〉에서 주인공이 프롬 파티에 갈 때 입었던 드레스처럼 하이넥에 주름이 넓게 잡혔고, 길이는 허벅지 중간쯤까지 내려왔다. 그 아래로 못해도 타조 열두 마리 분량은 될 듯한 깃털 장식이 붙어 있었다.

"너무 화려하지 않을까?"

앨리스의 질문에 도러시가 고개를 좌우로 힘차게 흔들어 대며 말했다.

"플라밍고 같아."

도러시는 매우 직설적인 아이 같았다. 지금은 엄마로서의 기억이 하나도 없었지만, 틀림없이 앨리스가 무척이나 사랑했을 아이였다. 문득 사랑인지 헌신인지 모를 감정이 보이지 않는 구름처럼 뭉게뭉게 방 안으로 밀려오는 듯한 기분이 들었다. 하지만 앨리스가 상상해왔던 엄마로서의 감정과는 사뭇 달랐다. 하지만 엄마 노릇에 대해 앨리스가 아는 것이 무엇이 있으랴? 친엄마와 한 방에 오붓하게 함께 있었던 기억이 거의 없었다. 많아야 서너 번이 고작일 것이다. 그 외에는 모두 세레나가 떠나고 난 이후 저 먼 곳에서 연락해 온 기억들뿐이었다. 사람들은 엄마가 아이의 양육권을 잃게 되면 견디기 힘들다고들 떠들어댔지만, 엄마가 동의했을 때는 전혀 힘든 일이 아니었다. 엄마가 된다는 것은 마치 스키를 타고 내리막길을 활강하거나 굉장히 까다로운 음식을 직접 재료부터 준비해 요리해내는 일과도 같아 보였다. 물론 누구든 **배우면** 할 수 있는 일이었다. 하지만 아주 어릴 적부터 다른 사람이 하는 걸 보고 자란 이들에게 더욱 쉬운 법이었다.

제 이름을 부르는 손드라의 목소리를 듣고는 도러시가 주방으로 부지런히 걸어갔다. 주방에서는 저녁 준비가 한창이었다. 앨리스는 핸드폰을 재차 확인해 보았다. 샘에게 전화를 다시 걸어보았으나 여전히 아무런 응답이 없었다. 세레나에게서 음성 메시지 하나가 와 있었다. 앨리스의 인생에서 바뀌지 않은 단 한 가지가 있다면 세레나인 듯했다. 그 외에도 이름도 모르는 사람들에게서 늦게나마 생일을 축하한다는 메시지가 대여섯 통 와 있었다. 이번 생에서 앨리스는 인기가 많은 사람이었다.

그때, 토미가 방 안으로 들어와 문을 닫았다. 또다시 운동복 차림으로 땀에 흠뻑 젖어 있었다. 어린 자식을 키우는 부유층 부부들은 서로 번갈아 가며 운동을 한 후 목욕을 하는 게 일상인 걸까. 순간 느닷없이 토미와의 섹스가 떠올랐다. 그날 밤이 토미에게는 아주 오래전처럼 느껴지겠지.

"있잖아. 내 열여섯 번째 생일날 우리가 섹스했던 거 기억나?"

"허허. 혹시 배관공한테 전화는 했어? 내 사무실 뒤쪽에서 아직도 물이 새. 아무래도 위층 아파트에서 떨어지는 것 같아."

"그래."

앨리스는 달랑 속옷만 입은 채 서 있었다. 속옷은 얼핏 보아도 값비싸 보였다. 포장용 얇은 종이로 둘러싸여 상자에 고이 담겨 나와서 필시 손으로 빨아야 하는 제품 같았다. 앨리스는 면 속옷을 한 번에 세 벌씩 사서 입다가 얼룩이 지거나 구멍이 크게 나면 버리고 새 걸 사 입고는 했었다. 레이스 브래지어를 손으로 쓱 만지며 토미에게 말을 걸었다.

"이 속옷 되게 좋아 보이지 않아?"

"응. 카드값이 얼마 나왔는지 봐서 잘 알지."

토미가 머리 위로 셔츠를 잡아당기며 말을 이었다.

"아버님은 좀 어떠셔? 어머님도 병실에 계셨어?"

"응. 참 다정한 분이셔. 아빠는 아무 말도 못 하시더라. 그

래도 내가 온 걸 아시는지 가끔 신음을 내기는 하셨어. 내가
온 줄 아셨던 게 분명해."

　말은 그렇게 했지만, 앨리스조차 확신하지는 못했다. 확신
할 수 있는 게 뭐가 있을까? 이 상황이 진짜이긴 한 걸까? 하
지만 아버지 옆에 서서 손의 감촉도 느껴보지 않았는가. 슬
픔에 관한 책들에도 이런 상황은 그 어디에도 나오지 않았
다. 물론 사놓고 끝까지 다 읽지는 않았을뿐더러 꼼꼼하게
읽지 않아서 모르고 있을 가능성도 배제할 수는 없었다. 아
니면 〈비틀쥬스Beetlejuice〉에 나오는 안내서처럼 앨리스와
같은 사람들을 위한 내용만 따로 모아둔 부분이 숨어 있을
지도 몰랐다. 막상 필요해지기 전까지는 모두 쓸데없는 정보
라 여기기 마련이었으니까. 앨리스는 침대에 앉아 협탁 위에
널브려 놓은 책들을 살펴보았다. 브레네 브라운과 셰릴 스
트레이드, 엘리자베스 길버트의 저서가 놓여 있었다. 오프라
윈프리가 읽고 좋게 평가한 책이라면 묻고 따지지도 않고
구매한 모양이었다. 모두 앨리스가 익히 알고 있는 책들이
었다. 그때 토미가 욕실로 걸어 들어가 샤워기를 틀었다. 뒤
이어 타일 벽에 물이 튀는 소리가 들려왔다. 침대 옆 협탁에
는 작은 서랍이 딸려 있었다. 앨리스는 서랍을 열어 아버지
의 편지를 넣은 다음 조용히 닫았다. 거실에서는 〈세서미 스
트리트Sesame Street〉 노래가 쩌렁쩌렁 울려 퍼졌다. 오늘 배
울 알파벳은 L이었다. 앨리스의 아이들이 행복에 겨워 소리
를 내질렀다.

♦♦♦

손드라가 아이들을 데리고 파티장을 돌아다니며 손님들에게 예의를 갖춰 인사를 시켰다. 그런 다음 방으로 데리고 들어갔다. 앨리스는 방으로 따라 들어가 이불 속에 몸을 잔뜩 웅크리고 누운 채 따뜻한 아이들을 부둥켜안고 있고 싶었다. 하지만 이미 플라밍고 드레스를 차려입은 데다가 이 파티는 다름 아닌 앨리스의 생일 파티였다. 주인공이 파티를 떠날 수는 없는 노릇이었다. 샘은 아직도 아무런 연락을 주지 않았다. 그래서 앨리스는 슬슬 겁이 나기 시작했다. 레너드는 낙하산이나 경사로, 미끄럼틀을 타듯 미래로 돌아갈 거라고 말했었고, 앨리스가 도착한 곳은 바로 여기였다. 앨리스가 과거에 했던 행동과 결정들이 그녀를 이곳으로 데려다 놓았다. 열여섯과 마흔 사이에 벌어졌을 일들을 머릿속으로 하나하나 짚어 보았다. 결혼과 출산은 명명백백했고, 미술대학에도 진학한 듯했다. 벽에 걸린 그림들은 앨리스의 작품이 분명했다. 게다가 취향 역시 여전히 똑같았다. 냉장고에는 페어웨이 마트에서 파는 그리스식 치킨 수프와 '제이바스'에서 사 온 찰라 빵, '머리스'의 훈제 연어가 가득했다. 책장에는 그녀가 좋아하는 책들이 그녀가 가지고 있던 판본 그대로 꽂혀 있었다. 앨리스는 집 안으로 들어오는 모든 사람에게 밝게 웃어 보였다. 마치 축제에 온 기억 상실증 환자가 된 듯한 기분이었지만, 의미심장하거나 직접적인 질문을 하는 사람만 없다면 아무 문제가 없을 터였다. 앨리스는 벨베디어 학부모들이 이처럼 집에서 여는 파티에 참석해 본 경험이 많았다. 그래서 어떤 이야기를 해야 하는지 잘 알고 있었다. 어떤 음식이 제일 맛이 있는지에 대해 말하거나, 집을 리모델링 하는 중인 사람에게는 그와 관련된 질문을 던지면 잘 넘어갈 수 있을 것이었다.

집 안은 금세 사람들로 가득 찼다. 커다란 현관에 놓인 기다란 금속 옷걸이에는 외투가 가지런히 걸려 있었고, 출장 연회 업체 직원들이 전채 요리가 담긴 쟁반을 들고 거실을 이리저리 돌아다녔다. 거실은 한껏 빼입은 사람들로 북적였고, 앨리스가 좋아하는 음악이 흘러나왔다. 스피커가 눈에 보이지도 않는데 어디에서 음악이 나오는지 희한한 노릇이었다. 개중에서 제일 멋지게 차려입은 부모들은 자기들끼리만 옹기종기 모여 있었다. 요트 한 척에 들어갈 정도로 적은 수였다. 어쩜 예전과 저리 똑같을까.

토미는 주인으로서 능숙하게 손님을 응대했다. 앨리스는 방안을 돌아다니는 토미를 가만히 지켜보았다. 여자들의 등이나 어깨에 부드럽게 얹는 그의 손길은 상대를 깔보거나 음란스러워 보이지 않았다. 되레 선거에 출마하는 정치인처럼 친근하면서도 인간미가 없어 보였다. 그러다 방 건너편에 앉아 있던 앨리스와 눈이 마주치자 토미는 유혹하는 듯한 눈빛을 보냈다. 그녀가 원했던 삶이 바로 이런 모습일까? 인정하고 싶지 않았지만, 이런 삶을 사는 저 자신의 모습을 상상해 본 적이 있었다. 앨리스는 이런 파티에 참석해 부유한 집주인들이 테니스 코트와 스키 슬로프에서 쌓은 자신감으로 무장한 채 방을 거니는 모습을 지켜본 적이 있었다. 가진 것이 너무 많았기에 손님들에게 아낌없이 베풀었다. 앨리스는 그들의 결혼 생활을 관찰하고 험담하며 조롱해댔었다. 하지만 토미가 앨리스를 바라보는 저 눈빛은 우스갯거리가 아니었다. 앨리스가 느끼고 있는 감정 역시 우스갯거리가 아니었다. 갑자기 장르가 시간 여행의 사촌 격인 판타지로 바뀐 기분이었다. 마법의 주문에 걸린 공주가 잠들지 않으려고 애쓰는 동화 속 주인공이 된 듯했다. 하지만 마법에 빠져들기가 얼마나 쉬운지 앨리스는 이해할 수 있을 것 같았다.

"파티가 정말 멋진걸요."

앨리스가 출장 연회 업체 직원 하나를 향해 말했다. 그러고는 쟁반에서 샴페인 잔 하나를 집어 들었다.

"감사합니다."

직원은 고개를 까딱인 다음 손님에게로 향했다.

그때, 아침에 조깅을 하다 우연히 만난 여자가 현관문에 서서 앨리스와 눈을 마주쳐 왔다. 여자는 외투를 벗어 던지자마자 서둘러 방안을 가로질러 들어왔다. 앨리스는 창가 근처의 책장 앞에 자리를 잡고 있어서 사람들이 쉬이 접근하기 힘들었다. 그녀에게 다가오기 위해서는 무조건 소파를 빙 돌아와야 했다. 그런데 소파 앞에는 탁자가 놓여 있어서 소파에 앉아 있는 사람들의 무릎과 탁자 사이의 좁은 틈을 비집고 지나와야만 했다. 아니면 전등을 넘어뜨리지 않으려 조심하면서 소파 옆에 놓인 곁탁자를 지나쳐 와야 했다.

하지만 메리 캐서린인지 엘리자베스인지 모를 여자는 허벅지가 탄탄해서 무엇이든 경중경중 타 넘을 수 있을 듯했다. 여자는 단 1분 만에 방을 가로질러 왔다. 심지어 그 짧은 순간에 조그만 랍스터 롤까지 집어 들었다. 그러더니 손가락에 립스틱이 묻지 않게 입을 가로로 쫙 찢으며 랍스터 롤을 통째로 입안으로 쑤셔 넣었다. 앨리스는 그 모습을 지켜보다가 곧바로 몸을 움직였다.

"실례합니다."

앨리스가 말했다. 여자는 이제 근처까지 와 있었다. 음식을 씹느라 입을 바삐 움직이며 허공에 손가락을 쳐들며 앨리스에게 기다리라는 신호를 보냈다. 앨리스는 황급히 소파 측면으로 돌아 나와 소파에 앉은 사람들의 무릎 사이를 이리저리 비집고 빠져나왔다. 그녀의 치마 끝자락에 붙어 있는 타조 깃털이 사람들의 발목을 간지럽혔다.

화장실 앞에 다다르자 사람들 몇 명이 줄을 서 있었다. 앨리스는 자신을 향해 웃고 있는 사람들에게 미소로 화답했다. 그러고 보니 화장실 앞에 줄 서 있는 사람들 모두 여자였다. 남자들은 현관 쪽에 옹기종기 무리 지어 서 있었다. 전부 단추가 달린 셔츠 차림이었지만, 절반은 셔츠를 바지 안으로 집어넣었고 절반은 밖으로 빼서 입고 있었다. 셔츠를 빼입은 남자들은 자유로운 영혼들이었다. 금융업에 종사하는 대신 변호사로 일하거나 대대로 물려받은 부 덕분에 아예 일할 **필요**가 없는 집안의 자제들이었다. 일하지 않는 부류들은 인신매매를 폭로하는 다큐멘터리를 만드는 제작자와 권력과 탐욕에 굶주린 채 제 아비에게 잘 보이고 싶은 마음뿐인 마약 중독자로 나뉘었다. 남자들 몇몇이 앨리스를 향해 고개를 까딱였고, 한 명이 손을 흔들어 보였다. 하지만 앨리스가 그들과의 대화를 피하듯 그들 역시 앨리스와 딱히 말을 섞고 싶지 않아 하는 눈치였다. 토미는 옆 사람의 어깨 위에 한 손을 얹은 채 몇몇 남자들과 함께 바 앞에 서 있었다. 부부끼리는 원래 다 이러는 걸까? 방 끝에 서서 서로 바라보기만 하다가 각자 다른 사람과 이야기를 나누며 잠시나마 흥분했을지도 모른다는 사실을 알면서 나중에 섹스나 하고? 앨리스는 핸드폰을 힐끗 쳐다보았다. 샘에게 전화가 오기를 기다리고 있었다. 샘도 파티에 참석하는 걸까? 토미에게는 너무 민망해서 차마 물어볼 수조차 없었다.

바로 그때, 앨리스는 출장 연회 업체 직원 하나와 부딪히고 말았다. 하마터면 작은 키슈가 한가득 올려진 쟁반 하나가 통째로 바닥에 떨어질 뻔했다.

"죄송해요. 어, 에밀리."

에밀리가 얼굴을 붉히며 몸을 곧추세웠다.

"아니요. 제가 죄송하죠. 제가 부딪히는 바람에."

"아니야. 내가 너한테 부딪힌 거지! 그런데 여기서 뭐 하는 거야?"

앨리스와 에밀리는 다른 직원들이 지나갈 수 있도록 복도 벽 쪽으로 몸을 바짝 붙였다.

"제 이름을 다 기억하시다니 놀랍네요. 음, 하핫. 글쎄요. 출장 연회 일은 그냥 부업 같은 거예요. 저 아직 벨베디어에서 일하거든요."

에밀리의 두 뺨은 어느새 선홍색으로 물들어 있었다.

"그렇구나! 내가 괜한 걸 물어봤네. 여하튼 만나서 너무 반가워! 멜린다는 잘 지내지?"

에밀리가 턱을 뒤로 당기며 되물었다.

"처장님요? 아마도 잘 지내시겠죠? 은퇴하신 지가 벌써 한 2년 됐을걸요? 도러시 데리고 인터뷰 오셨을 때 패트리샤와 인터뷰하시지 않으셨어요?"

"맞아. 내가 깜빡했나 봐. 어떻게 지내? 레이는 잘 있어?"

앨리스는 그만 너무 흥분해버렸다. 이번 생에서 앨리스는 에밀리의 사생활에 대해서는 아무것도 몰라야 하는 모양이었다. 아니, 에밀리와 거의 알지 못하는 사이인지도 몰랐다! 하지만 앨리스는 진정한 대화에 목말라 있었다.

에밀리의 얼굴은 극도로 일그러지고 자줏빛으로 변해 있었다. 금방이라도 온몸에서 불길이 치솟을 것만 같았다.

"잘 지내요. 레이도 잘 지내겠죠? 그런데 제가 레이 얘기를 한 적이 있었던가요? 어쨌든 전 손님들에게 키슈 나눠드리러 가 봐야 해서요. 그럼 이만."

그런 다음 에밀리는 벽을 따라 미끄러지듯 뒤로 물러났다.

그 바람에 앨리스는 커다란 은색 쟁반을 피해 황급히 옆으로 비켜서야 했다. 보이지 않는 스피커에서 토킹헤즈의 노래가 흘러나오고 있었다. **이 집은 내 아름다운 집이 아니야. 이 여자는 내 아름다운 아내가 아니지.** 마침내 화장실 문이 열리더니 샘이 걸어 나왔다.

앨리스는 너무 안도한 나머지 휴, 하고 숨을 내몰아 쉬었다. 그러고는 샘의 목에 팔을 두르고 덥석 껴안으려다 멈칫하고 말았다. 두 사람 사이에 비치볼 크기만 한 무언가가 봉긋 솟아 있었다. 앨리스는 샘의 배를 내려다보았다.

"우와. 아, 미안."

그러자 샘이 대수롭지 않다는 눈동자를 굴렸다.

"미안할 필요까지는 없지. 계획한 임신인데 뭘."

앨리스는 대뜸 샘의 손을 낚아챈 다음 복도를 지나 침실로 끌고 들어왔다. 두 사람이 걸을 때마다 플라밍고 드레스에서 분홍색 깃털이 흩날렸다.

41

샘은 앨리스에게 묻지도 않고 곧장 침대 위에 털썩 주저앉아 신발을 벗어 던졌다.

"발이 퉁퉁 부어서 미트볼 두 개 위를 걸어 다니는 기분이야."

샘이 한쪽 발을 다른 쪽 무릎 위에 올려 손으로 문지르기 시작했다.

"너 애가 몇이야? 네 남편이 조시 맞지? 하버드 대학 다닐 때 만난 남자 맞지?"

"세상에, 앨리스. 설마 너 뇌졸중이야?"

샘이 퉁퉁 부은 발을 바닥에 툭 내려놓으며 되물었다.

"아니야. 괜찮아."

앨리스가 잠시 멈추었다가 다시 말을 이었다.

"아니, 안 괜찮아. 결국엔 괜찮아지겠지만, 지금은 뭔가… 이상한 곳에 와 있는 기분이랄까?"

앨리스는 침대 발치를 왔다 갔다 서성였다. 그럴 때마다 분홍색 깃털도 함께 이리저리 흔들렸다. 그러다 창문 앞에 우뚝 멈춰 서서 공원을 내다보았다. 벌써 이파리가 노란색과 주황색으로 옷을 갈아입은 나무들이 눈에 띄었다. 오늘 하루가 벌써 거의 다 끝나가고 있었다. 그리고 시간은 가차 없이 계속해서 흘러가고 있었다. 앨리스는 지금 당장 결단을 내려야 했다.

"내 열여섯 번째 생일날 기억나?"

앨리스는 유리창에 비친 샘이 그녀를 향해 몸을 돌리는 모습을 바라보았다. 샘의 배는 바람을 빵빵하게 넣은 농구공처럼 동그랬다. 마치 입체적인 시계 같았다. 순간, 누군가가 자신의 뱃속에서 헤엄을 치는 기분이 어떤지 알 것 같았다. 그 기억을 상기해주듯 배꼽 근처에서 작은 환영 하나가 깜빡이고 있는 기분이 들었다.

"기억하지. 너는 기억해?"

사만다 로스먼 우드, 아무것도 쉬이 발설하지 않을 셈이구나, 하고 앨리스는 생각했다. 동시에 그녀를 향한 무한한 감사가 밀려왔다. 10대 소녀들만큼 제일 좋은 친구들도 없었다. 10대에 사귄 친구와 성인이 될 때까지 친하게 지낸다 해도 그 시절과는 달랐다. 앨리스는 몸을 돌려 다시 침대로 걸어갔다. 그런 다음 깃털과 함께 샘의 옆자리에 걸터앉았다.

"애는 둘이고, 지금은 셋째를 임신 중이야. 네 말대로 하버드에서 만난 조시랑 결혼했어. 넌 어때, 앨리스? 어디에서 왔어? 어디에 갔다 온 거야?"

샘이 부드러운 목소리로 물었다. 샘은 참 좋은 엄마였다. 요리도 잘했고 아이들과 잘 놀아줄 뿐 아니라 TV도 보게 해주었다. 아이들의 아빠를 사랑했으며 부부가 함께 상담을 받

으러 다녔다. 만약 엄마를 선택해 태어날 수 있다면 앨리스
는 고민 없이 샘을 골랐을 것이다.

"네가 오늘 전화를 하도 안 받아서 우리 둘 사이에 무슨
일이 생겼나 하고 엄청 걱정했었던 거 알아?"

앨리스의 말에 샘이 웃음을 터뜨렸다.

"그래. 우리 둘 사이에 무슨 일이 생기기는 했지. 애가 넷
에 하나가 더 나오려고 준비 중이잖아. 누군가 내 이름을 부
르거나 몸을 막 만지고 화장실 가는 걸 도와주지 않아도 될
때를 찾기가 얼마나 힘든 줄 아니?"

"우리가 이런 이야기를 한 적이 전에도 있었어? 미안해.
너한테 진짜 나쁜 친구가 되어 버린 느낌이야. 진짜 이상하
고 엄청난 비밀을 폭로한 것도 모자라 우리가 여태껏 아무
일도 없었던 척 지내왔었던 사실도 모르고 있잖아. 이게 말
이 되기는 하니?"

앨리스가 두 손에 얼굴을 푹 파묻으며 말했다.

순간, 샘이 자신의 배 위에 손을 얹었다. 샘의 뱃속에서 아
기가 꿈틀대는 모습이 앨리스의 눈에 들어왔다. 배 속의 아
이도 말 한마디를 얹고 싶은 모양이었다.

"그럼, 너는 〈완벽한 그녀에게 딱 한 가지 없는 것〉처럼 열
세 살에서 서른이 된 게 아니네. 마흔에서 열여섯이 되었다
가 다시 마흔이 된 건가? 그런 거지?"

"그렇지."

앨리스가 대꾸했다. 그러고는 몸을 아래로 낮추어 샘의 어

깨에 머리를 기댔다.

"비현실적이긴 하지만, 뭐 괜찮아."

샘이 잠시 뜸을 들이다가 말을 이었다.

"네 말을 다시 믿든지 아니면 네가 정신병에 걸렸다고 믿든지 둘 중 하나인데, 잘 생각해 보면 그게 그거야. 네가 진짜 이 일이 너한테 일어나고 있다고 믿는다면 나도 네 말이 진짜라고 믿어. 레너드 아저씨도 진짜라고 믿었으니까."

"그게 무슨 말이야?"

앨리스가 물었다. 바로 그때, 누군가 문을 두드리는 소리가 나더니 토미가 고개를 빼꼼 들이밀었다. 앨리스와 샘은 동시에 고개를 홱 돌려 토미의 얼굴을 쳐다보았다.

"식민지 원주민들처럼 슬슬 언짢아하고 있어."

토미가 말했다. 그러면서 부끄러운 표정을 지어 보였다. 오럴 섹스를 해달라고 할 때를 제외하고 토미가 무언가를 요청하면서 부끄러워하는 모습은 처음이었다. 앨리스의 기억이 조금씩 되살아나고 있었다. 누군가가 광활한 캔버스에 빠른 속도로 그림을 그리는 모습을 보고 있는 느낌이었다. 종이처럼 하얗던 그녀의 기억이 점점 세세한 정보들로 채워지고 있었다.

"원주민이라는 표현은 이제 자제해야지. 금방 나갈게."

앨리스의 말에 토미의 고개가 끄덕이더니 이내 방 밖으로 사라졌다.

"왜 나는 토미와 결혼하면 모든 일이 해결될 줄 알았던 걸까? 사실, 내가 어른의 삶이라고 상상했었던 모습과 똑같긴 해. 이 모든 것들이 말이야."

앨리스는 손으로 방안을 휘 가리키며 말을 계속 이어 나갔다.

"내 옷장도 정말 끝내주거든. 신발이 몇 켤레나 있는 줄 알아? 아이들도 예쁘고 재미있어. 그리고…."

앨리스는 아버지를 떠올렸다. 그녀가 무슨 짓을 했고 무슨 말을 했는지는 몰라도 충분하지 않았다. 아버지에게 해야 할 말들이 아직 남아 있었다.

"이해해. 무슨 말인지 알 것 같아. 그래도 다시 돌아갈 수 있지 않아? 책에 그렇게 나오던데?"

"뭐라고 나오는데? 무슨 말인지 모르겠어."

앨리스의 말에 샘이 고개를 가로저으며 말했다.

"『돈 오브 타임Dawn of Time』 말이야. 내 평생 최고의 아이디어를 제공하고 대가도 못 받은 소설인데 기억 안 나?"

"네가 무슨 말 하는지 하나도 모르겠어."

"잠깐만 기다려봐."

샘은 침대에서 벌떡 일어나 임신한 몸을 이끌고 맨발로 최대한 우아하게 문을 빠져나갔다. 앨리스는 일어선 채로 잘 가꾸어진 손톱을 질근질근 깨물었다. 1분 후, 샘이 방문을 열고 다시 돌아왔다. 열린 문틈 사이로 파티의 소음이 쏟아져 들어왔다. 그녀의 한 손에 올려진 휴지 위에는 새우가 잔뜩 쌓여 있었고, 다른 한 손에는 책 한 권이 들려 있었다.

샘이 앨리스에게 책을 쑥 내밀며 말했다.

"자, 여기. 얼른 가…. 여긴 내가 알아서 할게."

앨리스는 책을 덥석 잡아 들었다. 주황색 표지 전체를 다 차지할 정도로 제목이 커다랗게 쓰여 있었다. 『돈 오브 타임』 레너드 지음. 앨리스는 책을 펼쳐 앞날개에 쓰인 글을 찬찬히 읽어 보았다.

세계적인 센세이션을 일으킨 『타임 브라더스』 저자 레너드 스턴의 시간 여행 모험 최신작

고등학교 4학년생 던 게일은 자신의 졸업식이 이토록 뜻깊은 날이 될 줄은 꿈에도 몰랐다. 서른 번째 생일 다음 날 아침 눈을 뜬 그녀 앞에 미스터리한 일이 펼쳐진다. 명석한 이 소녀는 과연 자신의 삶으로 다시 돌아갈 수 있을까? 아니면 평생 과거와 미래를 오가는 삶에 영원히 갇혀 살 것인가?

아이스크림 가게에서 세 사람이 나눴던 바로 그 이야기였다. 책의 초판이 출간된 날짜가 1998년이었다. 앨리스가 고등학교를 졸업한 해였다.

"이 책 진짜야?"

앨리스가 물었다. 아버지가 드디어 해낸 것이었다. 차기작을 써낼 수 있으리라 믿었던 그녀의 바람대로 아버지는 해내고야 말았다. 앨리스는 책을 돌려 뒤표지를 살펴보았다.

레너드의 사진이 뒷면을 가득 채우고 있었다. 흑백으로 찍힌 아버지의 사진은 딱 봐도 마리온 에틀링거의 작품이었다. 그녀는 당대 주요 작가들을 찍어 온 사진작가였다. 은빛 강철 같은 분위기는 그녀의 스타일이 틀림없었다. 사진은 매우 선명해서 머리카락 한 올까지 **정교하게** 보였다. 레너드는 누군가 자기를 찍고 있는 줄 몰랐다는 듯 놀란 표정으로 눈썹을 살짝 추켜 올리고 있었다. 마리온이 자연스러운 모습을 순간 포착한 것처럼 보이게 손으로 턱을 괸 자세를 취하고 있었다. 검은 티셔츠에 검은 가죽 재킷 차림으로 고개를 살짝 들어 올린 채 카메라를 정면으로 응시하고 있었다.

"그렇구나. 사랑해, 샘."

앨리스는 책을 손에 꼭 쥐었다. 샘이 앨리스의 뺨에 입을 맞추며 말했다.

"미래를 기약하며!"

앨리스는 샘을 향해 방긋 웃어 보이고는 방문을 힘껏 열었다.

42

어퍼 웨스트 사이드의 낮 풍경은 아름다웠다. 물론 사립 고등학교에 다니는 부잣집 학생들과 고소득 전문직 청년들이 넘쳐나고, 앨리스가 어릴 적 좋아했었던 독특한 가게들 앞을 점령해버린 화려한 체인점이 눈에 거슬리기도 했다. 하지만 밤이 되면 모든 상점이 문을 닫고 거리에는 고요가 내려앉았다. 가로등 불빛 아래 밤거리가 반짝이는 모습은 낮보다 훨씬 더 아름다웠다. 앨리스는 늘 토미의 집에서 자기 집까지 걸어 다니기를 좋아했다. 앨리스가 열두 살 때 레너드는 만약을 대비해 호신용 호루라기를 사주었고, 앨리스는 그 호루라기를 뾰족한 열쇠와 함께 항상 주머니에 지니고 다녔다. 길을 걸어 다닐 때도 한 블록 내에 있는 남자들 모두가 자신과 얼마나 가까이 있는지 늘 주시했다. 여성이라면 누구나 가슴 속에 이런 레이더를 하나씩 가지고 있었다. 그럼에도 앨리스는 밤에 혼자 걷기를 좋아했다. 밤이 깊을수록 더욱 좋았다. 앨리스는 한 손에는 핸드폰을 들고, 다른 손에는 『돈 오브 타임』을 쥔 채로 길 한복판으로 들어섰다.

쇼핑몰 안에서 걷기 미션을 수행하는 사람처럼 두 팔을 힘차게 내저으며 센트럴 파크 웨스트를 따라 자연사 박물관까지 걸어 올라갔다. 문이 닫힌 박물관 양쪽 끝에서 작은 공룡 두 마리가 불쑥 솟아 등대처럼 불을 환히 밝히고 있었다. 앨리스는 박물관을 지나 81번가 쪽으로 방향을 틀었다. 그런 다음 언제든 도와줄 준비가 되어 있는 제복 차림의 도어맨들을 줄줄이 지나쳐 걸어갔다. 콜럼버스 대로에서 길을 건너 암스테르담 대로로 들어서자 술집에 사람들이 바글바글했다. 술에 취해 흥이 한껏 오른 사람들이 술집 밖에서 떼로 모여 전자 담배를 피우고 있었다. 개중에는 핸드폰 따위는 신경도 쓰지 않은 채 낯선 이성에게 추파를 던지는 이들도 있었다. 앨리스가 어렸을 적 봤던 가게 중에는 지금은 사라지고 없는 곳들이 많았다. 먼저 앨리스를 돌봐주던 베이비 시터 중 제일 멋졌던 여자가 오토바이를 즐겨 타던 남자 친구와 자주 어울리던 술집인 '래쿤 롯지'가 그랬다. 그리고 89번가에 차고를 개조해 만든 조그만 승마장이 하나 있었는데, 어린 시절 앨리스는 그곳에서 승마 수업을 받게 해달라고 레너드에게 떼를 쓰고는 했었다. 모두 지금은 사라져 버리고 없는 곳들이었다. 하지만 뉴욕에 살다 보면 예사 있는 일이었다. 한때 사랑을 속삭이거나 눈물을 훔치던 곳들과 아끼던 장소들이 다른 모습으로 변하는 모습을 지켜봐야 했다.

앨리스보다 나이가 한참 어린 여대생 두 명이 버려진 전화 부스 바깥쪽에 서로 기대어 서 있었다. 아무래도 둘이 키스를 하려거나 토를 하기 직전인 듯 보였다.

"드레스가 엄청 이쁘네요."

그중 한 명이 말끝을 질질 끌며 말했다. 그 여자를 향해 앨리스는 싱긋 웃어 보였다. 여자들이야 무슨 말을 건네든 지금처럼 그냥 웃어넘길 수 있었다. 하지만 똑같은 말이라도 남자가 했다면 앨리스는 얼굴을 찡그린 채 곧장 길 반대편으로 건너갔을 것이다. 순간 손에 들고 있던 핸드폰이 부르르 떨렸다. 토미가 문자 메시지를 보내왔다.

대체 지금 어디에 있는 거야?

그 위로 앨리스가 놓친 문자들이 몇 개 더 있었다.

앨리스, 건배할 시간 다 됐는데 지금 어디야?

앨리스는 화가 나서 굳어 버린 토미의 얼굴을 상상해 보았다. 토미가 불같이 화를 내는 모습을 본 적이 있었던가? 고등학교 때 토미는 화를 낸 적이 한 번도 없었다. SAT 시험에서 두 문제를 틀려서 망쳤을 때, 5점 만점인 AP 시험에서 2점밖에 못 받았을 때, 그리고 고등학교 농구 대표팀에 발탁되지 못했을 때도 화를 내지 않았다. 부유층의 삶이란 너무나도 안정적이라 대부분의 어려움은 어려움 축에도 들지 못했다. 물론 부자라고 해서 문제가 전혀 없지는 않았다. 토미의 부모님은 차가웠고 늘 집을 비웠으며 할머니는 술주정뱅이로 악명 높았다. 그보다 더 깊은 비밀이 숨겨져 있을지 누가 알겠는가.

토미가 실제로 화가 나면 어떻게 되는지 앨리스는 한 번도 본 적이 없었다. 슬퍼할까 아니면 심술 맞게 굴까? 화를 밖으로 표출할까 아니면 혼자 안으로 삭힐까? 어떤 습관이 점차 굳어져 바꿀 수 없는 성격이 되는지를 파악하는 데에는 몇 년이 걸렸다. 한편으로는 두 사람의 관계가 지루하지만 산 정상의 평지처럼 안정적인 단계에 안착했다는 사실이 내심 기뻤다. 물론 아이들은 말할 것도 없었다. 앨리스는 걸음을 재촉했다. 낮은 굽의 뮬 슬리퍼가 낼 수 있는 가장 빠른 속도로 걸어갔다. 암스테르담과 85번가 교차로를 가로질러 가는 내내 드레스에 달린 깃털이 차가운 종아리를 간지럽혔다.

모퉁이에 작은 상점으로 통하는 문 두 개가 보였다. 티베트산 구슬을 팔다가 지금은 심령술사가 영업하고 있는 곳이었다. 커다란 네온 수정 구슬이 창문의 절반을 가득 메우고 있었다. 가게 안은 막혀 있었고 푹신한 의자 두 개가 놓여 있었다. 손님이 들어가면 무조건 창문을 마주한 의자에 앉아야 해서 창밖을 지나다니는 사람들에게 훤히 드러나게 되는 구조였다. 의자 하나에는 젊은 여성이 앉아 있었다. 눈썹을 과도하게 뽑은 탓에 얼굴이 놀란 표정을 짓고 있는 듯해 보였다. 그 모습이 심령술사로서는 못미더워 보였지만, 그러면서도 앨리스는 가게 앞에 멈춰 섰다.

미래는 조금 기다려도 된다는 듯 심령술사가 느릿느릿 자리에서 일어났다. 앨리스는 핸드폰을 뒷주머니에 쿡 찔러넣고 문을 열고 안으로 들어갔다. 가까이서 보니 내부는 밖에서 봤을 때보다 훨씬 더 어두웠다. 게다가 얇은 벽 너머로 〈범죄전담반Law & Order〉 TV 드라마 소리가 흘러 들어 왔다.

"미래가 궁금하신가요?"

"얼마에요?"

"손금은 20달러, 점성술은 25달러, 타로는 50달러입니다. 세 개 다 보면 90달러에 해드려요."

여자가 하던 말을 멈추고 난데없이 앨리스를 위아래로 훑었다.

"드레스가 멋지네요."

"네. 감사합니다. 제일 빨리 되는 거로 부탁해요."

앨리스는 좁은 틈 사이로 여자를 지나쳐 걸어갔다. 그런 다음 창문을 마주한 의자에 앉아 책을 무릎 위에 올려놓았다.

그러자 여자가 손을 내밀었다. 앨리스도 그녀를 따라 손을 내밀었다. 여자는 말총머리를 어깨 뒤로 휙 쓸어넘기며 앨리스의 손을 가까이 끌어당겼다.

"생일이 언제죠?"

"어제였어요."

앨리스는 심령술사니까 맞춰보라는 농담 따위를 던지는 대신 솔직하게 답변했다.

"어제였군요! 생일 축하드려요."

여자가 고개를 추켜들며 말했다.

"감사합니다. 이상한 날이었어요. 이상한 생일날, 아니 생일인데 이상한 날이라고 해야 하나? 여하튼 둘 다요."

여자가 두 손으로 앨리스의 손을 잡았다. 그런 다음 부서지기 쉬운 팬케이크를 뒤집듯 조심스레 앨리스의 손을 앞뒤로 돌려가며 유심히 살펴보았다.

"태양은 천칭자리, 달은⋯ 전갈자리 맞나요?"

"잘 모르겠어요."

네일 샵에서 매니큐어를 바를 때와 비슷한 느낌이 들었다. 손톱을 깎고 다듬고 나서 누군가 내 손을 꼭 잡은 채 몇 분 동안 나에게 집중해줄 때면 기분이 참 좋았다.

"몇 시에 태어났는지 아시나요? 태어난 연도와 장소는요?"

"음, 오후 3시쯤일걸요? 1980년도에 여기 맨해튼에서 태어났어요."

그러자 여자의 입가에 뿌듯한 미소가 번졌다.

"그럼 달의 위치가 전갈자리가 맞네요. 저도 1980년도에 태어났거든요. 3월에요. 어느 병원에서 태어났나요?"

"루스벨트요."

문득 분만실에 있는 부모님의 모습이 머릿속에 그려졌다. 아버지는 어머니의 손을 잡은 채 어머니의 이마에 차가운 수건을 올려 주었겠지. 그런 다음 앨리스의 불그스름한 몸이 미끄러지듯 세상으로 나와 기다리고 있던 의사의 품 안으로 안기는 모습을 지켜보았을 것이다. 레너드는 수없이 반복해서 보았을 장면이었다. 레너드가 수많은 날 중에 그날로 돌아가는 까닭이 뭘까? 앨리스 역시 10대 시절의 숱한 날처럼 술에 취해 토를 하고 처량한 신세가 되어 버렸던 그 멍청한 파티로 돌아가는 이유가 뭘까? 레너드와 앨리스 모두에게 여러모로 낭비인 것 같다는 생각이 들었다. 레너드의 인생은 앨리스의 인생보다 훨씬 더 흥미진진한 나날들로 가득

차 있었다.

"태어난 병원은 점괘와는 상관없어요. 그냥 궁금해서 물어봤어요."

여자의 얼굴은 장밋빛 수정 구슬에 반사되어 붉은빛을 띠었다. 조명을 바꾸면 장사가 더 잘 될 텐데, 하고 앨리스는 생각했다. 특히나 요즘 어퍼 웨스트 사이드에서는 다들 치과나 공동 사무 공간을 인테리어 디자인 쇼룸처럼 꾸며대는 시대였다.

"자, 어떻게 하시면 되는지 설명해드리죠. 저에게 질문 하나를 하면 손님의 손금과 별자리를 토대로 답해 드립니다. 오늘은 손님의 생일이니 특별히 타로 카드도 한 장 뽑아 보죠. 자, 그럼 눈을 감고 심호흡을 세 번 하면서 질문을 생각해 보세요. 다른 사람에 관한 질문은 안 됩니다. **우리 남편이 바람을 피우나요?** 따위의 질문 말고 **왜** 혹은 **어떻게**와 관련된 질문으로 만들어 보세요. 무슨 말인지 이해하셨죠?"

앨리스는 여자가 시키는 대로 했다. 그녀의 머릿속은 그야말로 질문들 천지였다. **토미와 결혼하길 원하는 걸까? 아이들을 갖고 싶은 걸까? 직업은 있는 걸까? 어떻게 하면 아버지를 살릴 수 있을까? 이제 어떻게 살아가야 하는 거지? 어떤 삶을 선택해야 하는 걸까? 더 나은 삶을 선택할 수도 있는 걸까? 어떤 삶을 선택해야 하는지는 대체 어떻게 알 수 있을까?** 뒤로 갈수록 질문들은 점점 더 민망하기 그지없었다. 생판 모르는 사람에게도 도저히 입 밖으로 내뱉을 수 없는 질문들이었다.

앨리스는 심령술사의 호흡에 맞춰 가슴을 부풀렸다가 가라 앉혔다. 그런 다음 심호흡을 한 번 더 한 후 무언가를 결심한 듯 감았던 눈을 떴다.

"제가 올바른 삶을 살고 있는지 어떻게 알 수 있죠?"

여자가 앨리스의 손을 놓고 타로 카드 한 벌을 꺼내 들었 다. 그러고는 앨리스 앞에 카드를 놓으며 말했다.

"카드를 반으로 나누세요. 한 번 더요. 자, 이제 맨 위에 있 는 카드를 고르시면 됩니다."

앨리스는 카드를 뒤집어 보았다. 화려한 옷을 입은 한 소 년이 막대기 끝에 보따리를 묶고는 어깨에 짊어진 채 절벽 끝에 서 있었다. 금방이라도 절벽 아래로 떨어질 것만 같았 다. 카드 하단에 큼지막하게 쓰인 **바보**라는 글씨가 앨리스를 향해 있었다. 하얀색 작은 개 한 마리가 위험을 알리기라도 하듯 소년의 발뒤꿈치를 물고 있었다. 그리고 소년의 한 손 에는 장미 한 송이가 쥐여 있었다.

"그리 좋아 보이지는 않네요."

앨리스가 말했다. 그러자 여자가 의자에 몸을 기댄 채 소 리 내어 웃었다.

"카드가 손님의 질문에 대답한 거예요. 보세요. 이 카드를 뽑았잖아요. 네, 저도 알아요. 이 카드를 뽑는 사람들 모두 **바 보**라는 글씨만 보고 언짢아하고는 하죠. 하지만 글씨 그대로 해석되지는 않습니다. 죽음 카드를 뽑았다고 곧 죽음이 닥쳐 온다는 뜻이 아닙니다. 마찬가지로 바보 카드를 뽑았다고 해서 손님이 멍청하다는 의미도 아니죠."

"먼저 바보 카드에 관해 설명해 드릴게요. 바보 카드는 메이저 카드의 시작인 0번이에요. 따라서 새로운 시작, 순수함, 무소유를 뜻하죠. 즉 우리 모두의 모습이에요. 우리 모두 카드 속 바보처럼 항상 새롭게 시작하잖아요. 게다가 바보는 앞으로 무슨 일이 닥쳐올지 모릅니다. 저희 역시 마찬가지 아닌가요? 하얀 개는 바보에게 경고를 보내고 있는지도 몰라요. 바보는 가던 걸음을 멈추고 다른 꽃을 꺾을 수도 있죠. 아니면 절벽이 아닌 다른 쪽으로 방향을 틀 수도 있는 거고요. 바보는 제 눈앞에 보이는 것만 알 뿐이니까요."

그러더니 카드의 다른 쪽을 가리키며 여자가 설명을 이어 갔다.

"자, 여기 쪽빛 하늘과 하얀 구름입니다. 바보는 여행을 방금 막 시작했어요. 이는 새로운 출발이나 변화를 의미하죠. 자신을 둘러싼 환경을 잘 주시해야 한다는 점만 기억하시면 돼요. 바로 이 여정을 통해 바보는 변화하게 되죠. 어떤 종류의 삶을 의미하는지에 따라 해석은 달라질 수 있겠죠? 사랑에 대해 알고 싶은 사람에게 바보 카드는 새로운 사랑이나 새로운 만남을 뜻해요. 직업이나 경력, 재산이 궁금한 사람에게는 새로운 기회를 의미하기도 하죠."

"하얀 개는 무슨 의미인가요? 개는 영적인 동물을 뜻하는 거 아닌가요?"

앨리스는 순간 현기증이 났다.

"음, 영적인 동물이라는 해석은 완전히 다른 영역이에요. 개는 충성스러운 동물이죠."

여자가 하던 말을 멈추고 휘파람을 휘, 불었다. 그러자 조그마한 갈색 털북숭이 한 마리가 여자를 향해 잽싸게 달려왔다. 여자는 몸을 숙여 개를 품에 안아 올렸다.

"여기 이 아이도 개죠. 하지만 동물 그 이상의 의미를 지니죠. 제 지킴이이자 버팀목이니까요."

여자의 개는 『오즈의 마법사The Wizard of Oz』에 나오는 토토와 똑 닮아 있었다. 개는 뒷다리 쪽으로 몸을 살짝 기울채 주둥이를 위로 들어 여자에게 뽀뽀하려고 했다. 여자는 개가 뺨을 핥게 한 다음 개를 다시 바닥에 살포시 내려놓았다.

"카드 속 하얀 개 역시 똑같은 의미예요. 손님에게도 개와 같은 존재가 있답니다. 친구일 수도 있고 가족일 수도 있어요. 한 명이 아니라 여러 명일 수도 있고요. 손님을 보호해주고 싶어 하고 늘 충성스러운 사람들이죠. 그런 사람들이 하는 말을 주의 깊게 들으셔야 합니다."

"알겠습니다."

"바보는 메이저 카드이기도 해요. 말실수나 승진처럼 사소한 문제를 의미하는 카드가 아닙니다. 그보다 더 중요한 일을 의미해요."

"이보다 더 중요한 일이 있을까 싶네요."

"기본적으로 이 카드가 의미하는 바는 앞으로 무슨 일이 닥칠지 모르지만 기쁘게 받아들이라는 거예요. 제가 요즘 즐겨 듣는 팟캐스트가 하나 있거든요. 혹시 〈우주가 네 보스다The universe is your boss〉라고 들어봤어요?"

앨리스는 고개를 가로저었다. 개가 리놀륨 바닥에 발톱을 딱딱, 부딪히며 다가와 앨리스의 손에 코를 대고 킁킁거렸다.

"괜찮은 팟캐스트니까 한 번 들어보세요. 매회 팟캐스트를 마치기 전에 진행자가 '기쁨이 찾아올 거예요.'라는 말을 하거든요. 책이나 다른 데서 나온 말을 인용한 것 같은데, 잘은 모르겠어요. 어쨌든, 매주 기쁨이 찾아올 거라고 말하죠. 바보 카드가 의미하는 바도 똑같습니다. 두 눈을 크게 뜨고 어디에 있는지 잘 찾기만 하면 돼요. 넘어지지 않게 조심하시고요."

"굉장히 쉬운 것처럼 말씀하시네요."

앨리스가 대답했다. 띵, 알림 소리에 앨리스는 주머니에서 핸드폰을 꺼냈다. 내 아이폰 찾기 알람이었다. 토미가 앨리스를 찾으려고 아이폰의 위치를 추적하고 있었다. 충분히 이해할 수 있는 행동이었다. 고등학교 때 만나 어린 나이에 결혼한 사이였으니 서로 떨어져 지낸 적이 한 번도 없었을 터였다. 한 사람하고만 섹스하며 평생을 살아가야 한다니, 기대수명이 서른 살이었던 시절 이야기 같다는 생각이 들었다.

"그만 가봐야겠어요."

그러고는 앨리스는 자리에서 일어나 여자를 껴안았다. 이런 앨리스의 행동에도 여자는 전혀 놀라지 않는 듯했다.

"벤모로 송금하셔도 괜찮습니다."

여자가 문 옆을 가리키며 말했다. 그곳에는 QR 코드가 인쇄된 카드 하나가 놓여 있었다. 앨리스는 얼른 사진을 찍은 다음 문을 향해 발걸음을 바삐 옮겼다. 토토를 닮은 조그마한 개가 앨리스의 드레스 끝자락에 붙어 있는 깃털을 장난스럽게 물어뜯으며 쫓아왔다.

43

지금쯤 토미는 파티를 취소하고 택시를 탔을까? 아니면 경찰에 실종 신고를 했을까? 앨리스로서는 알 수 없었다. 둘 다 했을지도 모르지. 앨리스는 내 아이폰 찾기 알림을 끈 다음 핸드폰의 전원을 아예 꺼버렸다. 토미는 앨리스가 포맨더 워크로 갔다고 추측하고 있을 터였다. 그래서 94번가에 도착한 후 다른 데로 갈까 잠시 망설였지만 달리 갈 곳이 없었다. 생일 파티에서 도망쳤을 뿐 범죄를 저지른 건 아니지 않은가. 이기적인 행동이기는 해도 범죄는 아니었다. 게다가 앨리스는 실종자도 아니었다. 그저 바보였을 뿐이었다.

아직 이른 시간이었다. 시계를 확인하니 겨우 10시였다. 포맨더 워크의 정문을 밀자 육중한 철문이 삐걱대는 소리를 내며 열렸다. 끼이익, 익숙한 소리에 마음이 한결 편해졌다. 로만 부부의 집에 불이 환하게 켜져 있었다. 그리고 레너드의 집 바로 맞은편 집에도 불이 켜져 있었다. 그 집에는 앨리스가 얼굴만 알고 이름은 기억하지 못하는 배우가 살고 있었다. 어설라를 보살펴 주는 옆집 소녀 캘리의 집에서는 아이의 부모님이 거실에서 TV를 보고 있었다. 지금쯤이면 캘리는 이미 꿈나라에 가 있을 시간이었다. 포맨더 워크는 아이가 자라기에 참 좋은 곳이었다. 하지만 앨리스는 어렸을 적 이따금 포맨더가 비좁게 느껴지기도 했었다. 창밖을 내다보아도 시야가 가로막혀 답답했다. 레너드가 글을 쓰는 데 어려움을 느꼈던 이유도 그 때문일지도 몰랐다. 창밖에 보이는 풍경이라고는 자기 집과 똑같이 생긴 맞은편 집과 집 후면에서 보이는 비상계단과 창문이 전부였다. 하지만 무슨 까닭인지 이번에는 아무런 어려움이 없었던 모양이었다.

레너드의 집은 불이 꺼져 있었다. 데비가 집에 있으면 어쩌지, 하고 잠시 망설였지만 생각해 보니 오늘 아침에 왔을 때도 데비는 여기에 없었다. 어쩌면 데비와 레너드는 결혼 후에도 원하면 언제든 각자의 공간으로 돌아갈 수 있도록 몇 블록 떨어진 곳에 따로 살고 있을지도 몰랐다. 그야말로 앨리스가 원하던 아니, 원한다고 생각했었던 꿈만 같은 결혼 생활이었다. 뉴욕 사람들의 관점에서 보면 포맨더의 집들은 그리 좁은 편은 아니었지만 온종일 집에 머물면서 일을 하는 사람에게는 좁디좁았다. 더군다나 벽마다 책장으로 도배를 해둔 채 몸에 좋은 음식을 직접 만들거나 사 먹지도 않는 사람에게는 더더욱 그랬다. 문득 **데비**가 머릿속에 떠올랐다. 이름만 떠올려도 행복감이 차올랐다. 잠깐 보았을 뿐인데도 데비는 꽤 다정한 사람인 듯했다. 긴 주름치마 차림으로 학생들을 격려하고 숙제를 도와주는 다정한 선생님 같았다. 가슴과 허리가 하나처럼 보이는 그녀의 모습은 마치 '젖가슴'이라는 단어를 의인화해놓은 듯한 모습이었다.

앨리스가 현관문을 열자마자 어슬라가 다리에 와 몸을 쓱 비볐다. 이런 어슬라의 행동은 고양이에 대한 앨리스의 기대치를 높여 놓았다. 다른 고양이들은 차갑고 게을렀으며 먹이를 줄 때를 제외하고는 인간이라는 존재를 일절 무시했다.

"에구, 어설라."

앨리스는 어설라를 안아 올렸다. 고양이는 곧장 앨리스의 어깨 위로 살포시 올라가 앉았다. 그 모습이 마치 앨리스가 살아 있는 숄을 두른 것처럼 보였다. 그때 현관문에 뚫린 틈 사이로 우편물이 미끄러져 들어왔다. 앨리스는 식탁으로 다가가 어둠 속에 자리를 잡고 앉았다. 어설라가 앨리스의 무릎 위로 폴짝 뛰어 내려와 깃털 몇 개를 앞발로 툭툭 쳤다. 이내 몸을 검은 공처럼 동그랗게 말고서 눈을 감았다. 앨리스는 그제야 불을 켰다.

냉장고 위 선반에는 레너드가 수상한 여러 상패가 놓여 있었다. 상패는 죄다 우주선이거나 혜성 모양이었다. 사실 공상 과학 소설 중에는 블로크 행성이나 먼 은하계를 배경으로 하는 작품보다 지구를 배경으로 한 작품의 수가 훨씬 더 많았다. 그런데도 사변 소설이 우주와 왜 이토록 밀접하게 연관되어 있는지 앨리스는 이해하지 못했다. 아마도 익숙한 삶의 테두리 밖에서 완전히 다른 삶을 상상하는 일이 더 쉬워서가 아닐까. 전혀 다른 장소에서 몇 시간을 보내는 것만으로도 마음이 편안해지기도 하지 않는가. 냉장고 위에는 우주선 모양의 상패가 두 개 놓여 있었다. 둘 다 앨리스는 처음

보는 물건이었다. 앨리스는 까치발을 든 채로 은색 우주선 모양의 상패 하나를 덥석 잡았다. 상패에는 먼지가 자욱했다. 기념품 가게에서 파는 허접한 트로피와 달리 속이 꽉 차 있어서 무게가 꽤 묵직했다. 아래쪽에 붙어 있는 작은 명판을 문질러 닦자 글자가 드러났다.

최고의 소설, 1998

돈 오브 타임

레너드 스턴

앨리스는 조리대 위에 올려 둔 책 옆에 우주선을 내려놓았다. 어설라가 앨리스 옆으로 뛰어 올라와 긁어 달라고 턱을 쭉 내밀었다. 앨리스는 몸을 돌려 싱크대로 다가가 물을 틀었다. 그러자 어설라가 까끌까끌한 혓바닥을 할짝대기 시작했다. 먹는 물보다 그냥 흘려보내는 물이 훨씬 더 많았다. 앨리스도 물로 입을 축인 다음 어설라의 매끈한 등 위에 손을 얹었다.

♦♦♦

집 안은 사방이 책장으로 둘러싸여 있었다. 하지만 레너드는 자기가 쓴 책을 그 어디에도 꽂아두지 않았다. 설령 꽂아두었다고 한들 책이 알파벳 순으로 정렬되어 있지 않아서 오로지 레너드만 알아볼 수 있었다. 앨리스는 어렸을 때 애 거사 크리스티와 P.G. 우드하우스, 어슐러 르 권이 쓴 책들 이 어디에 꽂혀 있는지만 찾을 수 있었다. 아버지의 책이 없 을 줄 알면서도 앨리스는 책장을 훑으며 아버지의 이름을 찾아보았다.

불현듯 레너드가 여분의 책을 소장하고 있었던 기억이 났 다. 레너드는 『타임 브라더스』 책에 사인해 벨베디어 학교 기금 모금 행사나 다양한 기금 마련을 위한 자선 경매에 기 부하고는 했었다. 앨리스는 복도에 놓인 좁다란 벽장 안의 불을 켰다. 레너드가 조잡하게 만든 나무 선반은 아직 미완 성 상태여서 나무 가시들이 삐죽삐죽 나와 있었다. 선반 위 에는 낡아 빠진 종이 상자 여러 개가 놓여 있었다. 제일 앞쪽 상자에는 '외국어 판본'이라고 적혀 있었다. 그 상자를 옆으 로 밀자 '돈'이라고 적힌 상자가 나왔다. 앨리스는 전구를 갈 아 끼울 때 사용하는 작은 사다리를 펼쳤다. 두 번째 상자를 쿵, 하고 바닥에 내려놓자 하늘에서 눈이 내리듯 분홍색 깃 털 위로 먼지가 우수수 쏟아졌다.

상자 안에는 양장본과 문고본 몇 권이 들어 있었다. 샘이 앨리스에게 들이밀었던 문고본은 표지가 주황색이었지만 양장본은 절제된 느낌이었다. 흑백 표지에 제목이 큼지막하 게 적혀 있었고 가운데에 노란 문이 조그맣게 그려져 있었 다. 덕분에 만화에서 쥐구멍으로 석양을 내다보는 느낌을 자 아냈다. 그 외에도 『알바 델 템스』, 『시비트 차수』, 『데메룽

데어 차이트』라고 카탈루냐어, 폴란드어, 독일어 등이 쓰여 있는 외국어 판본도 여러 권 들어 있었다. 마치 레너드가 책상 위에 있던 책들을 급히 정리해 상자에 쑤셔둔 모양새였다. 상자의 한쪽 구석에는 DVD 상자들도 있었다. DVD 여섯 장에 보너스 영상이 끼어 있는 〈타임 브라더스〉 DVD 세트였다. 다시 본 게 실로 몇 년 만이었다. 그 바로 밑에는 〈돈 오브 타임〉 DVD 하나가 놓여 있었다. 사라 미셸 겔러 주연의 영화로 제작된 모양이었다.

앨리스는 영화 DVD를 상자에 다시 집어넣었다. 그런 다음 『돈 오브 타임』 양장본 한 권을 빼 들고 모조리 벽장 안으로 쑤셔 넣었다. 책을 겨드랑이에 낀 채로 소파로 걸어갔다. 레너드는 낮잠을 자주 자는 편이라 소파는 많이 해어지긴 했지만 아늑한 담요와 베개가 놓여 있었다. 베개는 어설라의 물건이었지만 어설라는 앨리스가 사용하도록 허락해 주었다. 이윽고 앨리스는 소파에 몸을 누이고 눈을 감았다. 늦은 시간이었고 앨리스는 지쳐 있었다. 어설라는 소파 위로 펄쩍 뛰어 올라와 앨리스의 가슴에 발을 대고 꾹꾹이를 하기 시작했다. 그 때문에 몸통 부분의 천이 어설라의 발톱에 뜯겨 작게 구멍이 뚫렸다. 앨리스는 책장을 펼쳤다. 멈추지 않고 단숨에 끝까지 읽어 나갔다.

『타임 브라더스』는 가족과 모험에 관한 이야기였다. 하지만 소설과는 달리 레너드에게는 형제가 없었다. 부모 역시 아들에게 잘해 주고 싶은 마음만 있을 뿐 아들의 내면에는 전혀 관심이 없었다. 반면 『돈 오브 타임』은 레너드 입장에서 바라본 앨리스에 관한 이야기였다. 그러니까. 앨리스를 바라보는 자기 자신을 투영해서 쓴 소설이었다. 물론 소설 주인공인 돈이 자신이 아니라는 것쯤은 앨리스도 잘 알고 있었다. 돈은 레너드가 여러 사람을 참조해 창조해 낸 인물이었다. 거기에 필력이라는 신비한 힘이 더해지면 주인공은 작가도 예상하지 못했던 행동과 대사를 하기 시작했다. 앨리스는 아버지의 책이 마음에 쏙 들었다. 두 권 모두! 문득 숨겨진 상자 안에 읽을거리가 더 있었으면 좋겠다는 생각이 들었다. 출간되지 않았거나 아무에게도 공개되지 않았던 글이라 해도 상관없었다. 다이어리를 훔쳐보는 것처럼 손발이 오그라들거나 부적절한 내용을 발견하는 일은 없을 테니까. 누구에게나 사생활은 있는 법이고, 부모 역시 예외는 아니었다. 하지만 앨리스는 레너드의 책, 아니… 책'들' 속에 숨겨진 아버지의 작은 사생활을 발견할 수 있었다. 때로는 좋아하는 음식을 간단하게 설명해 두기도 했다. 달걀 프라이를 테두리가 갈색으로 변할 때까지 프라이팬에서 오래 익혀 바삭하게 만들었다는 내용이 책에 나오면 레너드가 즐겨 먹는 음식이라는 걸 단박에 알아챌 수 있었다. 그뿐 아니라 킹크스라는 밴드를 언급하기도 했다. 책 속에 길이길이 남을 아버지의 아주 작은 일부분들이었다. 모두 잘게 분해되어 종이 위에 단어들로 재배열되어 쓰여 있었지만, 앨리스는 아버지의 모습을 온전히 꿰뚫어 볼 수 있었다.

돈이 시간 여행을 하는 장소는 경비 초소가 아니었다. 돈은 포맨더가 아니라 웨스트 빌리지에 있는 패친 플레이스에 살았다. 거리의 맨 끄트머리에 『나니아 연대기The Chronicles of Narnia』에 나오는 툼너스 씨가 기대어 있을 법한 가스등이 세워진 곳이었다. 돈의 방안에는 옷장이 하나 있었고, 그 안에는 작은 문 하나가 나 있었다. 그 문을 열고 들어가면 대개 퓨즈 통이나 수도 차단 밸브를 관리하려고 임시로 만든 어두운 공간으로 연결되었다. 어느 날, 돈은 혼자만의 작은 공간을 찾아 헤매다가 우연히 옷장 구석까지 들어갔다. 그런데 그녀의 눈앞에 난데없이 센트럴 파크의 산책로가 펼쳐졌다. 소설의 줄거리는 복잡했다. 시간 여행 포털을 넘나들며 미스터리를 풀었고, 다른 연도마다 다른 현실이 전개되었다. 그럼에도 앨리스는 무슨 이야기를 하고 있는지 알 수 있었다. 사랑 이야기였다. 하지만 연인 간의 로맨스는 아니었다. 소설 그 어디에도 섹스는 나오지 않았고 키스만 몇 번 나왔을 뿐이었다. 아이를 홀로 키우는 부모와 외동딸 사이의 사랑에 관한 이야기였다. 내용은 재미있다기보다는 진솔했다. 레너드가 앨리스에게 절대 소리 내어 말하지 않았을 말들이었지만 두 사람의 관계를 진실하게 반영하고 있었다. 앨리스는 눈물을 훔치며 시계를 올려다보았다. 새벽 3시가 다 되어 있었다. 앨리스는 소파에서 일어나 창밖 너머로 경비 초소를 응시했다. 과거로 다시 돌아간다면 어떠한 대가를 치러야 할까? 하루를 잃게 될 터였다. 레너드가 아직 살아 숨 쉬고 있을 하루를 잃게 될 터였다. 과거에 영원히 머무르는 일은 불가능했다. 하지만 레너드는 앨리스에게 과거로 다시 돌아올 수 있다고 말했다. 그 역시 결국 과거로 되돌아가지 않았나. 앨리스는 집을 나와 현관문을 조용히 닫았다. 그런 다음 경비 초소로 황급히 들어갔다. 이번에는 계획된 시간 여행이었다.

4
부

44

앨리스는 포맨더 워크의 침대 위에서 눈을 떴다. 자신이 어디에 있는지, 시간은 몇 시인지, 레너드가 어디에 있는지 정확하게 알고 있었다. 침대에 누운 채로 잠시 스트레칭을 했다. 반대편 벽에서 앨리스를 응시하고 있는 에단 호크와 위노나 라이더와 눈이 마주쳤다. 그러자 저도 모르게 〈마이 샤로나My Sharona〉라는 노래를 흥얼거렸다. 그녀의 배 위에는 어설라가 몸을 웅크린 채 단잠에 빠져 있었다.

"어설라, 너처럼 대단한 고양이는 어디에도 없을 거야."

어설라는 눈을 감은 채로 앞발을 오므리며 배를 발랑 까고 누웠다. 그에 답하듯 앨리스는 털이 복슬복슬한 배를 연신 쓰다듬어 주었다.

앨리스의 상황은 〈페기 수, 결혼하다〉와는 달랐다. 페기 수는 어쩌다 기절해서 꿈을 꾸는 듯한 망상에 빠졌을 뿐 실제 일어난 일이 아니었다. 또한 〈빽 투 더 퓨처〉와도 달랐다. 또 다른 자기 자신을 몰래 숨어서 바라보며 자신의 삶을 망쳤다가 다시 고쳐 놓는 일이 벌어지지는 않았으니까. 그렇다고 『타임 브라더스』나 『돈 오브 타임』 같지도 않았다. 두 소설 속 주인공들은 앨리스와 달리 짜인 줄거리대로 이곳저곳으로 옮겨 다니며 영웅 연기를 해대느라 바빴다. 사실 레너드에게 대놓고 말하지는 않았어도 앨리스는 레너드의 책 속 주인공들이 늘 너무 많은 일을 하려고 애쓴다고 생각했다. 대체 청소년이 범죄를 풀어나가는 책은 왜 이리도 많은 걸까? 케이팝 팬들은 자선 모금을 하고 인터넷에서 악과 싸우기는 해도 실제로 나서서 범죄를 해결하지는 않았다. 앨리스는 아버지에게 **돈**이라는 소녀에 관해 물어보고 싶었다. 하지만 지금은 『돈 오브 타임』을 쓰기 전이었기에 물어볼 수가 없었다.

이번에는 기어코 더 잘 해내리라 앨리스는 다짐했다. 생일 파티나 SAT 수업 따위는 중요하지 않았다. 아버지 이외에는 그 어떤 것도 중요하지 않았다. 지난번 시도에서 다행히 아버지가 담배를 끊는 데 성공했으니 이번에도 똑같이 하면 될 터였다. 이번에는 아버지가 운동을 시작하게 하고 싶었다. 그리고 몸이 아프면 곧장 의사를 찾아가고 자기 건강을 잘 챙기라고 당부하고 싶었다. 그 외에도 빼 먹어서는 안 되는 중요한 일이 하나 더 있었다. 아이스크림 가게에서 샘이 레너드에게 했었던 그 말을 이번에도 꼭 하게 만들어야 했다. 샘이 소설 이야기를 꺼내지 않는다면 레너드는 『돈 오브 타임』을 쓰지 않을 테니까. 그리고 이번에는 자신에게 주어진 시간이 그리 많지 않다는 사실을 이미 알고 있었다. 또 시간 타령이군! 이러니 시간에 관한 노래와 책, 영화들이 많을 수밖에. 물론 앨리스에게 주어진 시간은 몇 분이나 몇 시간보다는 길었다. 하지만 그 짧은 순간 하나하나가 얼마나 중요한지, 그 짧은 순간들이 모여 얼마나 큰 의미를 지니게 되는지를 이제는 이해할 수 있었다. 앨리스는 마치 **'오늘 하루를 어떻게 보내는지에 따라 앞으로의 삶이 결정된다'**라는 자수가 새겨진 베개가 된 느낌이었다. 앨리스는 10대 탐정이라기보다 각각의 재료를 얼마나 넣어야 하는지 고심하는 과학자나 제빵사에 더 가까웠다. 무슨 일이 벌어지든 내일 아침이 밝으면 결과를 바로 알 수 있을 터였다. 지난번에 산 리모에서 눈을 떴을 때는 낯설긴 했어도 타인의 삶을 훔쳐보는 기분이 들어 재미있기도 했다. 마치 유령의 집에 있는 거울 앞을 지나가며 다른 삶은 어떨지 다양하게 맛보는 기분이랄까. 모든 행동을 되돌릴 수는 있어도 삶을 통째로 바꾸기란 불가능했다. 빅토리아 시크릿의 모델이나 핵물리학자가 되어 완전히 다른 인생을 살 수는 없었지만, 적어도 자기 자신과 아버지의 앞날을 바꿀 수는 있었다. 잘못된 선택을 했다고 판명이 나면 언제든지 과거로 다시 돌아가면 그만이었다.

"앨리스? 일어났니?"

복도에서 레너드의 목소리가 들려왔다. 뒤이어 레너드가 부스럭거리며 옷장에서 무언가를 꺼낸 다음 화장실로 들어가는 발소리가 이어졌다. 화장실 문이 닫히고 환풍기 소리가 났다. 앨리스는 생일을 그다지 좋아하지 않았다. 생일날만 되면 무조건 근사하게 보내야 한다는 압박감에 시달렸다. 하지만 오늘은 근사하게 보낼 만반의 준비가 되어 있었다. 어설라가 바닥으로 뛰어 내려가 머리끈을 이리저리 튕기며 놀기 시작했다. 앨리스는 이불을 박차고 일어나 바닥에 발을 디뎠다. 바닥에는 저번과 똑같이 옷이 산더미처럼 쌓여 있었다. 다만 저번에는 안데스산맥처럼 보였다면 이번에는 돌로미테산맥 모양이었다. 그리고 지난번과 똑같이 크레이지 에디 티셔츠를 입고 있었다. 앨리스는 배시시 웃으며 저 자신을 꼭 안아 주었다.

그때 똑똑, 소리가 나더니 레너드가 방문을 슬그머니 열었다.

"혹시 너 지금 속옷 차림이니?"

"어떻게 알았어? 농담이고 들어와도 괜찮아."

방문이 활짝 열리며 두 사람의 침실 사이에 우뚝 서 있는 얇은 벽에 쿵, 부딪혔다.

"음, 오늘 하루 계획이 어떻게 돼?"

레너드가 물었다. 그의 손에 코카콜라 캔이 들려 있었다.

"헐, 설마 방금 콜라를 마시면서 양치를 한 거야?"

앨리스는 침대에서 벌떡 일어나 레너드의 손에서 콜라 캔을 확 빼앗았다.

"조깅하러 갈 거야. 아니면 산책이라도 하던지. 산책하면서 중간중간에 달리는 거로 하자. 그런 다음 '그레이스 파파야'에 점심 먹으러 가자. 나 오늘 SAT 수업은 쩰 거야. 어차피 시험 따위가 그리 중요하지도 않잖아. 괜찮지?"

레너드가 대답할 새도 없이 앨리스는 쌩하니 주방으로 가서 남은 콜라를 싱크대에 몽땅 쏟아 버렸다.

45

눈을 뜨니 치버 플레이스였다. 방 안에는 저 하나뿐이었다. 세레나가 보낸 생일 선물이 도착해 있었다. 반질반질한 수정 구슬이 가득 담긴 작은 주머니와 사용법이 장황하게 적힌 종이가 함께 들어 있었다.

멜린다가 사무실에서 짐을 꾸리는 모습을 보며 앨리스는 저도 그만두겠다고 으름장을 놓았다. 무엇이든 물어보고 시도해 봐야 했다. 제 행동이 어떤 결과를 가져올지는 알 수 없었지만, 그저 좋은 연습 한 번 셈 치면 그만이었다.

포맨더에 있는 앨리스의 방 안에 러닝 머신이 있었고 냉장고 안에는 채소가 들어 있었다. 다행히 재떨이는 없었고 냉장고에 제로 콜라가 가득했다.

♦♦♦

데비가 레너드의 병실을 지키고 있었다. 레너드는 여전히
위중한 상태였다.

46

샘이 레너드에게 책 이야기를 꼭 말하게 하려고 애썼다.
대화가 다른 쪽으로 흘러가면 그쪽으로 유도했다. 레너드가
덜 외롭고 더 충만한 삶을 살기를 바라는 마음에 앨리스는
무슨 수를 써서든 샘이 제 의견을 말하게 이끌었다. 그럴 때
마다 항상 기발한 생각이 떠오른 것처럼 레너드의 눈이 휘
둥그레졌다.

◆◆◆

샘과 함께 제집에서 일본 만화 영화에 나오는 의상을 직접
만들어 입고 컨벤션에 가서 배리 포드를 꼬셨다. 털끝 하나
도 못 건드리지 못했지만, 자신들이 몇 살인지 말하며 경찰
에 신고하겠다고 배리를 협박했다.

◆◆◆

토미와 섹스를 했다. 그냥 한 번 더 하고 싶었다. 이번에는
앨리스의 방이 아니라 토미의 방에서 했다. 점심시간보다 늦

고 저녁 시간보다 이른 늦은 오후 언저리였다. 토미의 부모님은 맨해튼이 아닌 다른 곳에 있을 시간이었다. 토미의 방에는 너바나의 포스터가 압정으로 깔끔하게 벽에 고정되어 있었다. 그리고 그 옆으로 페라리 포스터가 붙어 있었다. 이럴 수가, 페라리 포스터라니. 정말 대실망이었다.

47

또다시 치버 플레이스에서 눈을 떴다.

배리 포드 대신 앤드류 맥카시가 센트룸 실버 영양제 광고에 등장했다.

평일이었다. 앨리스는 벨베디어 학교로 출근을 했다. 멜린다의 사무실 전체를 혼자 쓰고 있었다. 당연히 멜린다의 물건은 그 어디에도 없었다. 의자를 빙그르르 돌려 창문을 내다보았다. 토미 조피와 그의 아내가 또다시 인터뷰 명단에 올라와 있었다. 토미는 터무니없을 정도로 행운이 따르는 삶을 살았다. 하지만 문득 산 리모에서 평생 벗어나지 못하는 그가 불쌍하다는 생각이 스쳤다. 그러다 불현듯 페라리 포스터가 떠올랐다.

병원 내 안내 데스크에 런던이 앉아 있었다. 데비가 병실을 지키고 있었다. 레너드는 창백한 얼굴로 의식 없이 누워 있었다.

더 잘 해낼 수 있었다. 더 시도하면 될 터였다.

48

패턴이 존재했다. 토미와 섹스를 한 뒤 "나와 결혼해줘."
라고 구체적으로 콕 집어 말을 하거나 "지금부터 넌 내 남자
친구야."라고만 말을 해도 앨리스는 다음 날 아침 산 리모에
서 눈을 떴다. 하지만 치버 플레이스의 원룸과 매한가지로
산 리모에 머물기도 싫었다. 물론 아이들은 귀여웠지만, 앨
리스의 자식들이 아니었다. 늘 잘생긴 모습인 토미 역시 앨
리스의 남자가 아니었다. 패턴은 한 번 생기고 나면 되바꾸
기가 여간 힘들었다. 마치 내 몸이 저절로 이전에 했던 행동
을 그대로 반복하려는 느낌이었다. 그런 몸을 이끌고 정해진
궤도를 벗어나려고 부단히 애썼다. 세상은 앨리스가 무엇을
하든 전혀 관심이 없었다. 어차피 그런 환상 따위는 믿지도
않았다. 하지만 그녀가 극복해내야 하는 어떤 우주적 관성이
존재했다. 문득 멜린다가 했던 말이 떠올랐다. 모든 선택이
중요하지만 늘 바꿀 수 있었다. 멜린다는 현실적이고 합리적
인 사람이었기에 시간 여행 이야기를 꺼낸 적은 **단 한 번도**
없었다. 그럼에도 멜린다의 말은 값진 조언이었다. 아주 작
은 조각들이 모여 하나의 삶을 이루었다. 하지만 그 삶을 이
루는 조각들은 언제든지 재배열할 수 있었다.

많은 것들이 바뀌어 있을 때도 있었지만, 변화가 미미할 때도 있었다. 때로는 치버 플레이스가 아닌 다른 장소에 있는 아파트에서 깨어나기도 했다. 생전 처음 보는 아파트일 때도 있었고 월셋집을 구할 때 둘러봤었던 집일 때도 있었다. 천장이 너무 낮거나 변기가 요상하게 계단 위에 붙어 있거나 4층에 있어서 배제했던 곳들이었다.

샘을 함께 데리고 갈까, 잠시 고민했지만 이내 마음을 접었다. 〈프리키 프라이데이Freaky Friday〉 영화처럼 서로의 몸이 바뀌거나 폭발해버리면 큰일일 테니까.

가끔은 그저 'H&H 베이글'에서 갓 만들어진 베이글이 먹고 싶어서 과거로 가기도 했다. 갓 구워져 나와 손으로 잡기에도 힘들 만큼 뜨거운 베이글에서는 김이 모락모락 피어올랐다. 어떨 때는 마냥 가게 옆을 지나가면서 그 냄새를 맡기만 해도 행복했다. 유년 시절 기억은 사람과 장소, 냄새, 버스 정류장 광고, 홍보용 시엠송 등이 다양하게 어우러져 있

었다. 앨리스가 과거로 되돌아가는 이유가 꼭 아버지 때문만
은 아니었다. 저 자신과 두 사람이 함께했던 기억들 때문이
기도 했다. 포맨더 워크 정문에 있는 철문이 삐걱대는 소리,
로만 부부가 낙엽을 쓸어내는 소리를 들으려고 과거로 갔다.

◆◆◆

어떨 때는 과거로 가서 그 누구와도 말을 섞지 않았다. 샘
과 토미는 물론 레너드에게도 한마디도 하지 않았다. 그저
열여섯 살의 제 몸속으로 들어가 주변 사람들을 구경했다.
앨리스는 이런 류의 시간 여행이 제일 맘에 들었다. 마치 동
물원에 와 있는 기분이랄까. 차이점이 하나 있다면 울타리를
넘어가 사자와 코끼리, 기린 등의 동물들을 지근거리에서 맘
껏 볼 수 있다는 것이었다. 모든 것은 일시적일 뿐, 그 무엇
도 앨리스를 해칠 수 없었다. 그저 하루만 버텨내면 되었다.

49

레너드의 수염 정리기로 머리카락을 싹 밀어 버렸다. 머리를 박박 깎고 싶다는 생각을 해 본 적은 몇 번 있었지만, 너무 큰 결심이 필요한 일이었기에 매번 망설였었다. 머리를 민 다음에는 샘과 함께 1호선을 타고 크리스토퍼 거리로 갔다. 몇 블록을 걸어가 웨스트 4번가 지하철역 근처에 있는 허름한 문신 가게에 도착했다. 앨리스는 자연사 박물관에 전시된 고래를 새겨 달라고 했다. 그러자 샘은 입을 벌린 채 행복하게 웃었다. 앨리스는 검은 비닐이 깔린 탁자 위에 팔꿈치를 얹었다. 바늘이 앨리스의 어깨에 들어갔다 나오기를 반복했다. 아빠와 점심과 저녁만 먹고 아무것도 하지 않은 채 잠자리에 들었다. 행복하게 잠든 그녀의 어깨에 둘린 커다란 투명 반창고 위로 피가 스며들었다.

50

눈을 뜨니 뉴질랜드에 와 있었다. 따뜻한 방의 창밖으로 바다가 훤히 내다보였다. 그녀가 사는 방이 아니라 단기로 빌린 곳이었다. 여전히 짧은 머리카락은 하얗게 탈색된 상태였다. 피부는 햇볕에 그을렸고 팔뚝은 튼튼했다. 방에는 그녀가 들고 다니는 카메라가 놓여 있었다.

♦♦♦

데비가 음성 메시지를 남겼다.

어서 돌아오렴. 시간이 얼마 남지 않은 듯하구나.

실소가 터져 나왔다. 나한테는 남아도는 게 시간이야, 앨리스는 생각했다. 그러면서도 미국행 비행기에 몸을 실었다. 꼬박 하루를 거꾸로 날아와 뉴질랜드를 떠나왔던 시간보다 이른 시간에 미국에 도착했다.

51

앨리스는 레너드와 함께 그녀가 좋아하는 식당을 전부 찾아다니며 저녁을 먹었다. 차이나타운까지 찾아가 '징퐁'에서 만두와 딤섬을 먹었고, 플라자 호텔에 가서 하이 티High Tea를 즐겼다. '세렌디피티3'에서 거대한 아이스크림 선데를 먹었고, 내심 좋아했었던 '핏제리아 우노'에서 도우가 두툼한 시카고 피자를 먹었다. '그레이스 파파야'에는 수도 없이 갔으며 'V&T'에 가서 눅눅한 피자도 먹었다. '바니 그린그래스'에 가서 훈제 연어를 먹었고, '헝가리 페이스트리 가게'에서 온갖 종류의 쿠키를 다 맛보았다. 레너드는 '시티 다이너'에 가면 삶은 새끼 대구 요리를 먹겠다는 농담을 줄곧 하고는 했는데, 정작 식당에 갔을 때는 버거와 감자튀김을 시켜 밀크셰이크와 함께 먹었다. '루시스'에 가서는 푸짐한 치즈 엔칠라다 하나를 시켜 중간에 두고 나누어 먹었다. 그러면서 레너드는 마가리타를 주문해 마시다가 앨리스에게 몇 모금 맛보게 해주었다. 그리고 '아이솔라'에서는 펜네 알라 보드카를 시켜 먹었다. 가끔은 속임수를 쓰는 느낌이 들기도 했다. 매일 매일이 앨리스의 생일이었기에 레너드는 케이크를 앞에 두고 음정을 다 틀려가며 생일 축하 노래를 불러야만 했다. 어찌

보면 속임수가 맞았다. 오늘도, 내일도, 올해가 다 갈 때까지 계속해서 아버지를 속이는 짓일 테지만 신경 쓰지 않았다. 매번 끝까지 노래를 부르게 내버려 두었다. 한두 번의 생일을 보내고 난 후에는 생일 축하보다는 저녁 식사를 위해 과거로 돌아갔다. 아버지와 단둘이서, 혹은 샘도 껴서 셋이서 식당에 둘러앉아 이런저런 이야기를 나누며 웃고 떠드는 그 시간이 너무나도 행복했다. 그저 함께 있는 것만으로도 충분했다.

◆◆◆

앨리스가 미래에서 왔다는 이야기를 꺼낼 때마다 레너드는 기뻐했다. 앨리스는 저녁 시간 다음으로 이 시간을 좋아했다. 매번 놀라움을 금치 못했고, 때로는 상체를 앞으로 숙이며 손뼉까지 치며 즐거워했다. 앨리스는 앞으로도 평생 아버지가 기뻐하며 웃게 할 수 있는 다른 이야기들을 많이 해주고 싶었다. 하지만 늘 과거로 돌아가기만 할 뿐 앞으로 나아가기란 불가능했다. 그래서 앨리스는 미래에서 왔다는 이야기만 계속 되풀이했다. 레너드가 어떻게 반응할지 잘 알고 있었으니까. 결국은 두 사람 모두에게 선물과도 같은 이야기인 셈이었다.

52

얼마간은 기분이 너무 좋았다. 과거와 미래를 오갈 뿐이었지만 어째선지 앞으로 나아간다는 착각이 들 정도였다. 연도와 상관없이 하루하루가 새로운 날처럼 느껴졌다. 하루가 지나면 또 다른 하루가 시작되었고, 멀리 내다볼 필요조차 없어 보였다. 매일같이 과거와 미래를 오가면서 문제가 생긴 적은 한 번도 없었다. 물론 실제로는 그렇지 않다는 사실을 잘 알고 있었다. 하지만 때로는 경비 초소에 앉아 과거 또는 미래로 가기를 기다리는 일을 죽을 때까지 할 수도 있을 것만 같았다. 아무도 죽지 않을 것 같았고, 어떤 선택을 하든 중요치 않게 느껴졌다. 내일 아침에 되돌려 버리면 그만이었으니까.

55

레너드의 얼굴은 창백했다. 두 눈을 꼭 감은 채 얕은 숨을 내쉬었다. 아버지를 살릴 수 있었다. 그래서 마법 지팡이를 휘두르듯 과거로 되돌아가기를 반복했다. 젊고 재미있는 레너드가 거기에 있었다. 코카콜라를 물처럼 마셔대며 담배를 빽빽 피워대는 레너드가 거기에 있었다. 레너드는 설령 하루 뿐일지라도 그곳에서만큼은 불멸의 존재였다.

5
부

54

앨리스의 생일이 벌써 몇 주나 지나 있었다. 과거로 돌아가 하루를 보내고 오면 미래에서도 하루가 지나 있었다. 이제는 마흔 살이라는 현실에 익숙했다. 무엇보다 나이가 뭐가 그리 대수랴. 하지만 어쩐선지 몸이 갈수록 삐걱이는 느낌이 들었다. 앉았다 일어설 때면 무릎에서 사각거리는 소리가 났다. 라이스 크리스피 시리얼에 우유를 부을 때 나는 소리와도 비슷했다. 마흔 번째 생일날 밤, 멋진 차를 불러 운전 기사에게 아버지의 집 주소가 아니라 제집 주소를 알려 줬더라면 어땠을까. 토를 하고 그대로 기절하듯 잠들어 다음 날 마흔 하고도 하루를 더 산 앨리스가 숙취에 시달리며 눈을 떴겠지. 수많은 시간 여행에도 불구하고 제 인생에서 한 가지도 바꾸지 못했다. 앨리스는 돈도 아니었고, 타임 브라더스 형제들도 아니었다. 그녀의 삶에 꼬리표를 붙인다면 아마도 **과거로 되돌아갔는데도 아무것도 못 바꿨네!** 아닐까. 책들은 대개 행복한 결말이거나 행복하지는 않더라도 만족스러운 결말로 끝이 났다. 문제를 시원하게 해결한 뒤 깔끔하게 끝맺음을 맺었다. 하지만 앨리스가 하나를 끝맺고 나면 곧이어 또 다른 문제가 뒤를 이었다.

치버 플레이스에 있는 아파트에서 깨어나 하루를 보내고 나면 어쩐지 아파트가 앨리스의 기억보다 더 작게만 느껴졌다. 정원이 딸린 아파트는 대부분이 하나의 층 전체를 통째로 사용하는 구조에다 야외 공간으로 통하는 문이 달려 있었다. 문을 열고 나가면 잔디밭이나 앨리스의 아파트처럼 콘크리트가 깔린 공간이 펼쳐졌다. 하지만 앨리스의 집주인은 아파트 하나를 큰 방 여러 개로 분리해 세를 놓았다. 각각의 방 안에는 한쪽 벽을 따라 주방이 붙박여 있었고 문이 두 개 달려 있었다. 하나는 붙박이 옷장 문이었고 나머지 하나는 화장실로 통하는 문이었다. 그리고 앨리스가 책상으로 사용하는 식탁 한쪽에는 종이가 금방이라도 무너질 듯 산더미처럼 쌓여 있었다. 신발들은 현관문 옆에 놓인 작은 신발장에 있어야 했지만, 장난꾸러기 요정들이 신발을 타고 놀다가 내팽개친 것처럼 방안 여기저기에 흩뿌려져 있었다.

앨리스는 침대 위에 털썩 드러누웠다. 옆집에는 나이가 지긋한 여자가 개 한 마리와 함께 살고 있었다. 옆집 할머니는 집 앞 현관에 앉아 지나가는 사람들에게 말 걸기를 좋아했다. 지금 개가 열심히 짖고 있는 걸 보니 우체부가 근처에 와 있는 모양이었다. 옆집 개는 닥스훈트였는데, 나이가 많아서 혼자서는 계단을 오르내리지 못했다. 그래서 다른 장소로 가고 싶을 때면 매번 구슬프게 짖어 댔다. 앨리스는 삐걱대는 이케아 침대 틀에 지하철역 광고를 보고 인터넷으로 주문한 매트리스를 올려 침대로 썼다. 앨리스는 자신의 삶이

불행하다고 생각하지 않았다. 아니, **불행**하다고 생각했던 적이 단 한 번도 없었다. 오히려 전반적으로 괜찮은 삶이라 여겼다. 건강한 몸에 직업을 가졌고 친구들도 있었으며 성생활도 썩 만족스러운 편이었다. 세포라에서 화장품을 살 때마다 포인트를 적립했고, 살 물건이 있으면 아마존에서 사지 않고 장바구니를 챙겨 들고 식료품점으로 갔다. 운전은 할 줄 몰랐지만, 만약 운전 면허증을 땄더라면 전기차를 몰았을 것이다. 시 의원이나 상원 의원 등 모든 선거에 빠지지 않고 매번 투표권을 행사했다. 그리고 몇 달에 한 번씩 신용 카드로 401(k) 퇴직 연금을 냈다. 그런데 왜 자신의 아파트 그 어디에도 그녀를 행복하게 해주는 물건이 하나도 없는 걸까. 성인이 되면 좋은 점이 하나라도 있어야 하는 거 아닐까? 다른 사람이 정해준 삶을 사는 대신 스스로 제 인생을 개척해 나가는 시기이지 않은가.

앨리스는 손으로 침대 위를 더듬으며 핸드폰을 찾았다. 베개 아래에 파묻혀 있던 핸드폰은 거의 방전된 상태였다. 아침 8시밖에 안 된 이른 시간이었지만, 샘은 깨어 있을 것이었다.

"여보세요."

"앨리스구나! 늦었지만 생일 축하해! 정신이 너무 없어서 날짜도 몰랐지 뭐야."

샘이 말했다. 샘은 항상 정신이 없었다. 비명과 고함이 늘 전화기 너머로 흘러나왔다. 샘의 집은 언제 기습을 당할지 알 수 없는 전쟁터 같았다.

"지금 너희 집에 가도 돼? 바쁘다는 거 알아. 그래도 가서 같이 놀면 안 될까?"

문득 포맨더의 제 방에 있던 전화기가 그리워졌다. 꼬불꼬불한 전화선을 손가락에 빙빙 돌리면 선들 사이로 분홍색 살점이 볼록볼록 튀어나오던 모습이 보고 싶었다.

"우리 **가족**이랑 놀고 싶어서 **뉴저지**에 있는 **우리 집**으로 오고 싶다는 말이지?"

샘이 못 믿겠다는 듯한 어조로 되물었다.

"오고 싶으면 와도 괜찮아. 오면 나야 좋지. 나는 어른들끼리만 모여서 술이라도 한잔 마시고 싶어. 하지만 네가 하고 싶은 대로 해도 괜찮아."

"그럼 너희 집에 어떻게 가는지만 알아보고 금방 갈게."

앨리스는 전화를 끊고 지하철 노선도를 찾아보았다. 가는 방법이 그리 복잡하지는 않았다. F호선을 타고 제이 스트리트 역에서 내려 A호선으로 갈아탄 뒤 34번가까지 쭉 가야 했다. 그런 다음 지하철인 듯 지하철 같지 않은 뉴저지 트랜짓으로 다시 갈아타면 끝이었다. 앨리스는 지하철을 오래 타는 것을 좋아했다. 오늘은 왠지 책을 읽을 기분이 아니었다. 사실 집에서 나오기 전에 20분 가까이 책장을 째려보았지만, 결말이 행복한 책이나 공상 과학 소설, 아니면 첫 장부터 누군가 죽는 책 중에 무엇을 읽고 싶은 건지 알 수 없었다. 그래서 그녀가 좋아하는 팟캐스트인 〈쉬퍼스Shippers〉의 최신

회차를 듣기로 했다. 팟캐스트의 표어는 **인터넷이 발명된 이유**였다. 표어가 다소 거창하기는 했지만 그래도 앨리스는 좋아했다. 매주 두 진행자는 원작이나 현실에서는 서로 연인 관계가 아닌 인물 두 명을 선정했다. 그런 다음 두 인물이 왜 연인이 되어야 하는지, 연애를 어떻게 할지 등에 관해 40분 동안 이야기를 나누었다. 지금까지 거론되었던 인물로는《아치 코믹스Archie Comics》만화 속 아치와 저그헤드, 〈뱀파이어 해결사Buffy the Vampire Slayer〉드라마의 등장인물인 버피와 코델리아, 록밴드 플릿우드 맥의 멤버인 스티비 닉스와 크리스틴 맥비, 〈스탠드 바이 미Stand by Me〉영화에 등장했던 크리스 챔버스와 고디 라챈스, 〈프라이데이 나잇 라이트 Friday Night Lights〉드라마에 나왔던 타미 테일러와 팀 리긴스 등이 있었다. 매번 앨리스가 서로 연인으로서 잘 어울린다거나 연인이 되면 좋겠다고 선택했을 인물들만 다루는 것은 아니었다. 하지만 그저 진행자들이 재미있어서 항상 팟캐스트를 챙겨 들었다.

"자, 자. 정말 기대됩니다. 오래전 소설이기는 하지만 이보다 더 예전 소설들도 다루었던 적이 있었죠."

주제곡이 흘러나온 후에 제이미가 팟캐스트의 시작을 알렸다.

"오늘은 레너드 스턴 작가가 쓴 두 권의 소설, 『타임 브라더스』와 『돈 오브 타임』에 관해 이야기를 나누어 보도록 하겠습니다. 레너드 스턴은 열성 팬이 대단히 많은 작가인데요.

제이미, 대체 어떤 점 때문에 열성 팬층을 거느린 작가가 된 걸까요? 열성 팬층이라면 레너드를 좋아하는 팬들이 사이비 종교 집단이라도 된다는 말인가요?"

공동 진행자인 레베카가 제이미에게 질문을 던졌다.

레너드는 늘 이런 식으로 예기치도 못한 곳에서 불쑥불쑥 나타나고는 했다. 〈제퍼디!〉 퀴즈쇼나 십자말풀이의 정답으로 등장하는가 하면, 심지어는 〈심슨 가족The Simpsons〉에도 출연해서 만화책 가게 주인과 『타임 브라더스』 수집품을 두고 싸우기도 했다. 그의 이름을 모르는 이들이 거의 없었고, 이름을 모르는 사람들조차도 『타임 브라더스』는 다 알고 있을 정도였다. 덕분에 앨리스는 학교에서 친구들을 쉽게 사귈 수 있었다. 제 입으로 직접 말을 하지 않아도 유명 작가의 딸이라는 소문은 알아서 삽시간에 퍼져 나갔다. 하지만 대학교를 졸업한 후에야 득이 아니라 실이었다는 사실을 깨달았다. 진정한 친구로서 주변에 남아 있는 사람들이 아무도 없었다.

"자, 시작하기에 앞서 저희가 근친상간을 제안하지 않을까 걱정하시는 수천 명의 시청자가 있으실 텐데요. 그분들이 상상의 전화통에 불이 날 정도로 전화를 걸어대기 전에 먼저 짚고 넘어가겠습니다. 여러분, 아닙니다. 근친상간 아니고요. 오늘의 주인공은 〈타임 브라더스〉의 두 형제 중에서 비호감이 아닌 쪽이죠. 토미 제이크가 연기했던 스콧과 『돈 오브 타임』의 돈을 연인으로 붙여 보겠습니다. 돈은 아무래도 성이 게일이겠죠? 돈 게일!"

제시카가 말했다. 뒤이어 전자 트럼펫 소리가 배경음으로 작게 울려 퍼졌다.

"스콧과 돈입니다! 토니 제이크와 사라 미셸이죠! 이 조합 정말 마음에 쏙 드는걸요."

제이미가 제 말이 재미있는지 웃음을 터뜨렸다.

"좋아요. 우선 이상하게 들리실지 모르겠지만, 제 머릿속에서 돈은 사라 미셸 겔러 그 자체예요. 〈올 마이 칠드런All My Children〉 드라마가 종영한 뒤 〈뱀파이어 해결사〉라는 드라마가 시작하기 전에 존재하는 실제 인물인 셈이죠. 그런데 토니 제이크는 세상에 존재하지 않는 사람 같아요. 아는 게 아무것도 없거든요."

"위키피디아에 따르면 말 농장을 운영하고 있다네요."

제이미의 말에 레베카가 대답했다. 실시간으로 인터넷에 검색을 하고 있는 모양이었다.

"그렇군요. 말 농장이라니. 네, 토니 제이크는 말 농장을 운영하고 있고, 20년 가까이 작품 활동은 하지 않고 있습니다.《피플》잡지에서 읽은 굉장히 오래된 프로필에 의하면 게이이고 주택 개조일을 한다고 하네요. 멋진 분 같군요. 네, 마음에 듭니다."

"음, 제가 레너드 스턴을 좋아하는 이유를 말씀드려 볼게요. 레너드 스턴이 첫 번째 소설을 몇 살 때 출간했는지 아세요?"

"스물다섯 살이요?"

레베카의 질문에 제이미가 어림짐작으로 대답했다.

"땡! 서른여덟 살이에요! 그리고 『던 오브 타임』을 출간했을 때는 쉰두 살이었어요!"

레베카가 의기양양한 목소리로 말했다.

"오, 멋진데요. 늦은 나이에 성공한 사람들을 향해 박수를 보냅니다."

"아, 정말 마흔 이후에 잠재력을 꽃피운 사람들을 다루는 팟캐스트를 하나 만들어야 할까 봐요. 정말 좋은 생각 같지 않나요? 동의하시면 트윗으로 알려 주세요!"

레베카가 말했다. 이후에도 레베카와 제이미는 계속해서 말을 이어 나갔지만, 앨리스는 한쪽 귀로 흘려들었다. 레너드가 늦은 나이에 성공했다는 생각은 한 번도 해 본 적이 없었다. 앨리스가 어렸을 때부터 줄곧 성공한 작가였는데, 어떻게 늦은 나이에 성공했다고 말할 수가 있지? 하지만 낯선 사람의 입을 통해 레너드의 나이를 듣고 나자 숫자가 눈에 띄긴 했다. 진행자들은 두 주인공 이야기를 계속해 나갔다. 두 사람은 레너드가 창조한 가상의 인물들이 마치 실존하는 사람인 것처럼 다루었다. 하지만 소설 속 인물들은 실제로 존재하는 인물이기도 했다. 물론 이 사실을 이해하지 못하는 사람들도 있었다. 앨리스는 비록 작가는 아니었지만, 소설가들과 자주 저녁 식사를 함께했다. 그래서 소설이 꾸며낸 이야기라는 사실을 익히 알고 있었다. 전부 허구적인 이야기들이었다. 개중에는 나쁜 작품들도 있었지만, **좋은** 작품들도 있었다. 그리고 좋은 작품들은 항상 사실을 기반으로 했다. 우주나 지옥 등지에서 벌어지는 줄거리와 다양한 반전, 정확한 사건들은 사실이 아닐지언정 소설이 전하는 울림만큼은 진실이었다.

"음, 그런데 말입니다. 레너드 스턴에 대한 정보 중에 제가 가장 좋아하는 사실이 뭔지 궁금하지 않으세요? 오늘 아침에 위키피디아에서 찾아낸 정보가 하나 있는데요. 영화에서 던의 엄마로 출연했던 여성분과 레너드 스턴이 실제로 결혼한 사이라고 합니다!"

레베카가 목청을 가다듬었다. 앨리스는 얼른 자세를 똑바로 고쳐 앉아 소리에 귀를 기울였다.

"그럴 리가요. 그 드라마에서 애들 줄줄이 달고 나왔던 여자 말이에요?"

"네, 맞아요. 돈의 엄마 역은 데버라 폭스가 맡았어요. 80년대 인기 드라마였던 〈방과 전과 후Before and After School〉에 출연했었던 배우입니다."

앨리스가 데비를 보면 떠올랐던 이미지가 바로 그 드라마속 데비의 모습이었다. 데비는 젖가슴이 풍만한 선생님으로나왔었다. 두 눈을 감자 TV 드라마가 끝나고 출연진을 소개하는 자막이 눈 앞에 펼쳐지는 듯했다. 〈방과 전과 후〉는 80년대 내내 토요일 아침마다 방영되었던 시트콤이었다. 주인공인 여자가 아이들을 여럿 입양해 아이들의 엄마이자 학교교장으로 나오는 내용이었다. 통통하고 사랑스러운 백인 여성이 다인종 아이들을 구한다는 설정은 참으로 끔찍했다. 그러니까 데버라 핑크는 배우 데버라 폭스였고, 레너드 스턴의 영화에 조연으로 출연한 뒤 레너드와 결혼한 것이었다.

"이야."

앨리스는 큰 소리로 혼잣말로 중얼거렸다. 세상에는 언제나 새로운 사실이 존재하는 법이다. 레너드에 대해 앨리스가 놀랄만한 사실이 또 뭐가 더 있을까? 앨리스는 레너드와 데비가 사라 미셸 겔러와 함께 '그레이스 파파야'에 있는 모습을 상상하며 혼자서 피식 웃음을 터뜨렸다. 귀신의 집 거울 속에 앨리스 가족을 비추어 보면 그런 모습이지 않을까.

55

로스먼 우드 부부는 어퍼 몽클레어 역 근처에 있는 파란
색 집에 살았다. 현관에 그네가 설치되어 있는 커다란 집이
었다. 지하철역에서 세 블록밖에 떨어져 있지 않았지만 자주
오지 않았던 곳이라 앨리스는 제대로 가고 있는지 수시로
확인을 해야 했다. 핸드폰이 가리키는 방향에 맞춰 핸드폰을
거꾸로 든 채로 길을 찾아갔다. 두 번이나 다른 방향으로 돌
고 난 후에야 저 멀리 파란 집이 모습을 드러냈다. 몽클레어
의 인도 위에는 벌써 나뭇잎이 떨어져 있어 걸을 때마다 바
스락거리는 소리가 났다. 나무 위에는 브루클린보다 더 많은
수의 새들이 앉아 있었다. 벌써 핼러윈 장식을 시작한 집들
이 곳곳에 눈에 띄었다. 샘의 집이 있는 거리를 따라 걸으며
마주치는 집들의 앞뜰에는 묘비가 세워져 있었다. 샘의 옆집
에는 호박이 현관까지 줄지어 놓여 있었다. 이윽고 샘의 집
앞에 도착하자 옆집과 똑같은 광경이 앨리스를 맞이했다.

"왔어?"

샘이 반갑게 인사를 건넸다. 그녀는 현관 그네 위에 앉아
서 발가락으로 바닥을 밀며 그네를 타고 있었다.

"안녕! 너희 집까지 오는 데 겨우 25년밖에 안 걸렸네."

앨리스가 핸드폰을 주머니에 쿡 찔러 넣으며 농담을 던졌다.

"에이, 설마."

샘이 두 손을 반듯하게 펴서 배 위에 얹은 채 대꾸했다. 샘의 배는 납작하지 않았다. 완벽한 반원 모양으로 거대하게 솟아 있었다.

"뉴욕 사람들은 자기들이 세상의 중심인 줄 안다니까. 요즘 스물다섯 살 애들이 많이 사는 퀸즈보다는 여기가 더 가까울걸?"

"부시윅이겠지."

"어, 그래. 그냥 뉴저지일 뿐이야. 어휴."

샘이 현관 앞 나무판자 위에 운동화를 가지런히 놓더니 그네를 천천히 멈춰 세웠다. 그녀가 몸을 일으키자 남산만 한 배가 위풍당당한 모습을 드러냈다.

"이야."

앨리스의 입에서 감탄사가 절로 흘러나왔다. 샘이 만삭일 때의 모습을 두 눈으로 직접 본 적은 지금이 처음이었다. 문득 어두컴컴한 식당 안에서 저녁을 먹다가 샘이 대뜸 초음파 사진을 내밀었을 때가 떠올랐다. 작디작은 우주 비행사처럼 생겼었던 사진 속 그 아이는 무럭무럭 자라 샘의 첫째 아이가 되었다. 그 이후에는 정신없이 바쁜 일정 탓에 3월에 만나기로 했던 저녁 약속을 다음 달로 미루기를 반복했다. 그러다 샘과 조시가 푸에르토리코로 휴가를 떠났을 때 물방

울무늬 비키니 사이로 배가 불룩 튀어나온 샘의 모습을 사진으로만 보았을 뿐이었다. 하지만 샘이 뉴저지로 이사를 가버리기 전, 아니 아이들이 태어나기 전부터 두 사람의 관계는 이미 고등학교 때와는 달라져 있었다. 학교에서 집으로 돌아오자마자 잠들기 직전까지 통화하고 매주 주말이면 서로의 집에서 함께 자던 그때와는 달랐다. 마치 식물이 자라는 모습을 스톱 모션 애니메이션으로 보고 있는 듯한 기분이었다.

"너 정말 멋져 보이네."

앨리스의 칭찬에 샘이 눈알을 굴리며 대꾸했다.

"눈곱만큼도 멋지다고 생각하진 않지만 어쨌든 고마워. 마실 것 좀 챙겨서 편하게 앉아서 얘기하자."

앨리스가 고개를 끄덕이자 샘이 현관문 안으로 들어갔다.

"아이들은 어디에 있어?"

"아이들? 음, 마비스는 뒤뜰에 있고 나머지 하나는 여기에 있지."

샘이 자기 배를 가리키며 말했다.

"그렇구나. 내 말이 그 말이었어."

샘은 딸을 낳으면 이름을 이비와 마비스, 엘라 중에서 하나로 짓고 싶다고 했었다. 임신은 매우 연약한 것이었다. 그렇지만 유산을 한다고 해서 세상의 균형이 바뀌는 것은 아니었다. 유산을 경험한 적이 있었고 앞으로 또 겪게 될지도 몰랐다. 앨리스는 바로 이 부분이 제일 궁금했다. 레너드에게 물어볼 생각을 하지 못해서 답변을 듣지 못했던 질문이었다. 이전의 다른 세계에 있었던 다른 아이들은 여전히 어딘가에서 살아 숨 쉬고 있는 걸까? 정확하게 알아낼 방법이 없었기에 앨리스는 그저 그럴 거라 짐작만 할 뿐이었다.

"자몽 맛 괜찮아?"

샘이 냉장고를 열어 탄산수 두 캔을 꺼내며 물었다. 앨리스는 대답 대신 고개를 끄덕여 보였다. 집 안은 TV에 나오는 집들처럼 매우 널찍했다. 데비가 출연했었던 프로그램처럼 앨리스와 샘이 어렸을 때 방과 후에 왕왕 보고는 했던 시트콤에 나오던 집 같았다. 부모님과 형제자매는 물론 머리 위로 장대 마이크를 들고 있는 촬영팀이 들어와도 될 정도로 방들이 큼지막했다. 앨리스는 샘을 따라 뒤뜰로 향했다. 뒤뜰에는 나무로 만든 작은 놀이 구조물이 하나 있었다. 그 구조물 위에 마비스가 다리를 걸고 거꾸로 매달려 있었다. 그리고 그 바로 옆에서 조시가 혹시라도 아이가 떨어지면 곧바로 받으려고 두 팔을 받치고 서 있었다. 앨리스가 손을 흔들자 조시도 손을 흔들어 보였다. 그는 제 자리를 떠날 수 없었고 앨리스 역시 이해했다. 조시와 앨리스 모두 그녀가 샘을 보러 왔다는 사실을 익히 알고 있었으니까.

"마흔 살도 나쁘지만은 않은 것 같아. 넌 마흔 살이 됐다는 생각만 해도 막 힘들고 그래?"

샘이 캔 하나를 따서 한 모금을 길게 마시며 물었다.

"젠장, 임신 기간 내내 숙취에 시달리는 기분이야. 목은 항상 마르고 오줌도 계속 마려운데 막상 화장실 가려고 하면 또 일어나기는 싫어."

"아니, 괜찮아. 나이 먹는 부분은 괜찮은 것 같아."

샘이 앨리스를 빤히 쳐다보며 재차 물었다.

"그럼 안 괜찮은 부분도 있다는 거네? 무슨 일 있어? 난 네가 우리 집에 언제든 놀러 와도 환영인데, 한 번도 오지를 않더니."

"그냥 네가 보고 싶어서 온 거야. 그리고 아빠도 너무 보고 싶어."

앨리스의 입에서 딸꾹질과 흐느낌 사이의 어떤 소리가 흘러나왔다.

"미안해."

"아냐. 미안하다니! 괜찮아! 내가 레너드 아저씨 좋아하는 거 너도 알잖아. 내가 아저씨한테 후속작을 쓰라고 한 덕분에 아저씨가 큰돈을 버셨잖아. 그렇다고 나한테 로열티 같은 걸 주지는 않았지만, 그래도 감사의 말에서 날 언급하셨지. 게다가 우리 애들 대학 등록금을 대주겠다고 하셨었거든. 그때는 필요 없다고 거절하긴 했어도 앞날이 어떻게 될지는 모르는 일이고. 조시가 버스에 치이거나 내가 일을 못 하게 될 수도 있잖아. 레너드 아저씨는 나한테 오프라 윈프리 같은 존재야."

샘이 앨리스의 팔을 쥐며 말을 이었다.

"농담이야. 그래도 우리 애들 대학 등록금 대준다는 말은 진짜야. 아저씨가 진짜 그렇게 말씀하셨어."

"난 모르는 얘기네."

하지만 아버지라면 그랬을 것이다. 아버지가 첫째 아이를 임신한 샘에게 그 말을 건네는 모습을 생생하게 그려볼 수 있었다. 어쩌면 아버지는 아이를 더 많이 원했던 것 아닐까. 앨리스는 항상 아버지와 단 둘이 사는 삶에 익숙해서 한 번도 생각해 본 적이 없었지만, 외동아들이었던 레너드는 자식을 더 원했을지도 몰랐다. 아니면 앨리스가 언젠가 손주를 한두 명 정도 낳아주리라 기대했을 수도 있지 않을까! 그렇다고 한들 앨리스에게 결코 부담을 주었을 사람은 아니었다. 불현듯 궁금증이 꼬리를 물었다. 아버지는 과거로 돌아가 다른 여자를 만나려고 애쓴 적이 있었을까? 데버라를 만난 이후에도 과거로 돌아간 적이 있었을까? 데버라를 더 일찍 만나 아이를 낳고 싶었을까? 그랬을지도 몰랐다. 이외에도 아버지가 앨리스에게 말하고 싶지 않은 행동을 한 적이 더 있을까? 아마 수천 번은 되겠지.

"오늘 아버지 뵈러 갈 거야?"

샘이 물었다. 대롱대롱 매달려 있던 마비스는 조시가 바닥에 내려주자마자 곧바로 나무 구조물 꼭대기의 해적선으로 총총 사라졌다.

"이따가 점심때 찾아뵈려고. 진짜 거지 같아."

앨리스가 차가운 캔을 이마에 대며 말했다. 샘이 앨리스의 어깨에 팔을 두르며 위안을 건넸다.

"그렇겠지. 으, 얘가 뱃속에서 계속 걷어차네."

"한번 만져봐도 돼?"

앨리스는 임신한 사람의 배를 몇 번 만져 본 적이 있었다. 동료인 학교 선생님과 대학 친구들, 그리고 샘의 배도 만져 보았었지만, 정말 마지못해 그랬을 뿐이었다. 그럴 때마다 왠지 선을 넘는 것 같은 기분이 드는 동시에 살짝 소름이 끼쳐 왔다. 물론 아이만 보면 좋아 어쩔 줄 몰라 하는 사람들도 있었지만, 앨리스는 아니었다. 식당의 맞은편 테이블이나 비행기 뒷좌석에 앉은 아이들에게 장난을 거는 행동 따위는 절대 하지 않았다. 여성의 임신은 배가 불러오면서 달갑지 않게도 만인에게 공개되었다. 그로 인해 낯선 이들은 개인의 사생활에 마음대로 간섭해댔다. 하지만 앨리스는 지금 이 세상이 진짜인지 확인하고 싶은 마음뿐이었다. 며칠인지 모를 오늘이 샘과 자신의 인생에서 실제로 존재하는 날이라는, 진짜라는 증거가 필요했다.

"물론이지."

샘이 말했다. 그러면서 앨리스의 손을 잡아 자신의 아랫배에 살포시 갖다 댔다.

"참, 최근에 몽클레어에 누가 이사 들어온 줄 알아? 왜, 그 남자애 있잖아. 아니 지금은 다 큰 성인이지만, 어쨌든 벨베디어 다닐 때 우리보다 한 학년 아래였던 애. 켄지였나?"

"켄지 모리스."

최근 들어 앨리스가 꽤 자주 봤었던 아이였다. 그녀의 열여섯 번째 생일 파티에서 남자애들이 집안으로 줄줄이 들어올 때 맨 끝에 서 있던 애였다. 한 학년 아래였지만 키가 또래들보다 컸고, 깡마른 탓에 몸이 버드나무처럼 흔들리던 아이. 켄지의 어머니는 일본인이었고 아버지는 죽고 없었다. 그 외에는 켄지에 대해 아는 것이 별로 없었다. 팔리아멘트 담배를 피웠었나? 아니다. 담배를 일절 피우지 않았었다. 두 사람은 스페인어 수업을 함께 들었었다. 켄지는 언어에 소질이 있어서 스페인어 수업반에서 유일하게 혼자만 2학년생이었다.

"맞아. 켄지 모리스. 우리 집 바로 근처에 살아. 얼마 전에 이혼했다나 봐. 딸이 마비스 또래야. 며칠 전에 공원에서 만났는데, 엄청 친절하더라. 사실 난 걔가 어떤 애인지 잘 몰랐었거든."

"내가 걔 직업 맞춰볼까? 변호사지?"

"아니거든. 이 속물아. 우리 학교 출신이면 죄다 변호사냐? 건축가래."

샘이 콧방귀를 뀌며 대답했다.

"건축가는 로맨틱 코미디에 나오는 남자들이나 갖는 직업 아니야?"

"아니거든."

샘이 앨리스의 어깨에 머리를 얹으며 말을 이었다.

"점심 뭐 먹고 싶어? 구운 치즈도 있고 땅콩버터랑 젤리도 있어. 아니면 스크램블드에그 먹을래?"

이번에는, 그러니까 어제는 샘과 아버지 모두에게 미래에서 왔다는 말을 하지 않았었다. 지금 와서 샘에게 털어놓아봤자 별 의미가 없을 터였다. 어차피 지속될 미래도 아닌 데다가 괜히 샘의 심리 치료비만 불리게 될 것이 뻔했다. 하지만 샘에게 사실대로 말하지 않는다고 해도 시간 여행이라는 개념은 여전히 두 사람의 머릿속 깊이 박혀 있었다. 키아누 리브스를 사랑하는 팬이라면 시간 여행을 오랫동안 피하기란 힘든 법이니까.

"대머리야?"

순간 켄지의 모습이 선명하게 떠올랐다. 켄지는 늘 새카만 머리가 한쪽 눈을 가리고 있었다. 90년대 머리 스타일은 정말 최악이었다. 머리를 짧게 자른 시저 컷, 짧게 자른 앞머리, 심지어 레게 머리를 한 백인 남자애들까지 있었으니. 하지만 켄지의 머리는 사진을 찍으려고 막 빗고 나온 듯 언제나 단정했다.

"장난해? 예전처럼 머릿결이 끝내주던걸. 솔직히 말하면 흰머리가 희끗희끗 자라서 예전보다 더 나아. 내가 나이가 들어서 그런지는 모르겠지만, 엄청 섹시하더라. 근데 참 웃기지 않아? 고등학교 때는 나보다 생일이 여섯 달만 느려도 한 학년 아래라고 엄청 어린애 취급했었잖아. 같은 학년 남자애들 전부 별로였지만, 한 학년 아래에는 꽤 귀여운 애들이 많았었는데. 왜 걔들이랑 놀 생각을 못 했지?"

그때 마비스가 플라스틱 미끄럼틀을 타고 아래로 내려왔다.

자그마한 운동화가 바닥에 쌓인 낙엽에 닿자 바스락거리는 소리가 났다. 조시가 어느새 그네 뒤편으로 돌아 걸어가고 있었다.

"참 좋은 질문이네."

앨리스가 말했다. 앨리스는 항상 자기보다 나이가 많은 남자를 좋아했었다. 그녀의 눈에 아름답고 어른스러워 보여서였다. 그들 역시 앨리스에게 관심이 없지는 않았었다. 물론 몇몇 남자들은 파티에서 앨리스에게 키스를 퍼붓다가 지루해지면 그냥 가버리기도 했다.

"근데 조시랑 결혼하고 싶다는 건 어떻게 알았어?"

앨리스의 질문에 샘이 깔깔대며 입을 열었다.

"아, 내가 그랬었나? 잘 모르겠네. 나랑 조시 둘 다 너무 어렸었어. 물론 결혼이야 하고 싶었지. 하기 싫은데 억지로 한 건 아니었어. 조시를 사랑하거든. 하지만 그때는 너무 어려서 내가 하는 선택이 어떤 결과를 가져올지도 몰랐던 것 같아. 그렇다고 미리 알아낼 방법이 있는 것도 아니잖아. 좋은 부모가 될지, 마흔 살부터 갑자기 이상한 가부장적 성향을 조금씩 드러내는 건 아닌지, 돈 개념이 하나도 없는지, 아니면 심리 상담에 같이 가기를 거부하는지 등은 미리 알 도리가 없지. 이런 걸 알려주는 앱 같은 게 빨리 나와야 한다니까."

"음, 데이트 앱 본 적 있어? 온천지 성기 사진 뿐이야. 가부장제에 관한 언급 같은 건 그 어디에도 없어. 그런 진지한 이야기를 하는 사람이 나타난다고 한들 결국 다 자기 성기

사진을 보내려는 수작일 뿐이야."

앨리스가 하던 말을 잠시 멈추었다가 말을 이었다.

"그래도 너랑 조시는 참 잘 어울려."

"맞아. 대부분은 그렇지. 하지만 우리도 사람인걸. 서로 경험한 것도 다르고 느끼는 감정도 달라. 조시에 대해 내가 도저히 참지 못하는 부분들이 다른 사람에게는 아무것도 아닐 수도 있지. 난 선택의 문제라고 봐. 우리가 결혼한 지 15년째인데 여전히 선택해야 하는 것들이 생기거든. 멈출 줄을 모르지."

마비스가 미끄럼틀을 타고 다시 내려왔다. 이번에는 낙엽 위로 발이 닿자마자 고개를 들어 엄마를 쳐다보았다. 그런 다음 잔디밭을 가로질러 전속력으로 달려왔다. 마비스의 조그마한 몸이 샘의 팔에 폭 안겼다. 앨리스는 두 사람이 킥킥거리며 서로를 끌어안는 모습을 지켜보았다. 그 모습을 조시도 함께 지켜보고 있었다. 앨리스는 결혼 생활이 선택의 연속일 줄은 꿈에도 몰랐다. 그 생각만으로 힘이 축 빠지는 듯하면서도 내심 반가운 기분이 들기도 했다. 끊임없이 미래를 계획하고, 그러다 헤어날 방법이 없다고 좌절하는 사람이 저 혼자만은 아니었으니까. 문득 세레나의 부모가 떠올랐다. 그리 자주 만난 적이 없어서 앨리스로서는 조부모라고 부르기에도 민망한 사람들이었다. 여하튼 두 사람은 늘 멕시코로 휴가를 떠나고는 했었다. 그러다 대뜸 애리조나에 있는 휴가 시설 하나를 공동으로 임대를 했다. 그러고는 회원만이 허락

되는 휴가 시설 내에서 골프를 치고 콥샐러드를 먹으며 얼음장처럼 차가운 레모네이드를 마셨다. 사실 두 사람이 휴가지를 갑작스레 변경한 데에는 정치와 관련이 있었다. 하지만 정치 이야기를 좋아하지 않는 세레나는 그저 정치 때문이라고만 말한 다음, "스코츠데일은 겨울 내내 참 아름다운 곳이란다."라는 말로 얼버무렸다. 그러던 어느 날, 갑자기 세레나의 아버지가 병에 걸리고 말았다. 그러자 세레나의 어머니는 24시간 간호사가 상주하는 시설로 아버지를 옮겼다. 그런 다음 혼자 캘리포니아로 돌아가 버렸다. 과연 세레나의 어머니는 남편에게 매일 전화를 할까? 간호사더러 남편에게 읽어 주라고 편지를 써서 보내기는 할까? 결혼한 지 50년이 지난 부부의 의사 결정에 영향을 미친 요인이 과연 무엇일지 누가 알겠는가? 그런 두 사람의 관계가 그들의 딸인 세레나의 결혼 생활에 어떤 영향을 미쳤을지도 모르는 일 아닌가? 어쩌면 앨리스가 지금껏 혼자인 이유도 레너드가 늘 혼자였기 때문인지도 몰랐다.

"자, 가자."

샘이 자리에서 일어나 마비스의 머리를 쓰다듬으며 말했다. 앨리스가 마비스를 보며 눈을 찡긋해 보이자 마비스도 온 얼굴을 찌푸리며 윙크를 했다.

"점심 먹으러 가자."

56

앨리스는 4시 45분에 안내 데스크에 신분증을 내밀었다. 병원 면회 시간은 5시까지였지만, 런던은 아무 말 없이 면회 증을 건네주었다. 불현듯 끔찍한 기분이 밀려왔다. 딱히 어디가 **아프지는 않았지만,** 몸이 무겁고 움직임도 굼떠서 걸쭉한 당밀 속을 헤엄치는 기분이었다. 게다가 머리까지 찌근거렸다. 경비 초소에 앉아 있을 때는 적어도 앞으로 일어날 일을 예상할 수 있었다. 하지만 지금은 모든 것이 혼란스러웠다. 문득 시간 여행이 고등학교 때 믹스 테이프를 만들 때와 똑같다는 생각이 들었다. 새로운 곡을 녹음할 때마다 테이프를 되감아 정확히 원하는 부분에 녹음했다. 내가 원하는 곡들을 순서대로 녹음하는 일이 제일 중요했었다. 하지만 믹스 테이프를 받은 사람이 노래를 듣는 순서까지 내 마음대로할 수는 없었다. 더군다나 녹음된 순서에 관심을 가질지, 여러 번 반복해서 들을지, 재생 중에 카세트테이프가 플레이어에 걸려서 크리스마스 반짝이 공에서 실이 풀리듯 테이프가 엉켜버릴지까지는 알 수 없었다. 앨리스에게는 과거로 돌아가는 일이 미래로 되돌아오는 일보다 훨씬 더 쉬웠다. 미래로 올 때마다 무슨 일이 벌어졌을지 예상할 수가 없었기에 너무나도 두려웠다. 그야말로 어떤 일이든 벌어질 수 있었다. **모든 일**이 다소 좁은 범위 안에서 일어나기는 했지만, 앨리스가 통제하기란 여전히 불가능했다.

병원은 평소보다 한산했다. 오후 들어 날씨가 흐리고 어둑해진 탓에 방문객들 대부분이 비가 쏟아지기 전에 일찍 집으로 돌아간 모양이었다. 앨리스는 끊임없이 펼쳐진 복도를 지나면서 마주치는 사람들에게 고개를 끄덕이며 공손히 인사를 건넸다. 하나의 복도가 또 다른 복도로 이어지기를 반복하다가 마침내 아버지의 병실에 다다랐다. 병실 안으로 발걸음을 옮기며 이전에 수없이 봐왔던 장면이 또 펼쳐지리라 예상했다. 눈을 지그시 감은 채 잠들어 있는 아버지와 병실 의자에 앉아 소란스레 아버지를 돌보는 데비, 그리고 인접한 여러 방에서 TV 뉴스 소리가 크게 흘러나오고 있으리라. 이윽고 앨리스가 병실 커튼을 젖히자 그녀의 예상과는 달리 레너드 혼자뿐이었다. 더군다나 두 눈을 시커멓게 뜬 채로 깨어 있었다. 베개 위에 머리를 기대고 있던 레너드가 앨리스를 보고 해사하게 웃었다.

"드디어 왔구나."

레너드가 말했다. 그러면서 마술사가 눈앞에서 사라졌던 동전이나 토끼를 다시 나타나게 할 때처럼 두 손을 쫙 펼쳐 보였다.

"아빠."

앨리스는 싸구려 나일론 커튼을 손에 쥔 채로 그대로 얼어

붙어 버렸다.

"다른 사람이라도 있을 줄 알았어?"

레너드가 웃으며 물었다. 그의 얼굴은 핼쑥했고 수염은 하얗게 세어 있었다. 레너드가 의자 쪽을 손짓하며 앨리스에게 말했다.

"내 왕국에 온 걸 환영한단다."

"아빠가 깨어 계실 줄은 꿈에도 몰랐어요."

앨리스가 의자 안에 재빨리 몸을 구겨 넣으며 말했다. 그러고는 롤러코스터의 안전바를 두르듯 두 팔로 제 무릎을 단단히 붙잡았다.

"안 그래도 데비가 네 얼굴 보고 가려고 계속 기다리다가 조금 전에 갔어. 나중에 전화라도 한 통 해주렴?"

아버지의 뒤쪽으로 수액 주머니 여러 개가 매달려 있었고, 그중 하나가 아버지의 팔뚝으로 천천히 떨어지고 있었다. 의사와 간호사의 이름과 함께 레너드가 복용하는 모든 약이 화이트보드 위에 줄줄이 쓰여 있었다. 여느 때와 다름없는 모습이었다. 한 가지 다른 점이 있다면 레너드가 깨어 있다는 것이었다. 게다가 앨리스를 마주 보며 말을 걸고 있었다.

"얼굴 보니 참 좋구나, 앨리스."

"저도 너무 좋아요, 아빠."

좋다는 말로는 이 기쁨을 다 담아낼 수가 없었다.

"오늘 하루는 어땠니? 조금 피곤해 보이는구나."

"피곤한 거 맞아요."

아니, 그 이상이었다. 당황스럽고 불안하면서도 들뜬 기분마저 들었다. 앨리스는 너무나도 많은 시간을 아버지가 죽음을 앞둔 현실을 슬퍼하며 보내왔다. 그래서 눈앞에서 멀쩡하게 깨어 있는 아버지를 마주하자 어떻게 받아들여야 할지 혼란스러웠다. 레너드에게 죽음이 임박했다는 사실과 그 죽음이 그녀가 앞으로 살아갈 날에 어떤 영향을 미칠지를 생각하면 엄청난 슬픔이 밀려왔다. 하지만 그 슬픔의 무게에 앨리스는 이미 익숙해져 있었다. 그렇다고 완전히 극복해낸 것은 아니었다. 오히려 애도라는 감정은 조각 그림 맞추기나 루빅큐브처럼 깔끔하게 풀어낼 수 있는 문제가 아니라는 사실을 깨달았을 뿐이었다. 상실의 슬픔은 가슴 속 깊이 박혀 내 안에 영원히 존재했다. 마음 한편에서 다른 한편으로 옮겨가거나 겉으로 내보이지 않고 숨길 수야 있겠지만 슬픔은 사라지지 않고 항상 그 자리에 존재했다. 그렇게 자신의 일부가 되고 나면 소원을 빌거나 기도를 하고 술을 퍼마시거나 운동을 해도 없애기란 불가능했다. 앨리스는 임종을 앞둔 아버지를 수없이 지켜보며 차라리 죽음이 바람직하지 않을까, 하는 생각이 들기도 했었다. 사랑하는 사람이 고통받는 모습을 보고 싶은 사람이 어디 있겠는가. 게다가 앨리스는 지쳐 있었다. 전화벨이 울릴 때마다 몸이 바짝 굳고 아버지의 병실을 나설 때마다 잔뜩 긴장하는 삶에 지쳐 있었다. 그리고 곧 자신의 삶에 변화가 일어나 마음속에 거대한 구멍이 뚫린 채 평생을 살아가야 할 거라는 생각에 지쳐 있었다.

죽음이란 임신과도 같았다. 더 이상 자신의 삶이 이전과는 같을 수 없다는 느낌만은 똑같았지만, 그 감정은 거울에 비친 모습처럼 정반대였다. 죽음은 덧셈이 아닌 뺄셈이었으니까. 많은 나라가 똑같은 방식으로 애도를 표현했다. 사람들은 화환이나 위로 카드, 음식을 보냈다. 어떤 이들은 해야 할 목록에 **앨리스 스턴에게 위로 카드 보내기**라고 적어두기도 할 터였다. 하지만 그뿐일 뿐 아버지의 죽음은 매일매일 죽을 때까지 앨리스 혼자서 감당해야 할 문제가 될 것이었다. 아버지의 죽음을 어디까지 받아들였는지는 모르겠지만, 이 모든 과정을 또다시 처음부터 해낼 수 있을지는 그녀조차도 알 수가 없었다.

마지막 시간 여행에서 무슨 일이 있었는지 정확하게 기억이 나지 않았다. 과거와 미래를 오가며 모든 날이 한데 뒤엉킨 듯한 느낌이었다. 언뜻 생각해 보니 마지막 날 새벽 시간 여행이 끝날 때까지 아버지에게 말을 하지 않았던 것 같았다.

"에이, 아닌데. 괜찮아 보이는걸."

레너드가 놀려대듯 말했다.

"오늘은 지난번에 봤을 때보다 훨씬 좋아 보이시네요."

레너드가 고개를 끄덕이며 대꾸했다.

"음, 의사들 죄다 내 몸에 무슨 문제가 있는지 모르는 모양이더구나. 물론 죽어가고 있다는 사실이야 알고 있지."

레너드는 자신이 처한 명백한 현실에 허탈하게 미소를 지어 보였다.

"그런데 그 이유를 모르는 도통 모양이야. 내 피 검사 결과가 아흔여섯 영감과도 같은가 보더라."

그러고는 레너드가 눈썹을 씰룩거렸다. 아버지도 알고 있었다. 물론 모를 리가 없었다.

"아빠. 그간 아빠랑 말할 기회가 없었어요."

앨리스는 머릿속으로 계산을 얼른 해 보았다. 열여섯 번째 생일이 지난 지가 24년 하고도 하루, 일주일, 아니 2주가 지나 있었다.

"아빠가 아는 거 다 알려주면 안 돼요? 계속 과거로 돌아가서 이 문제를 해결하려고 무진장 노력했다고요."

앨리스가 병실 안을 둥그렇게 손짓하며 말했다.

"그런데 아빠가 깨어 있는 건 이번이 처음이에요! 뭘 어떻게 해야 할지 모르겠어요. 그래서 과거와 미래를 계속 왔다 갔다 했어요. 안 갈 이유가 없잖아요?"

웃으려는 노력이 무색하게도 그녀의 입에서 신음이 새어 나왔다. 이곳이 병실이 아니라 집이면 좋겠다고 생각했다. 그랬다면 무릎 위에 어설라가 앉아 있었을 텐데. 병원에 고양이를 데려올 수 있을까? 개를 데려갔다는 뉴스는 본 적이 있었다. 털이 복슬복슬하고 성격이 온순한 골든 래브라도가 환자의 손에 귀여운 코를 가져다 대는 장면이었다. 하지만 레너드는 아무 개가 와서 자기를 핥아주기를 원치는 않을 것이다. 어설라의 무한한 품위와 불로장생을 원할 터였다.

"음, 시간 여행은 새벽 3시에서 4시 사이에만 가능해. 그리고 경비 초소 내부가 비어 있어야 하는데 그렇지 않은 경우가 많지. 그래서 늘 깨끗하게 청소했단다. 그게 다야. 아주 오래전에 배운 사실이 하나 있다면 규칙은 꼭 지켜야 한다는 거야. 정말 터무니없는 규칙이라 해도 마찬가지야. 작동하는 방식이 그런 걸 어쩌겠니. 네가 알고 싶은 게 이런 거냐?"

레너드가 입가에 미소를 머금은 채 말을 이어 나갔다.

"공상 과학 소설은 그 소설의 틀 안에서만 말이 되면 된단다. 그 틀이 네 세상이라고 해도 똑같은 법이야."

"그 말은 지난번에 이미 한 번 설명하셨잖아요. 또 아는 사람이 있어요? 아니면 우리 둘뿐인가요?"

레너드가 미소가 가신 얼굴로 고개를 끄덕이며 대답했다.

"로만 부부도 알고 있단다. 신디가 70년대로 돌아가 밤새도록 춤을 추고는 했었다더구나. 우리가 포맨더로 이사하기 전의 일이지. 과거와 미래를 반복해서 오갈수록 점점 더 힘들어진단다. 미래로 돌아올 때가 점점 더 힘들어지지. 몸이 망가져 가고 있다는 게 느껴지거든. 나 역시 오랫동안 시간 여행이 내 몸을 해칠 거라는 생각은 해 본 적이 없었어. 그런데 이것 좀 봐라…."

레너드가 병실을 빙 둘러 손짓했다.

"신디는 '스튜디오54'에 가서 부기 춤을 추며 신나게 놀고는 했었는데, 미래로 돌아와서 문제가 생기기 시작했지."

"어떤 문제요?"

순간 앨리스는 제 몸이 점점 느려지는 것 같고 언제 어디에서 눈을 뜨든 아침마다 머리가 아프다는 사실이 떠올랐다.

"사물이 두 개로 보이거나 약간 어지러운 느낌이 들어. 그러다 나이가 들수록 어지럼증이 점점 더 심해진단다. 내 바람과는 정반대인 셈이지. 시간이 지날수록 과거의 기억이 더 선명해지고 기억에 덜 의존하게 되길 바라지만 실제로는 그렇지 않거든."

레너드가 손깍지를 끼며 말했다. 그의 피부가 얇고 창백해 보였다.

"그럼, 어떻게 하면 내가 원하는 미래로 돌아갈 수 있어요? 제 말은 그러니까 지금이 멈춰야 할 때라는 건 어떻게 알 수 있죠?"

앨리스는 아직 그 방법을 알아내지 못했다.

"어떤 미래에 가고 싶은 게냐?"

레너드가 눈썹 한쪽을 추켜세우며 물었다.

"그걸 제가 어떻게 알겠어요. 원래도 완벽한 인생은 아니었지만 돌아와 보니 완전히 다른 방향으로 엉망이더라고요."

앨리스의 머릿속에 어여쁜 아이 둘과 토미가 불쑥 떠올랐다. 그러다 그 넓은 아파트에 있지 않아 천만다행이라는 생각이 들었다.

레너드가 고개를 끄덕이며 말을 받았다.

"아, 그래. 나도 그랬던 적이 딱 한 번 있었지. 과거에서 돌아와 보니 네가 캘리포니아로 가서 세레나와 함께 살고 있더구나. 얼마나 끔찍하던지. 그래서 다시는 그런 일이 생기지 않게 하려고 무진장 애를 썼단다. 그래도 시간 여행이 어떻게 돌아가는지 감이 오지 않던? 바뀌는 것이 있는 반면에 바뀌지 않는 것도 있는 법이지. 불교 사상에 대해 말하려는 것도 아니고, 내가 불교 신자도 아니니 틀릴 수도 있겠다만 네 외부의 모든 것들은 겉치레일 뿐이란다. 알겠니?"

"어, 달라이 라마가 겉치레 같은 얘기를 한 적이 없던 거로 아는데요."

앨리스가 고개를 절레절레 흔들며 대꾸했다.

"아이고, 알려줘서 참 고맙구나. 어쨌든 내 말이 무슨 말인지는 알겠지? 바꿀 수 있는 부분도 있는 반면에 바꿀 수 없는 부분도 있는 법이야. 우리 모두가 내면의 혼란을 정리하려고 노력하지만, 모두가 거기서 거기일 뿐이란다. 불교 신자들도 마찬가지지! 우리보다 좀 더 열심히 노력하거나 내면의 혼란을 제쳐두는 데 능할 수야 있겠지만 말이다. 중요한 것은 시간이 아니란다. 그 시간을 어떻게 보내느냐가 중요한 거야. 네 힘을 어디에 쏟는지가 중요해."

레너드가 말을 하다 말고 갑자기 입을 꾹 다물더니 이내 눈도 꼭 감았다. 그 모습을 보며 앨리스는 깨달았다. 아버지가 의식을 되찾아 말을 하고 있다고 해서 상태가 호전되었다는 의미는 아니었다. 앨리스가 무슨 짓을 했는지는 몰라도 충분치 않았다. 아버지는 사랑하는 사람을 찾았고 담배도 끊었다. 그리고 차기작도 출간했으며 조깅도 시작했다. 그 외에도 앨리스가 보지 못한 수천 가지 일을 했을 테지만 결국 그 어떤 것도 중요하지 않았던 모양이었다. 두 사람이 있는 곳은 여전히 병실이었으니까.

"갑자기 왜 그러세요?"

앨리스가 물었다. 하지만 말을 내뱉자마자 그 답을 이미 알 것 같았다. 바로 앨리스와 레너드가 몇 번이고 반복한 이 일 때문이었다. 코카콜라도 아니었고 담배도 아니었다. 시간 여행이 문제였던 것이었다. 그렇다면 앨리스가 레너드를 구하기란 불가능했다.

레너드가 손바닥을 하늘 쪽을 향해 들어 올리며 입을 열었다.

"어떤 부모라도 나처럼 했을 거야. 솔직하게 말하면 매번 다른 과거로 돌아갈 수 있으면 좋겠다고 생각했었어. 네가 세 살 때, 여섯 살 때, 열두 살 때, 그리고 내가 서른 살일 때, 마흔 살일 때….."

레너드가 나이를 말할 때마다 손날로 팔뚝을 콕콕 찍으며 말했다. 그 모습이 〈일생에 단 한 번Once in a Lifetime〉이라는 노래의 뮤직비디오에서 데이비드 번이 추었던 춤을 추는 듯했다.

"이런 이야기는 아무도 해주지 않더구나. 물론 엄마들에게 이야기하는 사람들은 있을수도 있겠지만 적어도 아빠들한테는 해주지 않더라고. 나에게도 그 누구도 이야기해주지 않았지. 누군가를 애틋하게 사랑하는 기분이 어떤지, 그리고 내가 너무나도 사랑하는 아이가 다른 사람으로 변해가는 모습을 보는 기분이 어떤지 말이다. 새로운 모습 역시 사랑하지만 무언가 달라. 정말 순식간에 쑥쑥 커버리니까 영원히 끝나지 않을 것만 같던 순간들마저도 돌이켜보면 금방 지나가 버리거든."

아버지의 말이 맞았다. 아버지 역시 얼마나 변했는지 말하고 싶었다. 하지만 그 말을 입 밖으로 꺼내는 것조차 상처가 될 것 같았다. 아버지 역시 이미 알고 있을 테니까. 앨리스는 여전히 아버지를 사랑했지만 어릴 적 느꼈었던 감정과는 확연히 달랐다. 아버지가 변했듯이 앨리스도 어렸을 때와는 달라져 있었다. 앨리스가 계속해서 과거로 돌아가는 이유도 바로 그 때문이었다. 물론 아버지와 함께 시간을 보내는 대신 샘과 멍청한 짓을 하거나 귀여운 10대 소년과 섹스를 하며 하루를 보낼 때도 있었다. 레너드가 완벽한 아빠였다고 생각한 것은 아니었다. 아버지의 날만 되면 인터넷에는 아빠들의 사진들로 도배가 됐다. 아이들과 함께 하이킹하거나 요리를 하고, 소프트볼 공을 던지거나 공구로 무언가를 만들고 분장을 하는 사진들이 올라왔다. 모두가 레너드는 한 번도 해 본 적이 없는 활동들이었다. 어떨 때는 그중 어떤 것이라도 레너드가 해줬더라면 좋았겠다고 생각할 때도 있었다. 하지만 레너드가 원래 그런 사람이 아닌 걸 그를 탓할 수도 없는 노릇 아닌가. 그 모습이 아버지였고, 앨리스는 있는 그대로의 아버지를 사랑했다. 특히 그 무엇도 아버지를 해칠 수 없을 것만 같았던 젊은 시절의 아버지를 사랑했다. 그 무적 같았던 아버지의 모습을 차마 놓아 주지 못하고 있었다. 다른 세계에서 아버지가 의식이 있든 없든, 어떤 일이 일어났는지에 상관없이 현실에서 아버지는 점점 느리고 더뎌져만 갔다. 물론 그 누구도 젊음을 평생 유지할 수는 없는 법이다. 시간 여행자인 아버지조차도 마찬가지였다. 세상을 떠난 후에도 길이길이 남을 많은 것들을 만들어 냈고, 여러 세계를 창조했으며, 앨리스를 세상에 있게 해준 그조차도 어찌할 수 없는 일이었다.

레너드는 앨리스의 고민에 대해 좀 더 깊게 파고들었다.

"누군가를 잃는다고 해서 세상이 무너지지는 않아. 상실 자체에 큰 의미가 있는 법이지. 상실은 으레 슬픔과 고통을 수반하기 마련이야. 삶에서 슬픔과 고통을 빼고 나면 팥소 없는 찐빵 아니겠니? 〈비버리힐즈의 아이들〉처럼 매회가 끝날 때마다 경쾌한 주제곡이 나오면서 모든 문제가 말끔히 해결될 거라고 생각하냐?"

"하, 인제 보니 그 드라마 볼 때 전혀 집중을 안 하셨네요. 드라마 주인공들 모두 응급실에 실려 가고도 남을 만큼 트라우마가 심한 애들이었다고요."

앨리스가 장난스레 웃으며 말했다.

"그래도 내 말이 무슨 말인지는 알겠지? 해결책 같은 건 존재하지 않아."

레너드가 고개를 가로저으며 말을 이었다.

"무언가를 바로잡겠다고 계속 과거로 돌아가서는 안 돼.

그러다가는 결국 나처럼 되고 말게야. 내 몸이 이렇게 된 게 다 시간 여행 때문이란다. 하지만 사람들은 모르지. 스콧과 제프에게 이런 일은 일어나지 않으니까. 바보 같은 조끼를 챙겨 입고 80년대로 휙 날아갈 준비가 언제든 되어 있지. 돈 역시 마찬가지고."

레너드는 앨리스를 지그시 훑어보았다.

"돈을 너와 비슷하게 만들려고 애를 참 많이 썼단다. 물론 늘 그렇듯 종국에는 하나의 개별 인물로 탄생했지만 처음 소설을 쓰기 시작했을 때는 너를 떠올리며 썼어. 네가 과거와 미래를 오갈 줄 알고 있었으니까. 자식이 운전을 배우면 아마 이런 기분이겠다 싶더구나. 내 손길이 닿지 않는 곳에 널 내놓은 심정이었어. 그저 네가 야무지게 잘 해내리라 믿는 수밖에 없었지. 넌 참 야무진 아이란다. 돈도 그렇고."

"그럼 이제 뭘 어떻게 하면 되죠?"

묻고 나자 불현듯 부끄러움이 밀려왔다. 앨리스는 열여섯이 아니라 마흔이었다. 아버지는 질문에 대답해 주지 않을 게 분명했다. 말해주고 싶어도 그럴 수가 없을 것이다.

"나한테 왜 말해주지 않았어요?"

"시간 여행으로 인해 내 몸이 이 정도로 망가질 줄은 나도 몰랐어. 한참 후에야 깨달았지. 그런데 알게 되었다 한들 네가 뭘 할 수 있었겠니? 경찰처럼 날 감시하기라도 했으려고? 일찍 알았다고 한들 난 스스로 통제하지 못했을 거야. 우리 모두 각자 해야 할 일을 하며 살고, 무얼 할지는 각자가 알아서 판단해야 하는 법이지. 하고 싶은 일과 해야 하는 일이 무엇인지는 스스로 결정하는 거야. 그나저나 〈제퍼디!〉 볼래?"

그러고 싶었다. 앨리스는 의자를 침대에 바짝 당겨 앉아 레너드가 리모컨을 찾는 모습을 바라보았다. 큼지막한 병원 리모컨은 버튼 하나가 25센트짜리 동전 크기만 했다. 그 버튼 하나를 누르려고 아버지는 양손으로 온 힘을 다해야 했다. 앨리스는 플라스틱 침대 손잡이에 머리를 기댄 채 TV 화면을 쳐다보았다. 알렉스 트레벡이 모든 퀴즈의 정답을 다 알고 있을 터였다.

"아빠, 궁금한 게 하나 더 있어요."

"하나밖에 없냐?"

레너드는 허허 웃는가 싶더니 이내 기침을 쏟아냈다. 그러고 나서 TV를 가리키며 말을 이었다.

"온 천지 질문 투성이잖냐."

"항상 제 생일날로 돌아가잖아요. 그 이유가 뭐죠? 제 입장에서는 뭐 그리 대단한 날도 아니거든요."

앨리스가 제 손톱을 빤히 응시하며 물었다.

"난들 알겠니."

레너드가 부쩍 피곤해 보이는 얼굴로 대답했다.

"내가 말해 줄 수 있는 건 이거 하나뿐이란다. 네가 태어난 날에 나 역시 새사람으로 태어났단다. 진부한 말처럼 들리겠지만 진짜 그랬어. 네가 세상에 태어나기 전까지 난 하루 종일 나 하나 행복하게 살 생각밖에 안 했었거든."

레너드가 미소를 머금은 채 말을 계속해 나갔다.

"너한테 이 말을 해줄 순간만을 얼마나 기다린 줄 아니?"

"아빠가 고리타분한 이기주의자라는 말을 하려고요?"

앨리스는 지금 이 순간마저도 아버지를 놀릴 기회를 놓치지 않고 농담을 던졌다.

"아니. 과거로 돌아가면 어떤 기분인지에 대해서 말이다. 그건 마치….."

순간 레너드의 목소리가 흔들리기 시작했다. 레너드가 고개를 이리저리 흔들며 헛기침을 연신해댔다. 이윽고 다시 입을 열었다.

"내 평생을 통틀어서 사랑으로 제일 충만했던 날이 바로 네가 태어났던 그 날이었단다. 예전에 같이 결혼식에 갔던 거 기억나니? 그때 신부가 자식을 낳은 후에도 자식보다 신랑을 더 많이 사랑하겠다고 말했었잖니?"

"기억하죠."

앨리스가 눈동자를 굴리며 대꾸했다. 앨리스가 열한 살 때였다. 결혼식에서 무알코올 칵테일인 셜리 템플을 연거푸 퍼마셨던 기억이 났다.

"음, 그 두 사람은 여전히 잘살고 있고 난 이혼한 상태이기는 하다만, 내가 너를 사랑하는 마음은 세레나와는 비교조차 할 수 없단다. 데비 역시도 마찬가지지."

데비의 이름을 말하면서 레너드는 집게손가락을 입에 가져다 대었다.

"네가 태어나던 날은 정말이지 대단했었어. 석유 시추탑에서 석유가 하늘 높이 솟구치듯이 사랑이라는 감정이 샘솟았거든. 그 때문에 네가 태어났던 날로 계속 돌아갔던 걸지도 몰라. 내가 최고의 부모는 아니었다는 사실은 나도 알아. 그래도 노력은 많이 했단다. 우리 둘 다 나름 잘 해내지 않았니?"

"물론이죠, 아빠. 우리는 환상의 콤비잖아요."

병원에서는 다양한 소리가 났다. 카트 바퀴가 부드러운 바닥을 굴러가는 소리, 누군가가 기침을 하거나 고함을 치는 소리, 간호사가 책상 앞에 앉아 인사를 건네고 웃는 소리. 하지만 지금 앨리스의 귀에는 아무런 소리도 들리지 않았다. 앨리스는 두 눈을 감은 채 열여섯 번째 생일날에 했던 모든 일을 하나하나 곱씹어 보았다. 앨리스가 사랑했던 아버지를 떠올려 보았다. 아버지는 앨리스가 더 많은 시간을 함께 보내고 싶어한 사람이었고, 집에 혼자 내버려 둘 정도로 앨리스를 믿어주던 사람이었다. 아버지는 그녀가 짝사랑했던 사람이자 제일 친한 친구였다. 문득 앞으로 인생을 살면서 과거로 돌아가는 날이 바뀌는 순간이 올지 궁금해졌다. 앨리스가 아흔 살이 되었을 때는 열여섯 번째 제 생일날 대신 40대, 50대, 그리고 60대에 사랑으로 충만했던 어느 날로 돌아가게 될까? 하지만 그때가 되면 레너드는 세상에 없을 것이다. 앨리스가 무슨 짓을 하든, 그때가 되면 레너드는 이미 세상을 떠나고 없을 테니까. 그녀의 열여섯 번째 생일날은 다른 사람에게는 최고가 아닐지도 몰라도 지금으로서는 그녀에게 최고의 순간이었다.

　"정답은 『타임 브라더스』입니다."

　한 참가자가 대답했다. 버튼에 올린 손을 떼지도 않은 채 자신의 답이 맞았다는 만족감에 얼굴이 발갛게 달아올라 있었다.

6

부

57

포맨더 워크에는 새들이 많이 찾아왔다. 비둘기는 물론이고 제비들도 날아와서 시끄럽게 지저귀어 댔다. 가끔은 갈매기들까지 허드슨강에서 한 블록 반 정도를 날아올라 와 목청 높여 울었다. 새들이 다 함께 비상계단 위에 옹기종기 모여 오늘 하루 먹은 벌레들과 방 부스러기, 바람에 관해 이야기를 나누고 있었다. 앨리스는 새들이 지저귀는 소리에 잠시 귀를 기울인 채 침대에 누워 천장을 멀뚱히 바라보았다. 그러다 빌딩들 사이로 희미하게 비치는 회색 하늘이 눈에 들어왔다. 침대에서 벌떡 일어나 앉아 두 팔을 머리 위로 번쩍 들어 올렸다. 벙벙한 샛노란 티셔츠가 가슴께까지 훌렁 껴 올라왔다.

레너드는 평소와 다름없이 식탁에 앉아 아침을 먹고 있었다. 그의 옆자리에는 고이 접힌 신문이 놓여 있었고, 어설라는 마치 앨리스가 나타날 때까지 보초라도 선 것처럼 창가에 앉아 있었다.

"똑똑."

앨리스가 혀를 입천장에 부딪혀 소리를 내며 아버지의 주의를 끌었다. 레너드는 이른 시간에 일어난 딸을 보고는 어안이 벙벙한 표정이었다. 앨리스가 그간 이 시간에 일어나기를 수없이 반복해왔다는 사실을 그는 몰랐을 테니까.

"생일 축하해. 앨리스."

레너드가 인사를 건넸다. 그런 다음 앨리스가 어려서 키가 레너드의 허리춤까지 밖에 되지 않았을 때처럼 앨리스의 머리카락을 마구 헝클어뜨렸다. 앨리스는 울지 않으려고 연거푸 침을 꿀꺽 삼켰다.

오늘 그녀에겐 계획이 있었다.

58

SAT 시험 준비반 수업은 들어봤자 시간 낭비였기에 가지
않았다. 레너드 역시 아무런 잔소리도 하지 않았다. 앨리스
는 서랍을 뒤져 녹음기를 찾아냈다. 식당에 갈 때 가져갈 참
이었다. 두 사람은 '시티 다이너'에 도착해 구운 치즈와 감자
튀김 두 개를 주문했다.

"사촌들은 어떤 사람들이야? 초등학교 때 제일 싫어했던
애가 누구였어? 첫 키스는 누구랑 했어? 젊었을 때 엄마는
어떤 사람이었어?"

앨리스가 질문 세례를 퍼부었다. 레너드는 커피잔을 입에
댄 채 허허 웃었다. 그러고는 앨리스의 질문에 하나씩 대답
하기 시작했다. 에그스라는 이름을 가진 사촌이 한 명 있었
는데, 커서 마권 업자가 되었다고 했다. 프리실라라는 여자
애가 아버지의 연필을 반으로 댕강 부러뜨린 적이 있었다고
했다. 그리고 몇 년 뒤에 그 아이와 첫 키스를 했다고 했다.
그런 다음 금발에 아름다운 미모를 자랑했었던 스물두 살
세레나의 이야기를 해주었다. 대답하는 중간중간에 레너드
는 말을 멈추고 "진짜 이런 이야기를 듣고 싶은 거 확실해?"
라고 물었다.

그럴 때마다 앨리스는 힘차게 고개를 끄덕이며 녹음기를 가리켰다. "응. 계속 얘기해줘."

59

'그레이스 파파야'에서의 저녁 식사를 빼먹어서는 안 됐
다. 그래서 앨리스는 핫도그에 질렸는데도 불구하고 레너드
와 함께 '그레이스 파파야'에 갔다. 다양한 주스를 골고루 시
도해 보아도 승자는 단연 파파야 맛이었다. 앨리스가 핫도
그에 다양한 토핑을 추가할수록 레너드는 즐거워했다. 그래
서 모든 종류의 토핑을 한가득 올렸다. 샘이 옆에서 코를 잔
뜩 찡그려 보였지만 그녀 역시 앨리스가 대단하다고 생각하
고 있을 게 분명했다. 저녁을 먹은 후에는 아이스크림을 먹
으러 갈 차례였다. 그래서 아이스크림 가게로 향했다. 앨리
스는 샘의 입에서 꼭 해야 할 말 나올 때까지 끊임없이 유도
했다. 앨리스는 어떨 때는 뜨거운 퍼지를 먹기도 하고 어떨
때는 버터 스카치를 먹었다. 무엇을 먹는지는 결과에 아무런
영향을 미치지 않는 듯했다.

60

한 사람이 평생 즐길 수 있는 파티의 수가 정해져 있는 듯했다. 그래서 앨리스는 저녁을 먹은 후 레너드를 컨벤션에 보내주기로 마음먹었다. 어른이 되면 자정이 넘도록 친구들과 함께할 기회가 그리 많지는 않았으니까. 게다가 토미가 스스로 실수를 범하도록 그냥 내버려 두기로 했다. 개입할 필요도 없이 그저 가만히 내버려 두기만 하면 되었다. 앨리스는 샘과 함께 매끈한 끈 원피스를 입고 작은 왕관을 쓴 채 입술에는 섹시한 뱀파이어처럼 검붉은 립스틱을 짙게 발랐다. 두 사람이 신나게 놀고 있는 와중에 누군가 초인종을 누르는 소리가 들렸다. 헬렌과 리지였다.

"너네 뭐야? 〈크래프트The Craft〉 주인공 놀이 중이야?"

헬렌의 말이 기폭제가 되었다. 네 사람은 밤새도록 10대 마녀 놀이 삼매경에 빠졌다. 주문을 외워대고 뒤에서 서로의 몸을 공중으로 들어 올리며 하늘을 나는 시늉을 했다. 이윽고 피비가 도착해 제 오빠에게서 구한 약을 건넸다. 앨리스는 "까짓거 한 번 해보지 뭐."라고 대답했다. 또다시 초인종 소리가 울려 퍼졌고, 문 앞에는 남자애들이 여느 때처럼 떼거리로 몰려와 있었다.

"한 명씩 차례대로 집에 찾아가서 데리고 온 거야? 『오즈의 마법사』에서 토네이도가 소파랑 문짝을 하나씩 집어삼키듯 10대 소년들을 하나씩 주워 담아 온 거야?"

앨리스가 문 옆으로 비켜서서 킥킥대는 사이 남자애들이 밀려 들어왔다. 그러자 폴로 스포츠 향수 냄새가 집 안을 구름떼처럼 가득 메웠다. 토미는 늘 그렇듯 다수의 팬과 추종자들 사이에 끼어 중간쯤 들어왔다. 앨리스는 토미가 자신의 뺨에 입을 맞추도록 허락해 주었다. 토미는 좋은 남자였다. 그저 앨리스에게 좋은 남자가 아니었을 뿐. 남자애들은 자신의 체중을 지탱하기조차 버겁다는 듯 주방 조리대에 기대거나 소파에 픽 쓰러져 앉았다. 앨리스의 몸에서 슬슬 약효가 나타나기 시작했다. 엄청 무거운 나무짝이 피부를 짓누르는 느낌이 들었다. 어느덧 줄 맨 끝에 있던 켄지 모리스가 현관문 앞에 놓인 발 매트 위에 서 있었다.

"괜찮아?"

켄지가 고개를 한쪽으로 젖혀 앞머리를 뒤로 넘기며 물었다.

"너 머릿결 진짜 좋다. 비단결 같아."

"고마워."

앨리스의 칭찬에 켄지가 감사를 표했다. 그러고는 앨리스가 손을 뻗어 자기를 만지기라도 할까 봐 두려운지 현관문 반대쪽 끝에 붙어서 슬그머니 안으로 들어왔다.

리지는 곧장 작업에 돌입했다. 포르노 영화 오디션이라도 보는 것처럼 손가락에 낀 보석 반지 사탕을 혀로 한번 쓱 핥

444

더니 쪽쪽 빨아댔다. 동성을 좋아하는 남자애가 아니고서야 안 넘어가고는 못 배길 광경이었다. 그 모습을 본 샘이 지나가다가 앨리스를 쳐다보며 눈알을 휘 굴려댔다.

"나 담배 좀 사러 갔다 올게."

앨리스의 말에 너도나도 그녀에게 돈뭉치를 건네며 담배를 사달라고 부탁했다. 뉴포트 라이트 한 갑, 말보로 라이트 한 갑, 마리화나를 말아 필 얇은 종이를 주문했다.

"나도 같이 가."

켄지가 식탁 끝에 조용히 앉아 음악에 맞춰 고개를 흔들다 말고 앨리스를 따라나섰다.

♦♦♦

신분증 검사를 하지 않는 슈퍼마켓은 암스테르담 대로변에 있는 곳이 제일 가까웠다. 집 안이 너무 더웠던지라 앨리스는 지금이 가을이라는 사실조차 까맣게 잊고 있었다. 철문 밖에 다다르자 앨리스의 온몸에 닭살이 돋았다.

"자. 이거 입어."

켄지가 노스페이스 플리스를 머리 위로 훌렁 벗은 다음 앨리스에게 건네며 말했다. 앨리스는 그 옷을 덥석 받아들고 재빨리 소매 사이로 팔을 쑥 밀어 넣었다. 옷에서는 세탁 세제와 담배 냄새가 났다. 그러고 보니 켄지는 담배를 피우지 않았던 것 같기도 했다. 켄지에게는 그다지 관심이 없었어서 기억이 잘 나지 않았다.

브로드웨이에서 암스테르담 대로까지 걸어가는 내내 거리는 쥐 죽은 듯 고요했다. 고등학교와 대학교 시절 내내 앨리스는 이 거리를 항상 친구들과 떼거리로 몰려다니고는 했었다. 그래서 같은 공간에 수백 번은 함께 있었던 누군가와 예기치 않게 단둘이 남겨지는 느낌을 이전에도 느껴 본 적이 있었다. 앨리스는 순간 무슨 말을 해야 할지 몰랐지만, 고민 끝에 어렵사리 말을 꺼냈다.

"있잖아. 뜬금없는 소리처럼 들리겠지만, 너희 아빠 일은 정말 유감이야. 담배 사러 가는 길에 이상한 소리 해서 미안."

앨리스의 말에 켄지가 걸음을 우뚝 멈추어 섰다.

"헐. 그래."

"미안해. 내가 괜한 말을 꺼냈나 봐. 타이밍이 너무 이상했네."

"아니야. 괜찮아. 지금껏 우리 아빠 이야기를 꺼낸 사람이 아무도 없었거든. 그래놓고 버스나 지하철에서 다른 사람의 발을 밟은 다음에 미안하다고 말하듯이 사과 한 번 하면 다 괜찮아지는 줄 알더라고."

앨리스 역시 그랬던 적이 여러 번 있었다. 대학 시절 헬렌의 아버지가 오랜 병고 끝에 세상을 떠났을 때 위로 카드는 보냈었던가? 그랬을 거라 믿고 싶었다. 사실, 부모의 죽음이라는 단어 자체가 앨리스에게는 너무나도 불편했다. 게다가 자칫 그릇된 말이나 행동을 하게 될까 봐 걱정이 앞섰다. 그래서 아무 말도 하지 않고 가만히 내버려 두는 편이 더 낫다고 생각했었는데, 아니었던 모양이다. 생각해 보면 레너드가 세상을 떴을 때 누군가 잘못을 범하거나 아무 말도 하지 않는다면 너무나도 미울 것 같았다. 부모나 사랑하는 이를 떠나보낸 적이 없는 사람이라면 몰라서 그랬을 테니 금세 용서해주기는 할 테지만.

"그랬구나. 네가 몇 살 때 돌아가셨어?"

"열두 살 때."

커다란 흰색 티셔츠 안에서 켄지의 몸이 사시나무처럼 떨렸다.

"세상에. 엄청 슬펐겠다. 암이라고 했었지?"

"응. 림프종이었어."

이후 두 사람은 아무 말 없이 걷기만 했다. 모퉁이에 다다르자 켄지가 슈퍼 문을 향해 뚜벅뚜벅 걸어가기 시작했다. 그때 앨리스가 그의 팔에 손을 얹으며 말했다.

"그런 일을 겪다니 참 유감이야. 아빠 많이 보고 싶지 않아? 사실은 우리 아빠도 편찮으시거든. 엄마도 나한테는 거의 죽은 거나 다름없고. 아, 진짜로 죽었다는 말은 아니고, 아주 오래전에 이혼하고 멀리 떠났거든. 그래서 나랑 아빠 둘뿐인데 아빠가 아프다니 너무 무서운 거 있지."

켄지가 앨리스를 잡아당겨 꼭 안아 주었다.

"너희 아빠가 편찮으신 줄 몰랐어."

앨리스는 켄지의 어깨에 고개를 묻었다. 여느 10대 소년처럼 켄지의 어깨는 앙상했다. 그 또래 남자애들은 앞으로 얼마나 성장할지, 언제 크고 멈출지를 가늠하기 힘들었다. 아니, 그러고 보니 앨리스의 열여섯 번째 생일날 레너드는 아주 건강했다. 앨리스의 머릿속이 뒤죽박죽이었다. 모든 일이 지금 일어나고 있는 듯한 느낌이었다,

"아버지가 돌아가셨을 때 너도 그 자리에 있었어?"

앨리스가 한 걸음 뒤로 물러나며 물었다. 곧바로 한 걸음 더 물러나 소화전 위에 걸터앉았다.

"너무 사적인 질문이었다면 미안해."

"아냐. 괜찮아. 사실 이렇게 이야기할 수 있어서 되레 좋은걸. 아버지가 돌아가셨다는 사실을 알면서도 처음엔 아예 실감조차 안 났어. 아버지 이야기를 아무도 하지 않았으니 그럴 만도 했지. 그래서 속으로 '다들 알고 있는 거 맞지?'라고 되뇌고는 했다니까."

켄지가 머리카락을 손으로 쓱 훑고는 하던 말을 계속했다.

"아버지가 돌아가셨을 때 난 학교에 있었어. 영어 수업을 듣고 있었는데, 보건 선생님이 교실로 찾아와서 엄마가 날 데리러 왔다고 했지. 그 말을 듣는 순간 대번에 올 게 왔구나 싶었어. 그래서 최대한 늦장을 부리며 짐을 쌌어. 보건 선생님 입에서 아버지가 돌아가셨다는 말을 듣기 전까지는 아버지가 살아 있을 것만 같았거든. 마치 판타지 소설처럼 말이야. 이미 돌아가셨다는 걸 알면서도 희망을 품었던 것 같아."

"에구. 무슨 심정인지 알 것 같아."

앨리스가 말했다. 아이에게 일어나서는 안 되는 일이었다. 그럼에도 불구하고 현실에서는 수도 없이 일어났다. 멜리사라는 여자아이도 마찬가지였다. 멜리사는 초등학교 1학년 때 벨베디어에 입학한 아이였다. 하지만 그 이듬해 그녀의 어머니가 돌아가시고 말았다. 앨리스는 그녀의 어머니를 아직도 똑똑히 기억했다. 그녀의 어머니는 매일매일 멜리사의 짙은 갈색 머리를 양 갈래로 땋아 주었다. 멜리사가 운동장에서 그네를 타거나 달릴 때면 길게 땋아 내린 머리카락이 채찍처럼 휘날렸다. 어머니가 죽고 난 후에는 아버지가 대신 멜리사의 머리를 땋아 준다고 했다. 방과 후 학교를 떠나는 멜리사를 볼 때마다 앨리스는 돌아가신 어머니가 어디에서든 그 애와 함께 있는 모습을 그려보고는 했었다. 어머니가 없는 멜리사의 모습을 상상하는 것만으로도 너무 벅찼다. 마치 지구가 곧 폭발하게 될 거라는 이야기를 들은 것 같은 느낌이었다. 그때 켄지가 슈퍼 문 쪽으로 앨리스를 쓱 밀며 말했다.

"애들이 너네 집 다 망가뜨릴라. 얼른 가자."

그 말에 앨리스는 깔깔대며 웃었다. 열여섯 번째 생일을 몇 번이고 반복했지만 그런 적은 한 번도 없었다. 하지만 모든 일에는 처음이라는 게 존재하는 법이다. 지금쯤이면 토미가 앨리스의 침대 위에서 리지와 섹스를 하고 있을 시간이었다. 순간 온몸이 붕 뜨는 느낌이 났다. 피비가 준 약이 무엇인지는 몰라도 효과가 나타나고 있었다.

"그러자. 그전에 나 좀 일으켜주라. 갑자기 어지럽네."

61

새벽 2시가 다 되어서야 아이들은 슬슬 집으로 돌아가기 시작했다. 고등학교 아이들의 통금 시간은 대부분 새벽 1시 반이었다. 그때만 해도 꽹장히 늦은 시간처럼 느껴졌었다. 그런데 나이가 들자 그 시간은 금세 초저녁처럼 느껴졌다. 그러더니 20대 후반이 넘은 뒤에는 또다시 한밤중처럼 느껴졌다. 이렇듯 모든 것은 상대적이었고 시간 역시 예외는 아니었다. 어쩌면 시간이기에 유독 상대적으로 느껴지는 것일지도 몰랐다. 샘은 눈이 반쯤 감긴 채로 앨리스를 도와 맥주병을 비우고 빈 병을 재활용 수거함에 넣었다. 토미와 리지는 비틀대며 함께 집을 나섰다. 둘이서 어디론가 오붓한 시간을 보내러 갈 듯한 분위기였지만 곧장 택시 하나를 같이 타고 각자의 집으로 흩어졌다. 그러고는 부모님에게 음주와 섹스를 했다는 사실을 들키지 않기를 기도하며 제 방으로 몰래 들어갔다. 10대 아이들은 성인의 신체로 성장해갔지만, 성인이 하는 활동은 아무것도 하지 않는 척을 해야 했다. 청소년기는 아이들이 독립된 인간이 되는 법을 배워나가는 시기였고, 여러모로 고통스러운 과정을 거쳐야만 했다. 새벽 2시 반이 되자 마침내 모두가 집으로 돌아갔다. 샘은 앨리스의 침대 위에서 잠이 들었고, 앨리스는 거실 창문 앞에 서 있었다. 그러다 전화기를 집어 들고 냉장고에 붙어 있던 번호로 전화를 걸었다.

"여보세요?"

전화를 받은 사람은 레너드가 아니라 사이먼 러시였다. 수화기 너머 호텔 방 안은 공상과학 작가들로 도떼기시장처럼 시끌벅적했다. 사이먼의 모습이 앨리스의 눈앞에 그려졌다. 시끄러운 주변 소리를 막으려고 수화기를 댄 반대쪽 귀에 손을 대고 있을 터였다.

"사이먼 아저씨? 안녕하세요. 저 앨리스예요. 혹시 아빠 있어요?"

밤늦게 전화해서 미안하다는 말을 덧붙일 수도 있었지만 그럴 필요가 없어 보였다.

"어, 그래. 앨리스구나. 잠깐만 기다리렴."

수화기를 손으로 막은 채 무어라 말을 하는 소리가 아득하게 들려왔다. 뒤이어 탁, 하는 소리가 났다. 딱딱한 플라스틱 전화기가 윤이 반질반질한 나무 협탁 위에 부딪히는 소리인 듯했다. 레너드가 방을 가로질러 전화를 받으러 오려면 몇 분쯤 걸릴 터였다. 친구들이 여기저기 흩어져 앉아 담배를 피우며 술을 마시고 서로 웃고 떠들며 즐거운 밤을 보내는 모습이 앨리스의 눈앞에 휜했다. 어쩌면 스스로의 의지만 있다면 파티를 즐기고 사랑할 기회는 무수히 많은 걸지도 몰랐다. 이윽고 레너드가 약간 숨이 찬 목소리로 전화를 받았다.

"앨리스? 무슨 일이야? 괜찮은 거야? 밤이 늦었는데!"

"아무 일 없어, 아빠."

앨리스가 아버지를 호텔로 보낸 이유는 자기가 해야 할 일을 쉽게 만들기 위해서였다. 아버지의 딸이기에 앞서 어른답게 행동해야 할 때였다. 앨리스는 어릴 때부터 늘 스스로 통금 시간을 만들어 지키고 성적을 관리하며 자기 자신을 잘 돌보아 왔지만, 성인이 되어서는 그러지 못했다.

"그냥 잘 자라는 말을 하려고 전화했어."

앨리스의 말에 레너드가 안도의 숨을 내쉬었다.

"휴. 아이고, 놀랐잖니. 오늘 밤 파티는 재미있었어?"

"응."

지금은 약효가 앨리스의 몸에서 다 빠져나가고 난 후였다. 지난 몇 시간 동안 앨리스는 샘과 함께 옷장 거울 앞에 앉아 노닥거렸다. 앨리스가 가지고 있는 립스틱 전 색상을 발라보면서 에단 호크와 조던 카탈라노에 대해 이야기를 나누었다. 그러다가 자신들이 특정 영화를 좋아하는 이유가 영화 자체가 좋아서인지 아니면 그저 영화에 출연한 배우가 잘생겨서인지를 논했다. 그러다 옷장 문 안쪽에 일렬로 입술 도장을 꾹꾹 찍다가 결국 문 전체에 벽지 문양처럼 입술 자국을 빼곡하게 남겼다.

"아빠는 어때? 재미있어?"

수화기 너머로 레너드의 웃음소리가 들려왔다.

"응. 누가 집에서 프로즌 마가리타 제조기를 가지고 와서

만들어 마셨어. 덕분에 다 같이 꽤 즐거운 시간을 보내고 있
단다. 내일 아침에 머리가 좀 아프긴 하겠지만 어차피 배리
하고 이야기하고 나면 매번 두통이 수반되고는 하니까 그게
그거지 뭐."

"잘됐네. 사랑해, 아빠."

"아무 문제 없는 거 확실하니, 앨리스? 정말 아빠가 안 가
봐도 괜찮겠어?"

레너드의 목소리가 한껏 크게 울려 퍼졌다. 수화기를 손으
로 가린 채 말하고 있는 모양이었다. 문득 아버지가 친구들
을 등진 채 벽을 바라보고 있는 모습이 눈앞에 보이는 듯했
다. 아마도 손가락을 입술에 붙이고 친구들을 조용히 시키고
있을 터였다.

"진짜 괜찮아, 아빠. 정말이야."

"알겠어. 나도 사랑해, 딸. 진짜 진짜 사랑해."

보지 않아도 아버지의 입가에 미소가 퍼지고 있을 게 분명
했다. 아버지와 앨리스 모두 젊고 어렸을 시절이었다. 세대
는 달라도 부모와 자식은 무척이나 가까운 사이라는 사실을
깨닫기가 왜 그토록 힘든 걸까? 부모와 자식은 인생의 동반
자였다. 앨리스가 이 시점으로 돌아온 이유도 어쩌면 그 때
문일지도 몰랐다. 두 사람이 함께한 최고의 시절이 바로 지
금 이 순간인지도 몰랐다. 문득 켄지와 그의 아름다운 어머
니가 떠올랐다. 켄지는 통금 시간이 12시라서 늘 혼자 집에
일찍 가고는 했는데, 이제야 앨리스는 그 이유를 알 것 같았

다. 켄지의 어머니로서는 아들을 밖에 내놓는 일이 실로 힘들었을 것이었다. 갑작스레 삶의 잔인함을 몸소 경험하고 난 뒤에 어찌 마음 편히 살 수 있겠는가? 그런 일이 또다시 일어나도록 어떻게 그냥 내버려 둔단 말인가?

"내일 봐, 아빠."

앨리스가 마지막 인사를 건넸다. 순간 아버지가 꼭 해야 할 일들을 줄줄이 읊어주고 싶은 충동이 일었다. 『돈 오브 타임』 꼭 쓰기, 데비에게 데이트 신청하기, 마지막으로 행복하게 살기. 하지만 그럴 필요가 없다는 걸 잘 알고 있었다. 이번에는 아버지를 전적으로 믿어야만 했다. 이번을 끝으로 두 번 다시는 과거로 돌아오지 않을 작정이었으니까. 어떤 미래를 맞이하든 겸허히 받아들일 준비가 되어 있었다.

"나랑 약속 하나만 할래?"

더는 시간 여행을 하지 말라고 말하고 싶었다. 사랑으로 가득한 그 모든 여정이 결국엔 아버지를 죽이고 말 거라고 외치고 싶었다. 하지만 앨리스 역시 그 느낌이 어떤지를 익히 알고 있었다. 지금 이 순간 친구들과 함께 맘껏 즐기며 행복한 시간을 보내고 있다고 말하는 아버지의 건강하고 우렁찬 목소리를 들으며 앨리스 역시 무척이나 행복했으니까. 결국 아버지에게 시간 여행을 하지 말라는 말은 차마 내뱉을 수가 없었다.

"물론이지, 딸. 뭔데 그래?"

레너드가 물었다. 블렌더가 윙윙대는 소리가 수화기 너머로 들려왔다. 엄청난 소음에 아마도 앨리스의 목소리가 거의 묻혔을 것이었다.

"건강 관리 잘하라고. 알겠지?"

"미래를 기약하며!"

레너드가 뜬금없이 『타임 브라더스』의 대사를 외쳤다. 그 바람에 앨리스는 웃음이 빵 터져버렸다. 자신의 소설이 재미있다고 느낄 정도로 얼큰하게 취한 상태임이 분명했다. 레너드가 먼저 전화를 끊은 후에도 앨리스는 쉬이 수화기를 내려놓지 못했다. 삐삐, 시끄럽게 울어대고 나서야 마지못해 수화기를 내려놓고 시간을 확인했다. 아버지에게 쪽지를 남길 생각이었다. 그녀가 이미 알고 있는 사실을 두루뭉술하게 알려 줄 작정이었다. 과거로 그만 돌아가라고, 시간 여행을 그만두라고 전하고 싶었다. 앨리스는 도무지 마음에 들지 않아 쪽지를 썼다가 지우기를 재차 반복했다. 그러다 마음에 드는 쪽지 하나만 남겨두고 나머지를 모조리 쓰레기통에 버린 후 잠자리에 들었다.

나와 아빠, 우리의 미래에 다시 만날 날을 기약하며! 그런데 미래란 대체 무엇을 의미하는 걸까?

- 사랑을 담아, 앨리스

62

앨리스는 동이 채 뜨기도 전에 눈을 떴다. 주위를 살펴보니 여전히 포맨더였다. 어제 새벽에 잠들었던 그대로 거실 소파 위에 누워 있었다. 얼굴 바로 옆에서 어설라가 그르렁대는 소리가 들려왔다. 앨리스는 어설라가 깨지 않게 조심하며 몸을 일으켜 바로 앉았다. 주방으로 고개를 돌리자 불이 밝게 켜져 있었다. 그 모습이 마치 조명을 비춘 무대처럼 보여서 문득 무대를 지켜보는 유일한 관객이 된 느낌이 들었다. 어설라가 창문틀 위로 펄쩍 뛰어올라 유리창에 몸 한쪽을 바짝 붙이고 앉았다. 바로 그때, 무대 왼쪽에서 데비가 등장했다. 운동복 바지에 케케묵은 『돈 오브 타임』 스태프용 운동복 상의 차림이었다. 그러고 보니 시간 여행을 한 이래 잠이 든 장소에서 그대로 깨어난 적은 이번이 처음이었다. 물론 포맨더의 다른 방에서 깬 적이 있기는 했지만. 데비는 주방으로 걸어가 찬장에서 컵을 꺼내 수도꼭지에서 물을 따랐다. 그 모습을 앨리스는 가만히 지켜보았다. 밖은 아직도 칠흑같이 어두웠고, 거센 바람에 작은 나뭇가지가 나부끼며 창문에 부딪혔다. 시월은 죽음을 마주하기에 좋은 시기였다. 핼러윈이 시월인 이유도 그 때문이었다. 시월이 되면 나무들은 잎을

떨구었지만, 날씨는 비교적 따뜻해 두꺼운 코트를 꺼내 입을 정도로 춥지는 않았다. 시월은 자연이 완전히 다른 모습으로 변모해가는 전환기의 가장 마지막에 걸쳐 있는 달이었다. 앨리스는 소파에서 몸을 일으켰다.

"어머, 얘야!"

데비가 어둠 속에서 눈을 끔뻑이며 외쳤다.

"이 시간에 거실에서 뭐 하니? 콘택트렌즈를 안 꼈더니 잘 안 보이는구나."

앨리스는 포맨더 워크를 휘 둘러보았다. 대낮같이 밝은 햇볕이든 노란 벽돌길이든 이 상황을 설명해줄 수 있는 무언가를 발견할 수 있지 않을까, 하는 마음에서였다.

"깜빡 잠들었었나 봐요."

앨리스가 말했다. 그런 다음 별다른 질문을 하고 싶지 않아 침을 꿀꺽 삼켰다. 앨리스 역시 운동복 차림으로 아주 오래 된 벨베디어 체육복을 입고 있었다. 체육복에는 벨베디어 나이츠가 그려져 있었다. 하지만 그런 옷을 입지 않아도 어퍼 웨스트 사이드에 사는 10대들은 이미 스스로가 특출나고 용감하다고 생각했다.

"그랬구나. 잘 왔어."

데비가 두 팔을 벌린 채 손을 까딱하며 제 품에 안기라고 손짓했다. 앨리스가 다가가자 포근하게 안아 주었다. 어설라가 다가와 앨리스의 발목에다 제 몸을 쓱 문질렀다. 이윽고 데비가 안았던 두 팔을 놓아 주었고, 앨리스는 몸을 숙여 고양이를 들어 안았다.

"저는 그냥 소파에 있을게요. 저는 신경 쓰지 마시고 방에 들어가셔서 더 주무세요."

앨리스는 데비의 뺨에 입을 맞추고 돌아서서 다시 소파로 향했다.

"아버지께 왔다고 인사라도 드리지 그러니, 앨리스? 방에 가서 얼굴 보여드리면 좋아하실 거야."

데비가 사뭇 활기찬 목소리로 말했다. 그 말에 앨리스가 확 돌아서는 바람에 어설라가 어깨 위로 펄쩍 뛰어 올라갔다. 어설라의 촉촉한 코가 앨리스의 귀에 와 닿았다.

"아버지가 집에 계세요?"

그녀의 질문에 곧장 데비가 고개를 갸우뚱하며 대답했다.

"물론이지. 유능한 간호사님도 방 안에 함께 계셔. 메리라고 아버지가 제일 좋아하는 간호사님이지. 가족들 모두가 트리니다드 출신이야. 오늘 출근길에 병아리콩으로 만든 작은 샌드위치를 가져왔어. '더블스'라는 음식이라는데, 아주 맛있더구나."

"의식은 있으신가요?"

앨리스가 물었다. 아버지의 방으로 향하는 복도는 깜깜했다.

"왔다 갔다 해."

데비가 언뜻 미소를 비추며 말을 이었다.

"메리 말로는 임박한 것 같다고 하더구나. 물론 의사들도 그렇게 말했었지만. 그들이 알긴 뭘 알겠니. 아버지가 호스피스 병동으로 옮기자마자 기다렸다는 듯이 곧장 손을 뗀 작자들인데. 의사들은 지는 게 죽기보다도 싫은 모양이야. 자기들 실적에 좋지 않으니까."

순간 앨리스의 머릿속에 포트 워싱턴 대로변에 걸려 있던 거대한 현수막이 번뜩 떠올랐다. 미국 최고의 병원이라고 공공연하게 알려대는 꼴이라니. 그런 순위 대신 사망자와 출생자의 합계를 집계하면 어떨까, 하는 생각이 들었다. 이만큼 세상에 태어났고 이만큼 세상을 떠났다고 말이다.

"그렇겠네요."

앨리스가 어설라를 바닥에 다시 내려놓으며 말했다. 그런 다음 어두컴컴한 복도를 따라가 아버지의 방문을 밀어 열었다. 한쪽 구석에 예쁘장하게 생긴 여자 하나가 앉아 있었다. 안경을 쓴 채로 독서용 램프를 켜고 자그마한 책을 읽고 있었다. 전에 쓰던 침대는 저 멀리 벽 쪽에 붙어 있었고, 그 바로 옆에 레너드가 누워있는 병실 침대가 놓여 있었다. 안 그래도 작은 방이 더 비좁아 보였다. 빈 곳이라고는 한 사람이 겨우 지나다닐 수 있는 한 폭 정도의 공간이 전부였다.

"레너드, 누가 찾아왔어요."

메리가 말했다. 그러더니 펼쳤던 책을 덮고 뒤에 놓인 의자 위에 올려 두었다. 레너드가 고개를 이리저리 조금씩 움직였다.

"오, 그래?"

레너드는 혼자 있을 때는 여느 작가들과 마찬가지로 툴툴거리곤 했지만, 누군가와 함께 있을 때는 매력적인 사람으로 돌변했다. 특히나 낯선 사람이나 젊은이들, 여성과 바텐더들과 함께 있을 때면 마음껏 매력을 발산했다. 사실 레너드는 대부분 사람에게 친절했다. 호기심 가득한 얼굴로 늘 사람들에게 이것저것 물어보았다. 앨리스의 친구들 모두가 레너드를 좋아하는 이유도 그 때문일 것이다. 레너드는 다른 아빠들과는 달랐다. 혼자서 잘난 체하듯 석쇠에 고기를 굽는 방법이나 롤링 스톤스 록밴드에 대해 설명을 늘어놓다가 홀연히 사라져 버리는 짓은 하지 않았다. 레너드는 늘 주변에 관심을 기울였다.

"저예요, 아빠."

앨리스가 벽을 따라 몇 발자국 걸어가 아버지의 손을 잡았다.

"앨리스구나. 안 그래도 오늘 네가 왔으면 좋겠다고 생각했었단다."

레너드가 손바닥이 위로 향하도록 손을 돌렸고, 앨리스는 그 위에 제 손을 포개 얹었다.

"생일 축하한다."

"고마워요, 아빠."

생일은 몇 주 전이었다.

"몸은 좀 어때요?"

콜록콜록, 레너드가 기침하자 메리가 급히 앨리스 옆을 비집고 지나가 아버지의 베개를 바로 잡아 주었다. 레너드는 저세상 너머에 있는 무언가와 줄다리기를 하는 듯했다. 지금은 레너드가 누군지 모를 상대방 쪽으로 딸려 가는 중이었다. 앨리스는 메리가 지나갈 수 있도록 벽에 몸을 바짝 밀착시켰다. 메리가 방에서 나가고 난 후에야 앨리스는 레너드의 얼굴을 가까이에서 바라보았다. 그의 두 뺨은 푹 패여 있었고 눈두덩이 역시 매한가지였다. 아버지의 몸은 전과는 다르게 너무나도 왜소했다.

"좀 나아진 것 같구나, 앨리스."

레너드의 얼굴에 엷은 미소가 번졌다.

"구급차라도 부를까요?"

호스피스가 무슨 의미인지 앨리스는 익히 알고 있었다. 그렇지만 아무것도 하지 않으려니 무언가 잘못을 범하는 느낌이었다. 하지만 이미 최선을 다한 후이지 않은가.

"아니, 아니다."

레너드가 미소가 싹 가신 얼굴로 대답했다.

"아니야. 그러지 않기로 했잖니. 모두가 각자의 때가 있는 법이고, 지금은 내 차례가 다가온 것 같구나. 오늘이든, 내일이든, 아니면 다음 달이 될 수도 있겠지."

"진짜 거지 같아요, 아빠."

앨리스의 눈에서 눈물이 주룩 흘러내렸다. 그런 제 모습에 앨리스는 깜짝 놀랐다.

"나도 썩 좋지만은 않구나."

레너드가 눈을 감은 채 말을 계속했다.

"하지만 달리 방법이 없잖니. 결국에는 모두가 이렇게 죽음을 기다릴 뿐이지. 운이 좋다면 말이다."

"아빠가 너무나도 보고 싶을 거예요."

순간 앨리스의 목이 메어 왔다.

"내가 진짜로 사랑하는 사람이 몇 명인지, 날 진짜로 사랑해 주는 사람이 몇 명이나 될지 모르겠어요. 내 말 무슨 말인지 알죠? 비참하게 들리겠지만 사실이에요."

"사실이고 말고. 하지만 그 사랑은 사라지지 않아. 네가 무얼 하든 그 안에 여전히 존재할 거란다. 그저 내 몸만 다른 곳으로 갈 뿐이야, 앨리스. 나머지는 네가 없애려고 애써도 절대 사라지지 않을 거야. 앞으로 일어날 일을 미리 알 수는 없는 법이란다. 내가 지금 너보다 더 많은 나이에 데비를 만났는걸. 이제 미지의 세계를 향해 앞으로 나아갈 시간이란다. 마침내 정말로 미래에 다시 만날 날을 기약할 때가 다가왔구나."

앨리스는 고개를 끄덕이며 울지 않겠다고, 아직은 아니라고 다짐했다.

말을 하기가 버거운지 갑자기 레너드가 숨이 멎은 듯 두 눈을 감은 채 가슴을 얕고 빠르게 들썩거렸다.

데비가 앨리스의 뒤로 조용히 다가와 그녀의 등에 손을 얹으며 말을 건넸다.

"둘 다 괜찮은 거지? 커피 한 잔 줄까, 앨리스?"

데비의 다정한 말투에는 **그 정도면 됐단다. 너무 많이는 무리야. 온종일 이러고 있을 수는 없지 않니**라는 의미가 숨어 있었다. 앨리스는 고개를 끄덕여 보였다. 그런 다음 몸을 숙여 아버지의 뺨에 입을 맞추고 방을 나왔다.

63

하루가 매우 더디게 지나갔다. 바다 위를 매우 느린 속도로 가로지르는 비행기를 탄 기분이었다. 앨리스와 데비, 메리는 번갈아 가며 아버지 방 안 의자와 식탁, 소파로 자리를 바꿔 앉았다. 데비는 앨리스가 어릴 적 쓰던 방에 들어가 낮잠을 청했다. 데비가 그릇에 담아둔 귤과 포도, 프레첼을 세 사람이 함께 먹었다. 메리가 잠깐 집을 나갔다가 다시 돌아왔는데, 그녀가 집을 비우자 앨리스는 덜컥 불안해졌다. 메리 혼자서는 아버지를 살릴 수 없다는 것을 알면서도 불안한 마음은 어쩔 수가 없었다.

"점심은 잭슨 홀에서 배달시켜 먹을까요?"

앨리스의 질문에 데비가 당혹스러운 얼굴로 대꾸했다.

"얘야. 거긴 몇 년 전에 문을 닫았잖니."

뉴욕도 변화를 멈추지 않았던 모양이었다. 도롯가를 가로질러 현수막이라도 걸어야 할 판이었다. 당신이 사랑했던 수많은 장소가 사라지고 다른 장소로 탈바꿈해 버렸지만, 그 장소들은 당신이 죽은 후에도 그 자리에 남아 다른 이들에게 길이길이 사랑받을 거라고.

"맞네요."

앨리스가 말했다. 그런 다음 소파에 벌렁 누워 담요를 다리 위로 끌어 올렸다. 어설라가 소파 위로 뛰어 올라와 자리를 잡고 머리를 몸속으로 동그랗게 말아 넣었다. 데비는 앨리스의 다리 옆에 앉아 핸드폰 화면을 두드렸다. 마지막 순간이 오기 전까지는 아무도 이 집을 떠나지 않을 터였다.

레너드는 잠이 들었다가 깼다가를 반복했다. 말을 해도 고작 몇 마디가 전부였다. 너무 말이 없어서 아까 나눴던 대화가 저 혼자만의 상상인지 의심이 갈 정도였다.

"한동안 이런 상태였나요?"

앨리스가 메리에게 물었다. 메리는 여러 차례 다른 가족들의 임종을 도운 경험이 있었다. 죽음을 몇 번이고 보고도 거뜬히 다음 날 아침에 일어나 하루를 시작해 낸 사람이었다.

"이제 얼마 안 남으신 것 같아요."

앨리스가 던진 질문의 속뜻을 파악한 메리의 대답이었다.

저녁 7시였다. 앨리스는 데비와 함께 저녁을 먹으며 조그마한 텔레비전으로 〈제퍼디!〉를 시청했다. 퀴즈쇼의 진행자는 알렉스 트리벡이 아니었다. 그는 일찍이 암으로 사망했다. 참가자들은 정답을 단 하나도 맞추지 못했다. 마땅히 알아야 할 카테고리인 브로드웨이 뮤지컬이나 뉴욕에 대한 문제들마저도 죄다 틀렸다. 온종일 집에만 있었는데도 앨리스는 어째선지 진이 다 빠진 느낌이었다. 지금 이 순간에도 바깥세상은 시끄럽고 활기차게 **살아 숨 쉬고** 있다는 생각만으로도 감당하기가 버거웠다. 저녁을 먹은 후, 데비는 앨리스를 끌고 동네 산책을 하러 갔다. 두 사람은 제인 오스틴의 소설 속 자매들처럼 서로 팔짱을 낀 채 아무 말 없이 걷기만 했다.

이제 레너드는 말 한마디도 내뱉지 못했다. 제 차례가 되자 앨리스는 방 안으로 들어가 아버지의 가슴이 오르내리는 모습을 물끄러미 바라보았다. 데비와 메리는 캠프파이어의 불이 꺼지지 않도록 지키는 걸스카우트 대원들처럼 방 안을 들락날락했다. 어느 순간이 되자 데비가 앨리스를 소파로 데려가 이불을 덮어 주었다. 이런 상황에 잠을 자기란 불가능할 거라는 생각이 들었다. 하지만 소파에 앉은 채로 졸다가 베개에 머리가 닿자마자 그대로 곯아떨어지고 말았다. 그녀는 다시 고등학생이 되어 생일 파티를 하는 꿈을 꿨다. 꿈속에서 샘과 토미가 자신을 안아 주었고, 한쪽 구석에는 켄지 모리스가 벽에 기댄 채 서 있었다. 그런데 갑자기 샘의 얼굴이 데비로 바뀌었다. 데비가 앨리스의 팔을 두드렸다. 부드러우면서도 집요하게 두드려 잠에서 깨워 냈다.

앨리스는 눈을 끔뻑이며 데비가 말을 하기를 기다렸다.

"때가 온 것 같아."

데비가 창백한 얼굴로 강바닥에 있는 물고기처럼 입을 뻐끔 벌린 채 말했다. 그런 데비가 흉측해 보인다는 생각에 앨리스는 흠칫 몸을 움츠렸다. 세레나가 집에 같이 살 때 나이가 들면서 나타나는 기이한 일들을 왕왕 목격했었다. 세레나는 턱에 난 털을 레너드가 나뭇가지를 빼낼 때 사용하는 족집게로 뽑았다. 그 모습을 보았을 때도 앨리스는 지금과

같은 반응을 보였었다. 데비의 얼굴은 일상적으로 흔히 볼 수 있는 표정이 아니었다. 날 것 그대로의 아주 사사로운 표정이었다.

"지금이 몇 시죠?"

앨리스가 물었다. 그녀의 눈이 점차 어둠에 익숙해져 갔다.

"새벽 3시란다. 정신 차리고 방 안으로 들어오렴."

데비가 앨리스의 어깨를 세게 움켜쥐고는 다시 아버지의 침실로 향했다.

앨리스는 두 발을 바닥에 대고 몸을 일으켜 앉았다. 식탁 위에 놓인 시계가 3시 5분을 가리키고 있었다. 이대로 훌쩍 떠나 버릴 수 있는 시각이었다. 지금 당장 현관문을 박차고 나가면 열여섯 살 때로 되돌아갈 수 있었다. 아버지가 신문을 읽으며 아침을 먹고, 어설라가 아버지의 튼튼한 목을 감싸고 앉아 있는 모습을 볼 수 있을 터였다. 아버지를 놀리고 웃게 만들 수 있었다. 자동차의 헤드라이트처럼 그녀를 향해 쏟아지는 아버지의 사랑을 온몸으로 느낄 수 있을 터였다.

아버지를 구할 수 없다는 사실을 앨리스는 잘 알고 있었다. 레너드는 불로장생을 쫓는 내용의 공상 과학 소설을 좋아하지 않았다. 눈부신 의학 발전으로 사람이 몇백 년씩 살거나 유리병 안에 뇌가 담겨 있는 내용의 소설은 물론 불멸의 삶을 사는 뱀파이어나 힘에 굶주린 마법사가 나오는 책 따위를 일절 좋아하지 않았다. 정작 본인은 시간 여행을 하는 10대에 관한 책을 두 권이나 썼으면서도 레너드는 늘 손쉬운 해결책은 현실성이 떨어진다고 믿었다. 레너드는 세레나와 이혼을 하지 않거나 직장 생활을 시작할 수도 있었고, 엘엘빈이 아닌 다른 브랜드에서 옷을 사 입을 수도 있었다. 하지만 그러지 않았다. 레너드는 자기 방식대로 거리낌 없이 살았다. 좋을 때나 싫을 때나, 남들이 받아들이든 말든 상관없이 항상 자신의 모습 그대로 살아왔다. 아버지를 이대로 두고 떠날 수는 없었다. 앨리스는 아버지가 했던 말이 사실이기를 바랐다. 아버지의 말대로 앨리스를 향한 아버지의 사랑이 이 세상에 여전히 남아 있기를 바랐다. 레너드는 종교를 믿지 않았고, 앨리스도 마찬가지였다. 하지만 소설이나 예술은 믿었다. 과연 소설이나 예술을 종교라고 부를 수 있을까? 자신이 들려주는 이야기가 자기 자신을 구원하고 자신이 사랑했던 모든 사람에게 닿을 수 있다고 믿었다면 종교라고 부를 수 있을까?

앨리스는 소파에서 일어나 레너드의 방으로 걸어갔다. 앨리스를 비추는 헤드라이트가 그녀의 앞길을 환하게 밝혀 주었다.

64

앨리스는 지하철이 내려야 할 역에 도착했는데도 전혀 눈치채지 못했다. 어째선지 지하철이 평소보다 빠른 느낌에 문득 고개를 들자 버러 홀 역에 도착해 있었다. 지하철 문이 스르르 닫히려는 찰나, 내려야 할 정거장을 놓칠세라 황급히 지하철을 빠져나왔다. 역에서 집까지는 꽤 먼 거리였다. 빠르게 걸어도 족히 15분은 걸렸다. 하지만 앨리스는 전혀 개의치 않았다. 그저 한 발자국, 한 발자국 내딛다 보니 어느덧 집 앞에 도착해 있었다.

아버지가 돌아가신 후에 해야 할 일은 전부 메리가 숙지하고 있었다. 메리와 데비는 모든 준비를 사전에 마쳐 두었다. 장례식장과 카드사, 친구들 순으로 부고를 알릴 것이다. 부고기사도 이미 마련되어 있었다. 모든 신문과 트위터에 레너드의 사진이 실릴 예정이었다. 오스카 시상식에서는 누군가가 무도회 드레스 차림으로 〈무지개 너머 어딘가에Somewhere Over the Rainbow〉라는 노래를 부르는 동안 흑백 사진 몽타

주가 흘러나올 것이다. 레너드의 친구들에게는 앨리스와 데비가 나누어서 전화를 돌렸다. 전화를 받은 사람 모두가 친절했고, 그 누구도 놀라지 않았다. 처음 몇 명에게 전화를 걸었을 때는 너무 슬퍼서 말을 내뱉기도 힘겨웠지만, 대화의 리듬에 익숙해지면서 차츰 말을 이어갈 수 있게 되었다. 하지만 고작 몇 분이 채 지나지도 않아 또다시 울음을 터지고 말았다. 앨리스는 친한 사람들을 제외하면 메리와 가장 오래 부둥켜안고 있었을 것이다. 아마도 자신의 아기를 받아 준 조산사나 같은 군부대에 근무했던 소대원, 인질로 함께 잡혀 있던 사람에게 느끼는 감정이 이와 같으리라. 다른 사람들은 온전히 이해할 수 없는 무언가를 함께 목도한 사이였다.

◆◆◆

앨리스는 아파트 열쇠를 찾아 열쇠 구멍에 넣어 보려 애썼지만 들어가지 않았다. 바로 그때, 전화벨이 울렸다. 샘이었다. 말할 힘도 없으면서 앨리스는 전화를 받았다.

"어떡해, 앨리스."

샘은 이 말만 계속해서 반복했다. 그녀는 좋은 엄마인 동시에 좋은 친구였다.

"내가 음식 좀 챙겨서 너희 집으로 갈게."

"응."

짧게 대답한 다음 전화를 끊었다. 또다시 현관문을 따보려고 노력했으나 실패하고 말았다. 앨리스는 인도 위로 열쇠를 냅다 던져버렸다.

"제기랄!"

그때, 애타게 열려고 했던 문이 스르륵 활짝 열렸다.

"어, 앨리스 선배?"

에밀리였다.

"어? 안녕. 시끄럽게 해서 미안해. 열쇠가 통 말을 안 듣네."

앨리스의 눈에서 눈물이 왈칵 쏟아졌다.

"미안해."

"아니요. 아니에요. 괜찮아요. 오늘 집에서 재택근무하는 날이거든요. 아, 맞다. 선배님 앞으로 택배가 하나 왔어요. 잠깐만요."

에밀리는 버팀쇠를 받쳐 문을 활짝 열어 둔 채로 안으로 들어갔다. 앨리스는 계단 두 개를 내려가 집 안을 살펴보았다. 엘리스의 침대와 식탁이 온데간데없이 사라지고 없었다. 어지럽게 널브러져 있던 옷가지와 벽에 걸어 두었던 그림도 보이지 않았다. 모든 집기가 에밀리의 통통 튀는 취향으로 바뀌어 있었다. 분홍색 소파에 바닥에는 무지개 모양의 러그가 깔려있었고, 네 모서리에 기다란 기둥이 달린 침대가 놓여 있었다. 뒤뜰 정원까지 훤히 내다보이는 모습이 마치 거울을 붙여 놓은 것처럼 아파트가 두 배는 커진 느낌이었다. 이윽고 에밀리가 작은 상자 하나를 들고 다시 나타났다.

"여기요."

앨리스는 상자를 건네받아 가슴께에 든 채로 멀거니 서 있었다. 어디로 가야 할지 도무지 알 수가 없었다.

에밀리가 앨리스의 손목에 손을 얹으며 물었다.

"선배, 괜찮으세요? 선배네 집은 위층이잖아요. 설마 까먹으셨어요?"

에밀리가 눈썹을 추켜 올리며 위층을 가리킨 다음 기다란 손가락으로 손짓해 보였다.

"아, 그랬지. 택배 맡아 줘서 고마워."

택배 상자의 반송 주소를 자세히 들여다보자 샘의 집 주소가 쓰여 있었다. 늘 그렇듯 늦게 보낸 앨리스의 생일 선물이었다. 내용물이 무엇인지는 보지 않아도 알 수 있었다. 작은 왕관과 사진 한 장이 들어 있겠지.

"그럼 나중에 문자 할게. 알겠지? 고마워."

앨리스는 아버지 이야기는 꺼내지 않았다. 아직은 그럴 마음의 준비가 되지 않았다.

◆◆◆

앨리스는 계단을 올라가 현관문을 열쇠로 열었다. 복층 구조의 집이 눈앞에 모습을 드러냈다. 집주인이 저녁 식사에 초대했을 때 한번 와본 적이 있는 집이었다. 기존의 목조 주택 양식을 유지한 채 우아한 곡선 모양의 난간이 설치되어 있었다. 그녀와 레너드의 물건들이 사방에 널려 있었다. 한쪽 벽에는 포맨더에 걸려 있던 포스터들이 붙어 있었는데, 포맨더에서 사라진 줄도 몰랐던 포스터들이었다.

◆◆◆

포맨더의 집에는 당분간 데비가 살기로 했다. 레너드는 포맨더의 집을 전적으로 소유하고 있었지만, 데비는 협동조합 주택에 살면서 여전히 집값을 내고 있었다. 그래서 레너드의 집을 어떻게 할지 결정하기 전까지 데비가 들어와 살기로 했다. 물론 앨리스의 의중을 먼저 물어보았지만, 앨리스는 바로 거절했다. 아버지의 흔적이 묻은 집에서 매일매일 사는 일은 견딜 수 없을 것 같았다. 어설라도 포맨더에 계속 머물기로 했다. 사실 어설라의 거처를 옮길 수 있는지조차 의문이었다. 앨리스가 제 욕심에 어설라를 자칫 자기 집으로 데려갔다가는 연기처럼 사라져 버릴 것만 같았다. 심지어 어설라는 그 흔한 동물 병원에도 한번 가본 적이 없었다. 레너드가 알고 있는 모든 것들, 하지만 그녀는 결코 이해할 수 없을 크고 작은 것들을 생각하자 피식, 웃음이 새어 나왔다. 바로 그때 그녀의 핸드폰에서 진동이 울렸다. 전원을 확 꺼버리고 욕조 안에 처넣어 버릴까 보다, 하는 생각이 불쑥 들었다. 화면을 켜자 모르는 전화번호로 문자 메시지 하나가 도착해 있었다.

안녕, 앨리스. 나는 벨베디어 고등학교를 같이 다녔던 켄지 모리스야. 네 번호는 샘에게 물어봤어. 샘에게 네 아버지 소식을 전해 들었어. 우리가 서로 연락을 안 하고 지낸 지가 백만 년은 된 것 같지만, 나도 같은 일을 겪었었잖아. 언제든지 전화 줘.

핸드폰을 욕조에 처넣는 일은 조금 미루어도 괜찮을 듯했다.

어떤 이야기든 결말을 어떻게 짓는지에 따라 희극이 될 수도 있고 비극이 될 수도 있는 법이다. 같은 이야기를 수많은 방식으로 전달할 수 있다니, 마법과도 같은 일이 아닌가.

『타임 브라더스』 소설은 스콧과 제프가 마음 편히 테이블에 앉아 아침을 먹으며 누가 메이플 시럽을 더 많이 먹을지를 두고 다투는 장면으로 끝이 났다. 세상을 여러 차례 성공적으로 구해낸 그들은 의심의 여지 없이 또다시 세상을 구하러 갈 것이다.

『돈 오브 타임』은 돈이 센트럴 파크의 쉽 메도우 한복판에 서 있는 장면으로 끝이 났다. 동틀녘 희뿌연 하늘 아래 도시는 적막했다. 레너드는 한 페이지의 절반을 할애해 돈의 얼굴과 분홍빛 햇살이 건물에 반사되는 모습을 묘사했다. 정확한 연도는 일부러 써두지 않은 채 끝을 맺었다. 『타임 브라더스』의 형제들과 달리 돈은 시간 여행을 하며 여생을 보내지 않기로 결심했다. 수십 년, 수백 년을 거슬러 과거와 미래를 오가는 여행을 그만두기로 한 것이다. 소설을 읽은 사람들은 돈이 마침내 집으로 돌아가는 길을 찾았기를 바랐다. 행복한 결말은 누군가에게는 과분하고 거짓되며 비현실적이었다. 하지만 희망은 진실한 것이었다. 희망은 좋은 것이었다.

◆◆◆

앨리스는 창문 앞으로 걸어갔다. 앨리스의 집은 이제 완전히 지상에 자리하고 있었다. 창밖으로 길 건너편에 있는 적갈색 사암 집들과 푸른 하늘이 훤히 내다보였다. 브루클린과 퀸스를 잇는 고속도로를 차들이 바삐 활주했다. 앨리스는 코와 이마를 유리창에 살짝 가져다 대었다. 그러면서 **앞으로 나아가자**, 라고 생각했다. 미래가 어떻게 될지는 모르지만, 미래를 기약하며 앞으로 나아갈 것이다.

THIS TIME TOMORROW

시간 속으로

초판인쇄 2025년 06월 30일
초판발행 2025년 06월 30일

지은이 엠마 스트라우브
옮긴이 정미정
발행인 채종준

출판총괄 박능원
국제업무 채보라
책임편집 구현희
디자인 공진혁
마케팅 문선영
전자책 정담자리

브랜드 그늘
주소 경기도 파주시 회동길 230 (문발동)
투고문의 ksibook1@kstudy.com

발행처 한국학술정보(주)
출판신고 2003년 9월 25일 제406-2003-000012호
인쇄 북토리

ISBN 979-11-7318-353-9 03840

그늘은 한국학술정보(주)의 소설 출판 전문브랜드입니다.
더운 여름날 그늘 밑에서 편하게 읽을 수 있는 책이라는 의미를 담았습니다.
세상에 없던 이야기를 발굴하고, 우리가 닿지 못한 세계의 그림자를 찾아봅니다.
스토리 속 일상의 즐거움을 발견할 수 있도록 이야기의 쉼터가 되겠습니다.